SISKIYOU COUNTY LIBRARY
3 2871 00325782 7

D0974897

La huella

Patricia Cornwell

Barcelona • Bogotá • Buenos Aires • Caracas • Madrid • México D.F. • Montevideo • Quito • Santiago de Chile

Título original: *Trace*

Traducción: Abel Debritto y Mercè Diago

1.ª edición: mayo 2005

© Ediciones B, S.A., 2005
Bailén, 84 - 08009 Barcelona (España)
www.edicionesb.com
www.edicionesb-america.com

ISBN: 84-666-2468-6

Impreso por Imprelibros S.A.

LA HUELLA

Patricia Cornwell

Traducción de Abel Debritto y Mercè Diago

Para
Ruth y Billy Graham.
No conozco a otras personas como vosotros y os quiero.

Mi agradecimiento a Julia Cameron
por guiarme por la senda del Artista.

Para
Charlie y Marty
e Irene.

Todos vosotros lo hacéis posible.

1

Unas excavadoras amarillas destripan tierra y piedras en una manzana de la ciudad que ha sido testigo de más muertes que la mayoría de las guerras modernas. Kay Scarpetta reduce la velocidad del todoterreno alquilado casi hasta pararse. Impresionada por la destrucción que tiene lugar ante sus ojos, observa las máquinas color mostaza que demuelen el pasado sin piedad.

—Alguien tendría que habérmelo dicho —dice.

Sus intenciones podrían calificarse de inocentes aquella gris mañana de diciembre. Lo único que quería era ponerse nostálgica y pasar por su antiguo edificio, pues no sabía que lo estaban demoliendo. Alguien podría habérselo dicho. Lo correcto y educado habría sido mencionarlo, decir por lo menos: «Oh, por cierto, el edificio donde trabajabas de joven, cuando estabas llena de esperanzas y sueños y creías en el amor, pues resulta que están tirando abajo ese viejo edificio que sigues echando de menos y por el que sientes tanto apego.»

Una excavadora da una sacudida preparándose para el ataque y la ruidosa violencia mecánica parece una advertencia, una alerta peligrosa. «Tenía que haber prestado atención», piensa cuando mira el hormigón agrietado y horadado. A la fachada del viejo edificio le falta media cara. Cuando le pidieron que volviera a Richmond tenía que haber prestado atención a sus sentimientos.

—Tengo un caso en el que espero que pueda ayudarme —le había dicho el doctor Joel Marcus, actual jefe del departamento de Medicina Forense de Virginia, el hombre que había ocupado su anterior cargo. Ayer por la tarde la había llamado y ella había hecho caso omiso de sus sentimientos.

—Por supuesto, doctor Marcus —contestó mientras recorría la cocina de su casa del sur de Florida—. ¿En qué puedo ayudarle?

—Una muchacha de catorce años ha sido hallada muerta en su cama. Fue hace dos semanas, alrededor del mediodía. Tenía la gripe.

Scarpetta tenía que haberle preguntado por qué la llamaba a ella. ¿Por qué a ella? Pero no había prestado atención a sus sentimientos.

—¿No había ido al colegio? —preguntó ella.

—No.

—¿Estaba sola? —Removió un brebaje que contenía bourbon, miel y aceite de oliva con el auricular sujeto bajo la barbilla.

—Sí.

—¿Quién la encontró y cuál fue la causa de la muerte? —Vertió el adobo por encima de un solomillo bien magro y lo colocó en una bolsa de congelación.

—La encontró su madre. No hay una causa de muerte obvia —dijo él—. Nada sospechoso aparte de que sus resultados, o la falta de ellos, indican que no debería haber muerto.

Scarpetta introdujo la bolsa con la carne sazonada en la nevera y abrió el cajón de las patatas, pero lo cerró porque cambió de parecer. Prepararía arroz integral en vez de patatas. No podía estarse quieta y mucho menos sentarse. Estaba nerviosa e intentaba disimularlo. ¿Por qué la llamaba a ella?

—¿Quién vivía con ella en la casa? —inquirió.

—Preferiría repasar los detalles con usted en persona —respondió el doctor Marcus—. Se trata de una situación muy delicada.

Al comienzo Scarpetta estuvo a punto de decir que se marchaba de viaje a Aspen por dos semanas, pero no llegó a pronunciar esas palabras, que ya no eran ciertas. No iría a Aspen. Había planeado ir hacía meses, pero no iba a ir y no iría. Incapaz de mentir al respecto, recurrió a la excusa profesional de que no podía trasladarse a Richmond porque estaba trabajando en un caso difícil, una muerte muy complicada por ahorcamiento que la familia se negaba a considerar suicidio.

—¿Qué problema hay con el ahorcamiento? —preguntó Marcus, y cuanto más hablaba ella menos le escuchaba—. ¿Racial?

—Se subió a un árbol, se puso una cuerda al cuello y se esposó las manos a la espalda para no cambiar de opinión —explicó ella mientras abría un armario de su colorida y vistosa cocina—. Cuando se dejó caer desde la rama, se fracturó la segunda cervical, la cuerda le tiró del cuero cabelludo hacia atrás y le deformó la cara de modo que quedó con una expresión de terrible dolor. Intente explicar eso y lo de las esposas a su familia de Misisipí, en lo más profundo de Misisipí, donde es normal llevar traje de camuflaje y los homosexuales no lo son.

—Nunca he estado en Misisipí —reconoció Marcus de manera insulsa, quizá queriendo decir que no le importaba el ahorcamiento ni ninguna tragedia que no le afectara directamente, pero eso no es lo que ella entendió porque no le escuchaba.

—Me gustaría ayudarle —dijo mientras abría una botella de aceite de oliva virgen, aunque no tenía por qué abrirla en ese preciso instante—. Pero probablemente no sea buena idea que me involucre en uno de sus casos.

Estaba enfadada pero se negaba a reconocerlo mientras recorría la amplia cocina, bien equipada, con utensilios de acero inoxidable y encimeras de granito pulido y unas vistas fabulosas del canal navegable. Estaba enfadada por lo de Aspen pero lo negaba. Estaba enfadada y no quería recordarle de forma abrupta que la habían despedido del cargo que ahora él ocupaba, motivo por el que se había marchado de Virginia sin intención de regresar. Pero un largo silencio por parte de Marcus la obligó a decir que no se había marchado de Richmond en condiciones amistosas, como sin duda él sabía.

—Kay, eso fue hace mucho tiempo —repuso él.

Mientras ella se mostraba respetuosa y profesional y le llamaba doctor Marcus, él la llamaba Kay. La sorprendió lo mucho que la ofendía que la llamara Kay, pero se dijo que él sólo era amable mientras que ella se mostraba demasiado susceptible. Quizá le tenía celos y deseaba que él fracasase. Se acusó de la mayor mezquindad posible. Era comprensible que él la llamara Kay en vez de doctora Scarpetta, se dijo, negándose a prestar atención a sus sentimientos.

—Tenemos otra gobernadora —añadió Marcus—. Es probable que ni siquiera la conozca a usted.

¿Acaso insinuaba que Scarpetta era tan insignificante y fracasada que la gobernadora nunca había oído hablar de ella? El doctor Marcus la estaba insultando. «Tonterías», se reprochó.

—La nueva gobernadora está más preocupada por el enorme

déficit presupuestario de Virginia y los objetivos terroristas potenciales que tenemos aquí... —prosiguió él.

Scarpetta se regañó por su reacción negativa ante el hombre que la había sucedido en el cargo. Lo único que pedía era ayuda en un caso difícil, y ¿por qué no recurrir a ella? Los directores generales despedidos de empresas importantes suelen recibir peticiones de ayuda y asesoramiento por parte de sus antiguos empleadores. Y ella no iba a ir a Aspen, se recordó.

—... centrales nucleares, numerosas bases militares, la academia del FBI, un campamento de instrucción de la CIA no tan secreto como cabría esperar, la Reserva Federal —enumeraba Marcus—. No tendrá ningún problema con la gobernadora, Kay. De hecho es una mujer ambiciosa. Está tan centrada en sus aspiraciones a Washington que no creo que le preocupe lo que ocurra en mi despacho —explicó con su suave acento sureño, intentando convencerla de que su llegada a la ciudad después de que la expulsaran hacía cinco años no resultaría polémica y nadie la advertiría.

Ella no estaba realmente convencida, pero pensaba en Aspen. Pensaba en Benton, en el hecho de que él estuviera en Aspen sin ella. Ahora le sobraba tiempo, pensó entonces, así que podía aceptar otro caso.

Scarpetta conduce lentamente alrededor del edificio que fue su cuartel general en una etapa anterior de su vida que ahora parece más que concluida. Se levantan nubes de polvo mientras las máquinas asaltan el armazón del viejo edificio como gigantescos insectos amarillos. Las palas de metal resuenan al golpear el hormigón y los escombros. Los camiones y las excavadoras se balancean y dan sacudidas. Los neumáticos aplastan y las bandas de acero desgarran.

—Bueno —dice Scarpetta—. Me alegro de ver esto, pero alguien tendría que habérmelo dicho.

Pete Marino, el pasajero, observa en silencio cómo arrasan el edificio achaparrado y lúgubre situado en el límite del barrio financiero.

—Me alegro de que tú también lo veas, capitán —añade, aunque él ya no es capitán, pero cuando ella le llama así, lo cual no sucede muy a menudo, es que se muestra amable con él.

—Lo que faltaba —murmura Marino con tono sarcástico, el más habitual en él, como el do medio de un piano—. Y tienes razón.

Alguien debería habértelo dicho, y ese alguien es el imbécil que ocupó tu puesto. Te suplica que vengas aquí cuando hace cinco años que no pisas Richmond, y ni siquiera se molesta en decirte que están derribando el viejo edificio.

—Estoy segura de que ni se lo planteó.

—Menudo imbécil —responde Marino—. Le odio antes de conocerle.

Esa mañana Marino presenta un aspecto intencionadamente intimidador, con sus pantalones negros de explorador, botas de policía negras, chaqueta de vinilo negra y una gorra de béisbol de la policía de Los Ángeles. A Scarpetta le resulta obvio que está decidido a mostrarse como un tipo duro de la gran ciudad porque todavía guarda rencor a la gente de esta pequeña localidad testaruda que lo maltrató, o le faltó al respeto o le dio órdenes, cuando era agente en el lugar. Pocas veces se le ocurre pensar que cuando te critican, te suspenden del cargo, te trasladan o degradan, es probable que te lo merezcas, que cuando la gente se muestra grosera contigo es por alguna razón.

Repantingado en el asiento y con las gafas puestas, a Scarpetta le parece un poco tonto porque ella sabe que Marino odia todo lo relacionado con los famosos, en particular la industria del espectáculo y los que, incluidos los policías, se desesperan por formar parte de la misma. La gorra es un regalo gracioso de Lucy, su sobrina, que recientemente ha abierto una oficina en Los Ángeles, o Los Demonios, como la llama Marino. Así que aquí está Marino, de regreso a su propia ciudad demoníaca, Richmond, coreografiando su aparición estelar de forma que parezca exactamente lo que no es.

—Ja —cavila con un tono más bajo—. Bueno, te has quedado sin Aspen. Supongo que Benton no estará muy contento...

—De hecho está trabajando en un caso —dice ella—. Así que probablemente no le vaya mal un retraso de unos días.

—Unos días, y un cojón. No hay nada que dure unos días. Seguro que no vas a Aspen. ¿En qué caso está trabajando?

—No me lo dijo y yo no le pregunté —responde ella y es todo lo que piensa decir. No quiere hablar sobre Benton.

Marino mira por la ventanilla y guarda silencio unos momentos, y ella casi puede oírle pensar en su relación con Benton Wesley. Sabe que Marino se interesa por ellos, probablemente a menudo y de forma indecorosa. En cierto modo es consciente de que él sabe que ella se ha distanciado de Benton, distanciado físicamente, desde que reanudaron su relación, y le enfada y humilla que Marino perciba tal situación. Si hay alguien capaz de percibirlo, sin duda es él.

—Bueno, lo de Aspen es una pena —afirma Marino—. Yo en tu lugar me habría cabreado.

—Míralo bien —dice ella refiriéndose al edificio que están derribando ante sus ojos—. Mira ahora mientras estamos aquí —le insta, porque no quiere hablar de Aspen ni de Benton ni de por qué no está allí con él o cómo sería o dejaría de ser. Cuando Benton estuvo fuera todos aquellos años, una parte de ella también se marchó. Cuando él regresó, no toda ella volvió y no sabe por qué.

—Bueno, supongo que ya era hora de que lo derribaran —comenta Marino, mirando por la ventanilla—. Imagino que es por lo de Amtrak. Creo que he oído algo al respecto, sobre que necesitan otra zona de aparcamiento aquí porque abren la estación de Main Street. No recuerdo quién me lo dijo. Fue hace tiempo.

—Te habría agradecido que me lo dijeras —repone ella.

—Fue hace tiempo. Ni siquiera recuerdo quién me lo dijo.

—Ese tipo de información es buena para mí.

Él la mira.

—No me extraña que estés de mal humor. Ya te advertí lo que suponía venir aquí. Mira lo que nos encontramos nada más llegar. Ni siquiera hace una hora que estamos aquí y fíjate. Nuestro viejo edificio está siendo destruido con una bola de demolición. Si quieres que te sea sincero, es mala señal. Estás conduciendo a tres kilómetros por hora, a lo mejor tendrías que acelerar.

—No estoy de mal humor —responde ella—, pero me gusta que me cuenten las cosas. —Conduce lentamente, sin apartar la mirada del viejo edificio.

—Insisto, es mala señal —declara él mirándola brevemente.

Scarpetta no acelera mientras observa la destrucción y va asimilando la realidad poco a poco, con la misma lentitud con que rodea el edificio. La antigua oficina del jefe de Medicina Forense y los laboratorios van camino de convertirse en zona de aparcamiento para la renovada estación de ferrocarril de Main Street, por la que no circuló un solo tren durante la década en que ella y Marino trabajaron y vivieron aquí. La descomunal estación gótica, una construcción de piedra color sangre oscura, permaneció inactiva durante años hasta que, no sin unos cuantos tirones agónicos, se transformó en un centro comercial, que fracasó, y luego en oficinas estatales que cerraron pronto. La elevada torre del reloj era una constante en el horizonte que vigilaba las curvas pronunciadas de la I-95 y los pasos a nivel de los trenes, un rostro blanco y fantasmagórico con manos de filigrana suspendidas en el tiempo.

Richmond ha seguido adelante sin ella. La estación de Main Street ha resucitado para convertirse en un nodo importante para la compañía Amtrak. El reloj funciona. Pasan dieciséis minutos de las ocho. El reloj nunca había funcionado durante aquellos años en que siguió a Scarpetta mientras ella iba y venía para ocuparse de los muertos. La vida en Virginia ha seguido adelante y nadie se ha tomado la molestia de decírselo.

—No sé qué esperaba —dice ella sin dejar de mirar por la ventanilla—. Quizá que vaciaran el interior y lo emplearan para almacenar y archivar los excedentes del estado. Pero no que iban a demolerlo.

—Lo cierto es que tenían que demolerlo —decide Marino.

—No sé por qué, pero nunca lo pensé.

—No es que sea precisamente la octava maravilla del mundo —dice él de repente, mostrándose hostil con el edificio—. Una bazofia de cemento de los años setenta. Piensa en todas las víctimas de asesinato que han pasado por aquí. Enfermos de sida, vagabundos con gangrena. Mujeres y niños violados, estrangulados, apuñalados. Chiflados que se han lanzado de un edificio o bajo un tren. No hay una sola clase de persona que no haya pasado por aquí. Por no hablar de todos esos cadáveres correosos y rosados que había en los tanques del departamento de Anatomía. Eso me resultaba más asqueroso que cualquier otra cosa. ¿Recuerdas cómo los levantaban de los tanques, con cadenas y ganchos en las orejas? Todos desnudos y rosaditos como los Tres Cerditos, espatarrados. —Alza las rodillas para hacer una demostración, y los pantalones negros de explorador se elevan hacia la gorra.

—No hace tanto tiempo te resultaba imposible levantar las piernas de ese modo —dice ella—. Hace sólo tres meses apenas podías doblar las piernas.

—Ya.

—Va en serio. He de reconocer que estás en forma.

—Hasta un perro es capaz de levantar la pata, doctora —bromea, de mejor humor gracias al cumplido, y ella se arrepiente de no habérselo dicho antes—. Suponiendo que se trate de un macho.

—Hablo en serio. Estoy impresionada. —Durante años le ha preocupado que sus hábitos de vida nefastos fueran a matarle pronto y, cuando por fin se esfuerza, ella no le halaga en meses. Es necesario que demuelan su viejo edificio para que sea capaz de decirle algo agradable—. Siento no haberlo mencionado —añade—. Pero espero que comas algo más que proteínas y grasas.

—Ahora soy un chico de Florida —declara él con una sonrisa—. Sigo la dieta de South Beach pero que te quede claro que no voy a esa playa. Ahí no hay más que maricones.

—No deberías decir eso —repone ella, molesta de que hable así, que es precisamente el motivo por el que Marino lo hace.

—¿Recuerdas el horno que había ahí? —Prosigue con las reminiscencias—. Siempre se sabía cuándo incineraban cadáveres porque salía humo por la chimenea. —Señala la chimenea negra del crematorio que remata el viejo edificio maltrecho—. Cuando veía el humo no me apetecía demasiado conducir por ahí en el coche y respirar ese aire.

Scarpetta pasa por la parte trasera del edificio, que sigue intacta y presenta el mismo aspecto que la última vez que lo vio. La zona de aparcamiento está casi vacía; hay un gran tractor amarillo estacionado casi en el mismo sitio en que ella solía aparcar cuando era la jefa, a la derecha de la amplia puerta en saliente. Por un instante oye el chirrido y quejido de esa puerta subiendo y bajando cuando se pulsaban los grandes botones verde y rojo del interior. Oye voces, coches fúnebres y ambulancias aullando, puertas que se abren y se cierran de golpe, y el traqueteo de las camillas cuando los cadáveres envueltos rodaban rampa arriba y abajo, los muertos entrando y saliendo, de día y de noche, de noche y de día, yendo y viniendo.

—Míralo bien —le dice a Marino.

—Ya he mirado la primera vez que lo has rodeado —replica él—. ¿Piensas pasarte el día dando vueltas por aquí?

—Lo rodearemos dos veces. Fíjate bien.

Gira a la izquierda por Main Street, conduce un poco más rápido por la zona del derribo y piensa que muy pronto parecerá el muñón abierto de un amputado. Cuando vuelven a la zona de aparcamiento trasera, ella se fija en un hombre, de pantalones verde oliva y chaqueta negra, que está haciendo algo en el motor del tractor amarillo. Está claro que tiene algún problema con el tractor. Ella piensa que no debería estar junto al enorme neumático trasero, haciendo lo que sea que esté haciendo al motor.

—Creo que es preferible que dejes la gorra en el coche —le dice a Marino.

—¿Qué? —pregunta él y la mira con su rostro curtido.

—Ya me has oído. Un consejo de amiga por tu propio bien —dice mientras el tractor y el hombre se van quedando atrás hasta desaparecer del retrovisor.

—Siempre me das consejos de amiga por mi propio bien. Y nunca lo son. —Se quita la gorra de béisbol de la policía de Los Ángeles y la observa pensativo. La calva le brilla por el sudor. Ha hecho desaparecer por voluntad propia el escaso cupo de pelo gris que la naturaleza ha tenido la amabilidad de concederle.

—Nunca me has dicho por qué empezaste a raparte la cabeza —dice ella.

—Nunca me lo has preguntado.

—Te lo estoy preguntando. —Gira hacia el norte, se aleja del edificio en dirección a Broad Street y conduce al límite de velocidad.

—Es lo que se lleva —responde—. La cuestión está en que si tienes poco pelo, pues mejor te desprendes de él cuando toque.

—Supongo que tiene sentido —dice ella—. Tanto sentido como cualquier otra opción.

2

Edgar Allan Pogue se contempla los dedos de los pies mientras se relaja en una tumbona. Sonríe y piensa en la reacción de la gente si se enterara de que ahora tiene una casa en Hollywood. Una segunda residencia, se recuerda. Él, Edgar Allan Pogue, dispone de una segunda residencia a la que acudir en busca de sol, diversión e intimidad.

Nadie va a preguntarle en qué Hollywood. Al mencionar Hollywood, lo primero que viene a la mente es el gran letrero blanco en la colina de Hollywood, mansiones protegidas por muros, coches deportivos descapotables y la bendita gente guapa, los dioses. Nadie pensaría jamás que el Hollywood de Edgar Allan Pogue está en Broward County, a una hora en coche al norte de Miami, y no atrae a los ricos y famosos. Se lo dirá a su médico, piensa con un dejo de dolor. Eso es, y la próxima vez a él no se le acabará la vacuna de la gripe, piensa, ahora con un dejo de temor. Ningún médico privaría a su paciente de Hollywood de la vacuna de la gripe, por mucho que escaseara, decide Pogue con un dejo de rabia.

—Ves, querida madre, aquí estamos. Estamos aquí de verdad. No es un sueño —dice arrastrando las palabras como si tuviera una patata en la boca. Sujeta un lápiz con fuerza entre sus dientes sanos y blanqueados—. Y tú que pensabas que nunca llegaría el día —farfulla con el lápiz en la boca mientras un hilo de saliva se le desliza por el mentón.

»No llegarás a nada, Edgar Allan. Fracasado, fracasado, fracasado —imita la voz mezquina, arrastrada y ebria de su madre—. Eres como una sopa aguada, Edgar Allan, eso es lo que eres. Perdedor, perdedor, perdedor.

La tumbona está situada en el centro exacto del salón mal ventilado y pestilente, y su apartamento de una sola habitación ni siquiera está en el centro del segundo nivel de viviendas que dan a Garfield Street, así llamada en honor al presidente norteamericano, que discurre de este a oeste entre Hollywood Boulevard y Sheridan. El complejo de estuco amarillo pálido y de dos niveles se llama Garfield Court por motivos desconocidos, aparte de lo obvio que sería la publicidad engañosa. No hay patio, ni una sola brizna de hierba, sólo una zona de aparcamiento y tres palmeras larguiruchas con hojas irregulares que a Pogue le recuerdan las alas maltrechas de las mariposas que clavaba en un cartón cuando era pequeño.

—No hay suficiente savia en el árbol. Ése es tu problema.

»Déjalo ya, mamá. Déjalo de una vez. Es cruel hablar así.

Cuando alquiló la segunda residencia hace dos semanas, Pogue no regateó el precio, aunque novecientos cincuenta dólares al mes es una vergüenza en comparación con lo que podría conseguir por ese precio en Richmond, suponiendo que allí pagara un alquiler. Pero por aquí no es fácil encontrar alojamiento y no sabía por dónde empezar cuando llegó por fin a Broward County después de conducir dieciséis horas y, agotado pero estimulado, empezó a pasearse en coche. Se fue orientando y buscó una vivienda porque no quería descansar en un motel, ni siquiera una noche. Llevaba todas sus pertenencias en el viejo Buick blanco y no quería arriesgarse a que algún delincuente juvenil le rompiera los cristales del coche y le robara el vídeo y el televisor, por no hablar de la ropa, artículos de tocador, el ordenador portátil y la peluca, la tumbona, una lámpara, ropa de cama y manteles, libros, papel, lápices y botellas de vino tinto y blanco, y pintura azul de retoques para su querido bate de béisbol infantil y otras pertenencias de importancia vital para él, incluyendo varios viejos amigos.

—Ha sido espantoso, mamá —vuelve a contar la historia en un esfuerzo por distraerla de su regañina etílica—. Las circunstancias atenuantes exigen que abandone nuestra querida ciudad sureña de inmediato, aunque no de forma permanente, eso no. Ahora que tengo una segunda residencia está claro que iré y vendré de Hollywood a Richmond. Tú y yo siempre hemos soñado con Hollywood y, al igual que los colonos en una caravana de carromatos, nos disponemos a probar fortuna, ¿verdad?

Su treta funciona. Ha desviado la atención de su madre hacia un camino pintoresco que evita la sopa aguada y la falta de savia.

—Sólo que al comienzo no me sentí demasiado afortunado cuando salía de la calle Veinticuatro Norte y acabé en una barriada de mala muerte llamada Liberia donde había un carrito de helados.

Habla mascando el lápiz como si fuera parte de su boca. El lápiz sustituye a un cigarrillo, no es que le preocupe el tabaco por motivos de salud, sino por el gasto que supone. Pogue se permite un puro de vez en cuando. Se permite muy pocos vicios, pero tiene que tener sus Indios y Cubitas y A Fuentes y, sobre todo, Cohibas, el contrabando mágico de Cuba. Le entusiasman los Cohibas y sabe cómo conseguirlos, y menuda diferencia cuando el humo cubano le toca los pulmones dañados. Las impurezas son las que acaban con los pulmones, pero la pureza del tabaco de Cuba es sanadora.

—¿Te lo imaginas? Un carrito de helados con la típica cancioncilla inocente y los niños negros con monedas para comprarse algo, y ahí estamos en medio de un gueto, en una zona de guerra y ya ha atardecido. Apuesto a que en Liberia por la noche hay muchos disparos. Por supuesto, salí de allí y milagrosamente acabé en una parte mejor de la ciudad. Te he traído sana y salva a Hollywood, ¿verdad, mamá?

Fue a parar a Garfield Street, conduciendo lentamente por delante de pequeñas casas de estuco de una planta con barandillas de hierro forjado, ventanas tipo persiana, garajes abiertos y parcelas con césped en las que no cabía una piscina, pequeñas residencias construidas probablemente en los años cincuenta y sesenta. Le atraían porque habían sobrevivido a décadas de horrendos huracanes y cambios demográficos impresionantes y a los aumentos implacables en el impuesto sobre la propiedad inmobiliaria que expulsan a los viejos inquilinos para sustituirlos por otros que probablemente no hablan inglés ni lo intentan. No obstante, el barrio ha sobrevivido. Y entonces, justo cuando estaba pensando todo esto, el complejo de apartamentos le llenó el parabrisas delantero como si de una visión se tratara.

El edificio tiene un cartel que reza «GARFIELD COURT» e incluye un número de teléfono. Pogue respondió a la visión entrando en el aparcamiento, anotando el número, yendo a la gasolinera y llamando desde una cabina. Sí, había una vacante y antes de que pasara una hora tuvo su primer y, eso espera, último encuentro con Benjamin P. Shupe, el casero.

«No puedo, no puedo.» Shupe no dejaba de repetírselo cuando se sentó al escritorio frente a Pogue en el despacho de la planta baja, calurosa, con el ambiente cargado y viciada por el aroma ofensivo de la empalagosa colonia de Shupe. «Si quieres aire acondicionado tendrás que comprar el aparato que se coloca en la ventana. Es cosa tuya. Pero estamos en la mejor época del año, lo que llaman temporada alta. ¿Quién necesita aire acondicionado?»

Benjamin P. Shupe exhibía una dentadura blanca que a Pogue le recordó a azulejos de baño. El magnate de los barrios bajos recubierto de oro tamborileaba el escritorio con el grueso dedo índice con el que hacía ostentación de un anillo con varios diamantes. «Y estás de suerte. En esta época del año todo el mundo quiere estar aquí. Tengo a diez personas haciendo cola para ocupar este apartamento.» Shupe, el rey de los barrios bajos, hizo un gesto elocuente para que se viera bien el Rolex de oro que llevaba, sin darse cuenta de que las oscuras gafas tintadas de Pogue no eran graduadas y que el pelo largo, negro, rizado y greñudo era una peluca. «Dentro de dos días serán veinte personas. ¿Sabes?, no debería dejarte el apartamento por este precio.»

Pogue pagó en efectivo. No había que dejar depósitos ni fianzas de ningún tipo, no había preguntas ni se pedían documentos de identidad. En tres semanas tenía que volver para pagar en metálico el mes de enero, si es que decidía seguir teniendo una segunda residencia durante la temporada alta en Hollywood. Pero es un poco pronto para saber qué hará cuando llegue Año Nuevo.

—Tengo trabajo, tengo trabajo —farfulla mientras hojea una revista para directores de funerarias.

La abre por la página de la colección de urnas y recuerdos y se la coloca encima de los muslos para escudriñar las imágenes a todo color que se sabe de memoria. Su urna preferida sigue siendo la caja de peltre en forma de pila de buenos libros con una pluma de peltre encima, y sueña que los libros son viejos volúmenes de Edgar Allan Poe, en cuyo honor él fue bautizado, y se pregunta cuántos cientos de dólares costará esa elegante caja de peltre en caso de que decida llamar al número gratuito.

—Debería llamar y hacer el pedido —declara en broma—. Debería hacerlo y ya está, ¿verdad, mamá? —Le toma el pelo como si tuviera un teléfono y pudiera llamar en ese mismo instante—. Te gustaría, seguro que sí. —Toca la imagen de la urna—. La urna de Edgar Allan te gustaría, ¿verdad que sí? Bueno, ¿sabes qué? No hasta que no haya algo que celebrar, y ahora mismo el trabajo no me va como esperaba, mamá. Oh, sí, ya me has oído. Me temo que ha habido un pequeño contratiempo.

»Sopa aguada, eso es lo que eres.

»No, mamá, no tiene nada que ver con la sopa aguada. —Niega con la cabeza mientras va hojeando la revista—. Bueno, no empecemos otra vez. Estamos en Hollywood. ¿No te parece agradable?

Piensa en la mansión de estuco color salmón junto al agua no demasiado lejos de allí, en dirección norte, y le embargan sentimientos encontrados. Encontró la mansión tal como había planeado. Entró en ella tal como había planeado. Y todo salió mal y ahora no hay nada que celebrar.

—Idea incorrecta, idea incorrecta. —Se da un toque en la frente con dos dedos, igual que le hacía su madre—. No tenía que haber sucedido así. Qué hacer, qué hacer. El pececito que se escapó. —Mueve los dedos en el aire—. Y dejó al pez gordo. —Alza los dos brazos en el aire—. El pececito se fue a algún sitio, no sé adónde, pero me da igual, me da igual. Porque el pez gordo sigue ahí y saqué el pececito y al pez gordo eso no le ha gustado nada. Imposible. Pronto habrá algo que celebrar.

»¿Se escapó? ¿Qué estupidez es ésa? ¿No atrapaste al pequeño y crees que pillarás al grande? Menuda sopa aguada. ¿Cómo es posible que seas mi hijo?

»No hables así, mamá. Es una grosería —dice con la cabeza inclinada hacia la revista.

Ella le dedica una mirada capaz de clavar un cartel en un árbol; su padre tenía un calificativo para su infame mirada: el ojo peludo, así la llamaba. Edgar Allan Pogue nunca ha conseguido entender por qué una mirada tan espeluznante como la de su madre se llama «ojo peludo». Los ojos no tienen pelo. Nunca ha oído ni visto uno que tenga, y lo habría sabido. No hay mucho que no sepa. Deja caer la revista al suelo y se levanta de la tumbona amarilla y blanca para tomar el bate de béisbol infantil que tiene apoyado en un rincón. Las persianas de lamas cerradas impiden la entrada de la luz del sol por la única ventana del salón y lo sitúan en una penumbra cómoda apenas alterada por una lámpara situada en el suelo.

—Vamos a ver. ¿Qué hacemos hoy? —Continúa con el lápiz en la boca, hablando en voz alta hacia una caja metálica de galletas situada bajo la tumbona y agarrando el bate, comprobando las estrellas rojas, blancas y azules y las franjas que ha manoseado exactamente... veamos... ciento once veces. Saca brillo al bate cuidadosamente con un pañuelo blanco y se frota las manos con él, una y otra vez—. Hoy deberíamos hacer algo especial. Creo que corresponde una excursión.

Se tambalea hacia una pared, se quita el lápiz de la boca y lo sostiene en una mano, con el bate en la otra, ladea la cabeza, entorna los ojos para observar un gran boceto que hay en el sucio pladur beige. Acerca con cuidado la mina roma a un gran ojo abierto y espesa las pestañas. El lápiz está húmedo, aprisionado entre las yemas del índice y el pulgar mientras dibuja.

—Así. —Retrocede, vuelve a ladear la cabeza y admira el gran ojo abierto y la curva de una mejilla mientras mueve el bate con la otra mano—. ¿Te he dicho que hoy estás muy guapa? Pronto tendrás un bonito color en las mejillas, muy sonrojadas, como si hubieras tomado el sol.

Se coloca el lápiz detrás de la oreja y pone la mano delante de la cara, separa los dedos, los inclina y gira para observar cada articulación, pliegue, cicatriz, línea, así como los delicados surcos de sus uñas pequeñas y redondeadas. Masajea el aire, observando el movimiento de los finos músculos mientras se imagina frotando piel fría, haciendo brotar la sangre fría y espesa del tejido subcutáneo, amasando carne mientras purga la muerte y consigue un bonito brillo rosado. El bate se mueve en la otra mano y se imagina blandiéndolo, lo embarga el deseo de machacar el ojo de la pared con el bate pero no lo hace, no puede, no debe, y se da la vuelta, con el corazón acelerado y sitiéndose frustrado. Muy frustrado por la confusión.

El apartamento está hecho un desastre, la encimera de la minicocina está llena de servilletas de papel y platos y utensilios de plástico, de comida enlatada y bolsas de macarrones y pasta que Pogue no se ha molestado en guardar en el único armario de la minicocina. En el fregadero lleno de agua fría y grasienta hay una olla y una sartén en remojo. Por la alfombra azul manchada hay bolsas de lona, ropa y libros, lápices y papel blanco barato. La vivienda de Pogue empieza a adquirir el olor rancio de su comida y sus puros, y su propio aroma almizclado y sudoroso. Aquí hace mucho calor y va desnudo.

—Creo que deberíamos recibir una visita de la señora Arnette. Al fin y al cabo no está demasiado bien —le dice a su madre sin mirarla—. ¿Te gustaría tener visita hoy? Supongo que antes debería preguntártelo. Pero quizá nos haga sentir mejor a los dos. La verdad, estoy un poco pachucho. —Piensa en el pececito que se escapó y echa una mirada al desorden que le rodea—. Una visita nos vendría bien, ¿qué te parece?

»Estaría bien.

»Oh, claro que sí, ¿verdad? —Su voz de barítono se eleva y desciende, como si se dirigiese a un niño o una mascota—. ¿Te gustaría tener visita? ¡Muy bien! Fantástico.

Recorre la alfombra con paso sigiloso y se agacha junto a una caja de cartón llena de cintas de vídeo y cajas de puros y sobres con fotografías, todos ellos etiquetados con su letra pequeña y pulcra. Casi al fondo de la caja encuentra la caja de puros de la señora Arnette y el sobre de fotografías polaroid.

—Mamá, la señora Arnette ha venido a verte —dice con un suspiro de satisfacción mientras abre la caja de puros y la coloca en la tumbona. Repasa las fotografías y elige su preferida—. Te acuerdas de ella, ¿verdad? Os conocisteis. Una ancianita verdaderamente azul. ¿Le ves el pelo? Lo tiene azul.

»Claro, por supuesto que sí.

»Claaaro, por supuuuueeeesto queeee sí —imita la forma de arrastrar las sílabas de su madre y la manera lenta y densa que tiene de flotar entre las palabras cuando está con la botella de vodka, en lo más profundo de la botella de vodka.

»¿Te gusta su nueva caja? —pregunta al tiempo que introduce el dedo en la caja de puros y lanza una bocanada de polvo blanco al aire—. No te pongas celosa pero ha adelgazado desde la última vez que la viste. Me pregunto cuál es su secreto —bromea mientras vuelve a introducir el dedo y lanza más polvo blanco al aire para beneficio de su enormemente gorda madre, para que su asquerosamente gorda madre esté celosa, y se limpia las manos en el pañuelo blanco—. Creo que nuestra querida amiga la señora Arnette tiene un aspecto fantástico, divino en realidad.

Observa de cerca la fotografía de la señora Arnette, el pelo es un aura azulada que le circunda la cara muerta y rosada. El único motivo por el que sabe que tiene la boca suturada es porque recuerda que lo hizo él. Por lo demás, su experta mano de cirujano es imposible de rastrear, y los no iniciados nunca advertirían que el contorno redondo de sus ojos se debe a las chapas que tiene bajo los párpados. Recuerda haber colocado con cuidado las chapas sobre los globos oculares hundidos y sobreponer los párpados y pegarlos con toques de vaselina.

—Ahora sé amable y pregunta a la señora Arnette qué tal está —dice a la caja metálica de galletas situada bajo la tumbona—. Tenía cáncer. Como tantos otros.

3

El doctor Joel Marcus le dedica una sonrisa forzada y ella le estrecha la mano seca y de huesos pequeños. Siente que podría despreciarlo si tuviera ocasión pero aparte de ese impulso, que relega a una parte oscura de su corazón, no siente nada.

Hace unos cuatro meses se enteró de su existencia, del mismo modo que se ha enterado de la mayoría de las cosas relacionadas con su vida pasada en Virginia. Fue por casualidad, una coincidencia. Iba en un avión leyendo el *USA Today* y advirtió una pequeña noticia sobre Virginia que ponía: «La gobernadora nombra un nuevo jefe de Medicina Forense tras una larga búsqueda...» Por fin, tras años sin jefe ni directores, Virginia tenía jefe nuevo. Durante el arduo proceso de búsqueda no pidieron ni la opinión ni el consejo de Scarpetta. Su aprobación no fue necesaria cuando el doctor Marcus se convirtió en candidato para el cargo que ella había ocupado.

Si le hubieran preguntado, habría reconocido que nunca había oído hablar de él. Aun así, se habría mostrado muy diplomática y habría añadido que probablemente habría coincidido con él en algún congreso nacional y que no recordaba su nombre. Sin duda se trata de un patólogo forense eminente, habría dicho, de lo contrario no lo habrían contratado para dirigir el departamento de Medicina Forense estatal más importante de Estados Unidos.

Pero mientras estrecha la mano del doctor Marcus y le mira a los ojos pequeños y fríos, confirma que es un completo desconocido. Está claro que no ha formado parte de ningún comité importante, ni ha dado conferencias en ningún congreso de patología, medicina legal o forense a los que ella haya asistido porque, de ser así, lo recordaría. Los nombres se le olvidan, pero las caras casi nunca.

—Kay, por fin nos conocemos —dice él, ofendiéndola de nuevo, aunque ahora es más grave porque la ofende en persona.

Lo que su intuición fue incapaz de captar por teléfono resulta inevitable ahora que lo tiene delante en el vestíbulo del edificio llamado Biotech II, donde trabajó como jefa por última vez. El doctor Marcus es un hombre bajito y delgado, con la cara pequeña y delgada y un penacho pequeño y delgado de vello gris en la nuca de su pequeña cabeza, como si la naturaleza le hubiera jugado una mala pasada. Viste una corbata estrecha y anticuada, pantalones grises informes y mocasines. Se le ve una camiseta interior sin mangas bajo la camisa blanca de vestir barata cuyo cuello le queda demasiado holgado; la cara interior del cuello está sucia y áspera por las bolitas formadas en el tejido.

—Entremos —dice—. Me temo que esta mañana estamos a tope.

Ella está a punto de informarle de que no ha venido sola cuando Marino sale del lavabo colocándose los pantalones de explorador negros y con la gorra de béisbol de la policía de Los Ángeles bien calada. Scarpetta se muestra educada pero muy profesional al hacer las presentaciones, y da las máximas explicaciones posibles sobre Marino teniendo en cuenta cómo es.

—Trabajó en la policía de Richmond y tiene mucha experiencia como investigador —dice mientras Marcus endurece el semblante.

—No me dijo que pensara venir acompañada —declara de manera cortante en el que fuera el espacioso vestíbulo de Scarpetta con bloques de granito y cristal, donde ha firmado el registro de visitas, donde lleva veinte minutos sintiéndose tan llamativa como una estatua en una rotonda, mientras esperaba a que el doctor Marcus, u otra persona, fuera a recibirla—. Creo haber dejado claro que se trataba de una situación muy delicada.

—Eh, no te preocupes —tercia Marino con desenfado—. Soy un tío muy sensible.

Marcus no parece haberle escuchado pero se siente irritado. Scarpetta casi es capaz de percibir cómo su ira desplaza el aire.

—En el instituto decían de mí que tenía capacidad de ser sensible —añade Marino—. ¡Eh, Bruce! —llama a un guarda uniformado que está a diez metros de distancia y que acaba de salir de la sala de pruebas—. ¿Qué tal, tío? ¿Sigues jugando a los bolos en ese equipo tan penoso, el de los Cabezas de Chorlito?

—¿No lo dije? —pregunta Scarpetta—. Lo siento. —Claro que no lo dijo, y no se arrepiente. Cuando la llaman para un caso, lleva a quien le da la gana y no perdona que Marcus la llame Kay.

Bruce, el guarda, se queda desconcertado y luego sorprendido.

—¡Marino! ¡Dios bendito! Pensé que eras un fantasma del pasado.

—No, no lo dijo —reitera el doctor Marcus a Scarpetta, perplejo por momentos. Su confusión resulta evidente, como el aleteo de un pájaro asustado.

—Único e irrepetible, y no soy ningún fantasma —declara Marino de la forma más repelente posible.

—No sé si puedo permitirlo. No le han dado el visto bueno —dice Marcus, aturullado y revelando sin querer la inquietante realidad de que un superior suyo no sólo sabe que Scarpetta está ahí sino que quizá sea precisamente el artífice de su presencia.

—¿Cuánto tiempo te quedas en la ciudad? —La conversación a gritos entre los viejos amigos continúa.

La voz interior de Scarpetta la había advertido y no había hecho caso. Se está metiendo en un lío.

—El que haga falta, tío.

«Ha sido un error, un error garrafal —piensa ella—. Tenía que haber ido a Aspen.»

—Cuando tengas un momento, pásate por aquí.

—Cuenta con ello, colega.

—Ya está bien, por favor —espeta el doctor Marcus—. No estamos en una cervecería.

Lleva la llave maestra del reino en un cordón alrededor del cuello y se agacha para colocar la tarjeta magnética sobre un escáner de infrarrojos situado al lado de una puerta de cristal opaco. Al otro lado se encuentra la zona del jefe del departamento de Medicina Forense. Scarpetta tiene la boca seca. Le sudan las axilas y se nota un vacío en el estómago al entrar en el ala del jefe de Medicina Forense del bonito edificio que ella ayudó a diseñar, para el que buscó financiación y al que se trasladó antes de que la despidieran. El sofá azul oscuro y la silla a juego, la mesa de centro de madera y el cuadro de una escena rural que cuelga de la pared son los mismos. La zona de recepción no ha cambiado, aparte de que había dos plantas de maíz y varios hibiscos. Estaba entusiasmada con sus plantas, las regaba ella misma, les quitaba las hojas secas, las recolocaba a medida que la luz cambiaba con las estaciones.

—Me temo que no puede traer un invitado. —Marcus toma la decisión cuando se detienen ante otra puerta cerrada, la que conduce a las oficinas de administración y al depósito de cadáveres, el que fuera su sanctasanctórum por legítimo derecho.

La tarjeta magnética vuelve a hacer magia y el cierre se abre. Él va en cabeza, a paso rápido, sus pequeñas gafas de montura metálica atrapan la luz fluorescente.

—Me he encontrado con un atasco de tráfico, por eso llego tarde y tenemos un montón de trabajo. Ocho casos —continúa, dirigiendo sus comentarios a ella como si Marino no existiera—. Tengo que ir directamente a una reunión de personal. Probablemente lo mejor que puede hacer es tomar un café, Kay. Quizá tarde un rato. ¿Julie? —llama a una oficinista que resulta invisible en el interior del cubículo, cuyos dedos repiquetean en un teclado de ordenador como si fueran castañuelas—. ¿Puedes enseñarle a nuestra invitada dónde está la cafetería? —Se dirige a Scarpetta—: Si quiere acomodarse en la biblioteca, me reuniré con usted en cuanto pueda.

Como mínimo, por cortesía profesional, un patólogo forense visitante habría asistido a la reunión de personal y entrado en el depósito de cadáveres, sobre todo si iba a ofrecer su experiencia de forma desinteresada al centro de Medicina Forense que ella misma había dirigido. Scarpetta no se habría sentido más insultada si el doctor Marcus le hubiera pedido que pasara por la tintorería a dejar su ropa o que le esperara en el aparcamiento.

—Me temo que su invitado no puede estar aquí. —El doctor Marcus lo deja claro de nuevo mientras mira alrededor con impaciencia—. Julie, ¿puedes acompañar al caballero de vuelta al vestíbulo?

—No es mi invitado y no va a esperar en el vestíbulo —replica Scarpetta con voz queda.

—¿Cómo dice? —Marcus la mira con su rostro pequeño y delgado.

—Vamos juntos —declara ella.

—Creo que no comprende la situación —responde el doctor con voz tensa.

—Tal vez. Hablemos. —No se trata de una petición.

Él casi se estremece, dado lo acusado de su renuencia.

—Muy bien —consiente—. Entremos en la biblioteca un momento.

—¿Nos disculpas? —Scarpetta sonríe a Marino.

—Por supuesto. —Entra en el cubículo de Julie, toma una pila de fotografías de autopsias y empieza a revisarlas como si fueran naipes. Sujeta una entre el índice y el pulgar como si fuera quien reparte cartas en el blackjack—. ¿Sabes por qué los traficantes de drogas tienen menos grasa corporal que, pongamos por caso, tú y yo? —Suelta la fotografía encima de su teclado.

Julie, que no tiene más de veinticinco años y es atractiva pero está un poco rellenita, observa la fotografía de un joven varón negro y musculoso tal como su madre lo trajo al mundo. Está en la mesa de autopsias con el pecho abierto, vaciado, sin órganos aparte de un miembro extraordinariamente grande, probablemente su órgano más vital, al menos para él, cuando estaba suficientemente vivo como para preocuparse por él.

—¿Cómo? —pregunta Julie—. Estás de broma, ¿no?

—Hablo muy en serio. —Marino toma una silla y se sienta al lado de ella, muy cerca—. Mira, guapa, la grasa corporal está directamente relacionada con el peso del cerebro. Para muestra estamos tú y yo. Es una lucha constante, ¿verdad?

—No me digas. ¿De verdad crees que los más listos engordan?

—Es un hecho comprobado. Las personas como tú y como yo tenemos que trabajar más.

—Así que eres de los que siguen una dieta tipo «come lo que quieras excepto productos blancos», ¿eh?

—Eso mismo, guapa. Nada blanco para mí aparte de las mujeres. Por lo que a mí respecta, si fuera traficante de drogas me importaría un bledo. Comería lo que me diera la gana. Tartas de nata, pasteles de chocolate, pan blanco y jalea. Pero eso sería en caso de no tener cerebro, ¿verdad? Mira, todos estos traficantes de drogas muertos están muertos porque son tontos y por eso no tienen ni pizca de grasa corporal y pueden comer toda la mierda blanca que quieran.

Sus voces y risas se van apagando mientras Scarpetta sigue un pasillo que le resulta tan familiar que recuerda el roce de la moqueta gris bajo los zapatos, el tacto exacto de la moqueta de pelo corto que escogió cuando diseñó esa parte del edificio.

—Ese hombre es de lo más inadecuado —declara el doctor Marcus—. Lo mínimo que se debe exigir en este lugar es decoro.

Las paredes están rozadas y los grabados de Norman Rockwell que ella compró y enmarcó están torcidos, y faltan dos. Al pasar observa el interior de los despachos y advierte las pilas descuidadas de papeles y carpetas de diapositivas microscópicas, y los microscopios compuestos posados como enormes pájaros grises cansados en los escritorios abarrotados. Todos los sonidos e imágenes le llegan como manos necesitadas y en lo más profundo de su ser siente lo que ha perdido y le duele mucho más de lo que imaginó que le dolería.

—Ahora caigo, lamentablemente. El infame Peter Marrano. Menuda fama tiene este hombre —declara Marcus.

—Marino —le corrige ella.

Giran a la derecha y no se paran en la zona donde está la cafetera sino que el doctor abre la puerta de madera maciza que conduce a la biblioteca, donde la reciben libros de medicina abandonados en mesas largas y otras obras de referencia inclinadas y tumbadas en las estanterías como borrachos. La enorme mesa en forma de herradura es un vertedero de revistas, papeles, tazas de café sucias e incluso una caja de donuts. El corazón le palpita cuando mira alrededor. Ella diseñó este espacio de proporciones generosas y se enorgulleció de la asignación de los fondos necesarios, porque los libros médicos y científicos y una biblioteca donde guardarlos escapan a lo que el estado considera necesario para una consulta cuyos pacientes están muertos. Desvía la atención hacia las series de *Neuropathology* de Greenfield y revistas de medicina legal que donó de su propia colección. Los volúmenes están desordenados. Uno está al revés. Su ira va en aumento.

Clava la mirada en el doctor Marcus.

—Me parece que es mejor que dejemos unas cuantas cosas claras —le dice.

—Cielos, Kay, ¿a qué se refiere? —pregunta él frunciendo el entrecejo y con una cara de sorpresa que por fingida resulta irritante.

Kay no da crédito a la evidente condescendencia de Marcus. Le recuerda a un abogado defensor, a uno de los malos, que engaña a la sala menospreciando sus diecisiete años de formación doctoral y la reduce en el estrado a señora, señorita o, aún peor, Kay.

—Noto cierta resistencia a mi presencia aquí... —empieza.

—¿Resistencia? Me temo que no la entiendo.

—Me parece que sí.

—No demos cosas por supuestas.

—Por favor, no me interrumpa, doctor Marcus. No tengo por qué estar aquí. —Ve las mesas sucias y los libros maltratados y se pregunta si aquel hombre es igual de despectivo con sus pertenencias—. ¿Qué demonios ha pasado en este lugar?

Él permanece en silencio unos instantes como si necesitara un momento para entender a qué se refiere ella.

—Los estudiantes de medicina de hoy —dice entonces de forma insulsa—. Está claro que nunca les han enseñado a ordenar lo que utilizan.

—Pues sí que han cambiado en cinco años —declara ella con sequedad.

—Tal vez usted esté malinterpretando mi estado de ánimo esta mañana —responde él con el mismo tono persuasivo utilizado por teléfono el día anterior—. Reconozco que tengo muchas cosas en la cabeza pero me alegro de que esté aquí.

—Pues no lo parece. —Ella sigue mirándolo de hito en hito mientras él desvía la mirada—. Vamos por partes. Yo no lo llamé. Usted me llamó. ¿Por qué? —«Tenía que habérselo preguntado ayer», piensa. Tenía que habérselo preguntado entonces.

—Pensaba que había quedado claro, Kay. Es usted una patóloga forense muy respetada, una asesora conocida. —Suena a promoción ingenua de alguien a quien en realidad no soporta.

—No nos conocemos. Ni siquiera hemos coincidido nunca. Me cuesta creer que me llamara porque se me respeta o soy conocida. —Se cruza de brazos y se alegra de llevar un traje oscuro y serio—. No estoy para juegos, doctor Marcus.

—Está claro que yo no tengo tiempo para juegos. —Todo intento de cordialidad se desvanece de su rostro y la mezquindad empieza a destellar como el borde afilado de una hoja.

—¿Alguien sugirió mi presencia? ¿Le dijeron que me llamara? —Está convencida de oler el tufillo de la política.

Él mira hacia la puerta para recordarle de forma poco sutil que es un hombre ocupado, importante, con ocho casos y una reunión de personal que dirigir. O quizá le preocupa que haya alguien escuchando a hurtadillas.

—Esto no es productivo —declara—. Sería preferible que diésemos por concluida esta conversación.

—Muy bien. —Ella recoge su maletín—. Lo que menos me apetece es ser un títere en manos de otros. O que me dejen en un cuarto tomando café la mitad del día. No puedo ayudar en un lugar que no está abierto para mí y mi regla número uno, doctor Marcus, es que un lugar que requiere mi ayuda esté abierto para mí.

—Muy bien. Si quiere franqueza la tendrá. —Su arrogancia no consigue ocultar su temor. No quiere que ella se marche—. Francamente, traerla aquí no ha sido idea mía. Francamente, el inspector de Sanidad quería una opinión externa y se le ocurrió su nombre. —Lo explica como si hubieran extraído su nombre de un sombrero.

—Tendría que haberme llamado él —replica ella—. Eso habría sido más apropiado.

—Yo me ofrecí a llamarla. Francamente, no quería ponerle en un aprieto —explica, y cada vez que dice «francamente» menos cree ella sus palabras—. Ocurrió lo siguiente: cuando el doctor Fielding fue incapaz de determinar la causa de la muerte, el padre de la chica, el padre de Gilly Paulsson, llamó al inspector.

La sola mención del doctor Fielding la hiere profundamente. No sabía si él seguía allí y tampoco lo ha preguntado.

—Y como he dicho, el inspector me llamó. Me dijo que quería artillería pesada. Con esas palabras.

«El padre de la chica debe de tener influencia», piensa ella. Las llamadas de teléfono de familias descontentas no son inusuales pero pocas veces tienen como consecuencia que un alto funcionario del gobierno exija la presencia de un experto externo.

—Kay, entiendo lo incómoda que le resulta esta situación —dice Marcus—. No me gustaría estar en su lugar.

—¿Y cuál es mi lugar según usted, doctor Marcus?

—Creo que Dickens escribió sobre eso en el cuento *Canción de Navidad*. ¿No le suena el fantasma de las Navidades pasadas? —Le dedica una sonrisa mezquina y quizá no es consciente de que está plagiando a Bruce, el guarda que llamó a Marino «fantasma del pasado»—. Volver atrás no resulta fácil. Tiene agallas, lo reconozco. Creo que yo no habría sido tan generoso, no si considerara que en mi anterior trabajo habían sido injustos conmigo, y comprendo perfectamente que se sienta así.

—No estamos hablando de mí —responde ella—. Estamos hablando de una muchacha de catorce años muerta. Hablamos de su departamento, el suyo, departamento que, sí, me resulta muy familiar, pero...

—Es una forma muy filosófica de... —la interrumpe él.

—Permítame que le diga algo obvio —lo corta ella—. Cuando mueren menores, la ley federal exige que su fallecimiento se investigue y revise minuciosamente, no sólo para determinar la causa y la forma de la muerte, sino para estipular que la tragedia no es parte de una pauta. Si resulta que Gilly Paulsson fue asesinada, entonces cada centímetro de su departamento será objeto de escrutinio y juicio público, y le agradecería que no me llamara Kay delante de su personal y colegas. De hecho, preferiría que no me llamara por mi nombre de pila en ninguna circunstancia.

—Supongo que parte de la motivación del inspector es controlar los daños de forma preventiva —responde Marcus como si no hubiera oído nada acerca de llamarla Kay.

—No acepté participar en una especie de plan para mejorar las relaciones con los medios de comunicación —dice ella—. Cuando me llamó ayer, acepté hacer lo posible para ayudar a averiguar qué le pasó a Gilly Paulsson. Y no puedo hacerlo si usted no es absolutamente franco conmigo y con mi ayudante, que en este caso es Pete Marino.

—Francamente, no pensé que tuviera tantas ganas de asistir a una reunión de personal. —Vuelve a consultar su reloj, un viejo reloj con una correa de cuero estrecha—. Pero como quiera. En este sitio no tenemos secretos. Más tarde repasaré el caso Paulsson con usted. Puede hacerle otra autopsia si quiere.

Le abre la puerta de la biblioteca. Scarpetta le observa con incredulidad.

—¿Hace dos semanas que murió y el cadáver todavía no se ha devuelto a la familia? —pregunta ella.

—Están tan consternados que todavía no lo han reclamado —responde—. Supongo que esperan que paguemos el entierro.

4

En la sala de reuniones del departamento de Medicina Forense, Scarpetta acerca una silla con ruedas al extremo de la mesa, una zona alejada del que fuera su imperio y que nunca visitaba cuando estaba allí. Ni una sola vez se sentó en ese extremo de la mesa de reuniones en los años en que dirigió el departamento, ni siquiera para mantener conversaciones informales durante el almuerzo.

En algún lugar de su mente agitada queda constancia de que está llevando la contraria por escoger una silla en ese extremo de la mesa larga, oscura y brillante, cuando resulta que hay dos asientos vacíos en medio. Marino encuentra una silla apoyada contra la pared y la coloca al lado de la de ella, de modo que no está ni en el extremo de la mesa ni contra la pared, sino en medio, un bulto enorme y malhumorado con pantalones negros de explorador y una gorra de béisbol de la policía de Los Ángeles.

Se inclina hacia ella y le susurra:

—El personal le odia.

Ella no responde y supone que su informadora es Julie, la secretaria. Entonces él garabatea algo en un bloc de notas y se lo acerca. «El FBI está implicado», lee ella.

Marino debe de haber telefoneado mientras Scarpetta estaba con Marcus en la biblioteca. Está perpleja. La muerte de Gilly Paulsson no es competencia federal. De momento ni siquiera se trata de un crimen, ya que no hay causa ni forma de la muerte, sólo sospechas y politiqueo. Empuja discretamente el bloc hacia Marino y advierte que el doctor Marcus les observa. Durante unos instantes se siente como en el colegio, pasando notitas y a punto de recibir una regañina de una monja. Marino tiene la frescura de sacar un cigarrillo y empezar a tamborilear con él el bloc.

—Lamento decir que en este edificio está prohibido fumar. —La voz autoritaria de Marcus rompe el silencio.

—Como tiene que ser —dice Marino—. Ser fumador pasivo mata. —Da un golpecito con el filtro de un Marlboro encima del bloc que contiene su mensaje secreto sobre el FBI—. Me alegra ver que Mister Tripas sigue por aquí —añade, refiriéndose al maniquí anatómico situado detrás de Marcus, que está a la cabecera de la mesa—. Ésa sí que es una mirada de largo alcance —dice Marino refiriéndose a Mister Tripas, cuyos órganos de plástico desmontables están en su sitio.

Scarpetta se pregunta si desde su marcha lo habrán utilizado para enseñar o explicar lesiones a familiares y abogados. Probablemente no, decide. De lo contrario a Mister Tripas le faltarían órganos.

No conoce a ningún miembro del personal del doctor Marcus aparte del ayudante Jack Fielding, quien, hasta el momento, ha evitado el contacto visual con ella y parece sufrir una afección en la piel desde la última vez que lo vio. Han transcurrido cinco años, piensa, y le cuesta creer en qué se ha convertido su ex colega forense que tan presumido y culturista era. Fielding nunca destacó en las labores administrativas ni era necesariamente respetado por poseer una mente médica aguda, pero fue leal, respetuoso y amable durante la década que trabajó para ella. Nunca intentó desautorizarla ni ocupar su cargo, y tampoco salió nunca en su defensa, cuando los detractores mucho más atrevidos que él decidieron desterrarla y lo consiguieron. Fielding ha perdido buena parte del pelo y su otrora atractiva cara está hinchada y llena de manchas; tiene los ojos llorosos. No para de resollar. Ella no lo considera capaz de drogarse, pero al parecer le da a la bebida.

—Doctor Fielding —le dice, mirándolo—. ¿Alergia? Antes no tenías. Tal vez estés resfriado —sugiere, si bien duda que esté resfriado o tenga la gripe.

Probablemente tenga resaca. Es posible que esté sufriendo una reacción histamínica a algo o quizás a todo. Scarpetta advierte el borde crudo de un sarpullido asomando por el cuello de pico de la camisola verde, y sigue con la mirada las mangas blancas de la bata desabrochada, por el contorno de los brazos hasta las manos llenas de arrugas. Fielding ha perdido una cantidad considerable de masa muscular. Casi podría considerársele flaco y padece una alergia o alergias. Las personas de carácter dependiente son más propensas a sufrir alergias, enfermedades y problemas dermatológicos, y Fielding no prospera. Tal vez sea mejor que no lo haga, porque el hecho de que le fueran bien las cosas confirmaría que el estado de Virginia y la humanidad en general están mejor desde que a ella la despidieron y degradaron en público hace ya media década. La pequeña bestia que lleva en su interior y que se regocija ante el malestar de Fielding se refugia al instante en su guarida oscura y Kay siente entonces pesar y preocupación. Vuelve a mirar a Fielding, pero él no la corresponde.

—Espero que tengamos ocasión de ponernos al día antes de que me vaya —le dice desde la silla verde situada en el extremo de la mesa, como si no hubiera nadie más en la sala, sólo Fielding y ella, tal como era habitual cuando era una jefa tan respetada que de vez en cuando los estudiantes de medicina ingenuos y los policías novatos le pedían un autógrafo.

Nota que el doctor Marcus la observa otra vez: su mirada resulta tan palpable como si le clavaran chinchetas en la piel. Él no lleva bata ni ningún tipo de vestimenta médica, y a ella no le extraña. Al igual que muchos jefes poco apasionados que deberían haber dejado la profesión hace años y a quienes probablemente nunca les gustó, quizá sólo practica autopsias cuando no hay nadie más disponible.

—Empecemos —anuncia Marcus—. Me temo que esta mañana estamos a tope y tenemos invitados. La doctora Scarpetta y su amigo el capitán Marino... ¿O es teniente o inspector? ¿Trabaja ahora para la policía de Los Ángeles?

—Depende de lo que pase —responde Marino, los ojos ocultos bajo la visera de la gorra mientras juguetea con el cigarrillo sin encender.

—¿Y dónde trabaja ahora? —Marcus le da a entender que no se ha explicado demasiado bien—. Lo siento. No recuerdo que la doctora Scarpetta mencionara que iba a venir con usted. —Tiene que volver a recordárselo a Scarpetta, esta vez delante de más personas.

Va a intentar atacarla delante de todo el mundo. Ella lo ve venir. La hará pagar por plantarle cara en la descuidada biblioteca, y recuerda que Marino ha hecho llamadas de teléfono. Alguno de sus interlocutores quizás ha advertido a Marcus.

—Oh, por supuesto —recuerda él de repente—. Me ha dicho que trabajan juntos, ¿no es así?

—Sí —confirma Scarpetta desde su humilde ubicación al pie de la mesa.

—Bueno, vamos a repasar los casos rápidamente —informa a Scarpetta—. Insisto en que si usted y él... bueno, supongo que puedo llamarle señor Marino, si quieren ir a buscar un café... Fumar sólo en el exterior. Están invitados a asistir a la reunión de personal pero no obligados, por supuesto.

Sus palabras son para beneficio de quienes no están al corriente de lo que ya ha ocurrido en menos de una hora poco agradable y Scarpetta detecta cierto tono de advertencia. Ella ha querido inmiscuirse y ahora él la pondrá en evidencia de forma desagradable. Marcus es un político y no de los buenos. Tal vez cuando lo nombraron quienes estaban al mando lo consideraron dócil e inofensivo, la antítesis de lo que pensaban de ella, pero quizá se equivocaran.

Él se vuelve hacia la mujer que está a su derecha, corpulenta y de rostro caballuno y pelo gris muy corto. Debe de ser la administradora y él le hace un gesto para que hable.

—Bueno —dice la administradora, y todo el mundo mira las fotocopias amarillas de los descartes, revisiones y autopsias—. Doctora Ramie, ¿estuvo de guardia anoche? —pregunta.

—Claro. Es la temporada —responde la doctora Ramie.

Nadie ríe. Un paño mortuorio cae sobre la sala de reuniones. No tiene nada que ver con los cuerpos que yacen al final del pasillo y que aguardan el último y más invasor reconocimiento físico que jamás les haya hecho un médico.

—Tenemos a Sissy Shirley, mujer negra de noventa y dos años de Hanover County, con un historial de cardiopatía, hallada muerta en la cama —dice la doctora Ramie consultando sus notas—. Residía en un domicilio asistido y es una revisión. De hecho ya la he revisado. Luego tenemos a Benjamin Franklin (es su nombre real). Varón negro de ochenta y nueve años, también hallado muerto en la cama, historial de cardiopatía e insuficiencia nerviosa...

—¿Qué? —interrumpe Marcus—. ¿Qué demonios es la insuficiencia nerviosa?

Algunos se echan a reír y la doctora Ramie se acalora. Es una joven fea con sobrepeso y tiene la cara roja como una estufa halógena a máxima potencia.

—No creo que la insuficiencia nerviosa sea una causa de muerte legítima. —Marcus se enfrenta al bochorno de su colega como un actor enfrentándose a un público cautivo—. Por favor, no me diga que hemos traído a un pobre hombre a nuestra clínica porque se supone que murió de insuficiencia nerviosa.

Su comentario medio humorístico no es bienintencionado. Las clínicas son para los vivos y los pobres hombres son gente en situaciones duras, no víctimas de la violencia o de una muerte al azar y sin sentido. Con tres palabras ha conseguido negar y burlarse de las personas que hay al final del pasillo, lastimosamente frías, rígidas y en el interior de un sudario de vinilo con cremallera o en bolsas funerarias de piel sintética, o desnudas sobre una camilla de frío metal o en mesas de acero duro preparadas para el bisturí y la sierra de Stryker.

—Lo siento —dice la doctora Ramie con las mejillas encendidas—. He leído mal. Insuficiencia renal es lo que pone. Ni siquiera entiendo mi letra.

—¿O sea que resulta que el viejo Ben Franklin —interviene Marino con expresión seria mientras juguetea con el cigarrillo— no murió de insuficiencia nerviosa? ¿Es posible que estuviera en la calle manipulando las cuerdas de una cometa? ¿Tiene a alguien en la lista que muriera de intoxicación por plomo? ¿O todavía se les llama heridas de arma de fuego?

La mirada del doctor Marcus es dura y fría.

La doctora Ramie continúa con tono monótono.

—El señor Franklin también es una revisión. Ya lo he revisado. Tenemos a Finky... eh, Finder...

—Finky, no, lo que nos faltaba —Marino continúa haciendo de personaje serio en una pareja de cómicos con su resonante voz—. ¿No la encuentras? Odio que Finky haga estas cosas, maldita sea.

—¿Ése es su verdadero nombre? —La voz de Marcus tiene el timbre fino de un triángulo de metal, varias octavas más alto que la voz de Marino.

La doctora Ramie está tan roja que Scarpetta teme que la mujer se eche a llorar y huya de la sala.

—El nombre que me dieron es el que he dicho —responde la doctora Ramie inexpresiva—. Mujer negra de veintidós años, muerta en el lavabo con una aguja clavada en el brazo. Posible sobredosis de heroína. Es la segunda en cuatro días que se produce en Spotsylvania. Este caso me lo acaban de pasar. —Busca una hoja de registro de llamadas—. Justo antes de la reunión de personal hemos recibido una llamada sobre un varón blanco de cuarenta y dos años llamado Theodore Whitby. Herido mientras trabajaba en un tractor.

Marcus parpadea tras las pequeñas gafas de montura metálica. Expresiones expectantes. No lo hagas, le dice Scarpetta a Marino en silencio. Pero lo hace.

—¿Herido? —pregunta—. ¿Sigue con vida?

—De hecho —balbucea la doctora Ramie—, yo no he respondido a esa llamada. No personalmente. El doctor Fielding...

—No, yo no he sido —salta Fielding como una flecha.

—¿Ah, no? Oh, fue el doctor Martin. La nota es suya. —Ramie continúa con la cabeza bien inclinada hacia el registro de llamadas—. Nadie sabe muy bien qué pasó pero estaba al lado del tractor y de repente sus compañeros de trabajo lo vieron gravemente herido en el suelo. Ha sido alrededor de las ocho y media de esta mañana, no hace ni siquiera una hora. Parece que se cayó o algo así y el tractor lo atropelló. Cuando nuestra unidad llegó ya estaba muerto.

—Oh. O sea que se ha matado. Suicidio —decide Marino mientras gira lentamente el cigarrillo.

—Vaya, resulta irónico que esto haya ocurrido en el viejo edificio, el que están demoliendo en la calle Nueve-Catorce Norte —añade la doctora Ramie con expresión lacónica.

Entonces Marino cae en la cuenta. Deja de hacerse el gracioso y reacciona dándole un codazo a Scarpetta mientras ella recuerda al hombre de los pantalones verde oliva y chaqueta oscura situado junto a la rueda trasera de un tractor. Entonces estaba vivo y ahora está muerto. No debería haberse colocado junto a esa rueda a hacer lo que tuviese que hacerle al motor. Al pasar por ahí ella lo pensó, pero ahora él está muerto.

—Hay que hacerle una autopsia —declara la doctora Ramie, quien parece haber recuperado cierta calma y autoridad.

Scarpetta recuerda haber doblado la esquina al pasar con el coche y que el hombre y su tractor desaparecieron de su vista. Debió de poner en marcha el tractor un momento después y entonces murió.

—Doctor Fielding, propongo que se ocupe de la muerte del tractorista —dice Marcus—. Asegúrese de que no sufrió un ataque al corazón u otro problema subyacente antes de morir atropellado. El inventario de lesiones será largo y llevará tiempo. No hace falta que le recuerde lo cuidadosos que tenemos que ser en casos como éste. Un tanto irónico, teniendo en cuenta quién es nuestra invitada. —Mira a Scarpetta—. Un poco anterior a mi época, pero creo que la calle Nueve-Catorce Norte era la de su viejo edificio.

—Cierto —dice ella; el fantasma del pasado, tal como recuerda al señor Whitby vestido de negro y verde oliva, se ha convertido en un fantasma real—. Empecé en ese edificio. Un poco antes de su época, sí —repite—. Luego me trasladé aquí. —De esa manera le recuerda que también trabajó en ese edificio, pero luego se siente un tanto idiota por recordarle un hecho que es irrefutable.

La doctora Ramie sigue repasando los casos: una muerte en prisión que no resulta sospechosa aunque, por ley, todos los fallecimientos ocurridos en una cárcel requieren un reconocimiento forense; un hombre hallado muerto en un aparcamiento, posiblemente por hipotermia; una mujer que padecía diabetes muerta de repente al bajar de su coche; una muerte infantil inesperada y un joven de diecinueve años hallado cadáver en medio de la calle, con toda probabilidad víctima de un tiroteo desde un coche.

—Estoy de guardia en el juzgado de Chesterfield —acaba diciendo la doctora Ramie—. Alguien tendrá que llevarme porque tengo el coche en el mecánico otra vez.

—Yo la llevaré. —Marino se ofrece voluntario y le guiña un ojo.

Ramie parece aterrada.

Todo el mundo hace ademán de levantarse, pero el doctor Marcus lo impide.

—Antes de que se marchen —dice—, me iría bien su ayuda, y a ustedes un poco de estiramientos mentales. Como ya saben, el instituto organiza otro cursillo sobre métodos de investigación criminal y, como es habitual, me han convencido de que dé una conferencia sobre medicina forense. He pensado en probar unos cuantos estudios con el grupo, sobre todo dado que tenemos la suerte de contar con una experta entre nosotros.

«Menudo cabrón —piensa Scarpetta—. O sea que de eso se trata.» Al infierno su conversación en la biblioteca. Al infierno lo de tener el departamento abierto para ella.

Él hace una pausa y lanza una mirada alrededor de la mesa.

—Una joven de veinte años blanca embarazada de siete semanas —empieza—. Su novio le da una patada en el vientre. Ella llama a la policía y va al hospital. Al cabo de unas horas expulsa el feto y la placenta. La policía me informa. ¿Qué hago?

Nadie responde. Es obvio que no están habituados a sus estiramientos mentales y se limitan a mirarle.

—Venga, venga —insiste con una sonrisa—. Pongamos por caso que acabo de recibir tal llamada, doctora Ramie.

—¿Señor? —Vuelve a sonrojarse.

—Vamos, vamos. Dígame qué hacer en este caso, doctora Ramie.

—¿Tratarlo como una operación quirúrgica? —propone como si alguna fuerza alienígena hubiera absorbido sus muchos años de formación médica, su misma inteligencia.

—¿Alguna sugerencia más? —pregunta Marcus—. ¿Doctora Scarpetta? —Pronuncia su nombre lentamente para asegurarse de que se da cuenta de que no la ha llamado Kay—. ¿Ha tenido alguna vez un caso similar?

—Me temo que sí.

—Cuéntenos. ¿Cuál es el impacto legal? —le pregunta en tono agradable.

—Es obvio que pegar a una mujer embarazada es un delito —responde—. De acuerdo con el protocolo CME-1 de formación continua en medicina, consideraré homicidio la muerte fetal.

—Interesante. —El doctor Marcus echa un vistazo alrededor de la mesa y vuelve a dirigirse a ella—: ¿O sea que en su informe preliminar de investigación lo calificaría de homicidio? ¿No es un tanto atrevido por su parte? La policía es quien debe determinar la intención, no nosotros, ¿correcto?

«Menudo hijo de puta insolente», piensa ella.

—Nuestra misión, tal como la especifica el código, es determinar la causa y la forma de la muerte —declara ella—. Como seguramente recuerda, a finales de los noventa la ley cambió después de que un hombre disparara a una mujer en el vientre y ella sobreviviera pero no el bebé que gestaba. En la situación que nos ha presentado, doctor Marcus, le sugiero que tenga en cuenta el feto. Practique una autopsia y asígnele un número de caso. En los certificados de defunción con el borde amarillo no hay ninguna casilla para especificar la forma de muerte, o sea que se incluye en la causa: fallecimiento fetal intrauterino debido a agresión a la madre. Utilice un certificado de defunción con el borde amarillo dado que el feto no nació vivo. Guarde una copia con el expediente del caso porque dentro de un año ese certificado dejará de existir, después de que la Oficina de Registros Demográficos compile sus estadísticas.

—¿Y qué hacemos con el feto? —pregunta Marcus de forma aún menos agradable que antes.

—Depende de la familia.

—Ni siquiera tiene diez centímetros —replica él con cierta tensión en la voz—. La funeraria no tiene nada que enterrar.

—Entonces consérvelo en formalina. Entrégueselo a la familia, lo que ellos quieran.

—Y considérelo un homicidio —añade él con frialdad.

—Es la nueva ley —le recuerda ella—. En Virginia, una agresión con la intención de matar a miembros de la familia, nacidos o nonatos, es un crimen castigado con la pena de muerte. Aunque no se pueda demostrar la intencionalidad, está penado igual que un homicidio. A partir de ahí pasa al sistema como homicidio sin premeditación y tal. La cuestión está en que no tiene por qué haber intencionalidad. El feto ni siquiera tiene que ser viable. Se ha producido un crimen violento.

—¿Alguna consideración? —pregunta Marcus al personal—. ¿Ningún comentario?

Nadie responde, ni siquiera Fielding.

—Entonces probaremos con otro —dice Marcus con una sonrisa forzada.

«Adelante —piensa Scarpetta—. Adelante, cabrón insufrible.»

—Un joven varón incluido en un programa para enfermos terminales —empieza el doctor— se está muriendo de sida. Le dice al médico que lo desconecte. Si el médico le retira la máquina corazón-pulmón y el paciente muere, ¿se trata de un caso de eutanasia? ¿Se trata de un homicidio? ¿Qué le parece a nuestra experta invitada? ¿El médico cometió homicidio?

—Se trata de muerte natural, salvo que el médico le dispare en la cabeza —responde Scarpetta.

—Ah. Entonces es usted partidaria de la eutanasia.

—El consentimiento informado es turbio. —No responde a su ridícula acusación—. El paciente suele sufrir depresión y cuando las personas están deprimidas, no pueden tomar decisiones informadas. En realidad se trata de una cuestión social.

—Permítame que aclare sus palabras —dice Marcus.

—Adelante.

—Tenemos a este hombre en la sala de enfermos terminales: «creo que hoy querría morir», dice. ¿Espera que el médico local lo haga?

—Lo cierto es que el paciente del hospital ya tiene esa posibilidad. Puede decidir morir —responde ella—. Puede tomar toda la morfina que quiera para el dolor, así que pide más, se duerme y muere de sobredosis. Puede llevar un brazalete que ponga «No reanimar» y la unidad no tendrá que intentar la reanimación. Así que se muere. Lo más probable es que nadie sufra las consecuencias.

—Pero ¿es nuestro caso? —insiste el doctor con su delgado rostro blanco de rabia mientras la mira.

—Los enfermos terminales están en un hospital especial porque quieren controlar el dolor y desean morir en paz —declara ella—. Básicamente las personas que toman la decisión informada de llevar un brazalete de «No reanimar» quieren lo mismo. Una sobredosis de morfina, la retirada del soporte vital en una clínica para enfermos terminales o el hecho de que una persona que lleve ese brazalete no sea reanimada, eso no es asunto nuestro. Si le llaman por un caso como ése, doctor Marcus, espero que no lo acepte.

—¿Algún comentario? —pregunta Marcus de forma lacónica, recogiendo papeles y disponiéndose a marchar.

—Sí —responde Marino—. ¿Se ha planteado alguna vez preparar preguntas y respuestas para un concurso de la tele?

5

Benton Wesley camina de ventanal a ventanal en su casa de tres habitaciones en el Aspen Club. La señal de su móvil parpadea y la voz de Marino de pronto suena entrecortada.

—¿Cómo? Lo siento, repite lo que has dicho. —Benton retrocede tres pasos y se queda quieto.

—He dicho que eso ni siquiera es la mitad. Es mucho peor de lo que puedas pensar. —La voz de Marino ahora se oye nítida—. Es como si la hubiera llamado para vapulearla en público. O intentarlo. Hago hincapié en lo de «intentarlo».

Benton observa la nieve atrapada en las ramas de los álamos temblones y amontonada en las gruesas agujas de las píceas. Hace sol y está despejado por primera vez en varios días y las urracas juguetean entre las ramas, aterrizan con un aleteo y luego salen revoloteando con pequeños estallidos blancos de nieve. Una parte del cerebro de Benton procesa esa actividad e intenta determinar una razón, una causa y efecto biológicos que quizás explicarían las acrobacias de esos pájaros de cola larga, como si importara. Sus planteamientos mentales están tan condicionados como la fauna y son tan incesantes como las cabinas del teleférico que se balancean montaña arriba y abajo.

—Intentar, sí. Intentar. —Benton esboza una sonrisa mientras lo imagina—. Pero tienes que entender que no la invitó por decisión propia. Fue una orden. El inspector de Sanidad está detrás del asunto.

—¿Y tú cómo lo sabes?

—Me bastó una llamada de teléfono después de que me dijera que pensaba ir.

—Siento lo de Asp... —la voz de Marino se quiebra.

Benton se acerca al otro ventanal mientras las llamas chasquean y la leña crepita a su espalda. Sigue mirando por el cristal, que va del techo al suelo, con la vista fija en la casa de piedra situada al otro lado de la calle. Ve abrirse la puerta delantera y salir a un hombre y un niño bien abrigados, con el aliento convertido en vaho.

—Ahora ya se ha dado cuenta —dice—. Sabe que la están utilizando. —Conoce a Scarpetta suficientemente bien para hacer predicciones acertadas—. Te aseguro que conoce la política o sencillamente que hay política. Desgraciadamente, hay más, mucho más. ¿Me oyes?

Mira al hombre y al niño, que cargan los esquís y palos al hombro y caminan lentamente con las botas de esquí medio abrochadas. Hoy Benton no esquiará ni usará las raquetas. No tiene tiempo.

—Ajá. —Últimamente Marino lo dice muchas veces y a Benton le resulta molesto.

—¿Me oyes? —pregunta Benton.

—Sí, te recibo —responde Marino, y Benton sabe que se está moviendo para conseguir más cobertura—. Intenta culparla de todo, como si la hubiera traído aquí para eso. No sé qué más decirte hasta que me entere de algo. Me refiero a la niña.

Benton está al corriente del caso de Gilly Paulsson. Su misteriosa muerte quizá no aparezca en las noticias de ámbito nacional, todavía no, pero los artículos publicados en los periódicos de Virginia se encuentran en internet y Benton tiene métodos propios para acceder a la información, información muy confidencial. Gilly Paulsson está siendo utilizada porque no hace falta estar vivo si ciertas personas quieren utilizarte.

—¿Te he vuelto a perder? Maldita sea —se queja Benton. La comunicación mejoraría mucho si pudiera utilizar el teléfono fijo de su casa, pero no puede.

—Te recibo, jefe. —De repente la voz de Marino se oye fuerte—. ¿Por qué no utilizas el teléfono fijo? Así solucionaríamos la mitad de nuestros problemas —dice, como si le leyera el pensamiento.

—No puedo.

—¿Crees que está pinchado? —Marino no bromea—. Hay formas de descubrirlo. Que lo haga Lucy.

—Gracias por la sugerencia. —Benton no necesita la ayuda de Lucy para la contravigilancia, y lo que le preocupa no es que la línea esté pinchada.

Sigue con la mirada al hombre y el niño mientras reflexiona sobre Gilly Paulsson. El niño aparenta la edad de Gilly, la edad de Gilly cuando la mataron. Trece, catorce años quizá, sólo que Gilly nunca fue a esquiar. Nunca visitó Colorado ni ningún otro lugar. Nació en Richmond y allí murió, y pasó buena parte de su corta vida sufriendo. Benton advierte que se está levantando viento. La nieve caída de los árboles llena los bosques como si fuera humo.

—Quiero que le digas esto —dice, y su énfasis en el «le» indica que se refiere a Scarpetta—: Su sucesor, si es que se le puede llamar así —explica, sin querer mencionar el nombre del doctor Marcus ni ser más concreto, aunque es incapaz de tolerar la idea de que alguien, y mucho menos ese gusano de Marcus, suceda a Scarpetta—, esta persona nos interesa —continúa de forma críptica—. Cuando venga aquí —añade, refiriéndose a Scarpetta otra vez— lo repasaré todo con ella en persona. Pero de momento andaos con cuidado, con mucho cuidado.

—¿Qué quieres decir con «cuando venga aquí»? Supongo que tendrá que quedarse aquí algún tiempo.

—Tiene que llamarme.

—¿Mucho cuidado? —se queja Marino—. Mierda, era inevitable que dijeras una cosa así.

—Mientras estéis allí, no te separes de ella.

—Ajá.

—Que no te separes de ella, ¿está claro?

—A ella no le va a gustar —dice Marino.

Benton observa las pronunciadas pendientes de las Rocosas nevadas, belleza que toma forma con los vientos crueles e inclementes y la fuerza bruta de los glaciares. Los álamos temblones y los árboles de hoja perenne son como una barba incipiente en los rostros de las montañas que rodean este viejo pueblo minero. Hacia el este, más allá de un risco lejano, un manto de nubes grises se extiende lentamente por el cielo azul intenso. Más tarde volverá a nevar.

—No, nunca le gusta —dice Benton.

—Me ha dicho que tienes un caso.

—Sí. —Benton no puede hablar del tema.

—Bueno, qué lástima, ahora que estás en Aspen resulta que tienes un caso y ella también. Supongo que te quedarás ahí para resolverlo.

—Por ahora sí —dice Benton.

—Debe de ser algo grave si trabajas en él durante tus vacaciones en Aspen —insiste Marino.

—Se me resiste.

—Ajá. Malditos teléfonos —masculla Marino—. Lucy tendría que inventar algo que no pueda pincharse ni captarse con un escáner. Ganaría una fortuna.

—Me parece que ya ha ganado una fortuna. Varias fortunas, a lo mejor.

—Seguro.

—Cuídate —dice Benton—. Si no hablamos en varios días, cuida de ella. Andaos con mucho cuidado, en serio.

—Dime algo que no esté haciendo ya —replica Marino—. No te hagas daño jugando con la nieve por ahí.

Benton cuelga y regresa a un sofá situado frente a los ventanales cerca de la chimenea. En la mesa de centro, de castaño, hay una libreta llena de sus garabatos casi indescifrables y, al lado, una pistola Glock del calibre 40. Extrae sus gafas para leer del bolsillo de la camisa tejana, se apoya en el brazo del sofá y empieza a hojear la libreta. Todas las páginas rayadas están numeradas y llevan la fecha en la esquina superior derecha. Benton se frota el mentón anguloso y recuerda que hace dos días que no se afeita. La barba áspera y canosa le hace pensar en los árboles hirsutos de las montañas. Marca con un círculo las palabras «paranoia compartida» y eleva el mentón para mirarse el extremo de la nariz rectilínea y puntiaguda.

Garabatea en los márgenes: «Parecerá que funciona cuando llene los vacíos. Vacíos graves. No puede durar. L es la verdadera víctima, no H. H es narcisista», y subraya esta última palabra tres veces. Anota «histriónico» y lo subraya dos veces, pasa de página y va a una cuyo encabezamiento reza: «Comportamiento posterior a la agresión.» Se mantiene atento al sonido del agua corriente, sorprendido porque todavía no lo ha oído. «Masa crítica. No superará las Navidades. Tensión insoportable. Matará por Navidades o antes», escribe, alzando la vista discretamente cuando nota su presencia antes de oírla.

—¿Quién era? —pregunta Henri, que es el diminutivo de Henrietta. Está en el rellano de la escalera con su delicada mano posada en la barandilla, observándolo.

—Buenos días —dice Benton—. Sueles ducharte. Hay café.

Henri se ciñe una bata de franela roja al cuerpo delgado, los ojos verdes somnolientos y reticentes mientras examina a Benton como si una pelea o un encuentro previo se interpusiera entre ellos. Tiene veintiocho años y un atractivo poco corriente. Sus facciones no son perfectas porque tiene una nariz pronunciada y, según su propio criterio distorsionado, demasiado grande. Su dentadura tampoco es perfecta, pero en este momento nada la convencería de que tiene una sonrisa hermosa, inquietantemente seductora incluso cuando no pretende serlo. Benton no ha intentado convencerla y no lo intentará. Resultaría demasiado peligroso.

—Te he oído hablando con alguien —dice—. ¿Era Lucy?

—No —responde él.

—Oh —dice, y la decepción le tensa los labios y sus ojos despiden un destello de ira—. Oh, bueno. ¿Entonces quién era?

—Ha sido una conversación privada, Henri. —Se quita las gafas de leer—. Hemos hablado mucho acerca de los límites. Hemos hablado del tema todos los días, ¿verdad que sí?

—Lo sé —responde ella desde el rellano, aún con la mano en la barandilla—. Si no era Lucy, ¿quién era? ¿Era su tía? Habla mucho de su tía.

—Su tía no sabe que estás aquí, Henri —dice Benton con mucha paciencia—. Sólo Lucy y Rudy saben que estás aquí.

—Sé lo tuyo con su tía.

—Sólo Lucy y Rudy saben que estás aquí —repite él.

—Entonces era Rudy. ¿Qué quería? Siempre he sabido que le gusto. —Sonríe y adopta una expresión extraña e inquietante—. Rudy es guapísimo, tenía que haberme liado con él. No me habría costado. Cuando estábamos en el Ferrari podía haberme liado con él. Podía haberme liado con cualquiera cuando estaba en el Ferrari. No es que necesite a Lucy para tener un Ferrari.

—Límites, Henri —le recuerda Benton, y se niega a aceptar la desastrosa derrota que supone la llanura oscura que tiene delante, nada salvo la oscuridad que se ha extendido cada vez más y con mayor profundidad desde que Lucy mandó a Henri a Aspen y se la encomendó.

—No le harás daño —le dijo Lucy en aquel momento—. Otra persona le haría daño, se aprovecharía de ella y descubriría cosas de mí y de lo que hago.

—No soy psiquiatra —dijo Benton.

—Necesita consejo para el estrés postraumático, un psicólogo forense. Es tu trabajo. Puedes hacerlo. Puedes descubrir qué ocurrió. Necesitamos saber qué ocurrió —repuso Lucy, fuera de sí.

Lucy nunca se deja llevar por el pánico pero en aquella ocasión le entró el pánico. Cree que Benton es capaz de entender a cualquiera. Aunque fuera cierto, eso no significa que todas las personas tienen arreglo. Henri no es una rehén. Podría marcharse en cualquier momento. Le desconcierta que parezca no tener ningún interés en marcharse, que de hecho esté disfrutando.

Benton ha entendido muchas cosas en los cuatro días que ha pasado con Henri Walden. Se trata de un caso de trastorno de personalidad, pero ya lo sufría antes de que intentaran matarla. De no ser por las fotografías de la escena y el hecho de que realmente había alguien en el interior de casa de Lucy, Benton podría pensar que no hubo intento de homicidio. Le preocupa que la personalidad actual de Henri no sea más que una exageración de la que era antes de la agresión, y esa constatación le resulta sumamente inquietante y no se imagina en qué estaba pensando Lucy cuando conoció a Henri. Lucy no pensaba, decide. Es la respuesta más probable.

—¿Lucy te dejó conducir el Ferrari? —pregunta.

—El negro no.

—¿Y el plateado, Henri?

—No es plateado. Es azul California. Y lo conducía siempre que quería. —Lo mira desde el rellano, la mano aún en la barandilla, el pelo largo alborotado y la mirada sensual y somnolienta, como si estuviera posando para una sesión fotográfica sexy.

—¿Condujiste tú sola, Henri? —Quiere estar seguro. Una laguna muy importante es cómo el agresor encontró a Henri, y Benton no cree que la agresión fuera aleatoria, echada a suertes, una joven bonita en la mansión equivocada o en el Ferrari equivocado en el momento equivocado.

—Ya te he dicho que sí —responde Henri, pálida y falta de expresión. Sólo tiene vida en los ojos, cuya energía resulta voluble e inquietante—. Pero es muy posesiva con el negro.

—¿Cuándo fue la última vez que condujiste el Ferrari azul California? —pregunta Benton con la misma voz afable y firme con que ha aprendido a conseguir información. No importa que Henri esté sentada o caminando o de pie al otro lado de la sala con la mano en la barandilla, si surge algo intenta sacárselo antes de que desaparezca. Da igual lo que le ocurrió o lo que le ocurra, Benton quiere saber quién entró en casa de Lucy y por qué. «A la mierda con Henri», está tentado de pensar. Quien de verdad le importa es Lucy.

—En ese coche soy alguien —responde Henri con ojos brillantes y fríos en su rostro inexpresivo.

—¿Y lo conduces a menudo, Henri?

—Siempre que quiero. —Le observa.

—¿Todos los días para ir al campamento de instrucción?

—Cuando me daba la real gana. —Sigue observándolo con rostro impasible y los ojos brillantes de ira.

—¿Recuerdas la última vez? ¿Cuándo fue, Henri?

—No lo sé. Antes de ponerme enferma.

—Antes de que tuvieras la gripe, ¿y cuándo fue eso? ¿Hace unas dos semanas?

—No lo sé. —Se ha vuelto obstinada y no dirá nada más sobre el Ferrari, y él no la presiona porque sus negativas y elusiones hablan por sí solas.

Benton es experto en interpretar lo que no se dice y ella acaba de indicarle que conducía el Ferrari siempre que quería, consciente de que llamaba la atención y disfrutaba con ello porque necesita estar en el ojo del huracán. Incluso en sus mejores días, Henri tiene que ser el centro del caos y la creadora del caos, la estrella de su propio drama demente y, sólo por este motivo, la mayoría de los psicólogos policiales y forenses llegarían a la conclusión de que fingió el intento de homicidio y amañó la escena del crimen, que la agresión nunca se produjo. Pero sí sucedió. Ahí radica la ironía, este drama extraño y peligroso es real y está preocupado por Lucy. Siempre se ha preocupado por Lucy, pero ahora está preocupado de verdad.

—¿Con quién hablabas por teléfono? —Henri retoma la pregunta—. Rudy me echa de menos. Tenía que haberme liado con él. Cuánto tiempo perdí allí abajo.

—Comencemos la jornada recordando nuestros límites, Henri. —Benton repite con paciencia lo mismo que le dijo ayer por la mañana y la mañana anterior, cuando tomaba notas en el sofá.

—De acuerdo —responde ella desde el rellano—. Ha llamado Rudy. Hablabas con él —afirma.

6

El agua repiquetea en los fregaderos y las radiografías se iluminan en todos los negatoscopios mientras Scarpetta se inclina sobre el tractorista para examinar un corte profundo que a punto estuvo de arrancarle la nariz.

—Yo le haría una prueba para determinar el alcohol en sangre —dice al doctor Jack Fielding, que se encuentra al otro lado de la camilla de acero inoxidable, separada de él por el cadáver.

—¿Has observado algo? —pregunta él.

—No huelo a alcohol y no está color guinda. Lo digo más que nada para cubrirnos las espaldas. Estos casos son un problema, Jack.

El difunto sigue llevando los pantalones de trabajo verde oliva, manchados de barro rojizo y rasgados en los muslos. De la piel abierta sobresale grasa, músculo y huesos quebrados. El tractor le pasó por la mitad del cuerpo pero no mientras ella miraba. Quizá sucediera un minuto, o cinco minutos, después de doblar la esquina y está segura de que el hombre que vio era el señor Whitby. Intenta no imaginárselo vivo pero se le aparece en la mente cada dos por tres, de pie junto a la enorme rueda del tractor, toqueteando el motor, haciéndole algo al motor.

—Eh. —Fielding llama a un joven con la cabeza rapada, probablemente un soldado de la Unidad de Registro de Tumbas de Fort Lee—. ¿Cómo te llamas?

—Bailey, señor.

Scarpetta distingue a varios hombres y mujeres jóvenes con batas verdes, con el calzado y el pelo cubiertos, mascarillas y guantes, que probablemente sean internos del Ejército y estén ahí para aprender a manejar cadáveres. Se pregunta si serán destinados a Irak. Se fija en el verde oliva del Ejército y se da cuenta de que es el mismo que el de los pantalones del señor Whitby.

—Hazle un favor a la funeraria, Bailey, y sutura la carótida —dice Fielding con brusquedad.

Cuando trabajaba para Scarpetta no era tan desagradable. No mangoneaba a los demás ni les criticaba en voz alta.

El soldado está incómodo, su brazo derecho musculoso y tatuado suspendido en el aire, los dedos enguantados sujetando una larga aguja de coser torcida con seda del número 7. Está ayudando a un auxiliar de autopsias a suturar la incisión en forma de Y de una autopsia que se inició antes de la reunión de personal y es el auxiliar y no el soldado quien debería ocuparse de la carótida. Scarpetta se compadece del soldado; si Fielding todavía trabajara para ella, hablaría con él para que no volviera a tratar groseramente a nadie en el depósito de cadáveres.

—Sí, señor —dice el joven soldado con expresión acongojada—. Me estoy preparando para ello, señor.

—¿De veras? —repone Fielding, y todos los presentes intuyen el sarcasmo—. ¿Sabes por qué hay que suturar la carótida?

—No, señor.

—Porque es de buena educación, por eso —explica Fielding—. Coses con un hilo una arteria importante como la carótida para facilitarles el trabajo a los tipos de la funeraria. Es lo correcto, Bailey.

—Sí, señor —dice el soldado, y se aleja.

—Dios mío —suspira Fielding—, tengo que soportar esto todos los días porque Marcus deja entrar aquí a todo hijo de vecino. Pero ¿lo has visto a él aquí dentro? —Vuelve a tomar notas en la tablilla con sujetapapeles—. Pues no. Lleva aquí casi cuatro puñeteros meses y no ha hecho ni una sola autopsia. Ah, y por si no te habías dado cuenta, le gusta hacer esperar a los demás. Es su pasatiempo preferido. Está claro que nadie te ha explicado cómo es. —Señala el cadáver que yace entre ellos—. Si me hubieras llamado, te habría dicho que no te molestaras en venir.

—Tenía que haberte llamado —conviene ella mientras observa a cinco personas intentando trasladar a una mujer enorme de una camilla metálica a una mesa de acero inoxidable. De la nariz y la boca le cae un hilillo de fluido sanguinolento—. Menudo panículo.

—Scarpetta se refiere al pliegue o capa de grasa que las personas tan obesas como la difunta tienen sobre el vientre, pero, en realidad, lo que le está diciendo a Fielding es que no va a hacer comentarios sobre el doctor Marcus mientras esté en su depósito de cadáveres y rodeada de su personal.

—Resulta que es mi caso, joder —dice Fielding refiriéndose a Marcus y a Gilly Paulsson—. El muy capullo ni siquiera pisó el depósito cuando trajeron el cadáver, por el amor de Dios, y todo el mundo sabía que el caso provocaría un escándalo. Su primer gran escándalo. Oh, no me dediques una de tus miraditas, doctora Scarpetta. —Nunca dejó de llamarla así, aunque ella le alentó a que la llamara Kay porque se respetaban mutuamente y lo consideraba un amigo, pero él no la llamaba Kay cuando trabajaba para ella y sigue sin hacerlo—. Aquí no hay nadie escuchando, y tampoco es que me importe. ¿Tienes planes para la cena?

—Contigo, espero. —Le ayuda a quitarle al señor Whitby las embarradas botas, le desata los cordones húmedos y tira de las sucias lengüetas de cuero. El rígor mortis está en un estadio muy temprano y el cuerpo sigue flexible y cálido.

—¿Cómo coño se atropellan estos tipos a sí mismos? ¿Me lo puedes explicar? —dice Fielding—. Nunca lo he entendido. Vale. En mi casa a las siete. Sigo viviendo en el mismo sitio.

—Voy a decirte cómo lo hacen —dice ella, visualizando al señor Whitby de pie delante del neumático del tractor, haciéndole algo al motor—. Tienen un problema con el arranque, se bajan del asiento, se colocan junto al enorme neumático trasero y toquetean el dispositivo del arranque, posiblemente intentando que se encienda con un destornillador, y se olvidan de que el tractor tiene la marcha puesta. Y tienen la mala suerte de que arranca. En su caso le arrolló el diafragma. —Señala la huella de neumático impresa en los pantalones del señor Whitby y la chaqueta de vinilo negra que lleva su nombre bordado, T. Whitby, con grueso hilo rojo—. Cuando lo vi estaba de pie junto al neumático.

—Sí. Nuestro viejo edificio. Bienvenida de nuevo a la ciudad.

—¿Lo encontraron bajo la rueda?

—Lo aplastó y siguió rodando. —Fielding extrae unos calcetines manchados de barro que han dejado la impresión de su trama en los grandes pies blancos del hombre—. ¿Recuerdas el poste amarillo que había cerca de la puerta trasera? El tractor chocó contra él y ahí se paró, de lo contrario habría entrado por la puerta. Supongo que daría igual, dado que están demoliendo el lugar.

—Entonces no es probable que muriera de asfixia. Lesión difusa por aplastamiento de neumático —dice ella mirando el cadáver—. Exanguinación. Supongo que encontrarás la cavidad abdominal llena de sangre, el bazo, el hígado, la vejiga y los intestinos desgarrados, la pelvis aplastada. Quedamos a las siete.

—¿Y tu adlátere?

—No le llames así. No es propio de ti.

—Está invitado. Parece un memo con esa gorra de béisbol.

—Se lo advertí.

—¿Qué crees que le cortó la cara? ¿Algo que había debajo o detrás del tractor? —pregunta Fielding mientras toca la nariz medio cortada.

—Quizá no sea un corte. Cuando el neumático avanzó por el cuerpo le levantó la piel. Esta lesión —señala una herida profunda e irregular en las mejillas y el puente de la nariz— podría ser un desgarro, no un corte. Si es así deberías apreciar óxido o grasa y tejido medio arrancado por el efecto del desgarro en vez del corte. Yo en tu lugar intentaría dar respuesta a todos los interrogantes.

—Oh, sí. —Fielding levanta la vista de la tablilla, del impreso sobre prendas de vestir y pertenencias que está rellenando con un bolígrafo que cuelga del sujetapapeles de acero.

—Es muy probable que la familia de este hombre quiera indemnización —dice ella—. Muerte en el puesto de trabajo, un puesto de trabajo bien conocido.

—Oh, sí. Menudo sitio para ir a morir.

Fielding se mancha de sangre los dedos enguantados con látex al tocar la herida del rostro del hombre y, cuando manipula la nariz prácticamente cercenada, la sangre brota copiosamente. Pasa una página del sujetapapeles y empieza a dibujar la herida en un diagrama corporal. Se acerca más a la cara y la observa fijamente con unas gafas de seguridad.

—No veo ni óxido ni grasa —declara—. Pero eso no quiere decir que no haya.

—Ajá. —Ella está de acuerdo con esa conclusión—. Yo le haría un frotis, lo llevaría a analizar al laboratorio, lo comprobaría todo.

No me extrañaría que alguien dijera que lo atropellaron, que lo empujaron para que se cayera del tractor o, ya puestos, que antes le golpearon el rostro con una pala. Nunca se sabe.

—Oh, sí. Dinero, dinero, dinero.

—No es sólo dinero —responde ella—. Los abogados hacen que todo gire en torno al dinero, pero al comienzo lo que hay es conmoción, dolor, pérdida, la necesidad de culpar a alguien. Ningún familiar quiere pensar que se trata de una muerte estúpida, que fue evitable, que cualquier tractorista experimentado sabe que no debe situarse junto a una rueda trasera y toquetear el motor de arranque sin haber comprobado antes que el tractor está en punto muerto. Pero ¿qué hace la gente? Se vuelve demasiado comodona, tiene prisa y no piensa. Y es propio de la naturaleza humana negar la posibilidad de que alguien a quien queremos cause su propia muerte, de forma intencionada o sin querer. Pero ya has oído mis discursos en otras ocasiones.

Cuando Fielding estaba empezando, era uno de sus compañeros forenses. Ella le enseñó patología forense. Ella le enseñó a realizar investigaciones médico-legales de la escena del crimen y autopsias no sólo competentes sino meticulosas y exhaustivas, y le entristece recordar las ganas que él tenía de trabajar con ella al otro lado de la mesa y asimilar todo lo posible, ir con ella a los tribunales y escucharla testificar, sentarse en su despacho y repasar sus informes para aprender. Ahora está cansado y tiene un problema dermatológico, y a ella la despidieron, y los dos están ahí.

—Tenía que haberte llamado —afirma ella, y desabrocha el cinturón de cuero barato del señor Whitby y le baja la bragueta de los rasgados pantalones color oliva—. Nos ocuparemos de Gilly Paulsson y averiguaremos qué ocurrió.

—Oh, sí —responde Fielding, y antes no decía tantas veces «Oh, sí.»

7

Henri Walden, con sus zapatillas de ante que no emiten ningún sonido en la moqueta, avanza como una aparición negra hacia el sillón de orejas de piel que hay delante del sofá.

—Me he duchado —dice mientras se sienta y coloca las esbeltas piernas bajo su propio peso.

Benton advierte el destello deliberado de carne joven, la pálida cara interior de los muslos. No adopta la expresión ni reacciona como haría la mayoría de los hombres.

—¿Qué más te da? —le formula la misma pregunta que le hace cada mañana desde su llegada.

—Te hace sentir mejor, ¿verdad, Henri?

Ella asiente y lo observa como si fuera una cobra.

—Las pequeñas cosas son importantes. Comer, dormir, lavarse, hacer ejercicio —dice él—. Recuperar el control.

—Te he oído hablando con alguien.

—Eso es un problema —responde Benton con la mirada fija en la de ella por encima de la montura de las gafas, con el cuaderno encima de las rodillas como antes, aunque ahora hay más palabras escritas: «Ferrari negro» y «sin permiso» y «es probable que la siguieran desde el campamento» y «punto de contacto, el Ferrari negro»—. Las conversaciones privadas se supone que son eso, privadas. Así que tenemos que volver a nuestro acuerdo inicial, Henri. ¿Lo recuerdas?

Se quita las zapatillas y las deja en la moqueta. Apoya sus delicados pies en el cojín del sillón y cuando se inclina hacia delante para mirárselos, la bata roja se le abre un poco.

—No. —Su voz apenas resulta audible y niega con la cabeza.

—Sé que te acuerdas, Henri. —Benton repite su nombre a menudo para recordarle quién es, para personalizar lo que ha quedado despersonalizado y, en cierto sentido, dañado de forma irreversible—. Nuestro acuerdo era respeto, ¿recuerdas?

Ella se inclina todavía más, se coge una uña del dedo sin pintar y la observa fijamente, ofreciéndole su desnudez bajo la bata.

—Parte de mostrar respeto consiste en dejarnos intimidad el uno al otro. Y recato —añade él con voz queda—. Hemos hablado mucho de límites. Violar el recato es violar los límites.

Con la mano libre ella se cierra la bata mientras continúa mirándose y tocándose los dedos de los pies.

—Me acabo de despertar —dice, como si eso justificase su exhibicionismo.

—Gracias, Henri. —Es importante que ella crea que Benton no la desea sexualmente, ni siquiera en sus fantasías—. Pero no acabas de levantarte. Has bajado de la cama, has venido aquí, hemos hablado y luego te has duchado.

—No me llamo Henri —dice ella.

—¿Cómo te gustaría que te llamara?

—Nada.

—Tienes dos nombres —dice él—. El nombre con el que te bautizaron y el nombre que utilizaste en tu carrera de actriz y que sigues utilizando.

—Bueno, pues entonces soy Henri —responde ella, sin dejar de mirarse los dedos de los pies.

—Pues te llamaré Henri.

Ella asiente sin desviar la mirada.

—¿Cómo la llamas a ella?

Benton sabe a quién se refiere pero no responde.

—Te acuestas con ella. Lucy me lo ha contado todo. —Hace hincapié en la palabra «todo».

Benton siente una punzada de ira pero la disimula. Lucy no le habrá contado a Henri «todo» respecto a su relación con Scarpetta. No, se recuerda a sí mismo. Henri está acosándole de nuevo, poniendo a prueba sus límites. No, traspasando sus límites otra vez.

—¿Cómo es que no está aquí contigo? —pregunta Henri—. Son tus vacaciones, ¿no? Y ella no está aquí. Hay mucha gente que deja de hacer el amor al cabo de un tiempo. Es uno de los motivos por los que no quiero estar con nadie, no durante demasiado tiempo. Se acaba el sexo. Normalmente al cabo de seis meses las parejas dejan de hacer el amor. Ella no está aquí porque estoy yo. —Lo mira de hito en hito.

—Es cierto —responde él—. Ella no está aquí por ti, Henri.

—Debió de enfadarse un montón cuando le dijiste que no podía venir.

—Lo entiende —responde él, aunque no es del todo sincero.

Scarpetta lo entendió y no.

—No puedes venir a Aspen ahora mismo —le dijo después de recibir la llamada de pánico de Lucy—. Me temo que ha surgido un caso y tengo que encargarme de él.

—Entonces te marchas de Aspen —le dijo Scarpetta.

—No puedo hablar del caso —respondió y, que él sepa, ella piensa que ahora mismo está en cualquier sitio menos en Aspen.

—No es justo, Benton —dijo ella—. He reservado estas dos semanas para nosotros. Yo también tengo casos.

—Por favor, ten paciencia —respondió él—. Prometo explicártelo más adelante.

—Qué oportuno —dijo ella—. Es muy mal momento. Necesitábamos estar juntos.

Por supuesto que necesitan estar juntos y, en cambio, él está aquí con Henri.

—Háblame de lo que has soñado esta noche. ¿Recuerdas los sueños? —le pregunta a la chica.

Ella se toca el dedo gordo del pie izquierdo, como si le doliera. Frunce el entrecejo. Benton se levanta. Con toda tranquilidad, toma la Glock y cruza el salón para ir a la cocina. Abre un armario, coloca la pistola en un estante alto, extrae dos tazas y sirve café. Ambos lo toman solo.

—Quizás esté un poco fuerte. Puedo preparar más. —Le deja la taza en el extremo de la mesa y vuelve a sentarse en el sofá—. La otra noche soñaste con un monstruo. De hecho, le llamaste «la bestia», ¿no? —Sus ojos agudos se clavan en los infelices de ella—. ¿Has vuelto a ver a la bestia esta noche?

Ella no responde. Su estado de ánimo ha cambiado mucho desde que se levantó. Ha ocurrido algo en la ducha pero ya sacará el tema más adelante.

—No tenemos por qué hablar de la bestia si no quieres, Henri. Pero cuanto más hablemos de él, más posibilidades tendré de encontrarle. Quieres que lo encuentre, ¿verdad?

—¿Con quién hablabas? —pregunta ella con la misma voz susurrante e infantil. Pero no es una niña. Y mucho menos inocente—. Estabas hablando de mí —insiste mientras el cinturón de la bata se le suelta y enseña más desnudez.

—Te prometo que no estaba hablando de ti. Nadie sabe que estás aquí, nadie aparte de Lucy y Rudy. Creo que confías en mí, Henri. —Hace una pausa y la mira—. Creo que confías en Lucy.

Ella adopta una expresión enfurecida al oír el nombre de Lucy.

—Creo que confías en nosotros, Henri —declara Benton, sentado tranquilamente con las piernas cruzadas y los dedos entrelazados encima del regazo—. Te agradecería que te cubrieses.

Ella se arregla la bata, se mete los faldones entre las piernas y se ciñe el cinturón. Benton conoce a la perfección el aspecto de su cuerpo desnudo pero no lo visualiza. Ha visto fotografías y no las volverá a mirar a no ser que sea necesario repasarlas con otros profesionales y, a la larga, con ella, cuando esté preparada, si es que llega a estarlo. Por el momento, ella reprime lo sucedido de forma involuntaria o voluntaria, y se comporta de manera que seduciría y enfurecería a hombres más débiles a quienes no les importasen sus estratagemas o no las entendiesen. Sus intentos continuos por excitar sexualmente a Benton no están sólo relacionados con la transferencia, sino que son una manifestación directa de su narcisismo agudo y crónico y su deseo de controlar y dominar, degradar y destruir a cualquiera que ose preocuparse por ella. Todos los actos y reacciones de Henri están relacionados con el odiarse a sí misma y la rabia.

—¿Por qué me despachó Lucy? —pregunta.

—¿Acaso no lo sabes? ¿Por qué no me cuentas por qué estás aquí?

—Porque... —Se seca los ojos con la manga de la bata—. La bestia.

Benton tiene la vista clavada en ella desde su posición segura en el sofá, las palabras de la libreta resultan ilegibles desde donde ella está, y muy lejos de su alcance. Él no intenta entablar conversación. Es importante ser paciente, muy paciente, como un cazador en el bosque totalmente agazapado.

—Entró en la casa. No me acuerdo.

Benton la observa en silencio.

—Lucy lo dejó entrar en casa —añade.

Benton no quiere presionarla, pero no piensa aceptar informaciones erróneas ni mentiras descaradas.

—No, Lucy no lo dejó entrar en casa —la corrige—. Nadie lo dejó entrar en casa. Entró porque la puerta trasera no estaba cerrada con llave y la alarma estaba desconectada. Ya hemos hablado de ello. ¿Recuerdas por qué la puerta no estaba cerrada con llave y la alarma desconectada?

Ella se mira los dedos de los pies sin mover las manos.

—Ya hemos hablado del porqué —dice él.

—Tenía la gripe —responde ella mirándose otro dedo—. Yo estaba enferma y ella no estaba en casa. Estaba temblando, salí a tomar el sol y olvidé cerrar la puerta con llave y volver a conectar la alarma. Tenía fiebre y se me olvidó. Lucy me echa la culpa.

Él bebe un sorbo de café. Ya se ha enfriado. El café no se mantiene caliente en las montañas de Aspen, Colorado.

—¿Lucy ha dicho que fue culpa tuya?

—Lo piensa. —Henri mira más allá de él, por la ventana—. Piensa que todo es culpa mía.

—Nunca me ha dicho eso. Me estabas hablando de tus sueños —retoma el tema—. Lo que has soñado esta noche.

Ella parpadea y vuelve a frotarse el dedo gordo del pie.

—¿Te duele? —pregunta él.

Ella asiente.

—Lo siento. ¿Quieres algo para remediarlo?

Ella niega con la cabeza.

—No hay nada que pueda remediarlo.

No se refiere al dedo gordo del pie sino que relaciona el hecho de habérselo roto con encontrarse al cuidado de él a más de mil seiscientos kilómetros de Pompano Beach, Florida, donde estuvo a punto de morir. Henri se acalora.

—Iba caminando por un sendero —dice—. Había rocas a un lado, una pared escarpada de piedra muy cerca del sendero. Había grietas, una grieta entre las piedras, y no sé por qué lo hice pero el pie se me quedó encallado allí. —Se le corta la respiración, se aparta el pelo rubio de la cara y le tiembla la mano—. Me quedé encallada entre las rocas... No podía moverme, no podía respirar. No podía soltarme. Y nadie podía sacarme de allí. Cuando estaba en la ducha he recordado el sueño. El agua me golpeaba la cara y al contener la respiración he recordado el sueño.

—¿Alguien intentó sacarte de allí? —Benton no reacciona ante su miedo ni juzga si es verdadero o fingido. No sabe definirlo. Con ella, Benton no suele saber a qué atenerse.

La chica permanece inmóvil en el sillón con la respiración entrecortada.

—Dices que nadie podía sacarte de allí —continúa Benton, con toda tranquilidad, con el tono carente de provocación del consejero en que se ha convertido para ella—. ¿Había otra persona? ¿Más gente?

—No lo sé.

Él espera. Si ella sigue respirando entrecortadamente tendrá que hacer algo al respecto. Pero de momento es paciente, cual cazador al acecho.

—No me acuerdo. No sé por qué, pero por un momento pensé... se me ocurrió en el sueño que... quizás alguien podía destrozar las piedras. Con un pico, quizás. Y luego pensé que no. La roca es demasiado dura. No me pueden sacar. Nadie puede sacarme. Voy a morir. Voy a morir, lo sabía y entonces ya no lo he soportado más y se ha acabado el sueño. —Su divagación se detiene de forma tan abrupta como al parecer sucedió con el sueño. Henri respira hondo y se relaja. Mira a Benton de hito en hito—. Fue horrible —reconoce.

—Sí —dice él—. Debió de serlo. No se me ocurre nada más espantoso que no poder respirar.

Ella se coloca la mano sobre el corazón.

—El pecho no se me movía. Respiraba de forma muy superficial, ¿sabes? Y entonces se me acababan las fuerzas.

—Nadie tendría fuerza suficiente para mover la pared rocosa de una montaña —responde él.

—Me faltaba el aire.

Es posible que su agresor intentara ahogarla o asfixiarla, y Benton recuerda las fotos. Las visualiza una por una, examinando las heridas de Henri, intentando encontrarle sentido a lo que ella acaba de decir. Ve un hilo de sangre cayéndole por la nariz; le emborrona las mejillas y mancha la sábana que tiene bajo la cabeza mientras yace boca abajo en la cama. Está desnuda y destapada, tiene los brazos extendidos por encima de la cabeza y las piernas dobladas, una más que la otra.

Benton se centra en otra fotografía mientras Henri se levanta del sillón. Él procesa sus palabras y piensa que la pistola está en el armario de la cocina, pero ella no sabe en cuál porque estaba de espaldas a él cuando el arma desapareció de su vista. La observa e interpreta sus movimientos al tiempo que interpreta también el jeroglífico de las heridas, las curiosas marcas que tiene en el cuerpo. Tenía el dorso de las manos rojo porque él o ella —Benton no va a dar por supuesto el sexo de su agresor— la contusionó. Tenía moratones recientes en el dorso de las manos y varias zonas rojas por la contusión en la parte superior de la espalda. En los días siguientes, el enrojecimiento de los vasos sanguíneos rotos subcutáneos se oscureció hasta adoptar un tono púrpura tempestuoso.

Benton la observa servirse más café. Piensa en las fotografías de su cuerpo inconsciente *in situ*. El hecho de que tenga un cuerpo hermoso carece de importancia para Benton, aparte de pensar que todos los detalles de su aspecto y comportamiento podrían haber sido catalizadores violentos para la persona que intentó asesinarla. Henri está delgada pero no es ni mucho menos andrógina. Tiene pecho y vello púbico, y a un pederasta no le resultaría atractiva. En el momento de la agresión era sexualmente activa.

La observa regresar al sillón de cuero sujetando la taza de café con ambas manos. No le importa que sea desconsiderada. Una persona educada le habría ofrecido más café, pero probablemente Henri sea una de las personas más egoístas e insensibles que Benton ha conocido, lo era antes de la agresión y siempre lo será. Sería positivo que nunca volviera a estar cerca de Lucy. Pero él no tiene ningún derecho a desear eso o hacer que ocurra, se dice.

—Henri —dice Benton cuando se levanta a buscar más café—, ¿te apetece hacer una comprobación de hechos esta mañana?

—Sí, pero no me acuerdo. —Su voz le sigue a la cocina—. Sé que no me crees.

—¿Por qué piensas eso? —Se sirve más café y regresa al salón.

—El médico no me creyó.

—Ya, el médico. Dijo que no te creía —declara Benton y se sienta otra vez en el sofá—. Creo que sabes lo que opino de ese médico, pero te lo recordaré. Cree que las mujeres son unas histéricas y no le gustan; está claro que no muestra ningún respeto por ellas y eso se debe a que las teme. Además es un médico de urgencias y no sabe nada de agresores violentos o sus víctimas.

—Cree que me lo hice yo sola —comenta Henri enojada—. Se piensa que no oí lo que le dijo a la enfermera.

Benton es cuidadoso en sus reacciones. Henri le está proporcionando información nueva. Lo único que desea es que sea cierta.

—Cuéntame —dice él—. Me gustaría mucho saber qué le dijo a la enfermera.

—Debería demandar a ese capullo —añade ella.

Benton espera y bebe un sorbo de café.

—A lo mejor le pongo una denuncia —continúa ella, con rencor—. Pensó que no le había oído porque tenía los ojos cerrados cuando entró en la habitación. Yacía allí medio dormida y la enfermera estaba en la puerta y entonces apareció él. Así que fingí estar inconsciente.

—Fingiste que estabas dormida —dice Benton. Ella asiente—. Eres actriz de formación. Fuiste actriz profesional.

—Lo sigo siendo. No se deja de ser actriz así como así. Ahora mismo no participo en ninguna producción porque tengo otras cosas que hacer.

—Imagino que siempre se te ha dado bien actuar —dice él.

—Sí.

—Fingir. Siempre se te ha dado bien fingir. —Hace una pausa—. ¿Finges a menudo, Henri?

Ella endurece la expresión y le mira.

—Fingí en la habitación del hospital para escuchar al médico. Oí todo lo que decía. Dijo: «Nada como que te violen cuando estás cabreada con alguien. Le destrozas la vida.» Y se echó a reír.

—No me extraña que quieras denunciarle —dice Benton—. ¿Esto fue en urgencias?

—No, no. En mi habitación. Más tarde ese mismo día, cuando me trasladaron a una de las plantas, después de todas las pruebas. No recuerdo qué planta.

—Eso es todavía peor —dice Benton—. No tenía por qué haber ido a tu habitación. Es un médico de urgencias y no está asignado a ninguna planta. Se pasó por allí porque sentía curiosidad y eso no está bien.

—Voy a ponerle una denuncia. Le odio. —Se vuelve a frotar el dedo del pie, y el dedo magullado y los morados de las manos han adoptado un color amarillento—. Hizo algún comentario sobre Cabeza Dextro. No sé qué es eso pero me estaba insultando, se burló de mí.

Le está proporcionando información nueva y Benton siente la esperanza renovada de que con tiempo y paciencia recordará más o será más veraz.

—Un Cabeza Dextro es alguien que abusa de los remedios para la alergia y la gripe o los jarabes para la tos que contienen opiáceos. Desgraciadamente es habitual entre los adolescentes.

—Menudo cabrón —murmulla ella, cogiéndose la bata—. ¿No puedes hacer nada para que tenga su merecido?

—Henri, ¿tienes alguna idea de por qué indicó que te habían violado? —pregunta Benton.

—No lo sé. Me parece que no me violaron.

—¿Recuerdas a la enfermera forense?

Ella niega lentamente con la cabeza.

—Te llevaron en camilla a una sala de reconocimiento cerca de urgencias y utilizaron un kit de recuperación de pruebas físicas. Sabes lo que es, ¿verdad? Cuando te cansaste de ser actriz, fuiste agente de policía antes de que Lucy te conociera en Los Ángeles este otoño, hace unos meses, y te contratara. O sea que sabes lo de los frotis y la recogida de pelos y fibras y todo eso.

—No me cansé de ser actriz. Quería descansar durante un tiempo, hacer otra cosa.

—De acuerdo, pero ¿te acuerdas del kit que te digo?

Asiente.

—¿Y la enfermera? Era muy agradable, me dijeron. Se llama Brenda. Te hizo un reconocimiento para determinar las lesiones por agresión sexual y recoger pruebas. La habitación también se utiliza para niños y estaba llena de muñecos de peluche. El papel pintado era de osos, tarros de miel, árboles. Brenda no llevaba el uniforme de enfermera. Llevaba un traje azul claro.

—Tú no estabas allí.

—Me lo contó por teléfono.

Henri se mira los pies desnudos, aún apoyados en el cojín del sillón.

—¿Le preguntaste cómo iba vestida?

—Tiene los ojos pardos, el pelo corto y oscuro. —Benton intenta extraer lo que Henri reprime o finge reprimir y ha llegado el momento de hablar del kit de recuperación de pruebas físicas—. No había fluido seminal, Henri. Ninguna prueba de agresión sexual. Pero Brenda encontró fibras adheridas a tu piel. Al parecer llevabas algún tipo de loción o aceite corporal. ¿Recuerdas si te pusiste aceite o loción aquella mañana?

—No —responde ella con voz queda—. Pero no puedo asegurarte que no me pusiera.

—Tenías la piel oleosa —dice Benton—. Lo dijo Brenda. Ella detectó una fragancia. Una fragancia agradable como de loción corporal perfumada.

—Él no me la puso.

—¿Él?

—Debió de ser un hombre. ¿No crees que fue un hombre? —pregunta con un tono esperanzado que suena desafinado, del modo que suenan las voces cuando las personas intentan engañarse a sí mismas o a los demás—. No pudo ser una mujer. Las mujeres no hacen esas cosas.

—Las mujeres hacen todo tipo de cosas —replica él—. Ahora mismo no sabemos si fue un hombre o una mujer. Encontraron varios pelos de la cabeza en el colchón del dormitorio, negros y rizados. De entre doce y quince centímetros de largo.

—Bueno, lo sabremos pronto, ¿no? Pueden conseguir el ADN del pelo y descubrir que no es una mujer —dice ella.

—Me temo que no. El tipo de prueba del ADN que se utiliza no determina el sexo. La raza es posible pero el sexo no. E incluso para la raza se tarda por lo menos un mes. Entonces piensas que quizá te pusiste la loción corporal.

—No. Pero él no me la puso. No le habría dejado. Me habría resistido si hubiera tenido la oportunidad. Probablemente él quisiera hacerlo.

—Así pues, tú no te pusiste la loción.

—He dicho que ni él ni yo y ya basta. No es asunto tuyo.

Benton lo comprende. La loción no tiene nada que ver con la

agresión, suponiendo que Henri esté diciendo la verdad. Lucy entra en sus pensamientos, y él lo siente por ella y se enfada con ella al mismo tiempo.

—Cuéntamelo todo —dice Henri—. Dime qué crees que me pasó. Dime qué pasó y yo te diré si estoy de acuerdo o en desacuerdo. —Sonríe.

—Lucy llegó a casa —responde Benton y esta información no es nueva. Se resiste a revelar más de la cuenta demasiado pronto—. Pasaban unos minutos del mediodía y al abrir la puerta principal se dio cuenta de que la alarma estaba desconectada. Te llamó, no respondiste y oyó que la puerta trasera que da a la piscina golpeaba contra el tope y corrió hacia allí. Al entrar en la cocina vio que la puerta que conduce a la piscina y al malecón estaba abierta de par en par.

Henri vuelve a mirar con ojos bien abiertos más allá de Benton, por la ventana.

—Ojalá ella le hubiera matado —comenta.

—No llegó a ver a nadie. Es posible que la persona la oyera entrar por el camino con el Ferrari negro y echara a correr...

—Estaba en la habitación conmigo y tuvo que bajar por todas esas escaleras —interrumpe Henri, mirándole con ojos bien abiertos.

En ese momento Benton considera que dice la verdad.

—Lucy no aparcó en el garaje aquel día porque sólo había parado un momento para ver cómo estabas —dice—. Por eso llegó rápidamente a la puerta principal. Entró mientras él salía por la puerta trasera. No le persiguió. No llegó a verlo. En aquel momento la preocupación de Lucy eras tú, no la persona que había entrado en la casa.

—No estoy de acuerdo —dice Henri casi alegremente.

—Cuéntame.

—No iba en el Ferrari negro. Estaba en el garaje. Iba con el Ferrari azul California. Ése es el coche que aparcó delante de casa.

Más información nueva. Benton conserva la calma, está muy tranquilo.

—Estabas enferma en la cama, Henri. ¿Estás segura de saber qué coche llevaba aquel día?

—Siempre lo sé. No llevaba el Ferrari negro porque estaba rayado.

—¿Rayado?

—Lo rayaron en un aparcamiento —dice Henri mirándose otra vez el dedo magullado—. Ya sabes, el del gimnasio que hay en Atlantic, ahí arriba en Coral Springs. El gimnasio al que vamos a veces.

—¿Recuerdas cuándo fue eso? —inquiere Benton, sin mostrar la emoción que siente. La información es nueva e importante y sabe adónde le llevará—. ¿Rayaron el Ferrari negro mientras estabas en el gimnasio? —La pincha para que diga la verdad.

—No he dicho que estuviera en el gimnasio —espeta ella, y su hostilidad confirma las sospechas de Benton.

Tomó el Ferrari negro de Lucy para ir al gimnasio, está claro que sin el permiso de ella. Nadie puede conducir el Ferrari negro, ni siquiera Rudy.

—Cuéntame lo de la rayada —insiste Benton.

—Alguien lo rayó, con la llave de un coche o algo así. Hizo un dibujo. —Se mira los dedos de los pies y se toquetea el dedo gordo, amarillento.

—¿Qué representaba el dibujo?

—No quiso conducirlo después de eso. No se sale con un Ferrari rayado.

—Lucy debió de enfadarse —comenta Benton.

—Se puede arreglar. Todo se puede arreglar. Si ella lo hubiera matado, yo no tendría por qué estar aquí. Ahora tendré que preocuparme el resto de mi vida por si vuelve a encontrarme.

—Estoy intentando asegurarme de que no tengas que preocuparte por eso, Henri. Pero necesito tu ayuda.

—Quizá nunca recuerde. —Lo mira—. No puedo evitarlo.

—Lucy subió corriendo tres tramos de escalera hasta el dormitorio principal. Ahí estabas tú —dice Benton observándola fijamente, asegurándose de que asimila sus palabras, aunque ya haya oído esa parte con anterioridad. Todo el tiempo él ha temido que ella quizá no esté actuando, que nada de lo que dice y hace sea teatro. Si es así, podría romper con la realidad, volverse psicótica, descompensarse totalmente y quedar destrozada. Ella escucha pero su afectación no es normal—. Cuando Lucy te encontró, estabas inconsciente, pero tu respiración y la frecuencia cardíaca eran normales.

—No llevaba nada. —No le importa que se sepa ese detalle. Le gusta recordarle la existencia de su cuerpo desnudo.

—¿Duermes desnuda?

—Sí, me gusta.

—¿Recuerdas si te habías quitado el pijama antes de volver a meterte en la cama esa mañana?

—Es probable que sí.

—¿O sea que no lo hizo él? No fue el agresor. Suponiendo que sea un hombre.

—No hacía falta que lo hiciera. De todos modos, estoy segura de que lo habría hecho.

—Lucy dice que cuando te vio por última vez, a eso de las ocho de la mañana, llevabas un pijama de satén rojo y un albornoz marrón.

—Sí. Porque quería salir. Me senté en una tumbona junto a la piscina, al sol.

Más información nueva.

—¿A qué hora fue eso?

—Justo después de que Lucy se marchara, me parece. Se marchó en el Ferrari azul. Bueno, no enseguida —se corrige con tono monótono y deja perder la mirada en la mañana nevada, deslumbrada por el sol—. Estaba enfadada con ella.

Benton se levanta lentamente y coloca más leña en el fuego. Las chispas suben por la chimenea y las llamas lamen con avaricia el pino reseco.

—Hirió tus sentimientos —dice al tiempo que cierra la malla protectora.

—Lucy no es agradable cuando la gente está enferma —responde Henri, más dispuesta—. No quería cuidarme.

—¿Qué me dices de la loción corporal? —pregunta él, aunque ha entendido lo de la loción corporal, está convencido de ello, pero lo más inteligente es asegurarse por completo.

—¿Qué más da? No hay para tanto. Es un favor, ¿no? ¿Sabes a cuánta gente le gustaría hacer eso? Yo le dejo como favor. Ella sólo hace lo que le apetece, lo que le conviene, pero luego se cansa de cuidarme. Me dolía la cabeza y discutimos.

—¿Cuánto tiempo estuviste sentada junto a la piscina? —pregunta Benton, intentando no distraerse con Lucy, intentando no preguntarse en qué demonios estaba pensando cuando conoció a Henri Walden, pero al mismo tiempo es plenamente consciente de lo impresionantes y cautivadores que pueden llegar a ser los psicópatas.

—No mucho. No me sentía bien.

—¿Quince minutos? ¿Media hora?

—Supongo que media hora.

—¿Viste a otras personas? ¿Algún barco?

—No me di cuenta, así que a lo mejor no había ninguno. ¿Qué hizo Lucy cuando estaba en la habitación conmigo?

—Llamó al teléfono de emergencias y siguió comprobando tus constantes vitales mientras esperaba la ambulancia —dice Benton. Decide añadir otro detalle, un detalle arriesgado—: Hizo fotografías.

—¿Sacó la pistola?

—Sí.

—Ojalá lo hubiera matado.

—Sigues hablando en masculino.

—¿E hizo fotos? ¿A mí? —pregunta Henri.

—Estabas inconsciente pero estable. Te hizo fotos antes de que te movieran.

—¿Porque parecía que me habían agredido?

—Porque tu cuerpo estaba en una posición extraña, Henri. Así. —Extiende los brazos por encima de la cabeza—. Estabas boca abajo con los brazos extendidos delante. Te sangraba la nariz y tenías moratones, como ya sabes. Tenías el dedo gordo del pie roto, aunque eso no se descubrió hasta más tarde. Veo que no recuerdas cómo te lo rompiste...

—Quizá me di un golpe al bajar por la escalera —sugiere.

—¿Te acuerdas de eso? —pregunta él, teniendo en cuenta que no ha recordado nada ni reconocido nada sobre el dedo hasta ese momento—. ¿Cuándo crees que te lo hiciste?

—Cuando salí a la piscina. Los escalones de piedra. Creo que me salté uno o algo así, por todas las medicinas y la fiebre y tal. Recuerdo haber llorado. Lo recuerdo. Porque me dolía, me dolía mucho y pensé en llamarla, pero ¿para qué tomarme la molestia? No le gusta que esté enferma o que me duela algo.

—Te rompiste el dedo gordo bajando a la piscina y pensaste en llamar a Lucy pero no llamaste. —Quiere dejarlo totalmente claro.

—Estoy de acuerdo —dice ella con sorna—. ¿Dónde estaban mi pijama y el albornoz?

—Cuidadosamente doblados en una silla cerca de la cama. ¿Los doblaste y los dejaste allí?

—Es probable. ¿Estaba tapada con las mantas?

Él sabe adónde quiere ir a parar con eso, pero es importante decirle la verdad.

—No —responde—. Las mantas estaban a los pies de la cama, colgaban del colchón.

—Estaba desnuda y ella hizo fotos —dice Henry con expresión vacía, mirándolo con dureza.

—Sí —responde Benton.

—No me extraña. Siempre comportándose como una poli.

—Tú eres policía, Henri. ¿Qué habrías hecho tú?

—Sólo ella haría algo así —responde.

8

—¿Dónde estás? —pregunta Marino cuando ve que es Lucy quien lo llama al móvil—. ¿Cuál es tu ubicación? —Siempre le pregunta dónde está, aunque la respuesta sea irrelevante. Marino se ha pasado su vida adulta en el cuerpo de policía y uno de los detalles que un buen poli nunca pasa por alto es la ubicación. No sirve de nada gritar «¡socorro!» por la radio si no sabes dónde estás. Marino se considera el mentor de Lucy y no permite que a ella se le olvide, aunque ella lo ha olvidado hace años.

—Atlantic Boulevard —responde Lucy en su oreja derecha—. Estoy en el coche.

—Vaya, Sherlock, pues suenas como si estuvieras en un puñetero contenedor de basura. —Marino nunca desperdicia la oportunidad de hacer comentarios desagradables sobre los coches de ella.

—Qué poco atractivos son los celos —replica ella.

Él se aleja unos pasos de la zona para tomar café del departamento de Medicina Forense, mira alrededor y no ve a nadie. Le satisface que nadie pueda escuchar la conversación.

—Mira, por aquí la cosa no va tan bien —dice mirando por la pequeña ventana de la puerta de la biblioteca para ver si hay alguien en el interior. No hay nadie—. Este sitio se ha ido al carajo —anuncia por el minúsculo móvil, que debe pasarse de la oreja a la boca según esté escuchando o hablando—. Me limito a advertírtelo.

Tras una pausa, Lucy responde:

—No te limitas a advertírmelo. ¿Qué quieres que haga?

—Maldita sea. Qué ruidoso es tu coche. —Se pone a caminar.

Aún no se ha quitado la gorra de béisbol de la policía que Lucy le regaló como artículo de broma.

—Vale, ahora estás empezando a preocuparme —dice ella por encima del rugido del Ferrari—. Cuando dijiste que no era gran cosa tenía que haberme dado cuenta de que se convertiría en algo gordo. Maldita sea. Te lo advertí, os advertí a los dos que no volvierais ahí.

—Hay algo más que la chica muerta —responde él con voz queda—. A eso voy. No se trata de eso, no del todo. No digo que ella no sea el principal problema. Estoy seguro de que lo es. Pero aquí pasa algo más. Nuestro mutuo amigo —se refiere a Benton— no tiene dudas al respecto. Y ya la conoces. —Ahora se refiere a Scarpetta—. Va a acabar con la mierda hasta el cuello.

—¿Pasa algo más? ¿Como qué? Dame un ejemplo. —Lucy cambia de tono. Cuando se pone muy seria, adopta una voz lenta y rígida, que a Marino le recuerda el pegamento mientras se seca.

«Si hay problemas aquí en Richmond —piensa Marino—, él está pillado. Lucy estará encima de él como una lapa, sin duda.»

—Voy a decirte una cosa, jefa —continúa—: una de las razones por las que sigo activo es porque tengo instinto. —Marino la llama «jefa» como tomándose confianzas, cuando está claro que él no es su subordinado, pero lo hace si su aguzado instinto le advierte que está a punto de ganarse su desaprobación—. Y mi instinto me dice que aquí hay un SANGRIENTO ASESINATO, en mayúsculas, jefa —añade, aun sabiendo que Lucy y su tía Kay Scarpetta notan su inseguridad cuando empieza a soltar bravuconadas o a alardear de su instinto o a llamar a las mujeres con rango «jefa» o «Sherlock» u otros apelativos menos educados. Pero es que no puede evitarlo, por lo que no hace más que empeorar la situación—. Y añadiré algo más: odio esta ciudad apestosa. Maldita sea, odio este asqueroso sitio. ¿Sabes cuál es el problema de este asqueroso sitio? No saben lo que es el respeto, eso es lo que pasa.

—No voy a repetir que ya te lo había advertido —le dice Lucy. Su voz se adhiere como el pegamento, muy rápido—. ¿Quieres que vayamos?

—No —responde él, y le molesta darse cuenta de que no puede decirle a Lucy lo que piensa sin que ella dé por supuesto que tiene que actuar—. Ahora mismo me limito a informarte, jefa —dice al tiempo que desea no haber hablado con Lucy y no haberle contado nada. Piensa que ha sido un error llamarla. Pero si ella descubre que su tía lo está pasando mal y que él no le dijo ni una palabra, Lucy la tomará con él.

Cuando se conocieron ella tenía diez años. Diez. Una mocosa regordeta con gafas y actitud arrogante. Se odiaron mutuamente, luego la situación cambió y ella le idolatró, después se hicieron amigos y más adelante la situación volvió a cambiar. En algún momento él tenía que haber puesto freno a tanta evolución, a tanto cambio, porque hacía unos diez años la situación estaba bien y se sentía a gusto enseñándole a conducir su coche y a ir en moto, a disparar, a beber cerveza, a distinguir si alguien mentía, en fin, las cosas importantes de la vida. Por aquel entonces no la temía. Quizá temor no sea la palabra adecuada para describir lo que siente, pero ella tiene poder en la vida y él no, y la mitad de las veces en que cuelga tras hablar con ella se queda con el ánimo por el suelo y la moral baja. Lucy puede hacer lo que le venga en gana y aun así tener dinero y dar órdenes, y él no. Ni siquiera cuando juró el cargo de agente de policía alardeaba de su poder como hace ella. Pero ella no le da miedo, se dice. Claro que no, faltaría más.

—Iremos si nos necesitas —afirma Lucy por el teléfono—. Pero no es un buen momento. Aquí estoy ocupada y no es un buen momento.

—Ya te he dicho que no hace falta que vengáis —dice Marino de mal humor y el mal humor, siempre ha sido el hechizo mágico que obliga a los demás a preocuparse más por él y su estado anímico que de sí mismos y su estado anímico—. Sólo te estoy contando lo que pasa y ya está. No te necesito. No tienes nada que hacer aquí.

—Bien —dice Lucy. El mal humor ya no funciona con ella. A Marino se le olvida una y otra vez—. Tengo que colgar.

9

Lucy reduce de marchas empujando la palanca con el dedo índice de la mano derecha y el motor se pone a mil revoluciones con un rugido mientras desacelera. El radar sónico chirría y la alerta delantera lanza destellos rojos, lo cual indica la presencia de un radar policial más adelante.

—No estoy conduciendo a demasiada velocidad —le dice a Rudy Musil, que va en el asiento del pasajero y mira el velocímetro—. Sólo me excedo en diez kilómetros.

—No he dicho nada —responde él y mira por el retrovisor de su lado.

—A ver si acierto. —Mantiene el coche en tercera y sólo un poco por encima de los sesenta y cinco por hora—. Los policías estarán en la siguiente intersección, buscándonos como sabuesos ansiosos por anotarse un tanto.

—¿Qué pasa con Marino? —pregunta Rudy—. Deja que lo adivine: tengo que hacer la maleta.

Los dos se mantienen alerta, miran por los retrovisores, se fijan en los otros coches, en todas las palmeras, peatones y edificios de ese tramo de centros comerciales. En esos momentos el tráfico es moderado y relativamente correcto en el Atlantic Boulevard de Pompano Beach, justo al norte de Fort Lauderdale.

—Vaya —dice Lucy—. ¡A la caza!

Pasa junto a un Ford LTD azul oscuro que acaba de girar desde Powerline Road, intersección en la que hay un supermercado Eckerd's y una carnicería. El Ford camuflado la sigue por el carril de la izquierda.

—Le has picado la curiosidad —dice Rudy.

—Pues no le pagan para ser curioso —responde ella mientras el Ford camuflado no se rezaga. Sabe perfectamente que el policía espera que ella haga algo que le dé motivos para encender las luces y comprobar el coche y la joven pareja que lo ocupa—. Mira eso. Hay gente que me adelanta por el carril de la derecha y ese tipo tiene la ITV caducada. —Señala—. Y el poli se interesa más por mí.

Ella deja de vigilarlo por el retrovisor y desea que Rudy esté de mejor humor. Desde que abrió un despacho en Los Ángeles, él está raro. No sabe muy bien cómo, pero está claro que calculó mal sus ambiciones y necesidades en la vida. Había supuesto que a Rudy le encantaría un apartamento en Wilshire Boulevard con unas vistas tan amplias que en los días claros se ve la isla Catalina. Se equivocó, cometió un error garrafal, el más garrafal con respecto a cualquier otra cosa que haya pensado jamás de él.

Se acerca un frente procedente del sur, el cielo está dividido en capas que varían entre humo denso y un gris perla alumbrado por el sol. El aire más fresco aparta la lluvia que ha caído hoy a intervalos y ha dejado charcos que salpican el coche de Lucy. Justo delante, una bandada de gaviotas migratorias se arremolina por encima de la carretera, vuela bajo y en todas direcciones mientras Lucy sigue conduciendo con el coche de policía camuflado pisándole los talones.

—Marino no tiene mucho que decir —responde a la pregunta que Rudy le formuló hace un rato—. Sólo que en Richmond pasa algo. Como es habitual, mi tía está a punto de meterse en un lío.

—He oído que ofrecías nuestros servicios. Pensaba que sólo iba a asesorar sobre algún tema. ¿Qué ocurre?

—No sé si tenemos que hacer algo. Ya veremos. Lo que pasa es que el jefe, no me acuerdo cómo se llama, le pidió ayuda para un caso, una niña que murió de repente y no se sabe la causa. En su departamento no son capaces de averiguarlo, menuda sorpresa. Ni siquiera lleva ahí cuatro meses y se lava las manos ante el primer marrón que le surge y llama a mi tía: «Oye, ¿qué te parece si vienes aquí y pisas esta mierda para que yo no me manche?» Algo así. Le dije que no fuera y ahora parece que hay otros problemas. No sé. Le dije que no regresara a Richmond, pero no me hace caso.

—Te hace tanto caso como tú a ella —dice Rudy.

—¿Sabes una cosa, Rudy? No me gusta ese tipo. —Lucy mira por el retrovisor.

El coche camuflado sigue pegado a su rueda y el conductor es alguien de piel oscura, probablemente un hombre, aunque Lucy no lo distingue. No quiere parecer interesada en él, ni siquiera demostrar que ha advertido su presencia. Entonces cae en la cuenta.

—¡Maldita sea, mira que soy imbécil! —exclama—. El radar no se ha activado. ¿En qué estoy pensando? No ha emitido ni un solo chirrido desde que ese Ford ha aparecido detrás de nosotros. No es un coche de policía con radar. No puede ser. Pero nos está siguiendo.

—Tranquila —dice Rudy—. Sigue conduciendo y no le hagas caso. Veremos qué hace. Probablemente no sea más que un tío que admira tu coche. Eso es lo que te pasa por llevar coches como éste. Te lo he dicho cientos de veces. Mierda.

Rudy no acostumbraba sermonearla. Cuando se conocieron años atrás en la academia del FBI fueron compañeros, luego pareja profesional y luego amigos, y entonces él le tenía la suficiente confianza personal y profesional como para dejar el cuerpo poco después que ella e ir a trabajar a su empresa, que podría describirse como una agencia internacional de investigación privada, a falta de mejor definición para lo que The Last Precinct o sus empleados hacen. Incluso algunas de las personas que trabajan para TLP no saben a qué se dedica la agencia y nunca han visto a su fundadora y propietaria, Lucy. Algunos empleados nunca han conocido a Rudy y, en caso de que lo conozcan, no saben quién es ni a qué se dedica.

—Comprueba la matrícula —dice Lucy.

Rudy lleva su ordenador Palm y lo ha conectado, pero no puede comprobar la matrícula porque no la ve. El coche no lleva matrícula delantera y Lucy se siente estúpida por ordenarle que compruebe un número si no lo ve.

—Pues que te adelante —dice Rudy—. No le veré la matrícula a menos que se ponga delante.

Ella pone segunda. Ahora circula a ocho kilómetros por debajo del límite establecido, pero el otro permanece detrás de ella. No parece interesado en adelantarla.

—Bueno, que empiece el juego —dice ella—. Te has equivocado de presa, gilipollas. —De repente da un volantazo a la derecha para entrar en el aparcamiento de una zona comercial.

—Oh, mierda. ¿Qué coño...? —exclama Rudy fastidiado—. Ahora sabe que quieres meterte con él.

—Anota la matrícula. Ahora deberías verla.

Rudy se gira en el asiento pero no ve la matrícula porque el Ford LTD también ha girado y continúa pisándoles los talones por el aparcamiento.

—Para —ordena Rudy. Está molesto con ella, muy molesto—. Para el coche ahora mismo.

Lucy pisa el freno y coloca la palanca en punto muerto y el Ford se detiene justo detrás. Rudy baja y se acerca al coche mientras el conductor baja la ventanilla. Lucy tiene la ventanilla bajada, la pistola en el regazo, y observa la acción por el retrovisor lateral mientras intenta dominarse. Se siente estúpida, avergonzada y enfadada, y tiene un poco de miedo.

—¿Tienes algún problema? —oye a Rudy preguntar al conductor, un joven hispano.

—¿Que si tengo un problema? Sólo estoy mirando.

—Pues a lo mejor no nos gusta que mires.

—Es un país libre. Puedo mirar lo que me dé la gana. ¡Si no te gusta, que te den!

—Vete a mirar a otra parte. Y ahora largo de aquí —dice Rudy sin levantar la voz—. Si nos vuelves a seguir, irás a la cárcel, so gilipollas.

Lucy siente la extraña necesidad de reírse a carcajadas cuando Rudy enseña sus credenciales falsas. Está sudando y el corazón le palpita y quiere echarse a reír y salir del coche y matar al joven hispano, y quiere llorar, pero como no entiende nada de lo que le pasa, sigue al volante de su Ferrari, inmóvil. El joven dice algo más y se marcha enfadado, haciendo chirriar los neumáticos. Rudy vuelve al Ferrari.

—Así me gusta —dice él cuando se reincorporan al tráfico de Atlantic—. No era más que un tío al que le gustaba tu coche y tú tienes que convertirlo en un incidente internacional. Primero crees que es un poli que te sigue porque el coche es un Crown Vic negro. Luego te das cuenta de que el detector de radar no detecta una mierda y luego piensas... ¿qué? ¿Qué has pensado? ¿La mafia? ¿Algún asesino a sueldo que nos va a liquidar en plena carretera con todo el tráfico que hay?

No le extraña que Rudy pierda los nervios con ella, pero no se lo puede permitir.

—No me grites —le dice.

—¿Sabes qué? Estás descontrolada. Eres peligrosa.

—Todo esto tiene que ver con otra cosa —dice ella intentando aparentar seguridad en sí misma.

—Desde luego —confirma él—. Tiene que ver con ella. Dejas que alguien se quede en tu casa y mira lo que pasa. Podrías estar muerta. Está claro que ella debería estar muerta. Y si no controlas la situación ocurrirá algo peor.

—La estaban acosando, Rudy. No pretendas que sea culpa mía porque no lo es.

—Acosada, exacto. Está clarísimo que la estaban acosando, y está clarísimo que es culpa tuya. Si fueras en un coche tipo jeep... o en el Hummer. Tenemos los Hummer de la agencia. ¿Por qué no conduces uno de esos de vez en cuando? Si no le hubieras dejado el dichoso Ferrari a Miss Hollywood para fardar. Joder, en el maldito Ferrari.

—No te pongas celoso. Odio que...

—¡No estoy celoso!

—Estás celoso desde que la contratamos.

—¡No estamos hablando de eso! Además, ¿contratarla para qué? ¿Va a proteger a tus clientes de Los Ángeles? ¡Menuda broma! ¿Me puedes decir para qué la contrataste? ¿Para qué?

—No te tolero que me hables así —dice Lucy con voz queda; está sorprendentemente tranquila pero no tiene opción. Si le replica entonces se pelearán y a lo mejor él hace algo tan terrible como marcharse de la agencia—. No voy a permitir que controles mi vida. Conduzco el coche que me da la gana y vivo donde quiero. —Lleva la vista fija en la carretera, en los coches que giran por calles adyacentes y entran en los aparcamientos—. Seré generosa con quien me dé la real gana. Ella no tenía permiso para conducir el Ferrari negro, ya lo sabes. Pero lo cogió y ahí empezó todo. Él la vio, la siguió y mira lo que pasó. Nadie tiene la culpa. Ni siquiera ella. Ella no le invitó a rayarme el coche ni a seguirla e intentar matarla.

—Bien. Vive tu vida como quieras —responde Rudy—. Y seguiremos parando en aparcamientos y a lo mejor la próxima vez le doy una paliza a algún inocente que sólo está mirando tu dichoso Ferrari. Joder, a lo mejor disparo a alguien. O a lo mejor me llevo un tiro. Eso estaría incluso mejor, ¿verdad? Que me disparen por culpa de un coche de mierda.

—Tranquilízate —dice Lucy cuando se para en un semáforo—. Por favor, tranquilízate. Podría habérmelo tomado mejor. Estoy de acuerdo.

—¿Tomado? No te he visto tomándote nada. Te has limitado a comportarte como una idiota.

—Rudy, basta ya, por favor. —No quiere enfadarse con él y equivocarse—. No tienes derecho a hablarme así. No puedes. No me hagas hacer valer mi autoridad.

Gira a la izquierda en la A1A, conduce despacio junto a la playa y varios adolescentes están a punto de caerse de la bicicleta por volverse para admirar el vehículo. Rudy menea la cabeza y se encoge de hombros, como diciendo «dejo el caso». Pero hablar sobre el Ferrari es algo más que hablar del coche. Para Lucy cambiar su modo de vida sería dejar que la bestia ganara la partida. Henri lo llamó bestia y es una bestia masculina, Lucy está convencida de ello, no le cabe la menor duda. A la mierda la ciencia, a la mierda las pruebas, a la mierda todo. Sabe a ciencia cierta que la bestia es masculina.

Es o una bestia arrogante o una bestia estúpida, porque dejó parte de dos huellas dactilares en el cristal de la mesita de noche. Fue suficientemente idiota o descuidado para dejar huellas, o quizás es que no le preocupa. Hasta el momento las huellas no encajan con ninguna del Sistema Automatizado de Identificación de Huellas Dactilares, por lo que tal vez no exista una tarjeta con sus huellas en ninguna base de datos porque nunca lo han detenido o nunca se las han tomado por otro motivo. Tal vez le diera igual dejar tres pelos en la cama, tres pelos negros de la cabeza. Además, ¿por qué iba a importarle? Incluso cuando un caso tiene prioridad alta el análisis mitocondrial del ADN lleva entre treinta y noventa días. Y no existe ninguna certeza de que los resultados vayan a aclarar algo, porque no existe nada semejante a una base de datos del ADN mitocondrial centralizada y estadísticamente significativa y, a diferencia del ADN nuclear de la sangre y los tejidos, el ADN mitocondrial del pelo y los huesos no revela el sexo del agresor. Las pruebas que dejó la bestia no importan. Quizá nunca importen, a menos que se le considere sospechoso y puedan efectuarse comparaciones directas.

—Muy bien. Estoy confundida. No soy yo misma. Estoy dejando que me afecte —reconoce Lucy, concentrándose en la conducción, preocupada por si está perdiendo el control, por si Rudy tiene razón—. Lo que hice en aquel momento no debería haber pasado. Nunca. Soy demasiado cuidadosa para dejar que pase una cosa así.

—Tú sí, ella no. —Rudy aprieta la mandíbula, los ojos ennegrecidos por sus gafas de sol no polarizadas con acabado de espejo. En ese momento se niega a mirar a Lucy y eso la preocupa.

—Pensaba que estábamos hablando del tipo hispano de antes —responde.

—Ya sabes lo que pienso desde el primer día —dice él—. El peligro de que alguien viva en tu casa. Que alguien use tu coche, tus cosas. Alguien que vaya por libre en tu espacio aéreo. Alguien que no conoce las mismas reglas que nosotros y que sin duda no tiene nuestra formación. O a quien no le preocupan las mismas cosas que a nosotros, incluida nuestra persona.

—En la vida no todo depende de la formación —dice Lucy, y resulta más fácil hablar sobre formación que sobre si realmente importas a alguien a quien quieres. Es más fácil hablar del hispano que de Henri—. No tenía que haberme comportado de ese modo y lo siento.

—A lo mejor se te ha olvidado cómo es la vida.

—No me vengas con tus sermones tipo *boy scout* —espeta ella y acelera en dirección norte. Se acerca al barrio de Hillsboro donde su mansión de estuco color salmón de estilo mediterráneo tiene vistas a una ensenada que conecta el canal navegable con el océano—. No creo que puedas ser objetivo. Ni siquiera eres capaz de pronunciar su nombre. Alguien esto, alguien aquello.

—¡Ja! ¿Objetivo? ¡Ja! Mira quién fue a hablar. —Su tono se acerca peligrosamente a la crueldad—. Esa zorra estúpida lo ha estropeado todo. Y no tenías derecho a hacerlo. No tenías derecho a arrastrarme contigo. No tenías derecho.

—Rudy, tenemos que dejar de pelearnos de este modo —dice Lucy—. ¿Por qué discutimos de esta manera? —Lo mira—. No está todo perdido.

Él no responde.

—¿Por qué discutimos de esta manera? Me pones enferma —dice ella.

Antes no discutían. De vez en cuando él se enfurruñaba, pero nunca la había atacado hasta que abrió la oficina de Los Ángeles y contrató a Henri de la policía de Los Ángeles. El sonido grave de una sirena advierte que el puente levadizo está a punto de subir y Lucy reduce la marcha y vuelve a detenerse. Esta vez recibe la aprobación de un hombre que viaja en un Corvette. Ella sonríe con tristeza y menea la cabeza.

—Sí, a veces me comporto como una estúpida —reconoce—. Las benditas conexiones genéticas. Hay interferencias de mi padre biológico hispano, que estaba loco. Espero que no venga de mi madre, aunque sería peor ser como ella, mucho peor.

Rudy no dice nada, observa cómo el puente levadizo da paso a un yate.

—No nos peleemos —insiste ella—. No está todo perdido. Venga. —Estira el brazo y le aprieta la mano—. ¿Tregua? ¿Empezamos de nuevo? ¿Es necesario que llamemos a Benton para negociar por los rehenes? Porque actualmente no sólo eres mi amigo y socio. Eres mi rehén y supongo que yo la tuya, ¿no? Estás aquí porque necesitas el trabajo (o por lo menos lo quieres) y yo te necesito. Ésa es la realidad.

—No tengo que estar en ningún sitio —replica él sin mover la mano. Tiene la mano muerta bajo la de ella, que la aparta.

—Lo sé perfectamente —responde, dolida porque él no quiere tocarla. Coloca la mano rechazada en el volante—. Ahora mismo vivo con ese temor constante. Que digas que lo dejas. Adiós. Buen viaje. Que te vaya bien.

Él observa el yate que cruza en dirección al mar. Las personas que están en la cubierta llevan bermudas y camisas holgadas y se mueven con la ligereza de los ricos de verdad. Lucy es muy rica, pero nunca se lo ha creído. Cuando mira el yate sigue sintiéndose pobre. Cuando mira a Rudy se siente todavía más pobre.

—¿Un café? —propone—. ¿Quieres tomarte un café conmigo? Podemos sentarnos junto a esa piscina que nunca uso y mirar el agua en la que nunca me fijo en esa casa que me gustaría no tener. Mira que soy imbécil —dice—. Tómate un café conmigo.

—Sí, supongo. —Él mira por la ventanilla como un niño enfurruñado mientras el buzón de Lucy entra en su campo de visión—. Pensaba que ibas a quitarlo —dice, señalando el buzón—. No recibes correo en casa. Lo único que podrías recibir en esa cosa es algo que no quieres. Sobre todo en estos momentos.

—Le diré al paisajista que lo quite la próxima vez que venga —dice ella—. No he estado mucho por casa. Por lo de abrir la oficina y todo eso. Me siento como la otra Lucy. La Lucy de *I Love Lucy*. ¿Recuerdas el capítulo en que ella trabaja en la fábrica de golosinas y es incapaz de seguir el ritmo porque los caramelos salen muy rápido de la cinta transportadora?

—No.

—Probablemente no vieras *I Love Lucy* ni una sola vez en tu vida —dice ella—. Mi tía y yo nos sentábamos a ver a *Jackie Gleason*, *Bonanza*, *I Love Lucy*, las series que ella veía de joven cuando vivía aquí en Miami. —Reduce la velocidad hasta casi detenerse ante el controvertido buzón, al principio del sendero de entrada.

Scarpetta vive con modestia en comparación con Lucy y le advirtió sobre la casa. «Para empezar es demasiado opulenta para el barrio», le dijo Scarpetta. Comprar la casa fue una decisión insensata, y Lucy llama «mi casa de ciudad de nueve millones de dólares» a aquella mansión de tres plantas y mil metros cuadrados porque está construida en una parcela de mil trescientos metros cuadrados. No hay suficiente hierba para alimentar a un conejo, sólo mampostería y una pequeña piscina desbordante, una fuente y unas pocas palmeras y plantas. ¿Acaso su tía Kay no le dio la lata cuando se trasladó allí? «Carece de intimidad o seguridad, y es accesible para los navegantes», dijo Scarpetta cuando Lucy estaba demasiado ocupada y preocupada para prestarle atención, cuando estaba obsesionada con hacer feliz a Henri. «Te arrepentirás», dijo Scarpetta. Lucy se trasladó allí hace apenas tres meses y nunca se ha arrepentido tanto en su vida.

Lucy pulsa un control remoto para abrir la verja y otro para abrir el garaje.

—¿Por qué molestarse? —Rudy se refiere a la verja—. El dichoso sendero de entrada tiene tres metros de largo.

—No hace falta que lo digas —responde Lucy enfadada—. Odio este maldito lugar.

—Sin que te des cuenta alguien puede pisarte los talones y entrar en el garaje —dice Rudy.

—Entonces tendré que matarle.

—No es una broma.

—No bromeo —dice Lucy mientras la puerta del garaje se cierra detrás de ellos lentamente.

10

Lucy estaciona el Modena junto al Ferrari negro, un Scaglietti de doce cilindros que nunca desplegará toda su potencia en un mundo donde la velocidad está regulada. Evita mirar el Ferrari negro mientras ella y Rudy bajan del Modena. Aparta la vista del capó rayado, del burdo esbozo de un ojo enorme con pestañas garabateado en la hermosa pintura brillante.

—No es que sea un tema agradable pero... —dice Rudy mientras pasa entre los dos Ferrari hacia la puerta que conduce al interior de la mansión—. ¿Existe la posibilidad de que lo hiciera ella? —Señala el capó rayado del Scaglietti negro, pero Lucy se niega a mirar—. No estoy seguro de que no fuera ella, de que no tramara todo esto.

—No fue ella —dictamina Lucy, negándose a mirar el capó rayado—. Tuve que estar en lista de espera más de un año para conseguir ese coche.

—Se puede arreglar —dice Rudy y hunde las manos en los bolsillos.

Entran y ella desactiva la alarma, que consta de todos los dispositivos de detección imaginables, incluyendo cámaras en el interior y el exterior de la casa. Pero las cámaras están apagadas. Lucy decidió que no quería grabar sus actividades privadas dentro y fuera de la casa, y Rudy lo entiende hasta cierto punto. A él tampoco le gustaría tener cámaras ocultas que le filmasen por su casa, aunque últimamente no haya mucho que grabar. Vive solo. Cuando Lucy decidió que no quería que las cámaras grabaran, no vivía sola.

—A lo mejor tendríamos que encender las cámaras —sugiere Rudy.

—Me estoy hartando de este sitio —replica Lucy.

La sigue a una amplia cocina de granito y echa un vistazo por la fabulosa zona de estar y comedor y hacia la vista panorámica de la ensenada y el océano. El techo tiene seis metros de alto y está pintado a mano con un fresco de estilo Miguel Ángel centrado por una araña de cristal. La mesa de cristal del comedor parece tallada en hielo y es la pieza más increíble que ha visto jamás. Ni siquiera se plantea cuánto pagó por la mesa y los asientos de cuero aterciopelado y las piezas de arte de animales africanos, los enormes lienzos con elefantes, cebras, jirafas y guepardos. Rudy no podría pagar ni un interruptor de la casa que Lucy tiene como residencia alternativa en Florida, ni una sola alfombra de seda, probablemente ni siquiera un par de plantas.

—Lo sé —reconoce ella mirando alrededor—. Piloto de helicópteros pero no sé cómo funciona la sala de cine de este sitio. Lo odio.

—No me pidas compasión.

—Vale. —Pone freno a la conversación con un tono que él reconoce. Ya se ha hartado de discutir.

Él abre uno de los armarios en busca de café y pregunta:

—¿Tienes algo para comer aquí?

—Chili casero. Congelado, pero lo podemos calentar en el microondas.

—Suena bien. ¿Quieres ir luego al gimnasio? ¿A eso de las cinco y media?

—Me hace falta —responde ella.

En ese instante se fijan en la puerta trasera que conduce a la piscina, la misma puerta que la bestia, quienquiera que sea, utilizó para entrar y salir de la casa hace apenas una semana. La puerta está cerrada con llave pero hay algo pegado al cristal exterior. Lucy se dirige rápidamente hacia la puerta antes de que él se dé cuenta de nada. Ve una hoja de papel blanco colgado de un trozo de cinta.

—¿Qué es eso? —pregunta Rudy al tiempo que cierra el frigorífico y la mira—. ¿Qué coño es eso?

—Otro ojo —responde Lucy—. Otro dibujo de un ojo, el mismo ojo. A lápiz. Y tú creías que había sido Henri. Está a más de dos mil kilómetros de aquí y tú pensabas que había sido ella. Pues ahora ya lo sabes. —Lucy abre la puerta con la llave—. Quiere que sepa que me vigila —masculla, y sale para ver mejor el dibujo del ojo.

—¡No lo toques! —le advierte Rudy.

—¿Me tomas por imbécil? —repone ella.

11

—Disculpe —dice un joven que lleva una camisola y pantalones púrpura, mascarilla, gorro para el pelo, funda para los zapatos y guantes de látex. Cuando se acerca a Scarpetta parece la caricatura de un astronauta—. ¿Qué quiere que hagamos con la dentadura postiza? —pregunta.

Scarpetta va a explicarle que no trabaja allí pero las palabras se desvanecen antes de salir de su boca y se encuentra observando a una difunta obesa mientras dos personas, vestidas también como si quisieran protegerse de una epidemia, la introducen en una bolsa para cadáveres situada en una camilla suficientemente resistente para soportar su enorme peso.

—Llevaba dentadura postiza —dice el joven de la camisola púrpura a Fielding—. La pusimos en un recipiente y luego se nos olvidó meterla en la bolsa antes de suturarla.

—Hay que ponérsela. —Scarpetta decide hacerse cargo de este sorprendente problema—. La funeraria y la familia querrán que lleve la dentadura. Y probablemente ella preferiría que la enterraran con dientes.

—Bueno, al menos no hace falta que la abramos para hurgar en la bolsa —dice el soldado de púrpura—. Jo, menos mal.

—Olvídate de la bolsa —le dice Scarpetta—. No es recomendable poner dentaduras en la bolsa —añade. Se refiere a la resistente bolsa de plástico transparente que va cosida en la cavidad pectoral vacía del difunto, la bolsa que contiene sus órganos diseccionados, que no son devueltos a su posición anatómica original porque la misión del forense no consiste en recomponer cadáveres, algo en todo caso imposible, pues sería como devolver un estofado a la condición de ternera—. ¿Dónde está la dentadura postiza? —inquiere Scarpetta.

—Ahí mismo. —El joven señala una encimera al otro lado de la sala de autopsias.

Fielding no quiere saber nada de este asunto de lobotomía y hace caso omiso del joven, que no parece tener edad para ser estudiante de medicina en prácticas y que probablemente sea otro soldado de Fort Lee. Quizá tenga estudios secundarios y esté en el departamento de Medicina Forense porque sus deberes militares exigen que aprenda a manejar a los muertos de guerra. Scarpetta está tentada de decir, aunque se reprime, que incluso a los soldados que saltan por los aires por culpa de una granada les gustaría regresar a casa con los dientes, preferiblemente dentro de la boca, si es que todavía la conservan.

—Venga —le dice al joven soldado—. Vamos a echar un vistazo.

Cruzan el suelo de baldosas y pasan al lado de otra camilla que acaban de sacar y en la que yace la víctima de un disparo, un joven negro de brazos fornidos llenos de tatuajes, doblados sobre el pecho con rigidez. Tiene carne de gallina, reacción post mórtem ante el rígor mortis que hace que parezca que tiene frío. El soldado de Fort Lee recoge el recipiente de plástico de la encimera, hace ademán de entregárselo a Scarpetta y entonces se da cuenta de que ella no lleva guantes.

—Un momento —dice ella, y coge un par de guantes de látex de una caja situada en un carrito quirúrgico. Se los enfunda y toma la dentadura del recipiente.

Ella y el soldado se dirigen hacia la difunta desdentada.

—¿Sabes? La próxima vez que tengas un problema —dice Scarpetta— dejas la dentadura con los efectos personales y que la funeraria se apañe. Nunca la pongas en la bolsa. Esta señora es muy joven para llevar dentadura postiza.

—Creo que le iban las drogas.

—¿En qué te basas?

—Alguien lo dijo —responde el soldado.

—Entiendo. —Scarpetta se plantea la posibilidad inclinándose hacia el enorme cadáver suturado de la camilla—. Drogas vasoconstrictoras. Como la cocaína. Y se le cayeron los dientes.

—Siempre me he preguntado por qué las drogas tienen ese efecto —dice el joven—. ¿Es usted nueva aquí? —La mira.

—No, todo lo contrario —responde Scarpetta al tiempo que introduce los dedos en la boca de la difunta—. Soy muy vieja en este sitio, estoy de visita.

Él asiente, confundido.

—Pues parece que sabe bien lo que se hace —observa con cierta incomodidad—. Me sabe mal no haberle puesto la dentadura. Me siento realmente estúpido. Espero que nadie se lo diga al jefe. —Menea la cabeza y exhala un audible suspiro—. Es lo único que me falta. De todos modos tampoco le caigo bien.

El rígor mortis ya se ha desvanecido y la mandíbula de la mujer obesa no opone resistencia a la intromisión de los dedos de Scarpetta, pero las encías no aceptan la dentadura postiza por la sencilla razón de que no encaja.

—No es de ella —declara Scarpetta. Vuelve a dejar la dentadura en el recipiente—. Es demasiado grande, mucho mayor. ¿No será de un hombre? ¿Ha llegado algún cadáver con dentadura postiza y se ha producido una confusión?

El soldado está desconcertado pero aliviado. No ha sido culpa suya.

—No lo sé —reconoce—. Seguro que aquí ha entrado y salido mucha gente. ¿O sea que no es de ella? Menos mal que no intenté metérsela en la boca a presión.

Fielding se ha dado cuenta de lo que pasa y se acerca, observa las encías sintéticas rosa brillante y los dientes de porcelana en el recipiente de plástico que sostiene el soldado.

—¿Qué demonios...? —espeta—. ¿Quién las ha confundido? ¿Has asignado un número de caso incorrecto al recipiente?

Observa al joven vestido de púrpura, que apenas tendrá veinte años, el pelo corto y rubio asoma bajo el gorro quirúrgico, sus ojos castaños y grandes turbados tras las gafas de seguridad.

—Yo no la etiqueté, señor —dice a Fielding, su superior—. Sólo sé que estaba aquí cuando empezamos a trabajar con ella. Y no llevaba la dentadura.

—¿Aquí? ¿Dónde es aquí?

—El carrito de ella. —El soldado señala el carrito que contiene los instrumentos quirúrgicos de la mesa cuatro, también llamada «mesa verde». El depósito de cadáveres del doctor Marcus sigue utilizando el sistema de Scarpetta para seguir el rastro de los instrumentos con tiras de cinta de colores, a fin de asegurarse de que un par de fórceps o costótomo, por ejemplo, no acaban en otro punto del depósito de cadáveres—. Este recipiente estaba en su carrito y luego no sé cómo pasó a estar allí encima con sus documentos. —Mira hacia la encimera del otro lado de la sala, donde está la documentación correspondiente a la mujer.

—En esta mesa se hizo una revisión con anterioridad —dice Fielding.

—Cierto, señor. Un anciano que murió en la cama. ¿Es posible que la dentadura sea de él? —pregunta el soldado—. ¿La dentadura del carrito es de él?

Fielding se asemeja a una urraca aleteando por la sala de autopsias y abre de un tirón la puerta de acero inoxidable del refrigerador. Se esfuma en el interior de un ambiente que huele a muerte fría y reaparece casi al instante con una dentadura postiza que, al parecer, ha extraído de la boca del anciano. Fielding la sostiene en la palma de una mano enguantada manchada con la sangre del tractorista que se atropelló a sí mismo.

—Salta a la vista que es demasiado pequeña para la boca de ese hombre —se queja Fielding—. ¿Quién se la puso sin comprobar que encajaba? —pregunta hacia la atestada sala, con sus cuatro mesas de acero empapadas de sangre y radiografías de proyectiles y huesos en negatoscopios y fregaderos y armarios de acero y largas encimeras llenas de papeles, efectos personales y rollos con etiquetas generadas por ordenador para los recipientes y tubos de ensayo.

Los otros médicos, los estudiantes, los soldados y los muertos del día no tienen nada que decir al doctor Jack Fielding, segundo al mando después de Marcus. Scarpetta no sale de su asombro. El que fuera su departamento bandera está descontrolado, al igual que todos sus miembros. Lanza una mirada al tractorista muerto, medio desnudo con su camisa manchada de barro rojizo encima de la camilla, y observa la dentadura que sostienen las manos enguantadas y ensangrentadas de Fielding.

—Límpiala bien antes de introducírsela en la boca —no puede evitar decir mientras Fielding entrega al joven soldado la dentadura recuperada—. Mejor que no tenga el ADN de otra, u otras personas en la boca —le dice—, aunque no se trate de una muerte sospechosa. Limpia bien la dentadura postiza de la mujer, la del hombre, la de todo el mundo.

Scarpetta se quita los guantes y los deja caer en una bolsa de basura naranja para restos patogénicos. Mientras se marcha se pregunta qué habrá sido de Marino y oye que el soldado de púrpura dice algo, pregunta algo, al parecer quién es Scarpetta, por qué está de visita y qué acaba de pasar.

—Fue la anterior jefa —explica Fielding sin especificar que el departamento no se dirigía ni mucho menos de esa manera cuando ella estaba al mando.

—¡Joder! —exclama el soldado.

Scarpetta pulsa el botón de pared con el codo y las puertas de acero inoxidable se abren de par en par. Entra en el vestuario, pasa junto a armarios de batas y camisolas, luego por el casillero femenino con sus inodoros y lavabos y fluorescentes que hacen que los espejos resulten inclementes. Se detiene a lavarse las manos y se fija en el cartel escrito con pulcritud, que ella misma colocó cuando trabajaba allí, que recuerda al personal que no salga del depósito de cadáveres con el mismo calzado que llevaba dentro. «No dejéis amenazas biológicas en la moqueta del pasillo», solía recordar al personal, y está convencida de que ahora a nadie le importa eso ni ninguna otra cosa en ese lugar. Se quita los zapatos y lava las suelas con jabón antibacteriano y agua caliente y las seca con toallas de papel. Luego cruza otra puerta de vaivén que conduce al pasillo no demasiado estéril con la moqueta azul grisácea.

El recinto acristalado del jefe de Medicina Forense se encuentra justo al otro lado del vestuario femenino. Marcus por lo menos se ha tomado la molestia de redecorarlo. El despacho de su secretaria es una colección atractiva de mobiliario color cereza y grabados coloniales, y el salvapantallas de su ordenador muestra varios peces tropicales nadando sin cesar en un fondo azul intenso. La secretaria no está y Scarpetta llama a la puerta del jefe.

—Sí. —Su voz suena débil desde el otro lado.

Ella abre la puerta y entra en el que fuera su despacho esquinado. Evita mirar alrededor pero no logra evitar fijarse en el orden que reina en las estanterías y en la parte superior del escritorio de Marcus. Su superficie de trabajo parece estéril. El caos sólo reina en el resto del departamento.

—Llega en el momento adecuado —dice él desde la silla de cuero giratoria detrás del escritorio—. Siéntese, por favor, y le informaré del caso de Gilly Paulsson antes de que le eche un vistazo.

—Doctor Marcus, sé que éste ya no es mi departamento —dice Scarpetta— y no tengo intención de inmiscuirme, pero estoy preocupada.

—Relájese. —La mira con sus ojos pequeños y duros—. No la hemos traído aquí como parte de un equipo de reconocimiento. —Junta las manos sobre el cartapacio—. Se le pide su opinión sobre un caso y nada más que un caso, el de Gilly Paulsson. Por tanto le sugiero que no se tome excesiva molestia en plantearse cuánto han cambiado las cosas aquí. Hace mucho tiempo que se marchó. Cinco años. Y durante buena parte de ese tiempo no ha habido jefe, sólo uno interino. De hecho, Fielding era el jefe interino cuando llegué aquí hace sólo unos meses. Claro, por supuesto que la situación es muy distinta. Usted y yo tenemos estilos muy diferentes, uno de los motivos por el que el estado de Virginia me contrató.

—Sé por experiencia que si un jefe no dedica parte de su tiempo a estar en el depósito de cadáveres surgen problemas —declara ella, sin importarle que él quiera escucharla o no—. En el mejor de los casos, los demás médicos interpretan que se trata de una falta de interés en su trabajo e incluso pueden volverse descuidados y perezosos, o quemarse peligrosamente y desmotivarse debido a la tensión producida por lo que ven día tras día.

Él tiene los ojos apagados y duros como el cobre deslustrado, la boca apretada en una fina línea.

Detrás de su calva, las ventanas están tan limpias como el aire y Scarpetta advierte que ha cambiado el cristal blindado. El Coliseum es como un champiñón marrón en la lejanía y ha empezado a lloviznar.

—No puedo hacer la vista gorda ante lo que veo, y menos si quiere mi ayuda —dice ella—. Me da igual que sea un caso y nada más que un caso, como ha dicho. Usted bien sabe que todo se usa contra nosotros ante un tribunal y en cualquier otro sitio. Ahora mismo, los otros sitios son los que me preocupan.

—Me temo que habla en clave —replica Marcus mirándola con frialdad—. ¿Otros sitios? ¿Qué otros sitios?

—Normalmente un escándalo. Normalmente un juicio. O, aún peor, un proceso penal fallido por los tecnicismos jurídicos, por pruebas que se consideran inadmisibles debido a un procedimiento imperfecto, por lo que no hay juicio.

—Me temía que iba a pasar esto —dice él—. Le dije al inspector que era mala idea.

—No me extraña que se lo dijera. Nadie quiere que el jefe anterior reaparezca para arreglar...

—Advertí al inspector que lo último que necesitábamos era que un ex empleado contrariado con el estado se presentara a arreglar las cosas —dice él al tiempo que toma un bolígrafo y lo vuelve a soltar con manos nerviosas y cargadas de ira.

—No le culpo por sentir...

—Sobre todo los cruzados —dice él con frialdad—. No hay nada peor que un cruzado, y peor aún si está herido.

—Ahora está entrando en...

—Pero aquí estamos, así que saquémosle el máximo provecho a la situación, ¿no?

—Le agradecería que no me interrumpiera —espeta Scarpetta—. Y si me está llamando cruzada herida entonces lo tomaré como un cumplido y pasaremos al tema de las dentaduras postizas.

Él la mira como si se hubiera vuelto loca.

—Acabo de ser testigo de una confusión en el depósito de cadáveres —explica ella—. La dentadura equivocada en el difunto equivocado. Falta de atención. Y demasiada autonomía para los jóvenes soldados de Fort Lee que no tienen formación médica y de hecho están aquí para aprender de usted. Supongamos que se devuelve un cadáver a la funeraria y un familiar abre el ataúd y la dentadura postiza no está o no encaja. A la prensa le encantan las noticias de ese tipo, doctor Marcus. Si confunde las dentaduras en un caso de homicidio, habrá hecho todo un regalo a los abogados de la defensa, aunque la dentadura no tenga nada que ver.

—¿La dentadura de quién? —pregunta él con ceño—. Se supone que Fielding lo supervisa todo.

—El doctor Fielding tiene demasiado trabajo —responde ella.

—Ahora llegamos a eso. El que fuera su ayudante. —Marcus se

levanta de la silla y parece pequeño cuando rodea el escritorio—. Ya son las diez —dice mientras abre la puerta del despacho—. Póngase manos a la obra con Gilly Paulsson. Está en la cámara de descomposición y es mejor que trabaje en esa sala. Nadie la molestará. Supongo que ha decidido volver a hacerle la autopsia.

—No la haré sin un testigo —dice Scarpetta.

12

Lucy ya no duerme en la suite principal de la segunda planta sino en una habitación bastante más pequeña de la primera planta. Se dice que tiene sólidos motivos relacionados con la investigación para no dormir en la cama en que atacaron a Henri, la enorme cama con el cabezal pintado a mano en el centro de la grandiosa suite con vistas al canal. Pruebas, piensa ella. Por muy meticulosos que sean Rudy y ella, es posible que se dejaran alguna prueba.

Rudy se ha marchado en el Modena de ella para llenar el depósito, o por lo menos ésa fue su excusa cuando cogió las llaves de la encimera de la cocina. Lucy sospecha que tiene otros planes. Ha ido a pasear en coche, para ver quién le sigue, suponiendo que alguien le siga. Probablemente nadie en su sano juicio se pondría a seguir a alguien tan fornido y corpulento como Rudy, pero la bestia que dibujó el ojo, dos ojos, está ahí fuera. Acechando. Vigilando la casa. Tal vez no se haya dado cuenta de que Henri ya no está, por lo que sigue controlando la casa y los Ferrari. En este preciso instante podría estar observando.

Lucy camina por la moqueta pardo rojiza y deja la cama atrás. Sigue deshecha, las sábanas suaves y caras retiradas hasta el pie del colchón y caídas sobre el suelo como si de una cascada de seda se tratara. Las almohadas siguen apiladas a un lado, exactamente donde estaban cuando Lucy subió corriendo las escaleras de piedra y encontró a Henri inconsciente en la cama. Al comienzo Lucy creyó que estaba muerta. En aquel momento no supo qué pensar. Sigue sin saber qué pensar. Pero entonces se asustó lo suficiente como para llamar al teléfono de emergencias y menudo lío se armó. Tuvieron que vérselas con la policía local y lo último que Lucy quiere es que la policía se inmiscuya en sus vidas y actividades secretas, muchas de las cuales son medios ilegales para conseguir fines justos y, por supuesto, Rudy sigue furioso.

Acusa a Lucy de haber sucumbido al pánico, y es cierto. No tenía que haber llamado al teléfono de emergencias, dice él con razón. La policía podría haberse hecho cargo de la situación y es lo que debería haber hecho. Henri no es una ciudadana de a pie, dijo Rudy. Henri es un agente de policía. Daba igual que estuviera fría y desnuda. Respiraba, ¿verdad? El pulso y la presión sanguínea no eran peligrosamente rápidos o lentos, ¿verdad? No estaba sangrando, ¿verdad? Sólo un poco de sangre por la nariz, ¿verdad? Cuando Lucy mandó a Henri en un jet privado a Aspen, Benton ofreció una explicación que, por desgracia, tiene sentido: la chica fue agredida y quizás estuviera inconsciente un rato, pero después de eso se dedicó a fingir.

—Imposible —le discutió Lucy a Benton cuando éste se lo dijo—. Estaba totalmente ida.

—Es actriz —dijo él.

—Ya no.

—Venga, Lucy. Ha sido actriz profesional la mitad de su vida, hasta hacerse policía. Tal vez esto fue un nuevo papel para ella. Quizá no sepa hacer otra cosa que actuar.

—Pero ¿por qué iba a hacer una cosa así? Yo no paré de tocarla, de hablarle, de intentar que reaccionase. ¿Por qué iba a fingir? ¿Por qué?

—Vergüenza y rabia, ¿quién sabe por qué exactamente? —respondió él—. Quizá no recuerde lo que pasó, tal vez lo reprima, pero tiene sentimientos al respecto. Quizás esté avergonzada porque no se protegió. A lo mejor quiere castigarte.

—¿Castigarme por qué? Yo no he hecho nada. ¿Cómo? ¿Casi la matan y entonces se le ocurre castigar a Lucy, ya puestos?

—Te sorprendería saber lo que es capaz de hacer la gente.

—Imposible —dijo Lucy a Benton. Cuanto más inflexible se mostraba, más probable era que él considerase correcta su propia teoría.

Cruza el dormitorio hasta una pared con ocho ventanales tan altos que no hace falta tapar su parte superior con persianas. Éstas sólo cubren la mitad inferior de las ventanas y ella pulsa un botón de la pared y las persianas se repliegan electrónicamente con un suave zumbido. Observa el día soleado, escudriña su finca para ver si ha cambiado algo. Ella y Rudy han estado en Miami hasta esta mañana temprano. Hace tres días que no está en casa y la bestia ha tenido tiempo de sobras para deambular por ahí y espiar. Regresó a buscar a Henri. Cruzó el patio hasta la puerta trasera y pegó su dibujo para hacer recordar a Henri, para hostigarla, y nadie llamó a la policía. La gente es vil en este barrio, piensa Lucy. No les importa que te den una paliza de muerte o te roben siempre y cuando no hagas nada que incomode sus vidas.

Mira el faro situado al otro lado de la ensenada y se pregunta si debería ir a casa de su vecina. La mujer que vive al lado nunca sale de su casa. Lucy no sabe cómo se llama, sólo que es ruidosa y que toma fotografías desde detrás del cristal siempre que el jardinero recorta los setos y corta el césped al lado de la piscina. Lucy supone que la vecina quiere pruebas en caso de que Lucy quisiera cambiar algo en el patio que pudiera alterar sus vistas o causarle algún problema emocional. Está claro que si Lucy hubiera tenido permiso para rematar los muros de un metro escaso con medio metro más de hierro forjado, la bestia no lo habría tenido tan fácil para entrar en su patio y en su casa y subir al dormitorio donde Henri yacía enferma de gripe. Pero la vecina se opuso al cambio y ganó y a punto estuvieron de matar a Henri y ahora Lucy se encuentra con el dibujo de un ojo idéntico al rayado en el capó de su coche.

Tres plantas más abajo, la piscina desaparece por encima del borde y más allá se extiende el agua azul intenso del canal navegable, luego una lengua de playa y el agua agitada y verde azulada del océano. Tal vez ha venido en una embarcación, piensa ella. Podría amarrar en el malecón, subir la escalinata y encontrarse justo en su patio. No sabe por qué, pero no cree que llegara en una embarcación, ni siquiera que tenga una. Se vuelve y se acerca a la cama. A su izquierda, en el cajón superior de una mesilla está el revólver Magnum Colt.357 de Henri, una bonita arma de acero inoxidable que Lucy le compró porque es una obra de arte que dispone del mecanismo más agradable del planeta. Henri sabe dispararla y no es ninguna cobarde. A Lucy no le cabe duda de que si Henri hubiera oído a la bestia, con gripe o sin ella le habría matado de un tiro.

Pulsa el botón de la pared y baja las persianas. Apaga las luces y sale del dormitorio. Justo al salir hay un pequeño gimnasio, luego dos vestidores y un cuarto de baño enorme con un *jacuzzi* de ágata color ojo de gato. No ha habido ningún motivo para sospechar que el agresor de Henri entrara en el gimnasio, los vestidores o el cuarto de baño, y cada vez que Lucy va allí se queda quieta para ver qué siente. Nunca nota nada en el gimnasio ni en los vestidores, pero siente algo extraño en el baño. Contempla la bañera y las ventanas que dan al mar y el cielo de Florida y ve a través de los ojos de él. No sabe por qué, pero cuando mira la amplia y profunda bañera de ágata, tiene la sensación de que él también la miró.

Entonces se le ocurre algo y retrocede hasta el arco de entrada del cuarto de baño. Quizá cuando él subió las escaleras de piedra giró a la izquierda en vez de a la derecha y acabó en el baño en lugar de en el dormitorio. Aquella mañana hacía sol y la luz entraba por las ventanas. Quizá vacilara y mirara la bañera antes de dirigirse en silencio al dormitorio, donde Henri estaba sudorosa y abatida por una fiebre elevada, con las persianas bajadas y la habitación a oscuras para dormir.

«O sea que entraste en mi cuarto de baño —dice Lucy mentalmente a la bestia—. Estuviste aquí mismo en el suelo de mármol y miraste mi bañera. Tal vez nunca habías visto una bañera como ésta. Tal vez quisieras imaginar a una mujer desnuda en ella, relajándose, antes de asesinarla. Si ésa es tu fantasía, entonces no eres muy original.» Sale del cuarto de baño y baja las escaleras hasta la primera planta, donde duerme y tiene su estudio.

Más allá de la acogedora sala de cine hay una habitación para invitados grande que ha convertido en biblioteca con estanterías empotradas y cuyas ventanas están cubiertas con estores opacos. Incluso en los días más soleados, esta habitación permanece suficientemente oscura para revelar fotografías. Enciende una lámpara y se materializan cientos de libros y carpetas de anillas y una mesa larga con un equipo de laboratorio. Contra la pared hay un escritorio cuyo centro está dominado por una cámara Krimesite que parece un telescopio pequeño colocado en un trípode. Al lado hay una bolsa de pruebas sellada que contiene el dibujo de un ojo.

Lucy extrae unos guantes de reconocimiento de la caja que hay encima de la mesa. Alberga la esperanza de encontrar huellas dactilares en la cinta adhesiva, pero dejará eso para más tarde porque se necesitan sustancias químicas que alterarán el papel y la cinta. Ha aplicado Magnadust en toda la puerta trasera y las ventanas, pero no ha conseguido ni una sola huella con el detalle de los surcos, ni una sola, sólo manchas borrosas. Si hubiera encontrado una huella, lo más probable es que fuera del jardinero, de Rudy, de ella misma o de quienquiera que limpiara los cristales, por lo que no tiene mucho sentido desanimarse. De todos modos, las huellas en el exterior de una casa no significan gran cosa. Lo que importa es lo que encuentre en el dibujo. Con los guantes puestos abre el cierre de un maletín negro y rígido forrado con goma espuma y levanta con cuidado la lámpara Puissant SKSUV30. La lleva al escritorio y la conecta a un dispositivo de protección contra subidas de tensión. Enciende la luz ultravioleta de onda corta y alta intensidad y luego el dispositivo de imágenes Krimesite.

Abre la bolsa de plástico, sujeta la hoja de papel blanco por un extremo y la extrae. Le da la vuelta y el ojo dibujado a lápiz la observa mientras lo sostiene contra la luz. El papel blanco se ilumina y no hay filigrana, sólo millones de fibras de pulpa de papel barato. El ojo dibujado se atenúa al bajarlo y coloca la hoja de papel en el centro del escritorio. Cuando la bestia adhirió el dibujo a la puerta, pegó la cinta en el dorso de forma que el ojo mirara por el cristal, hacia el interior de la casa. Se pone unas gafas protectoras tintadas de naranja y centra el dibujo bajo la lente del dispositivo de imagen que se utiliza en el ejército, y observa por el ocular. Abre el orificio ultravioleta al máximo mientras va rotando el cilindro y el anillo de enfoque hasta que la pantalla de observación alveolada resulta visible. Con la mano izquierda, dirige la luz ultravioleta hacia su blanco, la ajusta en el ángulo correcto y empieza a mover el papel en busca de huellas, con la esperanza de que el microscopio las capte y así evitar recurrir a sustancias químicas corrosivas tales como la ninhidrina o el cianocrilato. Bajo la luz ultravioleta el papel es una superficie fantasmagórica blanquiverdosa.

Con la yema del dedo va desplazando el papel hasta situar el trozo de cinta adhesiva en el campo de visión. Nada. Ni siquiera una mancha borrosa. Podría probar con cloruro de rosanilina o violeta cristal, pero no es el momento para ello. Tal vez más adelante. Sentada al escritorio observa el dibujo del ojo. No es más que eso, un ojo y nada más, el contorno a lápiz de un ojo, iris y pupila, bordeado por unas pestañas largas. Un ojo femenino, piensa, al parecer dibujado con un lápiz del número dos. Monta una cámara digital en un acoplador, fotografía partes ampliadas del dibujo y luego hace fotocopias.

Oye que la puerta del garaje se eleva. Apaga la lámpara ultravioleta y el microscopio y vuelve a introducir el dibujo en la bolsa de plástico. El monitor del escritorio muestra a Rudy entrando con el Ferrari en el garaje, marcha atrás. Lucy intenta decidir qué hacer con él mientras cierra la puerta de la biblioteca y baja rápidamente por los escalones de piedra. Se imagina que él se marcha para siempre y no tiene ni idea de qué sería de ella y del imperio secreto que ha creado. Primero se produciría la conmoción, luego llegaría el aturdimiento, después el dolor y con el tiempo lo superaría. Eso piensa cuando abre la puerta de la cocina y se lo encuentra allí, sosteniendo las llaves del coche como a un ratón muerto por la cola.

—Supongo que deberíamos llamar a la policía —dice ella mientras recoge las llaves—. Dado que técnicamente es una emergencia.

—Supongo que no has encontrado huellas ni nada importante —dice Rudy.

—No con el microscopio. Aplicaré las sustancias químicas si la policía no se lleva el dibujo. Preferiría que no se lo llevaran. De hecho, no dejaremos que se lo lleven. Pero deberíamos llamar. ¿Has visto a alguien al salir? —Cruza la cocina y coge el auricular del teléfono—. ¿Alguien aparte de todas las mujeres que se han salido de la carretera al verte venir? —Marca el número de emergencias.

—No hay huellas por el momento —dice Rudy—. Bueno, las cosas no finalizan hasta que están acabadas. ¿Qué me dices de marcas de escritura?

Ella niega con la cabeza.

—Quiero informar sobre un acosador.

—¿La persona se encuentra ahora en la propiedad, señora? —pregunta la operadora con voz tranquila y competente.

—No parece —responde Lucy—. Pero creo que podría tener relación con un caso de allanamiento de morada que su departamento ya conoce.

La operadora comprueba la dirección y le pregunta su nombre, porque el nombre del residente que aparece en su pantalla de ordenador es el nombre corporativo que Lucy eligió para esa finca en concreto. No recuerda cuál es. Tiene varias propiedades y todas están inscritas a nombre de distintas sociedades limitadas.

—Me llamo Tina Franks. —Lucy utiliza el mismo alias que la última vez que llamó a la policía, la mañana en que Henri fue atacada y a ella le entró el pánico y cometió el error de llamar al teléfono de emergencias. Le da su dirección a la operadora, mejor dicho, la dirección de Tina Franks.

—Señora, ahora mismo envío una unidad a su domicilio —dice la operadora.

—Bien. ¿Sabe si el inspector John Dalessio está de servicio? —Lucy le habla con soltura, sin miedo—. Quizá deba estar al corriente de esto. Él vino a mi casa la otra vez, o sea que ya la conoce. —Toma dos manzanas de un frutero situado en la isla central de la cocina.

Rudy pone los ojos en blanco e indica que él puede localizar a Dalessio mucho más rápido que la operadora. Lucy sonríe ante la broma, se frota una manzana contra los vaqueros y se la lanza. Le saca brillo a la otra manzana y la muerde como si estuviera al teléfono con el servicio de entrega a domicilio de un restaurante o de unos grandes almacenes, no con la oficina del sheriff de Broward County.

—¿Sabe qué agente se encargó de su caso de allanamiento de morada la primera vez? —pregunta la operadora—. Normalmente no nos ponemos en contacto con el inspector de la policía científica sino con el agente.

—Lo único que sé es que hablé con el inspector Dalessio —responde Lucy—. No creo que viniera ningún agente a mi casa, sólo al hospital, creo. Cuando mi huésped fue al hospital.

—No está de servicio pero puedo mandarle un mensaje —dice la operadora, un tanto vacilante. Es normal, porque la operadora nunca ha hablado con el inspector John Dalessio, ni siquiera le ha visto. En el mundo de Lucy, el inspector de la policía científica es sólo un inspector del espacio cibernético que únicamente existe en el ordenador que Lucy, o quienes trabajan para ella, ha pirateado, en este caso el ordenador de la oficina del sheriff de Broward County.

—Tengo su tarjeta. Le llamaré. Gracias por su ayuda —dice Lucy antes de colgar.

Mientras comen las manzanas se miran el uno al otro.

—Si te paras a pensarlo, tiene su gracia —dice ella, esperando que Rudy empiece a considerar que la situación con la policía local es graciosa—. Llamamos a la policía como formalidad. O, lo que es peor, porque nos entretiene.

Él encoge sus hombros musculosos, muerde la manzana y se enjuga el mentón con el dorso de la mano.

—Siempre está bien incluir a la policía local. Con ciertas limitaciones, claro. Nunca se sabe cuándo podríamos necesitarlos para algo. —Ahora convierte a la policía local en un juego, su juego preferido—. Has preguntado por Dalessio, o sea que queda registrado. No es culpa nuestra que sea difícil de localizar. Pasarán el resto de su carrera intentando imaginar quién demonios es Dalessio o si dejó el cuerpo o lo despidieron o qué. ¿Alguien lo ha conocido alguna vez? Se convertirá en una leyenda, así tendrán algo de que hablar.

—Dalessio y Tina Franks —declara Lucy mientras mastica un trozo de manzana.

—El caso es que te costará bastante más demostrar que eres Lucy Farinelli que Tina Franks o quienquiera que decidas ser un día determinado —dice Rudy—. Tenemos partidas de nacimiento y todo tipo de documentación para nuestras identidades falsas. Joder, la verdad es que no sé dónde está mi partida de nacimiento verdadera.

—Yo tampoco sé demasiado bien quién soy —reconoce ella tendiéndole un trozo de papel de cocina.

—Ni yo. —Da otro mordisco a la manzana.

—Ahora que lo dices, no estoy segura de quién eres. Así que tú abres la puerta cuando aparezca el poli y le dices que llame al inspector Dalessio de la policía científica para recoger el dibujo.

—Ése es el plan. —Rudy sonríe—. La última vez funcionó de maravilla.

Lucy y Rudy tienen bolsas y maletines de la policía científica en ubicaciones estratégicas, como viviendas y vehículos, y es sorprendente ver de lo que consiguen librarse gracias a los botines de piel negra, polos negros, pantalones de explorador también negros, cazadoras oscuras con la palabra «FORENSE» en la espalda escrita en gruesas letras amarillas, la típica cámara y otro equipamiento básico y, lo más importante, lenguaje corporal y actitud. El plan más sencillo suele ser el mejor y después de que Lucy encontrara a Henri, le entrara el ataque de pánico y llamara para pedir una ambulancia, telefoneó a Rudy. Él se cambió de ropa y se limitó a aparecer cuando la policía llevaba unos minutos en la casa y dijo que era nuevo en la policía científica y que no hacía falta que los agentes estuvieran por ahí mientras inspeccionaba la finca. Ellos no pusieron reparo alguno porque, a ojos de la policía, acompañar a los técnicos de la policía científica es como hacerles de niñera.

Lucy, o Tina Franks, tal como se identificó aquella mañana nefasta, contó una sarta de mentiras a la policía. Henri, a quien también asignó un nombre falso, era una forastera que estaba de visita, y mientras Lucy estaba en la ducha, Henri, que dormía la mona, oyó al intruso y se desmayó del susto, y como tiende a ponerse histérica y a hiperventilar y era probable que hubiera sufrido una agresión, Lucy pidió una ambulancia. No, Lucy no llegó a ver al intruso. No, no se llevó nada de lo que Lucy sea consciente. No, no cree que Henri sufriera una agresión sexual, pero tenían que reconocerla en el hospital porque es lo que suele hacerse, ¿no? Al menos así lo hacen en todas esas series de policías que dan por la tele, ¿no?

—Me pregunto cuánto tardarán en darse cuenta de que el inspector Dalessio nunca se ha dejado ver en ningún sitio aparte de en tu casa —dice Rudy, divertido—. Menos mal que su departamento controla la mayor parte de Broward. Es tan grande como Tejas y no saben quién demonios entra y sale.

Lucy consulta la hora y controla el tiempo que tardará la unidad asignada en llegar a su casa.

—Bueno, lo importante es que hemos incluido al inspector Dalessio para no herir sus sentimientos.

Rudy se ríe, su estado de ánimo ha mejorado bastante. No es capaz de estar irritado demasiado tiempo cuando tienen algo entre manos.

—Bueno, la policía llegará de un momento a otro. A lo mejor tendrías que largarte. No le daré el dibujo al agente uniformado. Le daré el número de Dalessio y le diré que prefiero hablar con el inspector de la policía científica, dado que lo conocí la semana pasada cuando llamaste por el allanamiento de morada. Así escuchará el buzón de voz de Dalessio y, cuando se marche encantado, el legendario Dalessio le devolverá la llamada y le dirá que se ocupará del asunto.

—No dejes que la policía entre en mi estudio.

—La puerta está cerrada, ¿no?

—Sí —responde ella—. Si te preocupa que se descubra tu tapadera de Dalessio, llámame. Volveré enseguida y trataré con la poli personalmente.

—¿Te vas? —pregunta Rudy.

—Creo que ha llegado el momento de visitar a la vecina.

13

La sala de descomposición es una pequeña morgue con un refrigerador en el que cabe una persona y fregaderos dobles y armarios, todos de acero inoxidable, más un sistema de ventilación especial que succiona los olores nocivos y los microorganismos. Las paredes y el suelo están pintados con una sustancia acrílica gris antideslizante que no es absorbente y se puede lavar incluso con lejía.

El elemento principal de esta sala es una mesa de autopsias portátil, en realidad el armazón de un carrito con ruedecitas basculantes equipadas con frenos y una plancha móvil para los cadáveres, lo cual supuestamente elimina la necesidad de que los empleados manipulen los cuerpos, aunque no sea así. Los empleados siguen pasando apuros por el peso de los muertos y siempre los pasarán. La mesa está inclinada de forma que pueda desaguar cuando se conecta al fregadero, pero eso no será necesario esta mañana. No queda nada por desaguar. Los fluidos corporales de Gilly Paulsson se recogieron o se fueron por el desagüe hace dos semanas, cuando Fielding le practicó la primera autopsia.

Esta mañana, la mesa de autopsias se encuentra en medio de la sala, y el cadáver de Gilly Paulsson yace en el interior de un sudario negro. Sobre la mesa de acero brillante semeja un capullo. Esta sala carece de ventanas, ninguna que dé al exterior, sólo una hilera de ventanas de observación demasiado altas para que alguien pueda ver por ellas, un fallo de diseño del que Scarpetta no se quejó cuando se trasladó al edificio hace ocho años, porque nadie necesita observar lo que sucede en esta sala, donde los muertos están abotargados y verdes y llenos de gusanos o con quemaduras tan graves que parecen madera carbonizada.

Acaba de entrar en esa sala después de pasar varios minutos en el vestuario para enfundarse la vestimenta adecuada.

—Siento interrumpir tu otro caso —le dice a Fielding y en su mente ve al señor Whitby con los pantalones verde oliva y la chaqueta negra—, pero creo que tu jefe pretendía que hiciera esto yo sola.

—¿Cuánta información te ha facilitado? —pregunta él con la mascarilla puesta.

—En realidad no me ha dicho nada —responde ella mientras se enfunda unos guantes—. No sé nada aparte de lo que me dijo ayer cuando me llamó a Florida.

Fielding frunce el entrecejo y empieza a sudar.

—Creía que hace un momento estabas en su despacho.

De repente, a Scarpetta se le ocurre que la sala quizá tenga un micrófono oculto. Entonces recuerda que cuando era jefa probó varios dispositivos de dictado en la sala de autopsias y ninguno funcionó porque el ruido de fondo del depósito de cadáveres suele frustrar el cometido incluso de los mejores transmisores y grabadoras. No obstante, se acerca al fregadero, abre el grifo y deja que el agua emita un tamborileo fuerte y hueco en el acero.

—¿Para qué es eso? —pregunta Fielding mientras baja la cremallera del sudario.

—Supuse que te gustaría oír un poco de música acuática mientras trabajamos.

Él alza la vista hacia ella.

—Es seguro hablar aquí, estoy convencido. Ese hombre no es tan listo. Además, no creo que haya estado jamás en esta sala. Probablemente ni siquiera sepa dónde está.

—Es fácil infravalorar a la gente que nos desagrada —dice ella y le ayuda a abrir las solapas del sudario.

Las dos semanas de refrigeración han retrasado el proceso de descomposición pero el cuerpo se está desecando, o secando, y va camino de momificarse. El hedor es fuerte pero Scarpetta no se lo toma como ofensa personal. El mal olor es otra forma que tiene el cuerpo de comunicarse, sin ánimo de ofender, y Gilly Paulsson no puede evitarlo, como tampoco el aspecto que presenta o el hecho de estar muerta. Está pálida y ligeramente verdosa y exangüe, el rostro consumido por la deshidratación, los ojos como dos ranuras, la esclerótica situada bajo los párpados casi negra de tan seca. Tiene los labios resecos, amarronados y ligeramente separados, la melena larga y rubia enmarañada alrededor de las orejas y bajo el mentón. Scarpetta no observa heridas externas en el cuello, tampoco ningún resultado de la autopsia, como el pecado capital de un ojal, que nunca debería producirse pero que surge cuando alguien inexperto o descuidado tensa el interior del cuello para quitar la lengua y la laringe y sin querer atraviesa la piel. Un corte en el cuello producido en la autopsia no es fácil de explicar ante los familiares afligidos.

La incisión en forma de Y se inicia al final de la clavícula, se une en el esternón y se desplaza hacia abajo, se desvía ligeramente alrededor del ombligo y termina en el pubis. Se sutura con hilo de seda que Fielding empieza a cortar con un bisturí, como si abriera las costuras de una muñeca de trapo, mientras Scarpetta toma una carpeta de una encimera y echa un vistazo al protocolo de la autopsia de Gilly y al informe de investigación inicial. Medía un metro sesenta, pesaba cuarenta y siete kilos y habría cumplido quince años en febrero. Tenía los ojos azules. En el informe de la autopsia de Fielding se repiten las palabras «dentro de los límites normales». Tenía el cerebro, el corazón, el hígado, los pulmones y el resto de los órganos tal como debían estar en una muchacha sana.

Sin embargo, Fielding encontró marcas que ahora deberían resultar más visibles porque la sangre se ha drenado del cuerpo y la atrapada en una contusión destaca en contraste con la extrema palidez de la piel. En un diagrama corporal Fielding ha dibujado contusiones en el dorso de las manos. Scarpetta deja la carpeta en la encimera mientras Fielding levanta la pesada bolsa de plástico con los órganos seccionados de la cavidad pectoral. Ella se acerca para mirarla y le levanta una de las pequeñas manos. Está arrugada y pálida, fría y húmeda, y Scarpetta la sostiene entre sus manos enguantadas y la gira para observar el cardenal. La mano y el brazo están fláccidos. El rígor mortis se ha desvanecido, el cuerpo ya no se muestra tozudo, como si la vida estuviera demasiado lejana como para seguir resistiéndose a la muerte. El cardenal aparece profundamente rojo en contraste con la fantasmagórica piel blanca, situado justo en el dorso de la delgada y consumida mano; el enrojecimiento se extiende desde el nudillo del pulgar hasta el del meñique. Presenta una contusión parecida en la otra mano, la izquierda.

—Oh, sí —dice Fielding—. Es raro, ¿verdad? Como si alguien la hubiera sujetado, pero ¿para hacer qué? —Deshace un lazo que cierra la bolsa, la abre y el hedor que desprende es horrible—. Puaj. No sé qué vas a conseguir repasando esto, pero ¡adelante!

—Déjalo en la mesa y lo revisaré en la bolsa. Quizá la sujetara alguien. ¿Cómo la encontraron? Descríbeme la posición del cuerpo cuando la encontraron —pide Scarpetta mientras camina hacia el fregadero, para coger un par de gruesos guantes de caucho que le llegan casi al codo.

—No se sabe a ciencia cierta. Cuando su madre llegó a casa intentó reanimarla. Dice que no recuerda si Gilly estaba boca abajo, boca arriba o de costado, y no tiene ni idea de cómo estaban las manos.

—¿Y la lividez?

—Tampoco. No hacía tanto que había muerto.

Cuando la sangre ya no circula, se deposita por efecto de la gravedad y produce una coloración violácea y palidez en las zonas del cuerpo apoyadas contra algo. Aunque siempre se espera encontrar un cadáver lo antes posible, los retrasos presentan ciertas ventajas. Basta con unas cuantas horas y la lividez cadavérica y el rígor mortis revelan la posición en que se encontraba la persona al morir, incluso aunque los vivos más tarde la muevan o cambien la versión de los hechos.

Scarpetta abre con delicadeza el labio superior de Gilly para buscar cualquier lesión causada por alguien que le presionara la boca con una mano para silenciarla o para asfixiarla.

—Adelante, pero ya miré —dice Fielding—. No encontré ninguna lesión más.

—¿Y la lengua?

—No se la mordió. Nada por el estilo. Detesto tener que decirte dónde está la lengua.

—Me parece que lo adivino —dice ella mientras mete las manos en la bolsa y palpa los órganos fríos y espesos para reconocerlos.

Fielding se está aclarando las manos enguantadas bajo el potente chorro de agua que brama en el fregadero de metal. Se las seca con una toalla.

—Veo que Marino no se ha apuntado a la visita.

—No sé dónde está —reconoce ella, nada contenta por ello.

—Nunca le han gustado demasiado los cuerpos en descomposición.

—Yo me preocuparía si le gustasen.

—A algunos les gustan los jovencitos muertos —añade Fielding apoyado contra la encimera mientras la observa—. Espero que encuentres algo. Yo no lo he logrado y me tiene muy frustrado.

—¿Y las hemorragias petequiales? Tiene los ojos lúgubres, demasiado lúgubres para comunicarme nada a estas alturas.

—Cuando llegó ya estaba bastante congestionada —responde Fielding—. Era difícil determinar si tenía hemorragias petequiales pero no observé ninguna.

Scarpetta se imagina el cuerpo de Gilly recién llegado al depósito, cuando sólo llevaba muerta unas horas, con el rostro enrojecido por la congestión, así como los ojos.

—¿Edema pulmonar? —pregunta.

—En parte.

Scarpetta ha encontrado la lengua. Se dirige a los fregaderos y la aclara, la seca con una pequeña toalla blanca de un lote especialmente barato que suministra el estado. Acerca una lámpara quirúrgica, la enciende y la enfoca cerca de la lengua.

—¿Tienes una lupa? —pide mientras sigue secando la lengua, dándole palmaditas con la toalla y ajustando la luz.

Él abre un cajón, coge la lupa y se la da.

—¿Ves algo? Yo no advertí nada.

—¿Antecedentes de convulsiones? —pregunta ella.

—Según lo que me dijeron, no.

—Bueno, no aprecio ninguna lesión. —Está buscando indicios de que Gilly se hubiera mordido la lengua—. ¿Le hiciste un frotis en la lengua, en el interior de la boca?

—Oh, sí. Se lo hice en todas partes —responde Fielding mientras vuelve a apoyarse en la encimera—. No encontré nada obvio. En el laboratorio no han hallado nada que indique agresión sexual. No sé qué habrán encontrado, si es que han encontrado algo.

—Tu informe dice que el cuerpo llevaba el pijama cuando llegó. La parte de arriba del revés.

—Eso es. —Él coge el documento y empieza a hojearlo.

—Lo fotografiaste absolutamente todo, ¿verdad? —No es una pregunta, sólo una comprobación rutinaria.

—Oye —dice él entre risas—, ¿quién me enseñó lo que sabe mi modesta persona?

Ella le dedica una mirada rápida. Le enseñó más que todo eso, pero no dice nada.

—Me alegra informarte de que no te dejaste nada relativo a la lengua. —La pone otra vez en la bolsa, donde queda depositada encima del resto de órganos en proceso de putrefacción de Gilly Paulsson—. Démosle la vuelta. Tendremos que sacarla del sudario.

Lo hacen por etapas. Fielding sujeta el cadáver por debajo de los brazos y lo levanta mientras Scarpetta tira del sudario. Luego él gira el cuerpo para colocarlo boca abajo mientras ella acaba de quitar el sudario. El grueso vinilo emite sonidos quejumbrosos mientras ella lo dobla y lo deja a un lado. Ven el cardenal que Gilly tiene en la espalda a la vez.

—No me jodas —dice él, nervioso.

Es un ligero rubor, más bien redondo y del tamaño de un dólar de plata en el lado izquierdo de la espalda, justo debajo de la escápula.

—Juro que no lo tenía cuando le practiqué la autopsia —declara él, acercándose y, ajustando la lámpara para apreciarlo mejor—. Mierda, no me puedo creer que no lo viera.

—Ya sabes cómo son las cosas —responde Scarpetta y se ahorra lo que piensa. No tiene sentido criticarlo. Es demasiado tarde para eso—. Las contusiones siempre se aprecian mejor después de la autopsia —asegura.

Extrae un escalpelo del carrito quirúrgico y practica unas incisiones lineales en la zona enrojecida para comprobar si la mancha se debe a una manipulación post mórtem y, por tanto, es superficial, pero no es así. La sangre del tejido blando subyacente está difusa, lo cual suele indicar que algún traumatismo rompió los vasos sanguíneos mientras el cuerpo todavía tenía presión sanguínea, y eso es básicamente una magulladura o contusión, nada más que un montón de vasos sanguíneos que reciben un golpe y se derraman. Fielding coloca una regla de plástico de quince centímetros al lado de la zona en que se ha practicado la incisión y empieza a hacer fotos.

—¿Y su ropa de cama? —pregunta Scarpetta—. ¿La examinaste?

—No llegué a verla. La policía se la llevó y la entregó al laboratorio. Como te dije, no había líquido seminal. Maldita sea, no me puedo creer que se me pasara esta contusión.

—Pidamos que busquen fluido de edema pulmonar en las sábanas y la almohada, y si es así, que raspen la mancha para encontrar el epitelio respiratorio ciliado. Si lo encuentran, se demostrará que fue una muerte por asfixia.

—Mierda —dice él—. No sé cómo se me pasó el cardenal. O sea que piensas que fue un homicidio.

—Pienso que alguien se le colocó encima —dice Scarpetta—. Ella está boca abajo y la persona tiene una rodilla en la parte superior de la espalda, se apoya en ella con todas sus fuerzas y le agarra las manos estiradas por encima de la cabeza, con las palmas apoyadas en el colchón. Eso explicaría los morados de las manos y la espalda. Pienso que se trata de un caso de asfixia mecánica, un homicidio, sin duda. Si alguien se te sienta sobre el pecho o sobre la espalda no puedes respirar. Es una forma horrible de morir.

14

La vecina vive en una casa de tejado plano y paredes curvadas de hormigón blanco y cristal que interactúa con la naturaleza y refleja el agua, la tierra y el cielo, y recuerda a Lucy los edificios que ha visto en Finlandia. Por la noche la casa de su vecina parece una inmensa linterna encendida.

Hay una fuente en el patio delantero, donde las palmeras altas y los cactus tienen hileras de luces de colores enroscadas para las fiestas. Un gnomo verde hinchado arruga el entrecejo al lado de las altas puertas de cristal doble, un toque festivo que a Lucy le resultaría cómico si en la casa viviera otra persona. En el extremo superior izquierdo del marco de la puerta hay una cámara que se supone debería ser invisible; mientras pulsa el timbre imagina su imagen llenando la pantalla de un circuito cerrado de vídeo. No recibe respuesta e insiste. Nada.

«Sé que estás en casa porque has recogido el periódico y la banderita del buzón está levantada —piensa—. Sé que me estás viendo, probablemente sentada en la cocina observándome en el monitor y con el interfono pegado al oído para ver si respiro o hablo sola, y resulta que estoy haciendo las dos cosas, idiota. Responde a la llamada o me quedaré aquí todo el santo día.»

Esta situación se prolonga unos cinco minutos. Lucy espera delante de las puertas de cristal, imaginando lo que la mujer ve en el monitor, y decide que es imposible que presente un aspecto amenazador por ir vestida con vaqueros, camiseta, riñonera y zapatillas de deporte. Pero sí debe de resultar molesto el hecho de que siga llamando al timbre. Tal vez la mujer esté en la ducha. Tal vez ni siquiera esté mirando el monitor. Vuelve a llamar. No piensa abrir la puerta. «Sabía que no ibas a abrir, idiota —le dice Lucy mentalmente—. Si me diera un infarto delante de la cámara a ti te daría exactamente igual. Supongo que tendré que obligarte a abrir la puerta.» Se acuerda de Rudy mostrando sus credenciales falsas para dar un buen susto al hispano no hace ni siquiera dos horas y decide que muy bien, adelante. Extrae una cartera fina y negra del bolsillo trasero de los vaqueros ajustados y muestra una placa a la cámara que poco tiene de secreta.

—Hola —dice en voz alta—. Policía. No se asuste, vivo en la casa de al lado pero soy policía. Por favor, abra la puerta. —Toca el timbre otra vez y sigue sosteniendo las credenciales falsas justo delante del objetivo.

Lucy parpadea a la luz del sol, está sudando. Espera y aguza el oído pero no oye nada. Justo cuando está a punto de volver a mostrar la placa, oye una voz, como si Dios fuera una arpía.

—¿Qué quiere? —pregunta la voz a través de un altavoz invisible cerca de la cámara nada invisible.

—He tenido un intruso, señora —responde Lucy—. Creo que le gustaría saber qué ha pasado en mi casa teniendo en cuenta que vivo al lado.

—Ha dicho que era de la policía —acusa la voz antipática con un acento marcadamente sureño.

—Soy las dos cosas.

—¿Qué dos cosas?

—Agente de policía y su vecina, señora. Me llamo Tina. Le agradecería que se acercara a la puerta.

Primero silencio y luego, en menos de diez segundos, Lucy ve una silueta que flota hacia las puertas de cristal desde el interior, silueta que se convierte en una mujer de unos cuarenta y tantos años vestida con chándal y zapatillas de deporte. Parece tardar una eternidad en abrir todos los cerrojos pero lo consigue, desactiva la alarma y abre una de las puertas. Al comienzo da la impresión de no tener ninguna intención de invitar a Lucy a entrar porque se queda en el umbral, observándola sin atisbo de calidez.

—Dese prisa —dice—. No me gustan los desconocidos y no tengo ningún interés en conocer a mis vecinos. Estoy aquí porque no quiero vecinos. Por si no se ha dado cuenta, esto no es un vecindario. Es un lugar al que la gente viene para tener intimidad y evitar que la molesten.

—¿Qué es lo que no es? —Lucy se da cuenta de que la mujer pertenece a la tribu de los podridamente ricos que se autoconsumen y se hace la ingenua—. ¿Su casa o el vecindario?

—¿Es qué? —Durante unos instantes el desconcierto sustituye a la hostilidad de la mujer—. ¿De qué está hablando?

—De lo que ha pasado en mi casa. Él ha vuelto —responde Lucy, como si la mujer supiera a qué se refiere—. Tal vez esta mañana temprano, pero no estoy segura porque estuve fuera de la ciudad buena parte de ayer y anoche y acabo de aterrizar en el helicóptero. Sé a quién persigue ese tipo, pero igual estoy preocupada por usted. No sería justo que usted quedara atrapada en la estela, no sé si me explico.

—Oh —dice ella, que tiene una embarcación muy bonita atracada en el malecón de detrás de su casa y entiende exactamente de qué estela se trata y lo desafortunado y posiblemente destructivo que sería quedar atrapada en ella—. ¿Cómo es posible que sea usted policía y viva en una casa como ésa? —pregunta sin mirar la mansión de estilo mediterráneo de color salmón—. ¿Qué helicóptero? No me diga que también tiene helicóptero.

—Cielos, veo que va comprendiendo —dice Lucy con un suspiro de resignación—. Es una larga historia. Guarda relación con Hollywood, ¿sabe? Acabo de mudarme aquí desde Los Ángeles, ¿sabe? Tenía que haberme quedado en Beverly Hills, que es mi sitio, pero la puñetera película... disculpe el lenguaje. Bueno, estoy segura de que ha oído hablar de todo lo que pasa cuando firmas el contrato para una película y todo lo que implica que rueden en la localización.

—¿Aquí? —Abre unos ojos como platos—. ¿Están filmando una película aquí, en su casa?

—Creo que no es buena idea que mantengamos esta conversación aquí fuera. —Lucy mira alrededor con cautela—. ¿Le importa si entro? Pero tiene que prometerme que todo esto quedará entre nosotras. Si se entera la gente... bueno, ya se lo imagina.

—¡Ja! —La mujer señala a Lucy con el dedo y le dedica una sonrisa de oreja a oreja—. Sabía que era famosa.

—¡No! ¡No me diga que se me nota tanto, por favor! —exclama Lucy horrorizada.

Entran en un salón de estilo minimalista, todo de blanco con un cristal que cubre dos plantas de altura y da al patio pavimentado con granito, a la piscina y a la lancha motora de ocho metros de eslora sobre la que Lucy alberga serias dudas de que su vecina consentida y vanidosa sepa poner en marcha y mucho menos pilotar. La embarcación se llama *It's Settled* y tiene bandera de Gran Caimán, una isla caribeña convertida en paraíso fiscal.

—Menuda lancha —dice Lucy mientras se sientan en unos sillones blancos que parecen suspendidos entre el agua y el cielo. Deja el teléfono móvil en una mesilla de cristal.

—Es italiana. —La mujer le dedica una sonrisa hermética, no demasiado agradable.

—Me recuerda a Cannes —dice Lucy.

—¡Oh, sí! El festival de cine.

—No, no me refería a eso. La Ville de Cannes, los barcos, oh, qué yates. Justo pasado el viejo club se gira en el Quai Número Uno, muy cerca de donde están el Poseidon y Amphitrite, donde alquilan barcos para Marsella. Un tipo muy agradable que trabaja allí, Paul, tiene un viejo Pontiac amarillo brillante, algo difícil de ver en el sur de Francia. Has de caminar más allá de la zona de hangares, girar por el Quai Número Cuatro y seguir hasta el final en dirección al faro. Nunca he visto tantas Mangustas y Leopards en mi vida. Hace tiempo tuve una Zodiac con un motor Suzuki muy potente, pero ¿un barco grande? ¿Quién tiene tiempo para ello? Bueno, usted a lo mejor. —Lanza una mirada a la lancha motora en el dique seco—. Por supuesto que la oficina del sheriff y los de aduanas le pondrán una buena multa si va a más de diez millas por hora en esa lancha por aquí.

La mujer no entiende nada. Es guapa pero no de un modo que a Lucy le resulte atractivo. Parece muy rica, cuidada y adicta al Botox, el colágeno, los tratamientos termales, cualquier opción milagrosa que el dermatólogo sugiera. Probablemente haga años que no puede fruncir el entrecejo. Pero, de todos modos, no necesita gestos faciales negativos. En su caso, adoptar una expresión enfadada y mezquina resultaría redundante.

—Como he dicho, me llamo Tina. ¿Y usted...?

—Puede llamarme Kate. Así me llaman mis amigos —responde la dama rica y consentida—. Hace siete años que estoy en esta casa y no ha habido ni un solo problema, aparte de con Jeff, de quien tengo el placer de decir que está viviendo su vida en las islas Caimán, entre otros sitios. Supongo que lo que me está diciendo es que en realidad no es usted policía.

—Le pido disculpas por haberla engañado, pero no sabía qué más hacer para que abriera la puerta, Kate.

—He visto una placa.

—Sí, la he enseñado para que abriera. No es auténtica, no del todo. Pero cuando me preparo un papel, lo vivo al máximo, y el director me sugirió que no sólo me mudara a la casa en la que rodamos sino que llevara la placa y condujera los mismos coches de la agente secreta y todo eso.

—¡Lo sabía! —Kate la señala con el dedo una y otra vez—. Los coches deportivos. ¡Ah! Forman parte de su papel, ¿no? —Aposenta las piernas largas y delgadas en la profundidad del enorme sillón blanco y se coloca un cojín sobre el regazo—. Sin embargo, su cara no me resulta familiar.

—Intento no resultarlo.

Kate intenta fruncir el ceño.

—Pero yo pensaba que al menos su cara me sonaría ligeramente. Y no acabo de reconocerla. ¿Tina qué?

—Mangusta. —Le da el nombre de su yate preferido, convencida de que la vecina no lo relacionará con sus comentarios anteriores sobre Cannes, sino que pensará que Mangusta le resulta familiar, que le suena de algo.

—Ahora que lo dice, sí, he oído su nombre. Me parece, puede ser... —dice Kate, animada.

—No he tenido muchos papeles importantes aunque algunas de las películas sí que han tenido éxito. Puede decirse que ésta es mi gran oportunidad. Empecé haciendo teatro alternativo en Broadway, luego pasé a las películas alternativas, lo que fuera. Y espero que no se vuelva loca cuando aparezcan los camiones y todo eso, aunque, por suerte, no será hasta el verano, y quizá ni siquiera vengan por culpa de este loco que al parecer nos ha seguido hasta aquí.

—Qué pena. —Se inclina hacia delante en el sillón blanco.

—Ya.

—Oh, cielos. —Kate ensombrece la mirada y parece preocupada—. ¿De la Costa Oeste? ¿Desde ahí les ha seguido? ¿Ha dicho que tiene un helicóptero?

—Exacto —responde Lucy—. Si nunca la han acosado, no sabe lo que es una pesadilla. No se lo deseo a nadie. Pensé que venir aquí sería la mejor opción. Pero no sé cómo nos encontró y nos siguió. Estoy segura de que se trata de él, prácticamente segura. Más vale que no tengamos dos acosadores, así que espero que sea él. Y sí, viajamos en helicóptero cuando es necesario, pero no desde la Costa Oeste.

—Por lo menos no vive sola —comenta Kate.

—Mi compañera de casa, que también es actriz, acaba de marcharse por culpa del acosador.

—¿Y ese amigo tan guapo que tiene? De hecho, me preguntaba si es actor, alguien famoso. He intentado reconocerlo. —Sonríe con malicia—. Tiene el típico rostro de Hollywood. ¿En qué ha actuado últimamente?

—Sobre todo se ha metido en problemas.

—Bueno, si le causa algún mal, querida, no tiene más que venir a ver a Kate. —Da una palmada al cojín que tiene encima—. Yo sé cómo enfrentarme a ciertas cosas.

Lucy lanza una mirada al *It's Settled* que reluce largo, elegante y blanco bajo el sol. Se pregunta si el ex marido de Kate se ha quedado sin barco y se esconde de Hacienda en las islas Caimán.

—La semana pasada ese chiflado entró en mi finca, o por lo menos doy por supuesto que fue él. Me preguntaba si...

El rostro sin arrugas de Kate adopta una expresión perdida.

—Oh —dice entonces—. ¿El que les acosa? Vaya, no, no le vi, no que yo sepa, pero claro, hay mucha gente rondando por aquí, los jardineros, los que cuidan de las piscinas, los albañiles... Pero sí que me fijé en los coches de policía y en la ambulancia. Me llevé un susto de muerte. Es el tipo de cosas que no hacen ningún bien a la zona.

—O sea que estaba en casa. Mi compañera, mi excompañera, estaba en la cama porque tenía resaca. Quizá saliera a tomar el sol.

—Sí, la vi.

—¿Ah, sí?

—Sí —responde Kate—. Yo estaba arriba, en el gimnasio, y resulta que miré hacia abajo y la vi saliendo por la puerta de la cocina. Recuerdo que iba con el pijama y un albornoz. Pero si me dice que tenía resaca, es comprensible.

—¿Se acuerda de la hora? —pregunta Lucy mientras el teléfono móvil situado sobre la mesilla de centro sigue grabando la conversación.

—Hummm... ¿las nueve? Más o menos. —Kate señala, hacia la casa de Lucy—. Se sentó al lado de la piscina.

—¿Y entonces qué pasó?

—Yo estaba en la máquina elíptica. —Para Kate, todo gira en torno a ella—. Vamos a ver, creo que me distraje con un programa matutino. No; estaba hablando por teléfono. Recuerdo haber mirado por la ventana otra vez y ya no la vi, al parecer había entrado en la casa. Lo que quiero decir es que no estuvo fuera mucho rato.

—¿Cuánto rato estuvo en la máquina elíptica? ¿Le importaría enseñarme el gimnasio para ver exactamente dónde estaba usted cuando la vio?

—Claro, acompáñeme, querida. —Kate se levanta del gran sillón blanco—. ¿Le apetece beber algo? Me parece que ahora mismo me vendría bien un cóctel de champán con naranja, después de hablar de acosadores y de camiones de filmación ruidosos y de helicópteros y todo eso. Suelo estar media hora en la máquina elíptica.

Lucy coge el teléfono móvil de la mesilla de centro.

—Tomaré lo mismo que usted —dice.

15

Son las once y media cuando Scarpetta se reúne con Marino junto al coche alquilado en el aparcamiento del que fuera su edificio. Las nubes oscuras le recuerdan a puños cargados de ira que se sacuden en el cielo, y el sol aparece y desaparece por detrás de ellas mientras rachas de viento le alborotan el pelo y la ropa.

—¿Fielding vendrá con nosotros? —pregunta Marino mientras abre la puerta del coche—. Supongo que quieres que conduzca. Así que un cabrón la inmovilizó y la ahogó, ¿eh? Menudo hijo de puta. Matar a una niña de esa manera. Tuvo que ser alguien bastante fornido, ¿no?, para mantenerla inmóvil.

—Fielding no viene. Puedes conducir. Y sí, cuando no puedes respirar te entra el pánico y te resistes como una bestia. Pero no hacía falta que el agresor fuera enorme, sólo suficientemente fuerte para mantenerla boca abajo. Es más que probable que se tratara de una asfixia mecánica, no ahogamiento.

—Y eso es lo que habría que hacerle al cabrón cuando lo pillen. Que un par de fornidos guardas de prisión se le sienten en el pecho para que no pueda respirar, a ver si le gusta. —Suben al coche y Marino enciende el motor—. Yo me ofrezco voluntario. Déjame a mí. Joder, mira que hacerle eso a una niña.

—Dejemos la parte del ángel vengador para más tarde —dice ella—. Tenemos mucho que hacer. ¿Qué sabes de su madre?

—Supongo que la has llamado, ¿no?

—Le dije que quería hablar con ella y ya está. Estaba un poco rara por el teléfono. Cree que Gilly murió de la gripe.

—¿Vas a decírselo?

—No sé qué voy a decirle.

—Bueno, una cosa es segura: los federales estarán encantados cuando se enteren de que vuelves a hacer visitas a domicilio, doctora. No hay nada que les guste más que meter mano en un caso que no es asunto suyo y entonces apareces tú con tus dichosas visitas a domicilio. —Sonríe mientras conduce lentamente por el aparcamiento lleno.

A Scarpetta le importa un bledo lo que piensen los federales y contempla su antiguo edificio, llamado Biotech II, su silueta limpia y gris bordeada con ladrillos rojos, la entrada del depósito de cadáveres que le recuerda a un iglú blanco que sobresale por un lateral. Ahora que ha vuelto es como si nunca se hubiera marchado. No le resulta extraño encaminarse hacia un lugar en que se produjo una muerte, probablemente a una escena del crimen, en Richmond, Virginia, y le da igual lo que el FBI o el doctor Marcus o cualquiera opine sobre sus visitas a domicilio.

—Tengo la impresión de que a tu colega Marcus esto también le va a encantar —añade Marino con sarcasmo, como si le leyera el pensamiento—. ¿Le has dicho que el caso de Gilly es un homicidio?

—No —responde ella.

No se ha molestado en buscar a Marcus ni en decirle nada después de acabar con Gilly Paulsson, recogerlo todo, ponerse otra vez la ropa de calle y examinar algunas muestras en el microscopio. Fielding podía informar a Marcus y decirle que ella le daría su versión más tarde y que podía llamarle al móvil si le parecía necesario, pero Marcus no la llamará. Quiere implicarse lo menos posible en el caso de Gilly Paulsson, y Scarpetta considera que mucho antes de telefonearle a ella en Florida ya decidió que no iba a obtener ningún beneficio de la muerte de esta muchacha de catorce años, que sólo le traería problemas si no hacía algo por evitarlo, y qué mejor forma de evitarlo que llamar a su controvertida antecesora, Scarpetta la pararrayos. Probablemente hace tiempo que sospecha que Gilly Paulsson murió asesinada y por algún motivo decidió no ensuciarse las manos.

—¿Quién es el inspector? —pregunta Scarpetta mientras esperan a que se despeje la I-95 para entrar en la calle Cuatro—. ¿Alguien conocido?

—No. No estaba aquí en nuestra época. —Encuentra un hueco

y se cuela en el carril adecuado. Ahora que Marino ha vuelto a Richmond conduce tal como conducía en Richmond que es igual a como lo hacía cuando empezó a trabajar de policía en Nueva York.

—¿Sabes algo de él?

—Lo suficiente.

—Supongo que piensas llevar esa gorra todo el día —dice ella.

—¿Por qué no? ¿Tienes una gorra mejor para mí? Además Lucy se sentirá bien si sabe que llevo su gorra. ¿Sabes que la jefatura de policía ha cambiado de sitio? Ya no está en la calle Nueve, está aquí abajo cerca del hotel Jefferson, en el viejo edificio Farm Bureau. Aparte de eso, la jefatura no ha cambiado, salvo la pintura de los coches y el que ahora también les dejan llevar gorras de béisbol, como en la policía de Nueva York.

—Supongo que las gorras de béisbol tienen el futuro asegurado.

—Ajá. Así que no vuelvas a meterte con la mía.

—¿Quién te ha dicho que el FBI está en el caso?

—El inspector. Se llama Browning. Parece un buen tipo pero no hace mucho que está en Homicidios y los casos en que ha trabajado son del tipo de renovación urbana. Un tío mierda que se carga a otro tío mierda. —Marino abre una libreta y la mira mientras avanza en dirección a Broad Street—. Jueves 4 de diciembre, recibe una llamada por una persona que ya ingresó cadáver en el hospital y se presenta en la dirección a la que ahora nos dirigimos, cerca del hospital Stuart Circle antes de que lo convirtieran en apartamentos de lujo. ¿Lo sabías? Pasó después de que te marcharas. ¿Te gustaría vivir en una antigua habitación de hospital? No, gracias.

—¿Sabes por qué está en esto el FBI o tengo que esperar a que llegues a esa parte? —inquiere ella.

—Richmond los llamó. Es otra de las piezas que no encaja. No tengo ni idea de por qué la policía de Richmond invitó a los federales a meter la nariz o por qué éstos aceptaron.

—¿Qué opina Browning?

—No está muy emocionado con el caso, que digamos, cree que probablemente la chica sufrió un ataque o algo así.

—Pues se equivoca. ¿Y la madre?

—Es un poco diferente. Ya te contaré.

—¿Y el padre?

—Divorciado, vive en Charleston, Carolina del Sur. Es médico.

Qué irónico, ¿no? Un médico sabe muy bien qué es una morgue, y ahí está su hijita dentro de un sudario durante dos putas semanas porque no saben quién se va a encargar del funeral o dónde la van a enterrar y a saber por qué más.

—Gira por Grace —indica Scarpetta—. Y seguiremos recto por esa calle.

—Gracias, Magallanes. Después de tantos años de conducir por la ciudad no sé qué haría si no me hicieras de copiloto.

—No sé cómo te las apañas cuando no estás conmigo. Háblame más de Browning. ¿Qué encontró cuando llegó a casa de los Paulsson?

—La chica estaba en la cama, boca arriba, en pijama. Como te puedes imaginar, la madre estaba histérica.

—¿Las mantas la cubrían?

—Las mantas estaban retiradas, de hecho prácticamente en el suelo, y la madre le dijo a Browning que estaban así cuando ella llegó de hacer la compra. Pero tiene problemas de memoria, como probablemente sabes. Creo que miente.

—¿Sobre qué?

—No estoy seguro. Me baso en lo que Browning me ha dicho por teléfono, y eso quiere decir que en cuanto hable con ella volveremos a empezar.

—¿Existe alguna prueba de que alguien haya entrado a la fuerza en la casa? —pregunta Scarpetta—. ¿Algo que pudiera darlo a entender?

—Parece que no hay nada que le haga pensar eso a Browning. Como he dicho, no está muy emocionado con el caso. Lo cual no es bueno. Si el inspector no se emociona con el caso, entonces los técnicos probablemente tampoco. Si no crees que entrara alguien, ¿por qué coño vas a ponerte a buscar huellas, por ejemplo?

—No me digas que ni siquiera hicieron eso.

—Como te he dicho, cuando lleguemos allí volveremos a empezar.

Ahora se encuentran en una zona llamada Fan District, que se anexionó a la ciudad poco después de la guerra de Secesión y recibió el apodo de Fan, abanico en inglés, por tener esa forma. Las calles estrechas serpentean y se entrecruzan y acaban sin salida sin motivo aparente y tienen nombres afrutados como Fresa, Cereza y Ciruela. La mayoría de los edificios y casas se han restaurado para recuperar sus características antiguas, como galerías generosas, columnas clásicas y obras de hierro extravagantes. La casa de los Paulsson es menos excéntrica y recargada que la mayoría; se trata de una vivienda de tamaño modesto y líneas sencillas con la fachada de obra vista, un porche que ocupa toda la parte delantera y un falso tejado abuhardillado de pizarra que a Scarpetta le recuerda a un sombrero sin ala.

Marino se detiene delante, al lado de un monovolumen azul oscuro, y salen del coche. Siguen un viejo sendero de ladrillo, liso y resbaladizo por el uso en algunos puntos. Es casi mediodía, está nublado y hace frío. A Scarpetta no le sorprendería ver un poco de nieve, pero espera que no caiga lluvia helada. La ciudad nunca se ha adaptado al clima invernal adverso y ante la mera mención de la nieve, los habitantes de Richmond arrasan las tiendas y supermercados de la ciudad. El tendido eléctrico no aguanta demasiado cuando el viento huracanado y las gruesas placas de hielo arrancan de raíz o tumban los enormes árboles, por lo que Scarpetta ruega que no haya lluvia helada durante su estancia en la ciudad.

La aldaba de latón de la puerta negra tiene forma de piña y Marino la hace sonar tres veces. Su ruido metálico y seco resulta incongruente, dado el motivo de su visita. Se oyen unos rápidos pasos y la puerta se abre de par en par. La mujer es bajita y delgada y tiene la cara hinchada, como si no comiera lo suficiente pero bebiera más de la cuenta y hubiera llorado mucho. En mejores circunstancias, podría considerarse guapa como rubia teñida y tosca.

—Pasen —dice con la nariz congestionada—. Estoy resfriada pero no soy contagiosa. —Sus ojos empañados se fijan en Scarpetta—. ¿Quién soy yo para decirle eso a una doctora? Supongo que usted es la doctora con quien he hablado. —Es fácil de adivinar dado que Marino es un hombre, va vestido de negro y lleva una gorra de béisbol de la policía.

—Soy la doctora Scarpetta. —Le tiende la mano—. Siento mucho lo de Gilly.

A la señora Paulsson se le empañan los ojos.

—Adelante, por favor. Últimamente no me he dedicado demasiado a la casa. Acabo de preparar café.

—Perfecto —dice Marino antes de presentarse—. He hablado

con el inspector Browning, pero creo que es mejor empezar desde el principio, si le parece bien.

—¿Cómo les gusta el café?

Marino tiene la delicadeza de no pronunciar su frase preferida en ese contexto: dulce y clarito, como las mujeres.

—Solo —dice Scarpetta.

Siguen a la señora Paulsson por un pasillo de tablones de pino viejo. A la derecha hay una cómoda sala de estar con sillones verde oscuro y un juego de utensilios de latón para la chimenea. A la izquierda hay una sala formal y fría que no parece que utilicen y Scarpetta lo nota.

—Sus abrigos por favor —dice la señora Paulsson—. Mira que ofrecerles café en la puerta y esperar a llegar a la cocina para cogerles los abrigos... No me hagan mucho caso. Últimamente estoy un poco rara.

Se quitan los abrigos y ella los cuelga en un perchero de madera. Scarpetta se fija en una bufanda de punto roja colgada de una percha y por algún motivo se pregunta si era de Gilly. La cocina no ha sufrido ninguna remodelación en décadas y tiene un suelo de damero blanco y negro pasado de moda y electrodomésticos viejos. Las ventanas dan a un patio estrecho con una cerca de madera, detrás de la cual se aprecia un tejado bajo de pizarra al que le faltan tejas, lleno de hojas muertas en los aleros y con retazos de musgo.

La señora Paulsson sirve café y se sientan a una mesa de madera situada junto a la ventana con vistas a la cerca trasera y al tejado de pizarra musgoso. Scarpetta se fija en lo limpia y ordenada que está la cocina: hay un estante con tarros, las sartenes cuelgan de ganchos de hierro por encima de una encimera y el escurreplatos y el fregadero están vacíos e impecables. Se fija en un frasco de jarabe para la tos que hay en la encimera, cerca del dispensador de papel de cocina; es un frasco de jarabe expectorante para el que no se necesita receta. Scarpetta bebe un sorbo de café solo.

—No sé por dónde empezar —dice la anfitriona—. La verdad es que no sé quiénes son ustedes. El inspector Browning me llamó esta mañana para decirme que eran ustedes expertos de fuera de la ciudad y que si iba a estar en casa. Entonces fue cuando usted llamó. —Mira a la doctora Scarpetta.

—O sea que Browning la llamó —dice Marino.

—Se ha portado muy bien. —Mira a Marino y da la impresión de encontrarlo interesante—. No sé por qué toda esta gente está... Bueno, supongo que yo no sé gran cosa. —Se le vuelven a empañar los ojos—. Debería estar agradecida. Si nadie se preocupara...

—Está claro que la gente se preocupa —dice Scarpetta—. Por eso estamos aquí.

—¿Dónde viven? —Con la mirada fija en Marino, bebe un sorbo de café y lo repasa de arriba abajo.

—Nos hemos instalado en el sur de Florida, un poco al norte de Miami —responde Marino.

—Oh, pensaba que eran de Los Ángeles —dice ella dirigiendo la mirada a la gorra.

—Tenemos contactos en Los Ángeles —explica Marino.

—Vaya, todo esto es increíble —dice ella, pero no parece sorprendida. Scarpetta empieza a ver algo que emerge de la señora Paulsson, una criatura enroscada en su interior—. El teléfono no para de sonar, un montón de periodistas, un montón de gente. El otro día estuvieron aquí. —Se vuelve en la silla y señala la parte delantera de la casa—. En un camión de la tele enorme con una antena muy alta o lo que fuera. Es indecente, la verdad. Por supuesto que la agente del FBI estuvo aquí el otro día y dijo que era porque nadie sabe qué le pasó a Gilly. Dijo que podía ser peor, no sé a qué se refería. Dijo que había visto muchas cosas peores, y no sé qué podría ser peor.

—Tal vez se refería a la publicidad —dice Scarpetta con delicadeza.

—¿Qué puede haber peor que lo que le pasó a mi Gilly? —se pregunta la señora Paulsson secándose los ojos.

—¿Qué cree que le ocurrió? —pregunta Marino, recorriendo el borde de la taza de café con el pulgar.

—Sé lo que le pasó. Se murió de la gripe. Dios se la llevó para que estuviera con Él. No sé por qué. Ojalá alguien supiera decírmelo.

—Otras personas no parecen estar tan seguras de que muriera de la gripe —dice Marino.

—Así es el mundo en el que vivimos. Todo el mundo quiere dramas. Mi hijita estaba en cama con la gripe. Este año ha muerto mucha gente de la gripe. —Mira a Scarpetta.

—Señora Paulsson —dice ésta—, su hija no murió de la gripe.

Estoy segura de que ya se lo han dicho. Habló con el doctor Fielding, ¿verdad?

—Oh, sí. Hablamos por teléfono justo después de que ocurriera. Pero no sé cómo puede saberse que una persona muere de la gripe. ¿Cómo puede saberse después de que pase si ya no tose y no tiene fiebre y no puede quejarse de lo mal que se siente? —Empieza a sollozar—. Gilly tenía treinta y nueve y estaba a punto de ahogarse de tanto toser cuando salí a comprar jarabe para la tos. Es lo único que hice, fui a la farmacia de Cary Street a buscar más jarabe.

Scarpetta vuelve a echar un vistazo al frasco de la encimera. Piensa en las muestras que ha observado en el despacho de Fielding justo antes de venir aquí. En el microscopio ha visto restos de fibrina y linfocitos y macrófagos en las secciones de tejido pulmonar, y los alvéolos estaban abiertos. La bronconeumonía irregular de Gilly, complicación habitual de la gripe, sobre todo en las personas mayores y las más jóvenes, estaba remitiendo y no era tan grave como para colapsar la función pulmonar.

—Señora Paulsson, podemos determinar si su hija murió de la gripe —afirma Scarpetta—. Lo sabemos por el estado de sus pulmones. —No quiere entrar en detalles gráficos desagradables—. ¿Su hija estaba tomando antibióticos?

—Oh, sí. La primera semana. —Coge la taza de café—. Yo pensaba que estaba mejorando. Pensé que el resfriado no había acabado de curársele, ¿sabe?

Marino retira su silla.

—¿Le importa si las dejo y echo un vistazo? —pregunta.

—No sé si hay algo que mirar. Pero adelante. No es el primero que viene aquí y quiere echar un vistazo. La habitación de la niña está en la parte de atrás.

—La encontraré. —Se aleja y sus pasos resuenan en el viejo suelo de madera.

—Gilly se estaba recuperando —dice Scarpetta—. El estado de sus pulmones lo demuestra.

—Pero todavía estaba débil y desmejorada...

—No murió de la gripe, señora Paulsson —la corta Scarpetta con firmeza—. Es importante que lo entienda. Si hubiera muerto de la gripe yo no estaría aquí. Intento ayudar y necesito que me responda a unas preguntas.

—Usted no parece de por aquí.
—Soy de Miami.
—Oh. Y ahí es donde sigue viviendo, bueno, muy cerca. Siempre he querido ir a Miami. Sobre todo cuando el tiempo está así, tan sombrío y eso. —Se levanta para servir más café y se mueve con dificultad, con las piernas entumecidas, hacia la cafetera situada al lado del jarabe para la tos.

Scarpetta se imagina a la señora Paulsson conteniendo a su hija boca abajo en la cama y no lo descarta como posibilidad, aunque le parece poco probable. La madre no pesa mucho más que su hija y quienquiera que inmovilizara a Gilly era suficientemente pesado y fuerte para impedir que se resistiera, como lo demuestran las escasas lesiones que presentaba. Pero Scarpetta no descarta que la señora Paulsson asesinara a su hija. No puede descartarlo por mucho que quiera.

—Ojalá hubiera podido llevar a Gilly a Miami o Los Ángeles o algún lugar especial —está diciendo ella—. Pero me da miedo ir en avión y me mareo en el coche, así que no he viajado mucho que digamos. Y ahora desearía haberlo hecho más.

Coge la jarra de la cafetera y Scarpetta le observa las manos y las muñecas en busca de marcas de arañazos, rasguños o similares, pero ya han transcurrido dos semanas. Anota mentalmente que ha de preguntar si la señora Paulsson presentaba alguna herida cuando la policía llegó a la escena del crimen y la entrevistó.

—A Gilly le habría gustado Miami, con todas esas palmeras y flamencos rosas —dice la señora Paulsson. Llena las tazas y el café borbotea en la jarra de cristal mientras la devuelve a la cafetera de filtro, con un movimiento un tanto brusco—. Este verano iba a irse de viaje con su padre. —Se sienta cansinamente en la silla de respaldo recto—. Aunque a lo mejor sólo fuera para quedarse en Charleston. Tampoco había estado nunca en Charleston. —Apoya los codos en la mesa—. Gilly nunca estuvo en la playa, nunca vio el océano aparte de en fotos y de vez en cuando en la tele, aunque yo no le dejaba ver mucha tele. ¿Le parece raro?
—¿Su padre vive en Charleston? —pregunta Scarpetta.
—Se mudó allí el verano pasado. Es médico, vive en una casa magnífica al lado del mar. Está en la ruta de las visitas turísticas, ¿sabe? La gente paga un montón de dinero por visitar su jardín. Por

supuesto que él no da golpe en ese jardín. Contrata a quien le da la gana para ayudarle con las cosas que le importan un bledo, como el funeral. Tiene abogados que lo estropean todo, si quiere que le sea sincera. Sólo para ir a por mí, ya sabe. Porque yo quiero que ella esté en Richmond y por eso él la quiere en Charleston.

—¿Cuál es su especialidad médica?

—Un poco de todo, médico de cabecera y también es médico de aviación. Ya sabe que en Charleston hay una base de la Fuerza Aérea y se ve que los militares hacen cola todos los días en la consulta de Frank, o eso me ha dicho. Oh, ¡vaya si alardea de ello! Todos esos pilotos en su consulta para que les haga el chequeo para volar por setenta dólares. Así que le va bien, a Frank sí —prosigue, casi sin respirar entre frase y frase y meciéndose ligeramente en la silla.

—Señora Paulsson, hábleme del jueves cuatro de diciembre. Empiece por cuando se levantó esa mañana. —Scarpetta ve en lo que acabará si no lo remedia. La mujer seguirá hablando en circunloquios, desviándose de las preguntas y detalles que importan realmente y obsesionada por el marido del que se separó—. ¿A qué hora se levantó esa mañana?

—Siempre me levanto a las seis. Así que me levanté a las seis, ni siquiera necesito despertador porque es como si lo llevara incorporado. —Se toca la cabeza—. ¿Sabe? Nací exactamente a las seis de la mañana y por eso me despierto a las seis, estoy convencida de ello.

—Y entonces ¿qué? —Scarpetta odia interrumpir pero, de lo contrario, esta mujer divagará el resto del día—. ¿Se levantó de la cama?

—Pues claro, me levanté. Siempre me levanto, vengo aquí a la cocina, me preparo un café. Luego regreso al dormitorio y leo la Biblia un rato. Si Gilly tiene clase, la acompaño hasta la puerta a las siete y cuarto con el almuerzo preparado y todo eso y una de sus amigas la lleva. En eso tengo suerte. A la madre de su amiga no le importa llevarlas en coche todos los días.

—Jueves cuatro de diciembre, hace dos semanas. —Scarpetta la reconduce—. Se levantó a las seis, preparó café y volvió a su habitación a leer la Biblia. ¿Y luego qué? —pregunta mientras la otra asiente con la cabeza—. ¿Se sentó en la cama a leer la Biblia? ¿Cuánto rato?

—Por lo menos media hora.

—¿Vio a Gilly?

—Primero recé por ella, la dejé dormir mientras rezaba por ella. Entonces a eso de las siete menos cuarto entré y ella estaba en la cama bien tapada con las mantas, durmiendo. —Empieza a sollozar—. Dije: «¿Gilly? ¿Mi querida niñita Gilly? Despierta y tómate un vaso de leche calentita.» Y abrió sus hermosos ojos azules y dijo: «Mamá, he tosido tanto esta noche que me duele el pecho.» Entonces me di cuenta de que se nos había acabado el jarabe para la tos. —Hace una pausa y abre mucho los ojos humedecidos—. Lo curioso del caso es que el perro no paraba de ladrar. No sé por qué no había pensado en eso hasta ahora.

—¿Qué perro? ¿Tiene un perro? —Scarpetta toma notas pero no escribe gran cosa. Sabe cómo mirar y escuchar y garabatear unas pocas palabras que pocas personas entienden.

—Eso es otro asunto —dice la señora Paulsson con voz sobresaltada, le tiemblan los labios y solloza más—. ¡*Sweetie* se escapó! Madre de Dios. —Llora y se mece en el asiento con más fuerza—. El pequeño *Sweetie* estaba en el patio mientras yo hablaba con Gilly y luego desapareció. La policía o los de la ambulancia no cerraron la puerta. Como si no hubiera tenido suficiente desgracia. Como si no hubiera tenido suficiente.

Scarpetta cierra lentamente su libreta de cuero y la deja en la mesa junto con el bolígrafo. Mira a la señora Paulsson.

—¿De qué raza es *Sweetie*?

—Era de Frank pero a él le daba igual. Él se largó, ¿sabe? No hace ni siquiera seis meses, el día de mi cumpleaños. ¿Le parece bonito hacerle eso a otro ser humano? Y me dijo: «Te quedas con *Sweetie* a no ser que quieras que acabe en la perrera.»

—¿De qué raza es *Sweetie?*

—Ese perro nunca le importó, ¿y sabe por qué? Porque él sólo se preocupa de sí mismo, por eso. Gilly quiere mucho al perro, oh, ¡cuánto lo quiere! Si ella supiera... —Las lágrimas le resbalan por las mejillas y tiene una lengua pequeña y rosada cuando la saca para lamerse los labios—. Si ella supiera, le partiría el corazón.

—Señora Paulsson, ¿de qué raza es *Sweetie*? ¿Ha informado de su desaparición?

—¿Informado? —Parpadea, centra la mirada unos instantes y casi se echa a reír cuando espeta—: ¿A quién? ¿A la policía que lo dejó salir? Bueno, no sé si eso es «informar» pero se lo dije a uno de los agentes, no sé a cuál exactamente, a uno de ellos. Le dije: «¡El perro ha desaparecido!»

—¿Cuándo vio a *Sweetie* por última vez? Y señora Paulsson, ya sé que está muy disgustada, de verdad que sí, pero por favor intente responder a mis preguntas.

—¿Qué tiene que ver el perro en todo esto? La desaparición de un perro no es asunto suyo a no ser que esté muerto y, aun así, me parece que los médicos como usted no se ocupan de los perros muertos.

—Todo es asunto mío. Quiero escuchar todo lo que quiera decirme.

Justo entonces Marino aparece en la puerta de la cocina. Scarpetta no ha oído sus pasos. Le sorprende que sea capaz de arrastrar esa formidable masa llevando esas botas tan pesadas y que ella ni le oiga.

—Marino —dice, mirándole fijamente—. ¿Sabes algo del perro? El perro ha desaparecido. *Sweetie.* Es un... ¿De qué raza es? —Mira a la señora Paulsson en busca de ayuda.

—Un basset, no era más que un cachorro —solloza.

—Doctora, te necesito un momento —dice Marino.

16

Lucy mira las caras máquinas para hacer pesas y las ventanas del gimnasio situado en la segunda planta. Su vecina Kate tiene todo lo que hace falta para mantenerse en forma, al tiempo que disfruta de una vista espectacular del canal navegable, del puesto de los guardacostas y del faro y el océano más allá, además de buena parte de la finca de Lucy.

La ventana de la pared sur del gimnasio da a la parte trasera de la casa de Lucy y resulta más que desconcertante percatarse de que Kate puede ver prácticamente todo lo que acontece en el interior de la cocina, el comedor y el salón, y también en el patio, la piscina y el malecón. Lucy baja la mirada hacia el estrecho sendero que discurre a lo largo del muro bajo que separa las dos casas, que es el pasaje cubierto de cedros que cree que él, la bestia, siguió para llegar a la puerta del lado de la piscina, la puerta que Henri no cerró con llave. O eso o llegó en una embarcación. No está muy convencida de esta última opción pero no puede descartarla. La escalera del malecón está bloqueada, pero si alguien estuviera decidido a atracar en su malecón y subir a su finca, no le resultaría tan difícil. La escalera bloqueada suele disuadir a la gente normal pero no a acosadores, ladrones, violadores o asesinos. Para esas personas existen las pistolas.

En una mesa cercana a la máquina elíptica hay un teléfono inalámbrico conectado a una roseta en la pared. Junto a la roseta hay una toma de corriente normal y Lucy baja la cremallera de la riñonera y extrae un transmisor disimulado como adaptador de enchufe. Lo introduce en la toma de corriente. El pequeño e inocuo dispositivo de espionaje es de color hueso, el mismo color discreto que el enchufe de pared y no es demasiado probable que Kate se fije en él o le importe su presencia. Si decidiera conectar algo en el adaptador, no pasaría nada. Funciona si se conecta a la corriente alterna. Permanece inmóvil unos instantes, sale del gimnasio y aguza el oído. Kate debe de seguir en la cocina o en algún punto de la planta baja.

En el ala sur se encuentra el dormitorio principal, un espacio enorme con una gran cama con dosel y una televisión de pantalla plana impresionante en la pared frente a la cama. Las paredes que dan al agua son de cristal. Desde esa posición, Kate disfruta de una vista inmejorable de la parte trasera de la casa de Lucy y de las ventanas superiores. «Esto no me gusta», piensa mientras echa un vistazo alrededor y advierte una botella de champán vacía en el suelo al lado de la mesita de noche, donde hay una copa usada, un teléfono y una novela rosa. Su vecina rica y entrometida ve demasiado de lo que acontece en la casa de Lucy si las persianas están subidas, aunque normalmente no lo están. Menos mal.

Piensa en la mañana en que casi matan a Henri e intenta recordar si las persianas estaban bajadas o subidas y ve la roseta de teléfono debajo de la mesita de noche y se pregunta si tendrá tiempo de desatornillar la placa y cambiarla. Aguza el oído por si oye el ascensor o pasos en la escalera. Nada. Se agacha al tiempo que extrae un pequeño destornillador de la riñonera. Los tornillos de la placa no están muy prietos y sólo hay dos. Los saca en cuestión de segundos y entonces oye a Kate. Cambia la placa de color beige habitual por otra que tiene el mismo aspecto pero que incluye un pequeño transmisor que le permitirá controlar todas las conversaciones telefónicas que se produzcan a través de esta línea. Unos segundos más y vuelve a conectar el cable telefónico en la roseta, se levanta y sale del dormitorio justo cuando la puerta del ascensor se abre y aparece Kate con dos copas largas de champán llenas casi hasta el borde de un líquido naranja claro.

—Este sitio es una pasada —dice Lucy.

—Su casa también debe de estar muy bien —dice Kate y le tiende una copa.

«Deberías saberlo —piensa Lucy—. Porque seguro que la espías un montón.»

—Algún día tendrá que enseñármela —sugiere Kate.

—Cuando quiera. Pero viajo mucho. —El aroma del champán ofende el olfato de Lucy. Ya no bebe alcohol. Se propasó con la bebida y ahora ya no toca el alcohol.

Kate tiene los ojos más brillantes y está más relajada que hace sólo quince minutos. Ha empezado a beber y ya está achispada. Mientras estaba abajo probablemente ha tomado un par de copas del cóctel que ha preparado y Lucy sospecha que, aunque es posible que haya champán en su copa, la de ella probablemente contenga vodka. Se la ve más animada y tiene la lengua más suelta.

—He mirado por las ventanas de su gimnasio —dice Lucy sosteniendo la copa mientras Kate bebe un sorbo—. Podría haber visto perfectamente a cualquiera que entrara en mi finca.

—«Podría» es la palabra clave, querida. La palabra clave. —Estira las sílabas igual que las personas que nada más beber una copa ya están medio borrachas—. No tengo por costumbre curiosear. Tengo otras cosas que hacer y bastante tengo con ocuparme de mi vida.

—¿Le importa si voy al baño? —pregunta Lucy.

—Adelante. Está aquí mismo. —Señala el ala norte y se balancea un poco aunque tiene los pies bien separados.

Lucy entra en un cuarto de baño que tiene ducha de vapor, una bañera enorme, lavabo de hombre y de mujer, bidés y vistas. Vierte media copa por el váter y tira de la cadena. Espera unos segundos y sale al rellano situado en lo alto de las escaleras, donde se encuentra Kate balanceándose ligeramente, dando sorbos a su copa.

—¿Cuál es su champán preferido? —pregunta Lucy pensando en la botella vacía de la cama.

—¿Hay más de uno, querida? —Se echa a reír.

—Sí, hay unos cuantos, dependiendo de cuánto se quiera gastar.

—No me diga. ¿Le he contado cuando Jeff y yo enloquecimos en el Ritz de París? No, claro que no. No nos conocemos, ¿verdad? Pero tengo la impresión de que nos estamos haciendo amigas. —Se apoya en Lucy y la agarra del brazo, luego se lo empieza a frotar—. Estábamos... no, espere. —Da otro sorbo, frota el brazo de Lucy y sigue agarrándola—. Fue en el Hôtel de Paris en Montecarlo, por supuesto. ¿Ha estado allí?

—Fui una vez con mi Enzo —se inventa Lucy.

—¿Cuál es ése? ¿El plateado o el negro?

—El Enzo es rojo. No está aquí. —Lucy casi dice la verdad. El Enzo no está ahí porque ella no tiene ningún Enzo.

—Entonces ha estado en Montecarlo. En el Hôtel de Paris —dice Kate, frotándole el brazo—. Bueno, Jeff y yo estábamos en el casino.

Lucy asiente y levanta la copa larga como si fuera a beber un sorbo pero no lo hace.

—Y yo estaba por ahí jugando a las tragaperras de dos euros y tuve suerte, ¡vaya si tuve suerte! —Apura la copa y frota el brazo de Lucy—. Es usted muy fuerte, ¿sabe? Así que le dije a Jeff, deberíamos celebrarlo, cariño, por aquel entonces le llamaba «cariño» en vez de «gilipollas». —Se ríe y lanza una mirada a su copa vacía—. Así que regresamos tambaleándonos a nuestra suite, la Winston Churchill, todavía me acuerdo. ¿Y sabe qué pedimos?

Lucy está intentando decidir si debe soltarse en ese momento o esperar a que las cosas empeoren. Le está hincando sus dedos fríos y huesudos en el brazo y tira de éste hacia su cuerpo delgado y borracho.

—¿Dom? —pregunta Lucy.

—Oh, querida. No Dom Pérignon. *Mais non!* Eso es un refresco, el refresco de los ricos, no es que no me guste, eso tengo que reconocerlo. Pero nos sentíamos muy atrevidos y pedimos el Cristal Rosé de quinientos sesenta y pico euros. Por supuesto eso es lo que costaba en el Hôtel de Paris. ¿Lo ha probado?

—No me acuerdo.

—Oh, querida, se acordaría, créame. Cuando pruebas el *rosé* ya no quieres nada más. Después de eso sólo existe un champán. Luego, como si no hubiéramos tenido suficiente, pasamos del Cristal al Rouge du Château Margaux más divino —dice, pronunciando muy bien el francés para alguien que está al borde de la borrachera.

—¿Quiere acabarse mi copa? —Lucy se la tiende mientras Kate la frota y tira de ella—. Tome, cambiamos. —Cambia su copa medio llena por la vacía de Kate.

17

Recuerda la ocasión en que ella bajó a hablar con el jefe de él, lo cual significa que lo que tenía en mente era suficientemente importante para subir al montacargas, ese aparato tan espantoso.

Era de hierro, estaba oxidado y las puertas no se cerraban por los lados como un ascensor normal sino por arriba y por abajo, uniéndose en el centro como una mandíbula cerrada. Por supuesto había escaleras. Las medidas de seguridad contra incendios exigían que siempre hubiera escaleras en los edificios estatales, pero nadie iba por las escaleras al departamento de Anatomía, por lo menos no Edgar Allan Pogue. Cuando necesitaba subir y bajar entre el depósito y su puesto de trabajo subterráneo era como si se lo comieran vivo, como Jonás, cuando cerraba de golpe las puertas de hierro del montacargas tirando de la larga palanca del interior. El suelo era una chapa de acero cubierta de polvo, el polvo de las cenizas y los huesos humanos, y normalmente había una camilla aparcada en el viejo y claustrofóbico montacargas de hierro, porque ¿a quién le importaba lo que Pogue dejara en su interior?

Bueno, a ella sí. Desgraciadamente, a ella sí.

Así pues, la mañana que Pogue recuerda mientras está sentado en la tumbona de su apartamento de Hollywood, sacándole brillo al bate de béisbol con un pañuelo, ella salió del montacargas con una bata blanca de laboratorio encima de la camisola verde y nunca olvidará con qué sigilo se movía por el mundo subterráneo y sin ventanas donde él pasaba sus días y parte de sus noches. Llevaba unos zapatos de suela de goma, probablemente porque no resbalaban y no le resultaban perjudiciales para la espalda cuando permanecía muchas horas de pie en la sala de autopsias troceando cadáveres. Qué curioso que, aunque trocee cadáveres, ella sea respetable porque es médico y Pogue sea un don nadie. Aunque no acabó los estudios secundarios, en su currículum pone que sí, y esa mentira, entre otras, nunca se ha cuestionado.

—No quiero que la camilla se quede en el montacargas —dijo ella al supervisor de Pogue, Dave, un hombre encorvado y extraño con unas ojeras muy marcadas bajo los ojos oscuros, con el pelo enmarañado y tieso por los remolinos—. Según parece, la camilla para cadáveres es la que se usa en el crematorio, motivo por el que el montacargas está lleno de polvo, y eso no está bien. Probablemente tampoco resulte muy saludable.

—Sí, señora —repuso Dave mientras manejaba las cadenas y poleas, levantando un cuerpo desnudo y rosado de un tanque de formalina rosa, con un gancho de hierro en cada oreja porque así es como levantaban los cadáveres del tanque cuando Edgar Allan trabajaba allí—. Pero no está en el montacargas. —Dave miró expresamente la camilla. Estaba rayada y abollada, con las juntas oxidadas, estacionada en medio de la sala con un sudario de plástico traslúcido encima.

—Sólo te lo recuerdo porque acabo de pensarlo. Ya sé que la mayoría de los que trabajan en el edificio no utilizan el montacargas, pero de todos modos hay que mantenerlo limpio e inofensivo —declaró ella.

En ese momento Pogue se dio cuenta de que ella pensaba que su trabajo era ofensivo. ¿De qué otro modo iba a interpretar un comentario como aquél? No obstante, resulta irónico pensar que sin esos cadáveres donados a la ciencia, los estudiantes de medicina no tendrían nada que diseccionar, y sin cadáveres, ¿dónde estaría Kay Scarpetta? ¿Dónde estaría sin los cadáveres de Edgar Allan Pogue? Aunque para ser exactos, ella no había conocido a ninguno de los cadáveres de Pogue cuando estudiaba medicina. Aquello fue antes de que él estuviera allí y no en Virginia. Ella estudió medicina en Baltimore, no en Virginia, y es unos diez años mayor que Pogue.

En aquella ocasión no le habló, aunque no puede acusarla de darse aires de superioridad. Siempre que bajaba al departamento de Anatomía para lo que fuera tenía el detalle de decir «hola, Edgar Allan» o «buenos días, Edgar Allan» o «¿dónde está Dave, Edgar Allan?». Pero en aquella ocasión no le dijo nada cuando recorrió la sala con paso rápido, con las manos en los bolsillos de la bata; quizá no le dirigió la palabra porque no lo vio. Tampoco es que lo buscara. Si lo hubiera buscado, lo habría encontrado en la chimenea trasera, como Cenicienta, barriendo cenizas y fragmentos de hueso que acababa de aplastar con su bate de béisbol preferido.

Pero lo que importa es que ella no miró. No, no miró. Él tenía la ventaja que le otorgaba el hueco de hormigón poco iluminado donde estaba el horno, y gozaba de una vista inmejorable de la sala principal, donde David tenía a la vieja colgada de los ganchos, las poleas y cadenas que iban dando mecánicas sacudidas, y el cuerpo era una mancha rosa en el aire, los brazos y rodillas levantados como si siguiera sentada en el tanque, y los fluorescentes iluminaban la placa de identidad que le colgaba de la oreja izquierda.

Pogue la observó y no pudo evitar sentir una punzada de orgullo hasta que Scarpetta dijo:

—En el nuevo edificio ya no lo haremos así, Dave. Vamos a apilarlos en bandejas en un refrigerador igual que hacemos con el resto de los cadáveres. Esto es indigno, algo propio de la Edad Media. No está bien.

—Sí, señora. Un refrigerador estaría bien. Pero caben más en los tanques —dijo Dave, y apretó un interruptor y la cadena se paró en seco y la anciana rosada se balanceó como si estuviera en un telesilla.

—Suponiendo que pueda arreglármelas para conseguir espacio. Me han quitado todos los metros cuadrados posibles. Todo depende del espacio —comentó Scarpetta llevándose un dedo al mentón, mirando alrededor, inspeccionando su reino.

Edgar Allan Pogue recuerda haber pensado entonces: «Pues muy bien, este territorio con los tanques, el horno y la sala de embalsamamiento es tu reino. Pero cuando tú no estás, que es el noventa y nueve por ciento del tiempo, este reino es mío. Y las personas que entran sobre ruedas y se secan y se sientan en los tanques y son consumidas por las llamas y salen humeando por la chimenea son mis súbditos y amigos.»

—Esperaba encontrar a alguien que no haya sido embalsamado —dijo Scarpetta mientras la anciana seguía balanceándose en lo alto—. Tal vez deba anular la clase práctica.

—Edgar Allan ha ido demasiado rápido —dijo Dave—. La embalsamó y la colocó en el tanque antes de que tuviera tiempo de decirle que necesitabas uno esta mañana. Ahora mismo no tenemos a nadie disponible.

—¿Ella está sin reclamar? —Scarpetta observa el rechoncho cuerpo rosado que se balancea.

—¿Edgar Allan? —llamó Dave—. Ésta está sin reclamar, ¿verdad?

Edgar mintió y dijo que sí, a sabiendas de que Scarpetta no utilizaría un cadáver reclamado porque eso no respetaría los deseos del difunto cuando donó su cuerpo a la ciencia. Pero Pogue sabía que a esa mujer no le habría importado. Ni lo más mínimo. Lo único que quería era reclamarle a Dios unas cuantas injusticias, nada más.

—Supongo que me irá bien —decidió Scarpetta—. Detesto tener que anular una clase práctica. Así que ya me vale.

—Lo siento —se disculpó Dave—. Sé que hacer la demostración de una autopsia con un cuerpo embalsamado no es lo ideal.

—No te preocupes. —Scarpetta le dio una palmada en el brazo—. Hoy no hay ninguna autopsia prevista, y justo el día que no tenemos a nadie, resulta que viene la academia de policía. Bueno, mándala para arriba.

—Descuida. Te haré ese favor —dijo Dave guiñando el ojo. A veces flirteaba con Scarpetta—. Las donaciones escasean.

—Ya puedes dar gracias a que la gente no ve dónde acaban, o no habría ni una donación —replicó ella mientras se dirigía al montacargas—. Tenemos que preparar las especificaciones para el nuevo edificio, Dave. Pronto.

Así que Pogue ayudó a Dave a desenganchar su donativo más reciente y la colocaron en la misma camilla polvorienta de la que Scarpetta se había quejado hacía sólo unos minutos. Pogue empujó la camilla con la anciana rosada por el suelo marrón, subieron juntos al montacargas herrumbroso y él la sacó en la planta baja pensando que la anciana nunca había planeado cubrir ese trayecto. No, está claro que no se había planteado aquel desvío, ¿verdad? Y él debería saberlo. Habló con ella lo suficiente, ¿verdad? Incluso antes de morir, ¿verdad? El sudario de plástico con que la había envuelto crujía mientras la conducía, a través del aire pesado y desodorizado y con las ruedas repiqueteando en las baldosas blancas, hacia la doble puerta que llevaba a la sala de autopsias.

—Y eso, querida madre, es lo que le pasó a la señora Arnette —concluye Edgar Allan Pogue mientras se incorpora en la tumbona con fotografías de la señora Arnette de pelo azul desperdigadas sobre las cinchas amarillas y blancas que hay entre sus muslos desnudos y peludos—. Oh, ya sé que suena injusto y espantoso. Pero no lo fue. Sabía que preferiría tener un público formado por policías jóvenes a ser despedazada por algún estudiante de medicina desagradecido. Es una historia bonita, ¿verdad, madre? Una historia muy bonita.

18

El dormitorio es suficientemente grande para dar cabida a una cama individual, una mesa pequeña a la izquierda de la cabecera y una cómoda al lado del armario. Los muebles son de roble, ni viejos ni nuevos, y bastante bonitos. En la pared de la cama hay pósters de paisajes sujetos con cinta adhesiva.

Gilly Paulsson dormía a los pies del Duomo de Siena y se despertaba bajo el antiguo palacio de Domiciano en el Palatino de Roma. Quizá se vistiera y cepillara la melena rubia en el espejo de cuerpo entero que hay junto a la Piazza Santa Croce de Florencia, con su estatua de Dante. Probablemente no supiera quién era Dante. Quizá no supiera encontrar Italia en un mapa.

Marino está de pie cerca de la ventana que da al patio trasero. No hace falta que explique lo que ve porque resulta obvio. La ventana, a poco más de un metro del suelo, se cierra con dos pasadores que, al presionarse con el pulgar, permiten que la hoja se deslice hacia arriba con facilidad.

—No cierran —dice Marino. Lleva unos guantes blancos de algodón y presiona los pasadores para demostrar que no encajan, por lo que la ventana se levanta fácilmente.

—El inspector Browning debería saberlo —dice Scarpetta mientras extrae los guantes de algodón blanco que siempre lleva en un bolsillo lateral del bolso—. Pero en ningún informe se menciona que el cierre de la ventana está roto. ¿Forzada?

—No —responde Marino bajando la ventana otra vez—. Está vieja y gastada. Me pregunto si ella la abrió en alguna ocasión. No obstante, es difícil de creer que alguien se diera cuenta de que Gilly no había ido al colegio y que su madre había salido a hacer un recado y, eh, voy a entrar a la fuerza y eh, qué suerte la mía, el pasador de la ventana está roto.

—Es más probable que alguien supiera de antemano que la ventana no cerraba bien —apunta Scarpetta.

—Eso me parece.

—Entonces se trata de alguien familiarizado con la casa o capaz de observarla y deducir la información.

—Ja —dice Marino, y se dirige a la cómoda para abrir el cajón superior—. Necesitamos información sobre los vecinos. Esa casa es la que tiene mejores vistas de este dormitorio. —Asiente hacia la ventana con el cierre estropeado y señala la casa que hay detrás de la cerca trasera, la del tejado de pizarra musgoso—. Averiguaré si la poli interrogó a quienquiera que viva allí. —Suena raro cuando llama «poli» a la policía, como si él nunca hubiera pertenecido al cuerpo—. Tal vez los vecinos se hayan fijado en alguien que merodease alrededor de la casa. Creo que esto te resultará interesante.

Marino extrae del cajón una cartera de piel negra. Está curvada y lisa como es habitual cuando se llevan en un bolsillo trasero. La abre y encuentra el carnet de conducir caducado de Franklin Adam Paulsson, nacido el 14 de agosto de 1966, en Charleston, Carolina del Sur. No hay tarjetas de crédito, ni dinero, sólo el carnet.

—Papá —dice Scarpetta mirando la foto del carnet, a un hombre rubio y sonriente de mandíbula dura y ojos azul grisáceo. Es apuesto pero no está segura de qué pensar sobre él, pues da por sentado que no se puede juzgar a una persona por el aspecto que tiene en el carnet de conducir. Tal vez sea frío, piensa. Es algo, pero no sabe qué y eso la inquieta.

—Esto me parece raro —dice Marino—. Este cajón es como un santuario dedicado a él. Mira estas camisetas. —Levanta unas camisetas interiores blancas bien dobladas—. Talla grande, de hombre, algunas manchadas y con agujeros. Y cartas. —Le tiende una docena más o menos, varias parecen tarjetas de felicitación y todas tienen una dirección de Charleston en el remite—. Y esto. —Extrae el tallo largo y marchito de una rosa roja—. ¿Adviertes lo mismo que yo?

—Que no parece muy vieja.

—Exacto. —La coloca de nuevo en el cajón—. ¿Dos semanas,

tres semanas? Tú cultivas rosas —añade como si eso la convirtiera en experta en rosas marchitas.

—No sé. Pero no parece que tenga meses. No está del todo seca. ¿Qué buscamos aquí, Marino? ¿Huellas? Ya deberían haberlo hecho. ¿Qué coño hicieron aquí?

—Hacer suposiciones —responde él—. Eso es lo que hicieron. Voy a buscar mi maletín al coche, haré fotos. Puedo buscar huellas. En la ventana, en el marco, en la cómoda, sobre todo en el cajón superior.

—Me parece bien. Ahora ya no podemos estropear la escena del crimen. Por aquí han pasado muchos antes que nosotros. —Repara en que por primera vez acaba de considerar el dormitorio como escena del crimen.

—Saldré a ver el patio —dice él—. De todos modos han pasado dos semanas. Es poco probable que haya alguna cagarruta de *Sweetie* ahí fuera, salvo que no haya llovido ni una sola vez, pero sabemos que sí. Así que es difícil saber si el perro ha desaparecido. Browning no dijo nada al respecto.

Scarpetta regresa a la cocina. La señora Paulsson sigue sentada a la mesa. No da la impresión de haberse movido. Continúa en la misma postura, en la misma silla, con la mirada perdida. Realmente no se cree que su hija muriera de la gripe. ¿Cómo podría creerse tal cosa?

—¿Alguien le ha explicado por qué el FBI está interesado en la muerte de Gilly? —pregunta Scarpetta en cuanto se sienta frente a ella al otro lado de la mesa—. ¿Qué le ha dicho la policía?

—No lo sé. Yo no veo ese tipo de cosas en la tele —musita con un hilo de voz.

—¿Qué tipo de cosas?

—Las series policíacas. Las del FBI. Las de crímenes. Nunca he visto esas cosas.

—Pero usted sabe que el FBI lleva el caso —dice Scarpetta, y su preocupación por la salud mental de la señora Paulsson va en aumento—. ¿Ha hablado con el FBI?

—Vino a verme esa mujer, ya se lo he dicho. Me dijo que sólo quería hacerme las preguntas rutinarias y que sentía mucho tener que molestarme estando yo tan disgustada. Eso es lo que dijo, que yo estaba disgustada. Se sentó aquí mismo, justo donde estamos, y me hizo preguntas sobre Gilly y Frank y cualquier sospechoso que yo pudiera haber visto. Ya sabe, si Gilly hablaba con desconocidos, si hablaba con su padre. Cómo son los vecinos. Me preguntó por Frank, me hizo muchas preguntas sobre él.

—¿Por qué cree que se las hizo? ¿Qué tipo de preguntas sobre Frank? —insiste Scarpetta mientras visualiza al hombre rubio de mandíbula dura y ojos azul claro.

La mujer observa la pared a la izquierda de los fogones como si algo de esa superficie blanca le llamara la atención, pero ahí no hay nada.

—No sé por qué me preguntó por él aparte de que es normal en las mujeres. —Se pone rígida y habla con voz crispada—. Vaya si me preguntan por él.

—¿Dónde está él ahora? Me refiero a estos momentos.

—En Charleston. Es como si siempre hubiéramos estado separados. —Empieza a toquetearse un padrastro, aún con la mirada clavada en la pared, como si algo le llamara la atención, pero allí no hay nada, nada de nada.

—¿Él y Gilly se llevaban bien?

—Ella lo adora. —La señora Paulsson toma aire con tranquilidad, con los ojos bien abiertos, y empieza a mover la cabeza, como si de repente su cuello fino no se la sujetara—. Según ella, él es un santo. Mire el sofá del salón bajo la ventana, no es más que un sofá de cuadros escoceses, no tiene nada de especial, pero era su sitio. Donde veía la tele y leía el periódico. —Toma aire con pesadez—. Después de su marcha, ella solía tumbarse ahí. Me costaba hacer que se levantara. —Exhala un suspiro—. No es un buen padre. ¿No es así como son las cosas? Nos gusta lo que no podemos tener.

Las botas de Marino suenan procedentes del dormitorio de Gilly. Esta vez sus pasos resuenan.

—Queremos aquello que no nos corresponde —declara la señora Paulsson.

Scarpetta no ha tomado notas desde que volvió a la cocina. Tiene la mano apoyada en la libreta, el bolígrafo preparado pero inmóvil.

—¿Cómo se llama la agente del FBI? —pregunta.

—Oh, querida. Karen. Me parece. —Cierra los ojos y se lleva los dedos temblorosos a la frente—. Es que tengo muy mala memoria. Vamos a ver. Weber. Karen Weber.

—¿De la oficina de Richmond?

Marino entra en la cocina con una caja de plástico negra de avíos de pesca en una mano y la gorra de béisbol en la otra. Al final se la ha quitado, quizá como muestra de respeto hacia la señora Paulsson, madre de una jovencita asesinada.

—Oh, querida, supongo que sí. Tengo su tarjeta en algún sitio. ¿Dónde la he puesto?

—¿Sabe que Gilly tuviera una rosa roja? —pregunta Marino—. Hay una en su dormitorio.

—¿Qué? —dice la señora Paulsson.

—Mejor se la enseñamos —dice Scarpetta levantándose de la silla. Vacila y espera a que la anfitriona sea capaz de asumir lo que está a punto de suceder—. Me gustaría explicarle algunas cosas.

—Oh, supongo que sí. —Se levanta con pies temblorosos—. ¿Una rosa roja?

—¿Cuándo fue la última vez que Gilly vio a su padre? —inquiere Scarpetta mientras se dirigen al dormitorio encabezados por Marino.

—El día de Acción de Gracias.

—¿Ella fue a verle? ¿Vino él aquí? —pregunta Scarpetta con suavidad y tiene la extraña sensación de que el pasillo es más estrecho y oscuro que hace unos minutos.

—No sé nada de una rosa —reconoce la señora Paulsson.

—He mirado en los cajones —dice Marino—. Supongo que comprende que tenemos que hacer cosas así.

—¿Esto es lo que pasa cuando una niña se muere de la gripe?

—Estoy seguro de que la policía ya miró en los cajones —dice Marino—. Quizás usted no estuviera presente cuando miraron e hicieron fotos.

Se hace a un lado y deja que la señora Paulsson entre en el dormitorio de su difunta hija. Marino se enfunda sus grandes manos en los guantes de algodón y abre el cajón superior de la cómoda. Coge la rosa mustia, una de esas rosas plegadas que nunca se abrieron, del tipo que se encuentran envueltas en plástico transparente en algunas tiendas, normalmente en el mostrador por un dólar y medio.

—No sé qué es eso. —La señora Paulsson observa la rosa y se va ruborizando, casi adopta el mismo color carmesí que la rosa marchita—. No tengo ni idea de dónde la sacó.

Marino no reacciona de forma visible.

—Cuando usted volvió de la farmacia —dice Scarpetta—, ¿no vio la rosa aquí? ¿Es posible que alguien se la trajera a Gilly porque estaba enferma? ¿Algún novio, quizá?

—No lo entiendo —responde la mujer.

—De acuerdo —dice Marino colocando la rosa encima de la cómoda—. Entró aquí al llegar de la farmacia. Volvamos a eso. Empecemos por cuando aparcó el coche. ¿Dónde aparcó al llegar a casa?

—Delante. Junto al bordillo.

—¿Siempre aparca ahí?

Ella asiente y desvía la mirada hacia la cama. Está bien hecha y cubierta con un edredón del mismo azul oscuro que los ojos de su ex esposo.

—Señora Paulsson, ¿quiere sentarse? —sugiere Scarpetta al tiempo que lanza una mirada rápida a Marino.

—Voy a buscarle una silla —se ofrece él.

Sale y deja a la señora Paulsson y a Scarpetta a solas, con la rosa marchita y la cama perfectamente lisa.

—Soy italiana —dice Scarpetta mirando los pósters de la pared—. No nací allí, pero mis abuelos sí, en Verona. ¿Ha estado alguna vez en Italia?

—Frank sí. —Eso es todo lo que tiene que decir sobre los pósters.

Scarpetta la mira.

—Sé que esto resulta duro —dice con delicadeza—. Pero cuanto más nos cuente, más podremos ayudarla.

—Gilly murió de la gripe.

—No, señora Paulsson. No murió de la gripe. La he examinado. He examinado sus tejidos. Su hija tenía neumonía pero ya casi estaba recuperada. Su hija tiene contusiones en el dorso de las manos y en la espalda. —La mujer se queda paralizada de asombro—. ¿Sabe cómo se hizo esas contusiones?

—No. ¿Cómo es posible? —Mira la cama con los ojos humedecidos.

—¿Se dio algún golpe? ¿Sufrió alguna caída, se cayó de la cama tal vez?

—No que yo sepa.

—Vayamos paso por paso —dice Scarpetta—. Cuando usted se marchó a la farmacia, ¿cerró con llave la puerta delantera?

—Siempre la cierro.

—¿Estaba cerrada cuando regresó?

Marino se está tomando su tiempo para que Scarpetta inicie su aproximación. Lo suyo es un baile que interpretan con facilidad y casi de memoria.

—Eso creí. Utilicé la llave. La llamé para decirle que estaba en casa. Y ella no respondió, así que pensé... pensé que estaba dormida —dice sollozando—. Pensé que estaba dormida con *Sweetie*. Por eso dije: «Espero que *Sweetie* no esté en la cama contigo.»

19

Dejó las llaves en el lugar habitual: en la mesa bajo el perchero. La luz del sol que se filtraba por el montante de la puerta delantera iluminaba el vestíbulo de paneles oscuros, y las motas de polvo blancas flotaban en la luz brillante cuando se quitó el abrigo y lo colgó en una percha.

—No paraba de llamarla —le cuenta a la doctora—. «¿Gilly, querida? Ya estoy en casa. ¿*Sweetie* está contigo? ¿*Sweetie*? ¿Dónde está *Sweetie*? Ya sabes que si lo subes a la cama para hacerle mimos, y sé que lo haces, acabará acostumbrándose. Un pequeño basset con esas patitas cortas no puede subir y bajar de la cama solo.»

Entró en la cocina y dejó un par de bolsas de la compra en la mesa. Había pasado por el supermercado ya que estaba justo ahí, en el centro comercial de West Cary Street. Sacó dos latas de sopa de pollo de una bolsa y las dejó en la encimera. Abrió la nevera, cogió un paquete de muslos de pollo y lo dejó en el fregadero para que se descongelara. La casa estaba en silencio. Oía el tictac del reloj de pared, un tictac monótono que normalmente no advertía porque tenía demasiadas cosas en que pensar.

Tomó una cuchara de un cajón y un vaso de un armario y lo llenó con agua del grifo. Cogió el vaso de agua, la cuchara y el frasco de jarabe para la tos recién comprado y se dirigió al dormitorio de Gilly.

—Cuando llegué a su habitación —se oye diciéndole a la doctora—, dije: «¿Gilly? ¿Qué demonios...?» Porque lo que vi... no tenía sentido. «¿Gilly? ¿Dónde está el pijama? ¿Tanto calor tienes?

Oh, Dios mío, ¿dónde está el termómetro? No me digas que te ha vuelto a subir la fiebre.»

Gilly encima de la cama, boca abajo, desnuda, la espalda esbelta, las nalgas y las piernas desnudas. Su melena dorada y sedosa desparramada sobre la almohada. Los brazos estirados por encima de la cabeza. Las piernas dobladas como las de una rana.

«¡Oh, Dios mío, oh, Dios mío, oh, Dios mío!» Las manos le empezaron a temblar espasmódicamente.

El edredón de retazos, la manta y la sábana estaban retiradas y colgaban al pie del colchón, caídos al suelo. *Sweetie* no estaba en la cama y eso se le quedó grabado en la mente. *Sweetie* no estaba bajo el edredón, porque no había edredón, al menos no encima de la cama. La ropa de cama estaba en el suelo, retirada y en el suelo, y no dejaba de pensar en *Sweetie*. Cuando el frasco de jarabe, el vaso de agua y la cuchara cayeron al suelo apenas se dio cuenta. No era consciente de haberlos soltado y de repente cayeron, salpicaron, rodaron por el suelo, el agua se desparramó por el viejo entarimado y ella se puso a gritar, y era como si las manos no le pertenecieran cuando agarró a Gilly por los hombros, los hombros calientes, y la zarandeó y le dio la vuelta, y la zarandeó y siguió gritando.

20

Rudy ha salido de la casa hace un rato y en la cocina Lucy encuentra una copia de la denuncia recibida por la oficina del sheriff de Broward County. No dice gran cosa. Se ha denunciado la presencia de un merodeador que podría estar relacionado con el supuesto allanamiento de morada que se produjo en el mismo domicilio.

Al lado de la denuncia hay un sobre de papel manila grande que contiene el dibujo del ojo que estaba pegado a la puerta. El policía no se lo ha llevado. Buen trabajo, Rudy, ahora podrá someterlo a análisis químico. Mira por la ventana hacia la casa de la vecina y se pregunta si Kate habrá empezado el aterrizaje de su estado etílico. El recuerdo del champán le revuelve el estómago y la aterra. Lo sabe todo sobre el champán y el frotarse con desconocidos cuya pinta mejora a medida que el alcohol va fluyendo. Lo sabe a la perfección y no quiere volver a ello. Cuando lo recuerda, se avergüenza y siente un remordimiento profundo y enfermizo.

Se alegra de que Rudy se haya marchado. Si supiera lo que acaba de pasar, también él lo recordaría, y los dos se quedarían callados y el silencio no haría sino tornarse más profundo e impenetrable hasta que acabarían peleándose hasta dar por superado otro mal recuerdo. Cuando ella se emborrachaba hacía lo que creía que quería, pero luego se daba cuenta de que no quería lo que había hecho y entonces le repelía o le resultaba indiferente. Claro, siempre que recordara lo que había hecho, pues al cabo de un rato pocas veces lo recordaba. Para no haber cumplido los treinta, Lucy ha olvidado muchas cosas de su vida. La última vez que olvidó, empezó a recordar cuando estaba en el balcón de un apartamento de la planta treinta y tantas, vestida con sólo unos pantalones cortos en una noche muy fría en Nueva York, una noche de enero tras un día de fiesta en Greenwich Village, no sabe exactamente dónde ni quiere saberlo.

Todavía no está segura de por qué estaba en aquel balcón, pero probablemente quería ir al baño y giró donde no tocaba y abrió la puerta equivocada, y si hubiera dado un paso más, pensando que era la bañera o vete a saber qué, se habría precipitado al vacío y se habría matado. Su tía habría recibido los informes de la autopsia y, junto con los colegas de la profesión forense, habría decidido que Lucy se había suicidado estando borracha. Ninguna prueba habría revelado que lo único que Lucy hizo fue levantarse de la cama a trompicones para ir al baño en un apartamento que no conocía, propiedad de un desconocido que encontró en algún lugar del Village. Pero eso es otra historia y no osa detenerse demasiado en ella.

Después de estas historias no hubo ninguna más. Atacó el alcohol para vengarse de todas las veces en que el alcohol la había atacado a ella y ahora ya no bebe. Ahora el aroma de la bebida le recuerda el olor agrio de sus amantes indeseados y a quienes no habría tocado si hubiera estado sobria. Mira hacia la casa de la vecina, sale de la cocina y sube a la primera planta. Agradece que Henri no fuera una decisión resultante de la bebida. Al menos Lucy tiene algo que agradecer.

En el estudio, enciende una lámpara y abre un maletín negro de tamaño normal pero duro y rugoso. Contiene el Centro de Mando de Vigilancia Remota Global que le permite acceder a los receptores inalámbricos encubiertos de cualquier lugar del mundo. Comprueba que la batería está cargada y en buen estado y que los repetidores de cuatro canales emiten y que las platinas de cinta doble pueden grabar. Conecta el centro de mando a una línea telefónica, enciende el receptor y se coloca los auriculares para ver si Kate está hablando con alguien desde el gimnasio o su dormitorio, pero no es así y todavía no hay nada grabado. Se sienta a una mesa del estudio y mira hacia el sol que juega con el agua y las palmeras que a su vez juegan con el aire. Aguza el oído. Ajusta el nivel de sensibilidad y espera.

Tras unos minutos de silencio, se quita los auriculares y los deja encima de la mesa. Se levanta y traslada el centro de mando a la mesa en que ha situado el dispositivo de imágenes Krimesite. La luz del estudio cambia a medida que las nubes tocan el sol y se desplazan y luego pasan más nubes junto al sol y la luz se atenúa y se vuelve más viva en el interior de la habitación. Lucy se enfunda unos guantes de algodón blancos. Extrae el dibujo del sobre y lo coloca sobre una gran lámina de papel negro, se vuelve a sentar, se pone los auriculares y saca un bote de ninhidrina para revelar huellas dactilares. Empieza a rociar el dibujo, lo humedece pero no demasiado. Aunque el vaporizador no contiene clorofluorocarbonos y no es perjudicial para el medio ambiente, nunca le ha parecido especialmente beneficioso para los humanos. La vaporización le hace toser.

Se quita los auriculares y vuelve a levantarse, llevando el papel humedecido y con olor químico hasta una encimera donde hay una plancha de vapor en posición vertical encima de un almohadillado resistente al calor. Enciende la plancha, que se calienta rápido. Presiona el botón para probarla y el vapor brota con un silbido. Coloca el dibujo encima del almohadillado, sostiene la plancha a unos diez centímetros por encima del papel y aplica el vapor. Al cabo de unos segundos, unas zonas del papel empiezan a tornarse púrpuras y enseguida aprecia las marcas violáceas de los dedos, marcas que ella no dejó porque sabe en qué punto tocó el papel al retirarlo de la puerta, y seguro que el policía de Broward tampoco lo tocó, Rudy no se lo habría permitido. Va con cuidado de no aplicar vapor al trozo de cinta adhesiva, que no es porosa y no reaccionaría con la ninhidrina, y entonces el calor desharía el adhesivo y lo estropearía todo.

Regresa a la mesa de trabajo, se sienta, se coloca los auriculares y unas gafas y desliza el dibujo moteado de púrpura bajo el objetivo del dispositivo de imagen. Lo enciende, acciona la lámpara UV, mira por el ocular un campo verde brillante y huele el desagradable olor de la sustancia química cocida y del papel. Las marcas del lápiz son unas líneas blancas y finas, y luego está el detalle de un surco pálido en la marca de un dedo cerca del iris del ojo. Ajusta el ocular para que la imagen sea más nítida y el detalle del surco muestra varias características, más que suficiente para pasarlo por el Sistema

Automatizado de Identificación de Huellas Dactilares Integrado del FBI (IAFIS). Cuando pasó las huellas parciales encontradas en el dormitorio después de que Henri casi fuera asesinada, la búsqueda no fructificó porque las huellas de la bestia no están en ningún archivo. En esta ocasión hará una búsqueda entre más de dos mil millones de huellas de la base de datos del IAFIS y también se asegurará de que el funcionario realice una comparación manual entre las parciales del dormitorio y las del dibujo. Monta una cámara digital encima del ocular del dispositivo de imagen y empieza a tomar fotografías.

Transcurrido unos cinco minutos, mientras está fotografiando otra marca dactilar, sólo un borrón con un detalle de surco parcial, recibe el primer sonido humano por los auriculares. Sube el volumen, ajusta el nivel de sensibilidad y se asegura de que una de las grabadoras recoge lo que está escuchando en directo.

«¿Qué estás haciendo? —La voz ebria de Kate suena con claridad en los auriculares. Lucy se inclina y comprueba que todos los dispositivos del centro de mando están funcionando—. Hoy no puedo jugar al tenis», arrastra las palabras, y su parte de conversación es recogida por el transmisor oculto que Lucy conectó a aquella roseta de pared.

Kate está en el gimnasio y no se oye ningún ruido de fondo procedente de la cinta de andar o la máquina elíptica, tampoco es que Lucy espere que su vecina se ponga a hacer ejercicio estando borracha. Pero Kate no está tan borracha como para no poder espiar. Está mirando por la ventana hacia la casa de Lucy. No tiene nada mejor que hacer que espiar, probablemente nunca haya tenido nada mejor que hacer.

«No, es que me parece que me estoy resfriando. Ya lo has notado. Tenías que haberme escuchado antes. Tengo la nariz tan congestionada que tenías que haberme oído esta mañana.»

Lucy observa la luz roja de la cinta de la grabadora. Desvía los ojos hacia el papel situado bajo la lente del dispositivo de imagen. Está ondulado por el calor y las manchas púrpuras son grandes, son lo suficientemente grandes como para ser de un hombre quizá, pero evita las conclusiones precipitadas. Lo que importa es que hay huellas, suponiendo que sean las de quien enganchó aquel dibujo horroroso en la puerta, suponiendo que es quien entró en su casa e intentó matar a Henri. Lucy observa los restos púrpura del hombre, su huella, los aminoácidos de su piel grasienta y sudorosa.

«Bueno, resulta que vivo al lado de una estrella de cine, ¿qué te parece? —La voz de Kate desconcentra a Lucy—. Pues no, querida, no me ha sorprendido lo más mínimo. Deja que te diga que me lo imaginaba. Gente entrando y saliendo, todos esos coches de lujo y gente guapa en una casa que vale ocho, nueve o diez millones?. Y es una casa ostentosa, si quieres que te sea sincera. Pero es normal en el caso de gente ostentosa.»

A la bestia no le importa dejar huellas, le da igual. Lucy siente desasosiego; si le importara, ella se sentiría mejor. Si le importara, sería muy probable que tuviera antecedentes penales. Pero no está fichado en el IAFIS ni en ningún sitio. No le preocupa, maldito cabrón. No le preocupa porque cree que no van a encontrar unas huellas coincidentes. «Eso ya lo veremos», piensa Lucy, y nota su presencia al mirar las manchas púrpura en el dibujo del ojo ondulado por el calor. Ella nota que le observa y nota a Kate observándola y la ira bulle en su interior, en lo más profundo, donde su ira se oculta y dormita hasta que algo la atiza.

«Tina... ¿Ahora te lo crees? El apellido se me ha ido de la cabeza. Si es que me lo dijo. Claro que me lo dijo. Me lo contó todo, y su amigo y esa chica a la que agredieron y que ha vuelto a Hollywood...»

Lucy sube el volumen y el púrpura del papel se vuelve borroso mientras lo mira fijamente. Aguza el oído para escuchar a su vecina hablando de Henri. ¿Cómo sabía que la habían agredido? No salió en las noticias, y lo único que Lucy le dijo fue que había habido un acosador. No dijo ni una palabra de que se hubiera producido una agresión.

«Una chica mona, muy mona. Rubia, cara bonita y buen tipo, guapa y delgada. Estas mujeres de Hollywood son todas así. Hay una parte de la que no estoy muy segura, pero tengo la impresión de que él es el novio de la dueña de la casa, el novio de Tina. ¿Por qué? Es bastante obvio, querida. Si fuera el novio de la rubia, ¿no crees que se habría marchado cuando ella se fue? Ella ya no está aquí desde que entraron en la casa y apareció la policía y la ambulancia.»

La ambulancia, maldita sea. Kate vio la ambulancia, vio que se llevaban a Henri en una camilla y da por supuesto que eso significa que la agredieron. —Se reprocha no estar pensando con claridad, no relacionar las cosas, y siente una creciente frustración. ¿Qué te pasa?, se dice mientras escucha y mira la grabadora del maletín, que está encima de la mesa cerca del dispositivo de imágenes Krimesite. ¿Qué coño te pasa?, se pregunta y piensa en su estupidez en el Ferrari cuando el hispano la seguía.

«Yo me he preguntado lo mismo, ¿por qué no salió nada en las noticias? Yo me fijé, créeme. —Kate sigue hablando con palabras correosas y distorsionadas por los efectos del alcohol—. Sí, eso es lo que yo pensaba —dice con énfasis—. Estrellas de cine y no sale nada en las noticias. Pero a eso voy. Están aquí en secreto, por eso los medios no lo saben. Bueno, tiene sentido. Lo tiene si te paras a pensarlo, tontorrona...»

—Oh, por el amor de Dios, di algo importante —murmura Lucy.

Se dice que tiene que controlarse. «Lucy, contrólate. ¡Piensa, piensa, piensa!» Los pelos negros, largos y rizados de la cama. Se maldice por no haberle preguntado al respecto a la madre de Gilly.

Se quita los auriculares y los deja encima de la mesa. Mira alrededor mientras la grabadora sigue registrando la parte de conversación de la vecina.

—Mierda —dice en voz alta al darse cuenta de que no tiene el número de teléfono de Kate y ni siquiera sabe su apellido, pero no se siente con ganas de dedicar tiempo y energía para descubrirlo. Tampoco es que Kate vaya a responder al teléfono si Lucy la llama.

Se traslada a otro escritorio y se sienta frente a un ordenador y crea un documento sencillo a partir de una plantilla. Compone dos invitaciones VIP para el estreno de su película *Jump Out*, que se proyectará el 6 de junio en Los Ángeles, seguida de una fiesta privada para el reparto y amigos especiales. Las imprime en papel fotográfico brillante y las corta para que tengan el tamaño correspondiente. Luego las introduce en un sobre con una nota que dice: «Querida Kate, ¡me ha encantado la charla que hemos tenido! Aquí tienes una pregunta de concurso cinematográfico: ¿Quién es la del pelo oscuro largo y rizado? (¿Lo adivinas?)», e incluye un número de teléfono.

Lucy cruza a casa de Kate, pero ésta no abre la puerta ni responde al interfono. Ya se ha pasado de la raya, está más que borracha, quizás inconsciente. Lucy deposita el sobre en el buzón y regresa a su casa.

21

La señora Paulsson está en el cuarto de baño del pasillo. No sabe cómo ha llegado allí.

Se trata de un viejo cuarto de baño que no se ha renovado desde comienzos de los años cincuenta: suelo de damero con baldosas azules y blancas, un lavamanos blanco, un inodoro blanco y una bañera blanca con una cortina de ducha de flores rosas y violetas. El cepillo de dientes de Gilly está en el soporte situado encima del lavamanos, el tubo de dentífrico apretujado medio gastado.

Mira el cepillo de dientes y el dentífrico y llora con mayor desolación. Se echa agua fría en la cara pero no la alivia. Comenta no poder mantener la calma cuando sale del baño y regresa al dormitorio de Gilly, donde la espera la doctora italiana de Miami. El policía fornido, que está sudando, ha tenido la gentileza de traerle una silla. Hace frío y se da cuenta de que la ventana está abierta, pero él tiene la cara perlada de sudor.

—Siéntese, señora Paulsson, e intente relajarse —le dice el policía vestido de negro con una sonrisa que no le hace parecer más cordial, aunque a ella le gusta su aspecto. No sabe por qué, pero le gusta mirarle y siente algo cuando está cerca de él.

—¿Ha abierto la ventana? —pregunta ella, sentándose en la silla y juntando las manos sobre el regazo.

—Me preguntaba si también estaba abierta cuando usted llegó a casa de la farmacia —responde él—. Cuando entró en este cuarto, ¿la ventana estaba abierta o cerrada?

—Aquí suele hacer calor. En estas casas viejas es difícil regular el calor. —Alza la mirada hacia ambos. No le parece bien estar sentada cerca de la cama y tener que levantar la vista. Se siente nerviosa y asustada y empequeñecida al mirar hacia arriba—. Gilly solía abrir la ventana muchas veces. Quizás estuviera abierta cuando llegué a casa. Estoy intentando recordarlo. —Las cortinas se mueven. Las cortinas de gasa blanca ondean como fantasmas en el aire frío y cortante—. Sí —afirma—. Creo que es posible que estuviera abierta.

—¿Sabe que el cierre está roto? —pregunta el policía con los ojos fijos en ella.

Ella no recuerda su nombre. ¿Cómo era? Marinara o algo así.

—No —responde, y el temor le hiela el corazón.

La doctora se acerca a la ventana abierta y la cierra con sus manos enguantadas. Mira hacia el patio trasero.

—No está muy bonito en esta época del año —dice la señora Paulsson, y tiene la sensación de que la cabeza le va a estallar—. Tendría que verlo en primavera.

—Me lo imagino —responde la doctora, con una actitud que a la señora Paulsson le resulta fascinante pero un tanto temible. Ahora todo le parece temible.

—Me encanta trabajar en el jardín, ¿y a usted?

—Sí, claro —responde Scarpetta.

—¿Cree que alguien entró por la ventana? —pregunta la señora Paulsson y entonces se fija en el polvo negro del alféizar y alrededor del marco. Se fija en más polvo negro y en lo que parecen marcas de cinta adhesiva en el interior y exterior del cristal.

—He recogido algunas huellas —dice el policía—. No sé por qué la policía no lo hizo. Ya veremos si sacamos algo en limpio. Voy a tener que tomarle las suyas, más que nada para excluirlas. Supongo que la policía no le tomó las huellas, ¿no?

Ella niega con la cabeza mientras mira la ventana y el polvo negro que lo cubre todo.

—¿Quién vive detrás de su casa, señora Paulsson? —pregunta el policía—. Esa vieja casa que hay detrás de la valla.

—Una mujer, una mujer mayor. Hace tiempo que no la veo, mucho tiempo. Años. De hecho no puedo decir que siga viviendo ahí. La última vez que vi a alguien fue hace unos seis meses. Sí, seis meses más o menos, porque estaba recogiendo tomates. Tengo un pequeño huerto ahí detrás, junto a la cerca, y el verano pasado tuve excedente de tomates. Había alguien al otro lado de la cerca, caminando por ahí, no sé qué estaba haciendo. Tuve la impresión de que no era una persona especialmente amable. Bueno, dudo que fuera la mujer que vivía ahí, que vivía ahí hace ocho, nueve, diez años. Era muy mayor. Supongo que ha muerto.

—¿Sabe si la policía habló con ella, suponiendo que no haya muerto? —pregunta el policía.

—Pensaba que usted era la policía.

—No de la misma clase que la que estuvo aquí. No, señora. Somos distintos.

—Entiendo —dice sin entender nada—. Bueno, creo que el inspector, el inspector Brown...

—Browning —termina el policía de negro y ella se fija en que se ha guardado la gorra de béisbol en el bolsillo trasero del pantalón. Lleva la cabeza rapada y se imagina pasándole la mano por la cabeza lisa y afeitada.

—Me preguntó por los vecinos —responde—. Dije que la anciana vivía allí, al menos que antes vivía allí. No estoy segura de si ahora vive alguien. Supongo que es lo que dije. Nunca oigo a nadie por ahí atrás, casi nunca, y ya se ve por las rendijas de la valla que el jardín está lleno de maleza.

—Volvió de la farmacia —insiste la doctora—. ¿Y entonces qué pasó? Por favor, intente explicarlo paso a paso, señora Paulsson.

—Llevé la compra a la cocina y entonces fui a ver a Gilly. Pensaba que estaba dormida.

Tras una pausa, la doctora formula otra pregunta. Quiere saber por qué pensó que su hija estaba dormida, en qué postura estaba, y sus preguntas son confusas. Cada una de ellas duele como un calambre, como un espasmo en un lugar profundo. ¿Qué más da? ¿Qué tipo de médico hace preguntas como ésas? Es una mujer de mucha presencia, no es corpulenta pero impone con su traje pantalón azul marino y una blusa del mismo tono que avivan sus bonitas facciones y le realzan el pelo rubio y corto. Tiene manos fuertes pero gráciles y no lleva anillos. Observa las manos de la doctora y se las imagina cuidando de Gilly y se echa a llorar otra vez.

—La moví. Intenté despertarla. —Se oye repitiendo lo mismo una y otra vez—: «¿Por qué está el pijama en el suelo, Gilly? ¿Qué es esto? ¡Oh, Dios mío, Dios mío!»

—Describa lo que vio al entrar. —La doctora le pregunta lo mismo de otra forma—. Sé que es duro. Marino, ¿puedes traerle unos pañuelos de papel y un vaso de agua?

«¿Dónde está *Sweetie*? Oh, Dios mío, ¿dónde está *Sweetie*? ¡No estará otra vez en la cama contigo!»

—Parecía dormida —se oye decir la señora Paulsson.

—¿Boca arriba? ¿Boca abajo? ¿En qué postura? Por favor intente recordar. Sé que esto es muy duro —dice la doctora.

—Dormía de costado.

—¿Estaba de costado cuando entró en la habitación? —pregunta la doctora.

«Oh, cielos, *Sweetie* se ha hecho pipí en la cama. ¿*Sweetie*? ¿Dónde estás? ¿Estás escondido debajo de la cama, *Sweetie*? Has estado otra vez en la cama, ¿verdad? ¡No debes hacer eso! ¡Voy a regalarte! ¡No intentes ocultarme cosas!»

—No —dice la señora Paulsson entre sollozos.

«Gilly, por favor, despierta, oh, despierta, por favor. ¡No puede ser! ¡No puede ser!»

La doctora está en cuclillas al lado de su silla, mirándola a los ojos. Le toma la mano y le dice algo.

—¡No! —la señora Paulsson solloza de forma incontrolada—. No llevaba nada. ¡Oh, Dios mío! No es normal que Gilly estuviera desnuda en la cama. Cerraba la puerta con llave incluso para vestirse.

—Tranquila —dice la doctora, y su mirada y su tacto resultan agradables. No hay temor en sus ojos—. Respire hondo. Vamos. Respire hondo. Así. Muy bien. Respire lenta y profundamente.

—Oh, cielos, ¿estoy sufriendo un ataque al corazón? —espeta la señora Paulsson aterrorizada—. Se llevaron a mi niña. Se ha ido. Oh, ¿dónde está mi niñita?

El policía fornido vuelve a estar en el umbral, sosteniendo un puñado de pañuelos de papel y un vaso de agua, y pregunta:

—¿Quiénes se la llevaron?

—Oh, no, no murió de la gripe, ¿verdad? Oh, no. Oh, no. Mi niñita. No murió de la gripe. Me la arrebataron.

—¿Quiénes? —insiste Marino—. ¿Cree que hay más de una persona implicada en esto? —Le tiende a la doctora el vaso de agua, y ella ayuda a la señora Paulsson a dar sorbos.

—Muy bien, beba despacio. Respire lentamente. Intente tranquilizarse. ¿Hay alguien que pueda venir a hacerle compañía? No quiero que se quede sola.

—¿Quiénes? —repite ella la pregunta de Marino—. ¿Quiénes? —Intenta levantarse de la silla pero las piernas no le responden. Parece que ya no le pertenecen—. Yo les diré quiénes. —El dolor se transforma en una ira tan furibunda que hasta le da miedo—. Fue esa gente que él invitó aquí. Ellos. Pregunten a Frank quiénes son. Él lo sabe.

22

En el laboratorio de pruebas residuales, el forense Junius Eise sostiene un filamento de tungsteno en la llama de una lámpara de alcohol.

Se enorgullece de que su truco para hacer herramientas sea el que los microscopistas utilizan desde hace cientos de años. Ese hecho, entre otros, lo convierte en un purista, un hombre del Renacimiento, un amante de la ciencia, la historia, la belleza y las mujeres. Sujetando la corta hebra de alambre fino y rígido con unos fórceps, observa cómo el metal grisáceo se vuelve incandescente e imagina que está apasionado o encolerizado. Aparta el alambre de la llama y sumerge el extremo en nitrito sódico, con lo que oxida el tungsteno y lo afila. Un baño en una placa de cultivo de agua y el alambre de punta afilada se enfría emitiendo un silbido rápido.

Atornilla el alambre en un portaagujas de acero inoxidable a sabiendas de que dedicar tiempo a hacer esta herramienta en este momento es una muestra de desidia. Dedicar tiempo a hacer una herramienta significa librarse del servicio un rato, centrarse en otra cosa, recuperar brevemente la sensación de control. Mira por las lentes binoculares del microscopio. El caos y los interrogantes están justo donde los dejó, sólo que aumentados cincuenta veces.

—No lo entiendo —dice a nadie en concreto.

Utilizando la nueva herramienta de tungsteno, manipula partículas de pintura y cristal recogidas del cuerpo de un hombre que murió atropellado por su tractor hace unas horas. Habría que ser imbécil para no saber que al jefe de Medicina Forense le preocupa que los familiares del hombre demanden a alguien, de lo contrario las pruebas residuales no resultarían relevantes en una muerte accidental, de lo más negligente, por cierto. El problema está en que si se busca suele encontrarse algo, y lo que Eise ha encontrado no tiene sentido. En momentos como ése recuerda que tiene sesenta y tres años, que podría haberse jubilado hace dos años y que ha rechazado numerosas veces el ascenso a jefe de la sección de pruebas residuales porque lo que más le gustaría es poder estar en el interior de un microscopio. Su idea de realización personal no guarda relación con pelearse con presupuestos y problemas de personal, y su relación con el jefe de Medicina Forense está peor que nunca.

A la luz polarizada del microscopio utiliza su nueva herramienta de tungsteno para manipular partículas de pintura y metal sobre un portaobjetos de cristal seco. Están mezcladas con otros restos, una especie de polvo gris marronáceo y extraño, distinto a todo lo que ha visto hasta el momento, salvo una excepción: vio el mismo tipo de prueba residual hace dos semanas en un caso que no guarda relación alguna, ya que da por supuesto que la muerte repentina de una niña de catorce años no está relacionada con la muerte accidental de un tractorista.

Eise apenas parpadea, tiene tensa la parte superior del cuerpo. Los restos de pintura tienen el tamaño de la caspa y son rojos, blancos y azules. No son de automoción, no son de un tractor, eso está claro. Los restos de pintura y el polvo marrón grisáceo raro estaban adheridos a un tajo que Theodore Whitby tenía en la cara. Y él encontró unos restos de pintura similares, aunque no idénticos, y un polvo marrón grisáceo en el interior de la boca de la muchacha de catorce años, sobre todo en la boca. El polvo es lo que más preocupa a Eise. Es un polvo muy curioso. Nunca ha visto un polvo así. Tiene forma irregular y crujiente, como el barro seco, pero no es barro. Este polvo tiene fisuras y ampollas y zonas lisas y extremos finos y transparentes, como la superficie de un planeta agostado. Algunas partículas están agujereadas.

«¿Qué demonios es esto? —se pregunta—. ¿Cómo es posible que esta cosa tan rara esté en los dos casos? No pueden estar relacionados. No sé qué ha pasado aquí.»

Busca unas pinzas con punta de aguja y extrae con cuidado varias fibras de algodón de las partículas del portaobjetos. La luz atraviesa las lentes y el cúmulo de fibras aumentadas parecen trozos de hilo blanco curvado.

—¿Sabes lo mucho que odio los hisopos? —pregunta al laboratorio prácticamente vacío—. ¿Sabes lo puñeteros que son los hisopos? —pregunta a la gran zona angular de encimeras negras, campanas para sustancias químicas, puestos de trabajo y docenas de microscopios y accesorios de cristal, metálicos y químicos.

Casi todos los científicos y técnicos están en otros laboratorios de esa misma planta, ensimismados en la absorción atómica, la cromatografía de gases y la espectroscopia de masas, la difracción de rayos X, el espectrofotómetro de infrarrojos transformado de Fourier, el microscopio electrónico de exploración y otros instrumentos. En un mundo de retrasos sin fin y de escasez de dinero, los científicos se agarran a lo que pueden y se montan en los instrumentos como si fueran caballos para cabalgar por la vida.

—Todo el mundo sabe lo mucho que tú odias los hisopos —comenta Kit Thompson, la vecina más cercana a Eise en ese momento.

—Podría fabricar un edredón gigante con todas las fibras de algodón que he recogido a lo largo de mi vida —responde él.

—Ojalá lo hicieras. Hace tiempo que espero uno de tus edredones gigantes —replica ella.

Eise toma otra fibra. No son fáciles de pillar. Cuando mueve las pinzas o la aguja de tungsteno, la menor alteración de aire mueve la fibra. Reajusta el enfoque y reduce el aumento hasta 40x, con lo que agudiza la profundidad del enfoque. Contiene la respiración mientras observa el círculo de luz brillante, intentando encontrar las pistas que oculta. ¿Qué ley de la física establece que cuando una alteración de aire desplaza una fibra, se aparta de uno como si estuviera viva y se diera a la fuga? ¿Por qué la fibra no se acerca más al cautiverio?

Hace retroceder la lente del objetivo varios milímetros y la punta de las pinzas de aguja invade el campo de visión. El círculo de luz le recuerda a la pista iluminada de un circo, incluso después de todo lo que ha pasado. Por un momento ve elefantes y payasos bajo una luz tan brillante que le duelen los ojos. Recuerda estar sentado en unas gradas de madera y contemplar el paso de grandes trozos flotantes de algodón de azúcar rosa. Toma con cuidado otra fibra de algodón y la transporta fuera del portaobjetos. La suelta sin miramientos en el interior de una pequeña bolsa de plástico transparente llena de otros restos de algodón de trazos delicados, seguramente procedentes de los bastoncillos de algodón, carentes de valor como pruebas.

El doctor Marcus es el más guarro de todos. ¿Qué coño le pasa a ese hombre? Eise le ha enviado numerosas notas insistiendo para que su personal recoja con cinta adhesiva las pruebas residuales siempre que les resulte posible y —por favor, por favor—, que no utilicen hisopos de algodón porque tienen tropecientas fibras más ligeras que el beso de un ángel y se mezclan con los residuos.

Como el pelo de un gato de angora blanco encima de unos pantalones de terciopelo negro, le escribió al doctor Marcus meses atrás. Como recoger la pimienta en un puré de patatas. Como sacar a cucharadas la crema de un café. Y otras analogías y exageraciones malas.

—La semana pasada le mandé dos rollos de cinta adhesiva protectora —dice Eise—. Y otro paquete de *postits*. Para recordarle que la cinta adhesiva protectora y los *postits* son perfectos para extraer pelos y fibras de las cosas porque no los rompen ni distorsionan, y tampoco desprenden fibras de algodón por todas partes. Y tampoco, como es obvio, interfieren con la difracción de rayos X y otros resultados. O sea que cuando nos pasamos todo el santo día aquí extrayéndolas de una muestra no es porque seamos maniáticos.

Kit le frunce el entrecejo mientras desenrosca el tapón de una botella de Permount.

—¿Sacar la pimienta del puré de patatas? Y ¿le enviaste *postits* al doctor Marcus?

Cuando Eise se solivianta, dice exactamente lo que piensa. No siempre es consciente de ello y es probable que le dé igual, que lo que le pasa por la cabeza también le sale por los labios y resulte audible para todos.

—A lo que voy —continúa— es que cuando Marcus o quien fuera examinó el interior de la boca de esa jovencita, le hizo un frotis completo con los hisopos. A ver, no hace falta que se lo hiciera en la lengua. Le cortó la lengua, ¿no? La tuvo ahí al lado en la tabla de cortar y pudo ver con claridad que había algún residuo. Podía haber utilizado una cinta adhesiva pero siguió con los bastoncillos de algodón y por eso me paso el día extrayendo fibras de algodón.

En cuanto una persona, sobre todo si es muy joven, queda reducida a una lengua en una tabla de cortar, se vuelve anónima. Así son las cosas, sin excepción. No se dice «introdujimos las manos en la garganta de Gilly Paulsson y recogimos tejido con un escalpelo y al final extirpamos la lengua de la pobre muchacha», o «clavamos una aguja en el ojo izquierdo del pequeño Timmy y extrajimos fluido vítreo para practicar las pruebas toxicológicas», o «serramos la parte superior del cráneo de la señora Jones, le extrajimos el cerebro y a la pobre le descubrimos un aneurisma», o «hicieron falta dos médicos para cortar los músculos mastoideos de la mandíbula del señor Ford porque estaba totalmente rígido y no conseguíamos abrirle la boca».

Se trata de uno de esos momentos de toma de conciencia que pasan por la mente de Eise como la sombra del Pájaro Oscuro. Así es como le llama. Si alza la mirada no ve nada, sólo una toma de conciencia. No irá más allá con verdades de este tipo porque cuando la vida de las personas se convierte en pedazos y partes y acaba en su portaobjetos, es mejor no buscar al Pájaro Oscuro con demasiada insistencia. La sombra del pájaro ya es suficientemente espantosa.

—Pensaba que el doctor Marcus estaba demasiado ocupado y era demasiado importante para practicar autopsias —dice Kit—. De hecho, puedo contar con los dedos de una mano la cantidad de veces que le he visto desde que le contrataron.

—No importa. Él es el jefe y dicta las normas. Él es quien autoriza los pedidos de bastoncillos de algodón, ya sean de marca o no. En mi opinión todo es culpa suya.

—Bueno, no creo que fuera él quien le practicara la autopsia a la chica. Tampoco al tractorista que murió en el viejo edificio —responde Kit—. Seguro que no hizo ninguna de las dos. Él prefiere ser el jefe y mangonear a todo el mundo.

—¿Qué tal te van las «Agujas Eise»? —pregunta Eise mientras con su experta mano maneja la aguja de tungsteno con pulso firme.

Es de todos sabido que tiene momentos obsesivo-compulsivos

en los que hace normalmente las agujas de tungsteno, que por arte de magia aparecen en la mesa de sus colegas.

—No me iría mal otra Aguja Eise —responde Kit con recelo, como si en realidad no quisiera ninguna pero, según las fantasías de Eise, ella se muestra reticente porque no quiere causarle molestias—. ¿Sabes qué? No voy a tener este pelo indefinidamente en el portaobjetos. —Vuelve a enroscar el tapón de la botella de Permount.

—¿Cuántos tienes de la niña enferma?

—Tres —responde Kit—. Tendría mucha suerte si los del ADN decidieran hacer algo con los pelos, aunque la semana pasada no parecía interesarles. Así que no voy a tener ni éste ni los otros en el portaobjetos todo el día. Últimamente la gente se comporta de forma muy rara. Jessie estaba en una sala de raspado cuando llegué. Ahí tienen toda la ropa de cama. Al parecer los del ADN buscan algo que no encontraron la primera vez, y Jessie estuvo a punto de arrancarme la cabeza de un mordisco sólo porque le pregunté qué ocurría. Pasa algo raro. Ya tenía la ropa de cama en la sala de raspado desde hace más de una semana, como tú y yo sabemos. ¿De dónde te crees que he sacado estos pelos? Es raro. Quizá sea la proximidad de las vacaciones. Ni siquiera he empezado a pensar en las compras de Navidad.

Con las pinzas de aguja, Kit introduce los fórceps en una pequeña bolsa de plástico transparente para pruebas y extrae otro pelo con cuidado. Desde donde Eise está sentado aparenta unos trece centímetros de largo y ser negro y rizado. Observa como Kit lo tiende en el portaobjetos y añade una gota de xileno y un cubreobjetos, con lo que dispone de una prueba ingrávida y apenas visible recuperada de la ropa de cama de la misma muchacha muerta que tenía fragmentos de pintura y unas extrañas partículas marrón grisáceo en la boca.

—Bueno, está claro que el doctor Marcus no es la doctora Scarpetta —dice Kit entonces.

—Sólo has tardado media década en darte cuenta de que no se parecen en nada. Vamos a ver. Pensabas que la doctora Scarpetta había sufrido una remodelación completa y se había convertido en ese mequetrefe jefe idiota que parece una ardilla y que ocupa el despacho esquinado, y ahora has tenido un momento de iluminación y te has dado cuenta de que son dos personas completamente distintas. Y lo has visto tú solita, que Dios te bendiga, jovencita. Eres tan lista que deberías tener un programa propio en la televisión.

—Estás loco —dice Kit, y se ríe con tanta fuerza que se aparta del microscopio por si la prueba sale volando debido a sus risotadas entrecortadas.

—Has pasado demasiados años esnifando xileno, chica. Yo tengo cáncer de personalidad.

—Oh, cielos —dice ella respirando hondo—. A lo que me refiero es a que no estarías sacando fibras de algodón del portaobjetos si la doctora Scarpetta hubiera llevado el caso, cualquiera de los casos. ¿Sabes que está aquí? La llamaron por lo de la muchacha enferma, Paulsson. Por eso hay tanto movimiento.

—Me estás tomando el pelo. —Eise no se lo cree.

—Si no te marcharas siempre antes que los demás y no fueras tan poco sociable, a lo mejor te habrías enterado de algo.

—Pásame la botella de ron, chica. —Aunque es cierto que Eise no es de los que se queda en el laboratorio pasadas las cinco de la tarde, también es el primer científico en llegar por la mañana, raras veces después de las seis y cuarto—. Yo pensaba que la doctora Importante sería la última persona a quien llamarían, independientemente de lo que sucediera.

—¿La doctora Importante? ¿De dónde te has sacado eso?

—Me lo acabo de inventar.

—Se ve que no la conoces. La gente que la conoce no la llamaría así. —Kit coloca el portaobjetos en el microscopio—. Yo la hubiese llamado enseguida. No hubiera esperado dos semanas, ni siquiera dos minutos. Este pelo está teñido de negro azabache, igual que los otros dos. Caray. Olvida que pueda obtener algo de esto. No veo los gránulos de pigmento y quizá también llevara algún producto para evitar que se encresparan. Seguro que deciden hacer el análisis mitocondrial. De repente los del ADN van a enviar mis tres preciados pelos al Todopoderoso Laboratorio Bode. Ya verás. Raro, muy raro. A lo mejor la doctora Scarpetta descubrió que a la pobre niña la mataron. A lo mejor eso es lo que pasa.

—No coloques los pelos en el portaobjetos —dice Eise.

Antes el ADN no era más que ciencia forense, ahora es la solución milagrosa, el disco de platino, la superestrella, y se lleva todo el dinero y todos los méritos. Eise nunca ofrece sus agujas a los del equipo de ADN.

—No te preocupes, no voy a colocar nada —dice Kit mirando por el microscopio—. No hay línea de demarcación, eso es interesante. Un poco raro para un pelo teñido. Significa que no creció nada después del tinte. Ni siquiera un micrón.

Mueve el portaobjetos bajo el objetivo mientras Eise sigue mirando con cierto interés.

—¿No hay raíz? ¿Se cayó o lo arrancaron, rompieron, torcieron, dañaron con unas tenacillas para rizar, lo chamuscaron, estrecharon o tenía las puntas abiertas? ¿O está cortado, igualado o sesgado? Venga ya, chica, despiértame —dice él.

—No hay absolutamente nada, ni raíz. El extremo distal está cortado en ángulo. Los tres pelos están teñidos de negro, sin raíz, y eso es raro. Los dos extremos de los tres pelos están cortados. No un pelo sino los tres. No tiraron de ellos, no están rotos ni arrancados de raíz. Los pelos no se cayeron así como así. Los cortaron. Ahora dime para qué cortar un pelo por ambos extremos.

—A lo mejor acababa de regresar de la peluquería y quizá parte del pelo cortado estaba en su ropa, o todavía en la cabeza, o quizás hacía tiempo que estaba en la alfombra o donde fuera.

Kit frunce el entrecejo.

—Si la doctora Scarpetta está en el edificio, me gustaría verla. Sólo para saludarla. Me supo muy mal cuando se marchó. En mi opinión, fue la segunda vez que esta dichosa ciudad perdió la guerra. Menudo imbécil ese Marcus. ¿Sabes qué? No me siento bien. Me desperté con dolor de cabeza y me duelen las articulaciones.

—A lo mejor vuelve a Richmond —supone Eise—. Quizá por eso está aquí. Al menos cuando nos enviaba muestras, nunca se equivocaba con las etiquetas y sabíamos exactamente de dónde salían. No le importaba hablar sobre los casos, ella misma venía aquí en vez de tratarnos como robots de General Motors. No utilizaba bastoncillos de algodón para todo lo imaginable si podía recuperarlo con cinta adhesiva o *postits*, lo que nosotros recomendáramos. Supongo que tienes razón, no iba de doctora importante.

—Ya te lo decía yo. Textura cortical totalmente confusa —explica Kit mientras observa un pelo negro ampliado; lo ve tan grande como un oscuro árbol invernal bajo un círculo de luz—. Como si alguien lo hubiera sumergido en un frasco de tinta negra. No hay línea de demarcación, no señor, o sea que acababa de teñirse o lo cortaron por encima de las raíces sin teñir crecidas.

Va tomando nota mientras mueve el portaobjetos y ajusta el enfoque y la ampliación en un intento por hacer hablar al pelo teñido. No dice gran cosa. Las características distintivas del pigmento en la cutícula han quedado oscurecidas por el tinte, como una huella dactilar con un exceso de tinta que emborrona el detalle de los surcos. Los cabellos teñidos, decolorados y canos carecen de valor cuando se comparan en el microscopio, y la mitad de la humanidad tiene el pelo teñido, decolorado, cano o con la permanente. Pero en los tribunales actuales se esperan que un cabello revele quién, qué, cuándo, dónde, por qué y cómo.

Eise odia lo que el mundo del espectáculo ha hecho con su profesión. Conoce a gente que quiere ser como él, que su trabajo le resulta de lo más emocionante, pero no es cierto, en absoluto. Él no va a las escenas del crimen ni lleva pistola. Nunca lo ha hecho. No recibe llamadas de teléfono especiales y se enfunda un uniforme o un mono especiales y se monta corriendo en un todoterreno para buscar fibras o huellas dactilares o ADN o marcianos. Eso lo hace la policía y los agentes de la policía científica, los forenses y quienes investigan los crímenes. Antes, cuando la vida era más sencilla y la gente dejaba a los forenses en paz, los inspectores de homicidios como Pete Marino iban en sus coches destartalados a la escena del crimen, recogían ellos mismos las pruebas y no sólo sabían qué recoger sino también qué dejar.

No hace falta pasar la aspiradora por todo el puto aparcamiento. No hace falta vaciar el contenido del dormitorio de la pobre mujer en una inmensa bolsa de plástico y traer aquí toda esa mierda. Es como si alguien esté cribando oro y se lleve a casa el lecho del río entero en vez de tamizarlo antes con cuidado. Buena parte de las tonterías que se hacen actualmente se deben a la pereza. Pero hay otros problemas, más insidiosos, y Eise no deja de pensar que quizá debería jubilarse. No tiene tiempo para dedicarse a la investigación ni para disfrutar, y está agobiado por el papeleo que debe ser perfecto, al igual que sus análisis. Tiene la vista cansada e insomnio. Pocas veces le dan las gracias o reconocen su mérito cuando se soluciona un caso y el culpable recibe su merecido. ¿En qué mundo vivimos? Ha empeorado. Por supuesto que sí.

—Si te encuentras con la doctora Scarpetta —comenta—, pregúntale por Marino. Él y yo solíamos charlar cuando bajaba aquí, o nos tomábamos un par de cervezas en el bar de la policía.

—Está aquí —afirma Kit—. Ha venido con ella. ¿Sabes? Me siento un poco rara, tengo un cosquilleo en la garganta y me duele. Espero no estar pillando la dichosa gripe.

—¿Está aquí? Joder. Voy a llamarle ahora mismo. ¡Bueno, aleluya! O sea que también está trabajando en el caso de la Chica Enferma.

Ahora Gilly Paulsson recibe ese apodo, cuando se la llama de algún modo. Es más fácil no usar el nombre verdadero, suponiendo que lo recordaran. Las víctimas se convierten en el lugar donde fueron encontradas o en lo que les hicieron: la Mujer de la Maleta, la Señora de la Alcantarilla, el Bebé del Vertedero, el Hombre Rata, el Hombre de la Cinta Aislante. La mayoría de las veces Eise no tiene ni idea del nombre verdadero de estos difuntos. Prefiere no tenerla.

—Si Scarpetta tiene alguna opinión de por qué la Chica Enferma tiene restos de pintura roja, blanca y azul y un polvo raro en la boca, seré todo oídos —declara él—. Parece metal pintado de rojo, blanco y azul. También hay metal sin pintar, fragmentos diminutos de metal brillante. Y algo más que no sé qué es. —Manipula las pruebas residuales en el portaobjetos y lo mueve de forma obsesiva—. Voy a tener que usar el MEE y el espectrómetro fluorescente dispersivo de energía por rayos X para ver qué clase de metal es. ¿Había algo rojo, blanco y azul en casa de la Chica Enferma? Supongo que me pondré en contacto con mi querido Marino y le invitaré a unas cervezas fresquitas. Vaya, ahora mismo me tomaría un par.

—No hables de cosas frías en este momento —dice Kit—. Me siento enferma. Sé que no podemos pillar nada por culpa de los frotis y las cintas adhesivas y todo eso, pero a veces me pregunto adónde mandan toda esa mierda del depósito de cadáveres.

—Tranquila. Todas esas bacterias están requetemuertas cuando llegan a nosotros —dice Eise alzando la mirada hacia ella—. Si las miras detenidamente, todas llevan unas etiquetas diminutas que lo ponen. Estás pálida, chica. —Odia alentar su repentino brote de enfermedad. Se está muy solo ahí arriba cuando Kit no está, pero ella no se siente bien. Resulta obvio. No es justo que él finja lo contrario—. ¿Por qué no descansas un rato, chica? ¿Te has puesto la vacuna contra la gripe? Para cuando quise ponérmela se habían agotado.

—A mí me pasó lo mismo. No la conseguí —dice ella y se levanta de la silla—. Creo que voy a preparar un té caliente.

23

A Lucy no le gusta confiar en que otras personas hagan su cometido. Por mucho que se fíe de Rudy no le encomienda su trabajo, y menos en estos momentos, debido a Henri y lo que siente por ella. Sentada en su estudio con los auriculares puestos, repasa los resultados impresos de la búsqueda en el IAFIS y va saltando trozos de grabación banales de las banales conversaciones telefónicas de su vecina Kate. Es jueves por la mañana temprano.

A última hora de ayer Kate la llamó. Dejó un mensaje en el móvil: «Abrazos y besos por las invitaciones» y «¿Quién es la señora de la piscina? ¿Una famosa?» Lucy tiene una señora que cuida de la piscina pero no es famosa. Es una morena de unos cincuenta años y parece demasiado menuda para ese trabajo. No es estrella de cine y tampoco una bestia. La mala suerte de Lucy se perpetúa con el IAFIS, que no le ha proporcionado ningún buen candidato, lo cual significa que la búsqueda automatizada la ha dejado con las manos vacías. Buscar coincidencias entre huellas latentes, sobre todo cuando algunas son parciales, es una empresa de lo más arriesgada e incierta.

Cada una de las diez huellas dactilares de una persona es única. Por ejemplo, la del pulgar derecho no coincide con la del izquierdo. Sin una tarjeta con las diez huellas archivadas, el IAFIS sólo podría ofrecer una coincidencia en las latentes desconocidas si el sujeto hubiera dejado una huella latente del pulgar derecho en una escena del crimen, y otra latente del mismo dedo en otra escena del crimen, y todas las latentes tendrían que estar en el IAFIS y ambas latentes deberían ser huellas completas o incluir las mismas características del surco de fricción.

Sin embargo, la comparación manual o visual de huellas latentes ofrece resultados distintos, y aquí Lucy tiene un poco más de suerte. Las huellas parciales latentes que recuperó del dibujo del ojo coinciden con algunas de las parciales que encontró en la habitación después de que Henri sufriera la agresión. No es ninguna sorpresa para Lucy, pero le alegra verificarlo. La bestia que entró en su casa es la misma bestia que dejó el dibujo del ojo y la misma bestia que le rayó el Ferrari negro, aunque no se recuperó ninguna huella del coche. Pero ¿cuántas bestias van por ahí dibujando ojos? O sea que fue él, aunque ninguna de estas coincidencias indique a Lucy quién es. Lo único que sabe es que la misma bestia está causando todos estos problemas, y que no tiene una tarjeta con diez huellas en el archivo del IAFIS ni en ningún otro sitio, y que sigue acosando a Henri sin saber que ella está muy lejos de ahí. O quizá dé por supuesto que Henri volverá o que por lo menos se enterará de sus últimas hazañas.

En la mente de la bestia, si Henri se entera de que él ha pegado un dibujo en la puerta, se asustará y disgustará y quizá ya no vuelva. Lo que a la bestia le interesa es demostrar que puede intimidarla. En eso consiste precisamente el hecho de acosar. Es la dominación de otra persona. En cierto sentido, el acosador toma como rehén a su víctima sin siquiera ponerle un dedo encima o, en algunos casos, sin siquiera conocerla. Que Lucy sepa, la bestia no conoce a Henri. Y si vamos a eso, ¿qué sabe Lucy en realidad? No mucho, que digamos.

Revisa un listado de otra búsqueda que realizó anoche desde otro ordenador y se plantea si debe llamar a su tía o no. Hace tiempo que no llama a Scarpetta y no tiene una buena excusa, aunque ha argüido un montón de excusas. Ella y su tía pasan buena parte del tiempo en el sur de Florida, viven a menos de una hora de distancia. Scarpetta se mudó de Del Ray a Las Olas el verano pasado y Lucy ha visitado sólo una vez su nuevo hogar, hace ya varios meses. Cuanto más tiempo pasa, más le cuesta llamarla. Las preguntas silenciadas se cernirán sobre ellas y será raro, pero Lucy decide que no está bien no llamarla, dadas las circunstancias. Así que la llama.

—Servicio despertador —dice cuando su tía descuelga el auricular.

—Como no practiques un poco más, no engañarás a nadie —replica Scarpetta.

—¿Qué quieres decir?

—No pareces de la recepción y no he pedido el servicio despertador. ¿Qué tal estás? ¿Y dónde?

—Todavía estoy en Florida —dice Lucy.

—¿Todavía? ¿Significa que piensas marcharte?

—No lo sé. Puede ser.

—¿Adónde? —pregunta Scarpetta.

—No estoy segura.

—De acuerdo. ¿En qué estás trabajando?

—En un caso de acoso —responde Lucy.

—Ésos son difíciles.

—Y que lo digas. Éste sobre todo. Pero no puedo hablar del tema.

—Nunca puedes.

—Tú tampoco hablas de tus casos —le recuerda Lucy.

—Normalmente, no.

—¿Entonces qué otras novedades hay?

—Nada de nada. ¿Cuándo nos veremos? No nos vemos desde septiembre.

—Lo sé. ¿Qué has estado haciendo en la malvada ciudad de Richmond? ¿Por qué se están peleando ahora? ¿Algún monumento nuevo? ¿Tal vez la última obra de arte en el muro de contención?

—Estoy intentando averiguar a qué se debe la muerte de una chica. Anoche tenía que haber cenado con el doctor Fielding. Seguro que te acuerdas de él.

—Oh, claro. ¿Qué tal está? No sabía que seguía allí.

—No muy bien —responde Scarpetta.

—¿Recuerdas cuando me llevaba a su gimnasio y levantábamos pesas juntos?

—Pues ahora ya no va al gimnasio.

—Vaya, me dejas de piedra. ¿Jack no va al gimnasio? Eso es como... Bueno, no sé cómo es. No es como nada, supongo. Me he quedado anonadada. ¿Ves lo que pasa cuando te marchas? Todos y todo se desmorona.

—Esta mañana no conseguirás halagarme —responde Scarpetta—. No tengo muchos ánimos.

Lucy siente una punzada de culpabilidad. Es culpa suya que su tía no esté en Aspen.

—¿Has hablado con Benton? —pregunta con tranquilidad.

—Tiene mucho trabajo —responde Scarpetta.

—Eso no significa que no puedas llamarle. —El sentimiento de culpa atenaza el estómago de Lucy.

—Ahora mismo sí que significa eso.

—¿Te dijo él que no le llamaras? —Lucy se imagina a Henri en casa de Benton. Ella se dedicaría a escuchar a escondidas. Sí, seguro, y ahora se siente mal por la culpa y la angustia.

—Anoche fui a casa de Jack y no abrió la puerta. —Scarpetta cambia de tema—. Tengo la curiosa sensación de que estaba en casa, pero que no quiso abrir.

—¿Y tú qué hiciste?

—Me marché. A lo mejor se olvidó. Está claro que está pasando por un momento muy estresante. Sin duda está preocupado.

—Pero ésa no es la cuestión —dice Lucy—. Probablemente no quisiera verte. Quizá sea demasiado tarde. Tal vez todo esté demasiado jodido. Me tomé la libertad de buscar información sobre el doctor Joel Marcus —añade—. Ya sé que no me lo pediste, pero probablemente tampoco me lo habrías pedido, ¿verdad?

Scarpetta no responde.

—Mira, probablemente él sepa un montón de cosas sobre ti, tía Kay. Así que no tiene nada de malo que tú sepas cosas sobre él —dice, y se siente herida. No puede evitar sentirse de ese modo y está enfadada y dolida.

—Muy bien —dice Scarpetta—. No creo que necesariamente sea lo correcto, pero ya puestos puedes contármelo. Seré la primera en reconocer que no me está resultando fácil trabajar con él.

—Lo más curioso —dice Lucy, sintiéndose un poco mejor— es lo poco que hay sobre él. Este tío no tiene ninguna vida. Nació en Charlottesville, su padre era maestro de la escuela pública y su madre falleció en un accidente de coche en 1965. Fue a la Universidad de Virginia y estudió medicina, así que es de Virginia y se formó allí, pero nunca había trabajado en el departamento forense hasta que lo nombraron jefe hace cuatro meses.

—Ya lo sabía —responde Scarpetta—. No hacía falta que te embarcaras en una búsqueda cara o que piratearas los ordenadores del

Pentágono o lo que hayas hecho por mí para saberlo. No sé si debería escuchar esta información.

—El hecho de que lo nombraran jefe, por cierto —continúa Lucy—, es totalmente extraño, no tiene sentido. Fue patólogo privado en un pequeño hospital de Maryland durante una temporada y no estudió para ser forense ni aprobó las oposiciones hasta que tuvo poco más de cuarenta año. Por cierto, suspendió los exámenes la primera vez que se presentó.

—¿Dónde cursó la especialidad?

—En Oklahoma City —responde Lucy.

—No estoy segura de si debería escuchar esta información.

—Fue patólogo forense durante una temporada en Nuevo México, no sé qué hizo entre 1993 y 1998 aparte de divorciarse de una enfermera. No tiene hijos. En 1999 se trasladó a San Luis y trabajó en el departamento de Medicina Forense hasta que se trasladó a Richmond. Tiene un Volvo de doce años de antigüedad y nunca ha sido propietario de una casa. Quizá te interese saber que la casa que alquila actualmente queda en Henrico County, no demasiado lejos del centro comercial Willow Lawn.

—No me hace falta saber esto —dice Scarpetta—. Ya basta.

—Nunca le han detenido. Pensé que te interesaría saberlo. Sólo unas cuantas multas de tráfico, nada dramático.

—Esto no está bien —insiste Scarpetta—. No me hace falta oírlo.

—No hay problema —responde Lucy con la voz que pone cuando su tía le baja el ánimo y hiere sus sentimientos—. Básicamente eso es lo que hay. Podría haber encontrado mucho más pero para empezar ya está bien.

—Lucy, sé que intentas ayudar. Eres increíble. No me gustaría que fueras mi enemiga. En cuanto a Marcus, desde luego que no es un hombre agradable. Y sabe Dios qué planes tiene, pero a no ser que descubramos algo que afecte directamente a su ética, o capacidad, o algo que lo convierta en peligroso, no necesito saber nada sobre su vida. ¿Lo entiendes? Por favor, no intentes averiguar nada más.

—Está claro que es peligroso —afirma Lucy con su voz característica—. Cualquier perdedor como él es peligroso en un cargo poderoso. Dios mío. ¿Quién demonios le contrató? ¿Y por qué? No me imagino cuánto debe de odiarte.<

—No quiero hablar de este tema.

—La gobernadora es una mujer —continúa Lucy—. ¿Por qué demonios una gobernadora nombraría a un perdedor como él?

—No quiero hablar de este tema.

—Claro que la mitad de las veces no son los políticos quienes eligen. Se limitan a firmar y probablemente ella tuviera mejores cosas en las que pensar.

—Lucy, ¿me has llamado sólo para disgustarme? ¿Por qué haces esto? No sigas, por favor. Ya lo estoy pasando bastante mal.

Lucy guarda silencio.

—¿Lucy? ¿Sigues ahí?

—Sigo aquí.

—Odio el teléfono —dice Scarpetta—. No te he visto desde septiembre. Creo que me evitas.

24

Está sentado en el salón, el periódico abierto en el regazo, cuando oye la llegada del camión de la basura.

El motor suena a diésel. Se detiene al final del camino de entrada y el quejido de un gato hidráulico se añade a la vibración del motor y los contenedores de basura golpean los laterales metálicos del enorme camión. Luego los hombretones sueltan de cualquier manera los contenedores vacíos junto al camino y el camión se va retumbando calle abajo.

El doctor Marcus está sentado en el gran sillón de cuero del salón, mareado y con dificultades para respirar, el corazón palpitándole de terror mientras espera. La recogida de basuras es los lunes y los jueves alrededor de las ocho y media de la mañana en su vecindario de clase media alta de Westham Green, al oeste de la ciudad, en Henrico County. Los dos días de recogida siempre llega tarde a las reuniones de personal, y no hace mucho tiempo ni siquiera iba a trabajar los días que pasaba el gran camión y los hombretones negros.

Ahora se hacen llamar recolectores de residuos, no basureros, pero da igual cómo se llamen o qué es políticamente correcto o cómo los demás llamen a los hombretones negros con su vestimenta naranja y sus grandes guantes de cuero. Al doctor Marcus le horrorizan los basureros y sus camiones, y su fobia ha empeorado desde que se trasladó aquí hace cuatro meses. El día de la recogida de basura no sale de casa hasta que el camión y sus hombres llegan y se van. Se siente un poco mejor desde que ha empezado a ir al psiquiatra en Charlottesville.

Se queda sentado en el sillón y espera que el corazón se le desacelere y que el mareo y las náuseas remitan, que los nervios se relajen. Entonces se levanta, todavía en pijama, bata y zapatillas. No tiene sentido vestirse antes de la recogida de basuras, ya que suda tanto mientras anticipa el horrible sonido gutural y el fuerte ruido metálico del gran camión y los hombretones negros que, para cuando se marchan, está empapado y tiritando de frío, con las uñas amoratadas. Marcus se acerca a la ventana del salón y mira hacia los contenedores verdes dejados de cualquier manera en la esquina de su camino de entrada. Aguza el oído para oír el espantoso ruido y asegurarse así de que el camión no está cerca y no va a retroceder, aunque sabe de sobras la ruta que sigue en su vecindario.

En este momento el camión se ha detenido y los basureros bajan para vaciar los contenedores situados a varias calles de distancia, y seguirán así hasta que giren en Patterson Avenue; a partir de ahí el doctor Marcus ya no sabe qué ocurre ni le importa, porque ya no están. Observa sus contenedores y decide que salir no es recomendable.

Todavía no se siente con ánimos para salir y se dirige a su dormitorio y vuelve a comprobar que la alarma antirrobo esté conectada. Luego se quita el pijama empapado y la bata y se mete en la ducha. Cuando está limpio y caliente se seca y se viste para la oficina, agradecido de que el ataque de pánico haya pasado y procurando no plantearse qué pasaría si le sobreviniera un ataque cuando está en público. Bueno, no pasará. Mientras esté en casa o cerca de su despacho siempre podrá cerrar la puerta y esperar a que amaine la tormenta.

En la cocina se toma una pastilla naranja. Esta mañana ya se ha tomado un Klonopin y el antidepresivo, pero se toma otros 0,5 miligramos de Klonopin. En los últimos meses ha llegado a los tres miligramos diarios, y no le satisface depender de las benzodiacepinas. Su psiquiatra de Charlottesville le dice que no se preocupe. Siempre y cuando el doctor Marcus no abuse del alcohol o de otras drogas, y no es el caso, tomar Klonopin no le causará ningún problema. Mejor tomar Klonopin que quedarse paralizado por los ataques de pánico y ocultarse en el interior de su casa y perder el trabajo o verse humillado. No es rico como Scarpetta y nunca sería capaz de soportar las humillaciones que ella parece tomarse con calma.

Antes de sucederla como jefe de Medicina Forense no necesitaba Klonopin ni antidepresivos, pero ahora sufre un trastorno comórbido, según su psiquiatra, lo cual significa que no tiene sólo un trastorno sino dos. En San Luis faltaba a veces al trabajo y casi nunca viajaba, pero se las apañaba. La vida antes de Scarpetta era soportable.

Vuelve a mirar por la ventana del salón hacia los grandes contenedores verdes y aguza el oído otra vez, pero ya no oye nada. Se enfunda el viejo abrigo de lana gris y unos guantes negros de piel y se detiene junto a la puerta delantera para ver cómo se siente. Parece que bien, así que desactiva la alarma y abre la puerta. Camina con brío hasta el final del camino de entrada, mira la calle arriba y abajo en busca del camión pero no ve ni oye nada. Se siente bien mientras reordena los contenedores junto al garaje.

Regresa a la casa y se quita el abrigo y los guantes. Ahora ya está más tranquilo, incluso feliz. Se lava las manos a conciencia y vuelve a pensar en Scarpetta. Se siente relajado y animado porque va a salirse con la suya. Durante todos estos meses ha estado escuchando Scarpetta esto, Scarpetta aquello, pero, como no la conocía, no podía quejarse. Cuando el inspector de Sanidad dijo: «Será difícil cubrir el puesto de Scarpetta, probablemente imposible en su caso, y habrá personas que no le respeten por el mero hecho de que usted no es ella», Marcus no dijo nada. ¿Qué iba a decir? Aún no la conocía.

Cuando la nueva gobernadora tuvo el detalle de invitarlo a tomar café en su despacho después de nombrarlo, Marcus tuvo que declinar la invitación porque ella fijó la cita a las ocho y media de un lunes, la hora y el día de la recogida de basuras en Westham Green. Por supuesto no iba a explicarle por qué no podía tomar el café con ella, pero lo descartó de plano, era totalmente imposible. Recuerda haberse sentado en el salón a escuchar el gran camión con sus hombretones y preguntarse cómo iba a irle la vida en Virginia después de negarse a tomar café con la gobernadora, una mujer que probablemente tampoco iba a respetarle porque él no era ni mujer ni Scarpetta.

Marcus no sabe con seguridad si la nueva gobernadora es admiradora de Scarpetta, pero probablemente sí. No tenía ni idea de lo que le esperaba cuando aceptó el cargo de jefe y se mudó ahí desde

San Luis, dejando atrás un departamento lleno de mujeres forenses e investigadoras. Todas ellas habían oído hablar de Scarpetta y le dijeron lo afortunado que era de conseguir su puesto, porque gracias a ella Virginia contaba con el mejor sistema de medicina forense de Estados Unidos, y que era una lástima que ella no se llevara bien con el gobernador de entonces, el que la despidió. Pero todas le animaron a aceptar el trabajo de Scarpetta.

Querían que se largara. Lo supo en ese momento. No les entraba en la cabeza por qué en Virginia se interesaban por él, nada más y nada menos, salvo por el hecho de que era una persona poco conflictiva, sin filiaciones políticas y anónima. Sabía lo que las mujeres de su departamento opinaban en aquel momento: cuchicheaban y les preocupaba que él se quedara allí.

Así pues, se trasladó a Virginia y, cuando ni siquiera había transcurrido un mes, ya se había enfrentado a la gobernadora, todo por culpa de la recogida de basuras en Westham Green. Culpabilizó a Scarpetta. Él estaba maldito por culpa de ella. Lo único que hacía era oír alabanzas de ella y quejas de él. Apenas había comenzado el trabajo cuando ya la odiaba, a ella y todos sus logros, y se convirtió en un experto en mostrar su desprecio de distintas formas, desatendiendo todo aquello relacionado con Scarpetta, ya fuera un cuadro, una planta, un libro, un patólogo o un paciente muerto que habría estado mejor si Scarpetta siguiese siendo la jefa. Se obsesionó con demostrar que ella era un mito, un fraude y una fracasada, pero le resultaba imposible destrozar a una completa desconocida. Ni siquiera podía pronunciar una palabra negativa contra ella porque no la conocía.

Entonces murió Gilly Paulsson y su padre llamó al inspector de Sanidad, quien a su vez llamó a la gobernadora, quien inmediatamente llamó al director del FBI, todo porque la gobernadora encabeza un comité nacional antiterrorista y Frank Paulsson tiene contactos con la Agencia de Seguridad Nacional. ¿Acaso no sería terrible si resultaba que la pequeña Gilly había sido víctima de algún enemigo del gobierno estadounidense?

El FBI enseguida convino que el asunto merecía ser investigado y en el acto se inmiscuyeron en la labor de la policía local. Nadie sabía qué hacían y algunas pruebas fueron a los laboratorios locales y otras a los del FBI, y otras ni siquiera se recogieron. Encima, el doctor Paulsson no quería que el cadáver de Gilly saliera del depósito hasta que se conocieran todos los hechos. Y para colmo estaba la relación disfuncional del doctor Paulsson con su ex mujer. En un abrir y cerrar de ojos la muerte de esta jovencita de catorce años estaba tan liada y politizada que a Marcus no le quedó más opción que preguntar al inspector de Sanidad qué hacer.

—Tenemos que traer a algún asesor que sea un pez gordo —respondió el inspector—. Antes de que la situación se ponga fea.

—Ya está fea —repuso Marcus—. En cuanto la policía de Richmond se enteró de que el FBI estaba investigando el caso, se retiró y se puso a cubierto. Además, para colmo de males, no sabemos de qué murió la chica. Creo que su muerte es sospechosa pero no sabemos la causa.

—Necesitamos un asesor. De inmediato. Alguien que no sea de aquí. Alguien que soporte los embates, si es necesario. Si la gobernadora se llena de mierda por culpa de este caso, de mierda nacional, rodarán cabezas y la mía no será la única, Joel.

—¿Qué te parece la doctora Scarpetta? —sugirió Marcus, sorprendido de que el nombre le saliera sin premeditación. Su respuesta fue así de natural y rápida.

—Una idea excelente. Inspirada —convino el inspector—. ¿La conoces?

—Pronto la conoceré —dijo Marcus, ahora sorprendido de ser un estratega tan brillante.

Nunca había sabido que era un estratega brillante hasta ese momento, pero dado que nunca había criticado a Scarpetta, porque no la conocía, tenía excusa para recomendarla con entusiasmo como asesora. Como nunca había pronunciado una palabra negativa sobre ella podía llamarla él mismo, que es lo que hizo ese día, anteayer. Pronto conocería a Scarpetta, oh, sí, claro que la conocería, y entonces podría criticarla y humillarla y acabar con ella.

La culparía de todo lo que saliera mal en el caso de Gilly Paulsson y en el departamento de Medicina Forense y donde fuese, y la gobernadora enseguida olvidaría que el doctor Marcus había declinado su invitación a tomar el café. Si ella volviera a pedírselo y si volviera a elegir las ocho y media de un lunes o un jueves, Marcus se limitaría a decirle que la reunión de personal del departamento es a las ocho y media y si podían tomar el café más tarde, porque es muy importante que él presida la reunión de personal. No entiende por qué no se le ocurrió la primera vez, pero la próxima sabrá qué decir.

Marcus descuelga el teléfono del salón y mira hacia la calle, aliviado por no tener que preocuparse por la recogida de basuras durante tres días. Se siente muy bien mientras hojea una pequeña agenda negra tan añeja que la mitad de los nombres y números están tachados. Marca un número y mira hacia la calle y ve pasar un viejo Chevrolet Impala azul y recuerda cuando a su madre el viejo Impala blanco se le quedaba bloqueado en la nieve al pie de la colina, la misma colina cada invierno, durante su niñez en Charlottesville.

—Scarpetta —responde ella por el móvil.

—El doctor Marcus al habla —dice con su voz estudiada, autoritaria pero agradable; tiene muchas voces, y en este momento ha escogido la apropiada.

—Buenos días —responde ella—. Espero que el doctor Fielding le informara de nuestro segundo reconocimiento de Gilly Paulsson.

—Me temo que sí. Me contó su opinión —dice él, saboreando las palabras «su opinión» y queriendo poder ver la reacción de ella, porque esas palabras son las que emplearía un abogado calculador. Un fiscal, por el contrario, diría «su conclusión», porque eso es una validación de la experiencia y pericia mientras que «su opinión» es un insulto encubierto—. Me pregunto si ha oído hablar de las pruebas residuales —añade entonces, pensando en el mensaje de correo electrónico que recibió ayer del siempre inoportuno Junius Eise.

—No —responde ella.

—Es algo muy extraño —dice él con tono inquietante—. Por eso vamos a celebrar una reunión —añade—. Me gustaría que pasara por mi despacho esta mañana a las nueve y media. —Observa el Impala azul entrando en un sendero dos casas más abajo y se pregunta por qué se detiene ahí y de quién es.

Scarpetta vacila, como si esta sugerencia de última hora no le fuera bien, pero al final responde:

—Por supuesto. Estaré ahí dentro de media hora.

—¿Puedo preguntarle qué hizo ayer por la tarde? No la vi en mi despacho —inquiere él al tiempo que ve a una mujer negra bajar del Impala azul.

—Papeleo, muchas llamadas de teléfono. ¿Por qué, necesitaba algo?

Marcus se siente un tanto desconcertado mientras observa a la negra y el viejo Impala azul. La gran Scarpetta acaba de preguntarle si necesita algo, como si trabajara para él. Pero es que sí trabaja para él. En estos momentos sí. Le cuesta creerlo.

—Ahora mismo no necesito nada por su parte —le dice—. La veré en la reunión. —Y cuelga, lo que le produce un gran placer. Colgarle el teléfono a Scarpetta no es cosa de todos los días.

Los talones de sus anticuados zapatos marrones emiten un ruido seco contra el suelo de roble mientras se dirige a la cocina para preparar una segunda cafetera de descafeinado. Buena parte de la primera cafetera acabó en el fregadero porque estaba demasiado preocupado por el camión de la basura y sus hombres como para acordarse del café, y cuando olió a quemado lo tiró por el fregadero. Así pues, pone la cafetera al fuego y regresa al salón para ver qué pasa con el Impala.

Desde la misma ventana por la que suele mirar, la que está frente a su sillón de cuero preferido, observa a la mujer sacando bolsas de la compra del asiento trasero del coche. Debe de ser la asistenta, piensa, y le fastidia que una asistenta negra tenga el mismo coche que su madre cuando él era pequeño. Había sido un buen coche. No todo el mundo tenía un Impala blanco con una franja azul por el lateral, y él se enorgullecía de él, salvo cuando se quedaba atascado por la nieve al pie de la colina. Su madre no era buena conductora. No le tenían que haber permitido que condujera aquel Impala. Impala es el nombre de un antílope macho africano capaz de dar grandes saltos y que se asusta con facilidad, y su madre ya era suficientemente nerviosa cuando tenía que valerse por sí misma. No necesitaba ir al volante de nada que tuviera el nombre de un antílope macho africano poderoso y asustadizo.

La asistenta se mueve con lentitud: recoge bolsas con comida de la parte trasera del Impala y anadea como un pato hasta una puerta lateral de la casa, regresa al coche, recoge más bolsas y al final cierra la puerta del coche con la cadera. Era un buen coche, piensa Marcus mientras mira por la ventana. El Impala de la asistenta debe de tener cuarenta años y parece estar en buen estado. No recuerda la última vez que vio un Impala del 63 o el 64. El hecho de que vea uno hoy le parece significativo, pero no sabe cuál es el significado y regresa a la cocina a por el café. Si espera veinte minutos más, sus médicos estarán ocupados con las autopsias y no tendrá que hablar con nadie. El pulso se le acelera otra vez mientras hace tiempo. Vuelve a ponerse nervioso.

Al comienzo atribuye las palpitaciones, los temblores y los nervios a los restos de cafeína del café descafeinado, pero sólo ha bebido unos pocos sorbos. Se da cuenta de que pasa algo más. Piensa en el Impala del otro lado de la calle y se pone más nervioso y se encuentra mal, desea que la asistenta negra no hubiera aparecido precisamente hoy, cuando estaba en casa por lo de la recogida de basuras. Regresa al salón y se sienta en el sillón de cuero, se recuesta, intenta relajarse, pero el corazón le palpita con tal fuerza que la pechera de la camisa blanca se le mueve. Respira hondo y cierra los ojos.

Lleva viviendo aquí cuatro meses y nunca ha visto ese Impala. Se imagina que el fino volante azul no dispone de *airbag* y que el salpicadero azul del lado del pasajero no está acolchado y no tiene *airbag* y que lleva los viejos cinturones de seguridad azules que cruzan el regazo sin sujeción para los hombros. Se imagina el interior del Impala; no el que está al otro lado de la calle, sino el blanco de su madre. Ha olvidado el café encima de la mesita al lado del sillón de cuero. Se reclina con los ojos cerrados. Luego se levanta y mira por la ventana varias veces, y cuando ya no ve el Impala azul conecta la alarma, cierra la casa con llave y entra en el garaje. Con una punzada de temor se le ocurre que quizás el Impala azul nunca ha estado allí, pero no. Claro que estaba allí.

Al cabo de unos minutos conduce lentamente calle abajo y se detiene frente a la casa que está un poco más abajo. Observa el camino de entrada vacío donde ha visto el Impala azul y a la asistenta negra cargando con las bolsas de la compra. Se queda sentado en su Volvo, que cuenta con los estándares de seguridad más estrictos del mercado, y al final entra en el camino de entrada vacío y baja del coche. Con su largo abrigo gris y el sombrero gris presenta un aspecto anticuado pero pulcro, además de los guantes de piel negros que lleva cuando hace frío. Sabe que presenta un aspecto suficientemente respetable cuando llama a la puerta principal. Espera, vuelve a llamar y la puerta se abre.

—¿En qué puedo servirle? —dice la mujer que abre la puerta, una señora de unos cincuenta años con chándal y zapatillas de deporte. Le resulta familiar y cortés pero no demasiado simpática.

—Me llamo Joel Marcus —dice él con su voz suficientemente agradable—. Vivo al otro lado de la calle y resulta que he visto un Impala azul muy antiguo en su camino de entrada hace un rato. —Está dispuesto a decir que quizá se haya equivocado de casa si resulta que ella dice que no sabe nada de un Impala azul.

—Oh, la señorita Walker. Siempre ha tenido ese coche. No lo cambiaría por un flamante Cadillac nuevo —declara la vecina con una sonrisa, lo cual le alivia.

—Entiendo —dice él—. Sentía curiosidad. Es que colecciono coches antiguos. —No colecciona coches, ni antiguos ni de ningún tipo, pero gracias a Dios no se lo ha imaginado todo. Claro que no.

—Pues ése no va a formar parte de su colección —dice ella afablemente—. La señorita Walker aprecia mucho ese coche. Me parece que no nos han presentado, pero sé quién es usted. Es el nuevo forense. Ocupa el cargo de la famosa forense, oh, ¿cómo se llamaba? Me sorprendió y decepcionó cuando se marchó de Virginia. Por cierto, ¿qué pasó con ella? Vaya, debe de estar pasando frío. ¿Dónde están mis modales? ¿Quiere pasar? Además era una mujer muy atractiva. Oh, ¿cómo se llamaba?

—La verdad es que tengo que marcharme —responde Marcus con una voz diferente, rígida y tensa—. Me temo que llego tarde a una reunión con la gobernadora —miente con frialdad.

25

El sol está apagado en el cielo gris pálido y la luz es tenue y fría. Scarpetta cruza el aparcamiento, el largo abrigo oscuro ondeando alrededor de las piernas. Camina con rapidez y decisión hacia la entrada del que fuera su edificio y le molesta que la plaza de aparcamiento número uno, la reservada para el jefe del departamento de Medicina Forense, esté vacía. El doctor Marcus todavía no ha llegado. Llega tarde, como de costumbre.

—Buenos días, Bruce —saluda al agente de seguridad.

Él le sonríe y le indica que pase.

—Firmaré su entrada —dice mientras pulsa un botón que abre la puerta siguiente, la que conduce a la zona del edificio reservada al personal forense.

—¿Marino ha llegado? —pregunta sin detenerse.

—No le he visto —responde Bruce.

Anoche, cuando Fielding no le abrió la puerta, ella se quedó en el porche intentando contactar con él por teléfono, pero el viejo número que tenía ya no funcionaba. Entonces probó a llamar a Marino, pero apenas le oyó debido a las voces y risas de fondo. Quizás estuviera en un bar, pero no se lo preguntó, se limitó a decirle que Fielding no estaba en casa y que si no aparecía pronto iba a regresar al hotel. Lo único que Marino dijo fue «Vale, doctora» y «Hasta luego, doctora» y «Llámame si me necesitas, doctora.»

Entonces Scarpetta intentó abrir las puertas delantera y trasera de Fielding, pero estaban cerradas con llave. Insitió con el timbre y dio golpecitos a la puerta, cada vez más inquieta. El que fuera su ayudante, mano derecha y amigo tenía un coche cubierto con una lona en el patio, y Scarpetta supuso que se trataba de su querido viejo Mustang rojo. Lo comprobó levantando un extremo de la lona, y estaba en lo cierto. Por la mañana ya había visto el Mustang en la plaza número seis del aparcamiento de detrás del edificio. No obstante, el hecho de que el Mustang estuviera allí, en el patio, no significaba que Fielding estuviera en casa y se negara a recibirla. Tal vez tenía otro vehículo, un todoterreno quizá. Sí, un coche de reserva, más resistente. Quizás había salido con el todoterreno y estaba de camino y llegaría un poco tarde. O quizás había olvidado que ella estaba invitada a cenar.

Hizo todas esas elucubraciones mientras esperaba que él abriera la puerta, pero luego empezó a plantearse si no le habría ocurrido algo. Tal vez había sufrido una reacción alérgica fuerte y tenía urticaria, o había sido víctima de un shock anafiláctico. Tal vez se había suicidado. Tal vez había hecho coincidir su suicidio con la llegada de Scarpetta porque ella sabría cómo actuar. Si te suicidas, alguien tiene que actuar. Todo el mundo siempre da por supuesto que ella es capaz de enfrentarse a cualquier percance, pero sería una situación terrible encontrarle en la cama con una bala en la cabeza o el estómago lleno de pastillas y tener que apechugar. Sólo Lucy parece saber que Scarpetta tiene sus limitaciones. Lucy. No la ha visto desde septiembre. Pasa algo y Lucy no considera que Scarpetta sepa cómo afrontarlo.

—Bueno, al parecer no encuentro a Marino —le dice a Bruce—. Así que si sabes algo de él, por favor dile que le estoy buscando, que hay una reunión.

—Junius Eise quizá sepa dónde está —responde el guardia—. ¿Sabe quién es? El de Residuales. Eise iba a ponerse en contacto con Marino anoche. Pensaban ir al bar de la policía.

Scarpetta piensa en lo que dijo Marcus cuando la llamó hace apenas una hora, algo sobre pruebas residuales, que al parecer es el motivo de esta reunión. Y anoche Marino estaba en el bar de la Orden Fraternal de Policías tomando copas con el señor Prueba Residual en persona, pero ella no tiene ni idea de qué está pasando y Marino no contesta al teléfono. Empuja la puerta de cristal opaco y entra en la que fuera su sala de espera.

Se lleva una buena sorpresa al ver a la señora Paulsson sentada en el sofá, con la mirada vacía y agarrada al bolso que tiene sobre el regazo.

—¿Señora Paulsson? —dice Scarpetta, acercándose a ella—. ¿La atiende alguien?

—Me dijeron que estuviera aquí a la hora de abrir —responde la mujer—. Luego me han dicho que espere porque el jefe todavía no ha llegado.

Scarpetta no ha sido informada de que la señora Paulsson estaría presente en la reunión con Marcus.

—Vamos —le dice—. La llevaré dentro. ¿Tiene una cita con el doctor Marcus?

—Creo que sí.

—Yo también —dice Scarpetta—. Supongo que vamos a la misma reunión. Venga, entre conmigo.

La señora Paulsson se levanta lentamente del sofá, como si estuviera cansada y dolorida. Scarpetta desea que hubiera plantas naturales en la sala de espera, unas cuantas plantas verdaderas para añadir calidez y dar vida. Las plantas hacen que las personas se sientan menos solas, y no existe un lugar más solitario en la tierra que un depósito de cadáveres, lugar que nadie debería visitar jamás y mucho menos esperar para entrar en él. Pulsa el botón de un interfono situado al lado de una puerta de cristal. Al otro lado hay una encimera, luego una zona enmoquetada de color azul grisáceo y luego una puerta que conduce a las oficinas de administración.

—¿Qué desea? —pregunta una voz femenina por el interfono.

—Doctora Scarpetta —se anuncia.

La puerta de cristal emite el clic de apertura característico.

Scarpetta sostiene la puerta para la señora Paulsson.

—Espero que no lleve mucho rato esperando —le dice Scarpetta—. Siento que haya tenido que esperar. Ojalá hubiera sabido que venía. La habría recibido o me habría asegurado de que estuviera en un lugar cómodo y que le hubieran traído un café.

—Me dijeron que llegara temprano si quería encontrar sitio para aparcar —responde ella mirando alrededor mientras entran en el despacho externo, donde los oficinistas archivan y trabajan en los ordenadores.

Scarpetta se da cuenta de que la señora Paulsson nunca ha estado allí. No le extraña. Marcus no dedica su tiempo a mantener reuniones prolongadas con las familias, y Fielding está demasiado agotado como para mantener reuniones emocionalmente desgarradoras con los parientes. Sospecha que el motivo de haber convocado a la señora Paulsson a una reunión sea político, y probablemente eso haga que Scarpetta se sienta asqueada y enfadada. Desde su cubículo una empleada les dice que pueden ir pasando a la sala de reuniones, que el doctor Marcus llegará con un poco de retraso. Scarpetta tiene la impresión de que los oficinistas nunca salen de sus cubículos, como si en la oficina principal no trabajaran personas sino cubículos. Eso le desagrada.

—Vamos —dice a la señora Paulsson—. ¿Le apetece un café? Vamos a buscar un café y a sentarnos.

—Gilly todavía está aquí —dice ella, caminando con rigidez y mirando a alrededor con ojos asustados—. No me dejan llevármela. —Empieza a sollozar y a retorcer la tira del bolso—. No está bien que siga aquí.

—¿Qué motivos le han dado? —pregunta Scarpetta mientras se dirigen lentamente hacia la sala de reuniones.

—Todo es culpa de Frank. Ella estaba muy unida a él y le dijo que podía irse a vivir con él. Ella quería. —Solloza con más fuerza mientras Scarpetta se detiene ante la máquina de café para llenar dos vasos de plástico—. Gilly le dijo al juez que quería irse a vivir a Charleston en cuanto acabara este curso. Él la quiere allí, en Charleston.

Scarpetta lleva los cafés a la sala de reuniones y esta vez se sienta en el centro de la larga mesa brillante. Ella y la señora Paulsson están solas en la gran sala vacía. La señora Paulsson observa atontada a Mister Tripas y luego al esqueleto anatómico que cuelga de una percha en un rincón. Le tiembla la mano cuando se acerca el café a los labios.

—La familia de Frank está enterrada en Charleston, ¿sabe? —dice—. Desde hace generaciones. Mi familia está enterrada aquí en el cementerio de Hollywood y yo tengo un nicho. ¿Por qué todo esto tiene que ser tan duro? Ya es duro de por sí. Sólo quiere a Gilly para fastidiarme, para vengarse de mí, para que yo parezca la mala. Siempre dijo que él me volvería loca para que me encerraran en un hospital. Bueno, esta vez está a punto de conseguirlo.

—¿Se hablan entre ustedes?

—Él no habla. Me dice cosas, me da órdenes. Quiere que todo

el mundo piense que es un padre maravilloso. Pero no se preocupa por ella como yo. Es culpa suya que esté muerta.

—Ya me lo dijo. ¿Cómo es que él tiene la culpa?

—Sólo sé que hizo algo. Quiere destruirme. Primero con que se iba a llevar a Gilly a vivir con él. Ahora se la ha llevado para siempre. Quiere volverme loca. Así nadie se dará cuenta de lo mal marido y mal padre que es en realidad. Nadie ve la verdad pero la verdad existe. Los demás sólo ven que estoy loca y lo sienten por él. Pero la verdad existe.

Se vuelven cuando se abre la puerta de la sala de reuniones y aparece una mujer bien vestida. Aparenta unos cuarenta años, y tiene el aspecto lozano de alguien que dispone de tiempo para dormir bien, seguir una dieta adecuada y hacer ejercicio, aparte de retoques regulares de las mechas de su cabello rubio. La mujer deja un maletín de cuero encima de la mesa y sonríe en dirección a la señora Paulsson, como si ya se conocieran. Los cierres del maletín se abren con un chasquido y ella extrae una carpeta y una libreta y se sienta.

—Soy la agente especial Weber del FBI. Karen Weber. —Mira a Scarpetta—. Usted ha de ser la doctora Scarpetta. Me dijeron que estaría aquí. Señora Paulsson, ¿qué tal está hoy? No esperaba verla aquí.

La señora Paulsson saca un pañuelo de papel del bolso y se seca los ojos.

—Buenos días —responde.

Scarpetta reprime el impulso de preguntar a la agente especial Weber por qué el FBI se ha implicado o le han obligado a implicarse en el caso.La madre de Gilly está presente y Scarpetta puede formular muy pocas preguntas directas. Adopta una táctica indirecta.

—¿Es usted de la oficina de Richmond? —pregunta a la agente especial.

—De Quantico. De Ciencias del Comportamiento. ¿Ha visitado usted los nuevos laboratorios forenses de Quantico?

—No, me temo que no.

—Son espectaculares. De verdad.

—No me cabe duda.

—Señora Paulsson, ¿qué la trae hoy por aquí? —inquiere la agente especial Weber.

—No lo sé —responde ella—. He venido por el informe. Se supone que me van a dar las alhajas de Gilly. Tiene unos pendientes y una pulsera, una pulserita de cuero que nunca se quitaba. Me han dicho que el jefe quería saludarme.

—¿Está aquí para la reunión? —pregunta Weber con expresión confusa en su rostro atractivo y bien cuidado.

—No lo sé.

—¿Ha venido a recoger los informes y las pertenencias de Gilly? —pregunta Scarpetta mientras empieza a plantearse que ha habido algún error.

—Sí. Me dijeron que podía recogerlos a las nueve. No he podido venir antes, me ha resultado imposible. He traído un cheque porque hay algo que pagar —dice la señora Paulsson con la misma expresión asustada en la mirada—. Quizá no debería estar aquí. Nadie me dijo nada de una reunión.

—Sí, bueno, ya que está aquí —dice la agente del FBI— permítame que le haga una pregunta, señora Paulsson. ¿Recuerda cuando hablamos el otro día? ¿Dijo que su marido, su ex marido, era piloto? ¿Es así?

—No, no es piloto. Yo no dije que lo fuera.

—Ah, bueno, es que no consta en ningún sitio que obtuviera una licencia de piloto —responde Weber—. Por eso estaba un tanto confundida. —Sonríe.

—Mucha gente piensa que es piloto —dice la señora Paulsson.

—Es comprensible.

—Le gusta disfrutar de la compañía de pilotos, sobre todo militares. Además le gustan las mujeres piloto. Yo siempre he sabido cuáles son sus intenciones —dice la señora Paulsson con un mohín—. Habría que ser ciega, sorda y tonta para no darse cuenta de sus intenciones.

—¿Podría ser más concreta? —pide Weber.

—Oh, hace chequeos a las pilotos. Ya se lo puede imaginar. Eso es lo que le da vida. Cuando aparece una mujer con el uniforme de piloto, pues ya se lo puede imaginar.

—¿Le han contado alguna vez que acose sexualmente a las mujeres piloto? —pregunta la agente especial con gravedad.

—Siempre lo niega y se sale con la suya —dice la mujer—. Tiene una hermana en las Fuerzas Aéreas. Siempre me he preguntado si tiene algo que ver. Es bastante mayor que él.

En ese preciso instante el doctor Marcus hace acto de presencia en la sala de reuniones. Lleva otra camisa de algodón blanco, una camiseta interior sin mangas que se le transparenta y una estrecha corbata azul oscuro. Pasea la mirada y fija la vista en la señora Paulsson.

—Creo que no nos conocemos —le dice en tono autoritario pero cordial.

—Señora Paulsson —dice Scarpetta—, éste es el jefe del departamento de Medicina Forense, el doctor Marcus.

—¿Alguna de ustedes ha invitado a la señora Paulsson? —Mira a Scarpetta y luego a la agente especial Weber—. Me temo que estoy confundido.

La señora Paulsson se levanta de la mesa con movimientos lentos y confusos, como si las extremidades se enviaran distintos mensajes entre sí.

—No sé qué ha ocurrido. Yo sólo venía a buscar unos papeles y los pendientes de oro y la pulsera.

—Me temo que ha sido culpa mía —reconoce Scarpetta, levantándose también—. La vi esperando e hice una suposición. Lo siento.

—No pasa nada —dice Marcus a la señora Paulsson—. Sabía que vendría esta mañana. Permítame expresarle mis condolencias. —Le dedica una sonrisa condescendiente—. Su hija es nuestra mayor prioridad en estos momentos.

—Oh —responde la señora Paulsson.

—La acompañaré afuera. —Scarpetta le abre la puerta—. Lo siento mucho —se disculpa mientras se dirigen al pasillo central—. Espero no haberla alterado ni hecho sentir violenta.

—Dígame dónde está Gilly —pide, y se detiene en medio del pasillo—. Tengo que saberlo, por favor, dígame exactamente dónde está.

Scarpetta vacila. Tales preguntas no son nuevas para ella, pero nunca son fáciles de responder.

—Gilly está al otro lado de esas puertas. —Señala hacia el final del pasillo, donde hay unas puertas; detrás hay también otras y luego el depósito de cadáveres, con sus neveras y depósitos frigoríficos.

—Supongo que está en un ataúd. He oído decir que en los sitios como éste tienen cajas de pino —dice la señora Paulsson con los ojos llenos de lágrimas.

—No, no está en un ataúd. Aquí no hay cajas de pino. El cuerpo de su hija está en un refrigerador.

—Mi pobre niña debe de tener mucho frío —dice entre sollozos.

—Gilly no nota el frío, señora Paulsson —dice Scarpetta con tono amable—. No nota ningún dolor ni malestar, se lo aseguro.

—¿La ha visto?

—Sí. La he examinado.

—Dígame que no sufrió, por favor, dígame que no sufrió.

Scarpetta no le puede decir eso. Sería una mentira.

—Todavía tenemos que hacerle muchas pruebas —responde—. En los laboratorios estarán algún tiempo haciéndole pruebas. Todo el mundo está trabajando duro para saber exactamente qué le pasó a Gilly.

La señora Paulsson llora en silencio mientras Scarpetta la conduce por el pasillo, de vuelta a las oficinas de administración, y pide a una de las empleadas que entregue a la señora Paulsson las copias de los informes que ha pedido y los efectos personales de Gilly, que se limitan a los pendientes de oro y la pulsera de cuero, nada más. El pijama y la ropa de cama y cualquier otra cosa que recogiera la policía se consideran pruebas y por el momento no van a ningún sitio. Cuando Scarpetta se dispone a regresar a la sala de reuniones aparece Marino, caminando rápido por el pasillo, con la cabeza gacha y la cara sonrojada.

—No he tenido muy buena mañana —comenta ella cuando él la alcanza—. Parece que tú tampoco. He intentado ponerme en contacto contigo. Supongo que recibiste mi mensaje.

—¿Qué hace ella aquí? —espeta, refiriéndose a la señora Paulsson y visiblemente afectado.

—Ha venido a recoger los efectos personales de Gilly y copias de los informes.

—¿Se los puede llevar cuando ni siquiera han decidido quién se queda con el cadáver?

—Es un familiar directo. No sé muy bien qué informes le han dado. No sé muy bien nada de lo que pasa aquí —reconoce—. El FBI ha aparecido en la reunión. No sé quién más va a venir. La última vuelta de tuerca es que, supuestamente, Frank Paulsson acosa sexualmente a las mujeres piloto.

—Ah. —Marino se comporta de forma muy extraña y huele a alcohol. Su aspecto es terrible.

—¿Te encuentras bien? —pregunta ella—. Pero qué digo... Está claro que no.

—No es grave —responde él.

26

Marino se pone mucho azúcar en el café. Debe de encontrarse muy mal para tomar azúcar blanco refinado, ya que no forma parte de su dieta.

—¿Seguro que quieres hacerle esto a tu organismo? —le pregunta Scarpetta—. Te arrepentirás.

—¿Qué coño hacía allí? —Añade otra cucharadita de azúcar y la remueve—. Entro en el depósito de cadáveres y me encuentro a la madre de la niña en el pasillo. No me digas que fue a ver a Gilly porque no está como para verla. Así pues, ¿qué coño hacía allí?

Marino lleva los mismos pantalones de explorador, un impermeable y la gorra de béisbol de la policía de Los Ángeles, no se ha afeitado y parece agotado. Es posible que después de estar en el bar de la policía fuera a ver a una de las mujeres, una de las mujeres de mala vida con las que solía reunirse en la bolera, beber y acostarse.

—Si vas a estar de mal humor será mejor que no me acompañes a la reunión —dice Scarpetta—. No te han invitado, y no me conviene empeorar la situación yendo contigo en estas condiciones. Ya sabes cómo te pones cuando tomas azúcar.

—Ya, ya —dice mirando hacia la puerta de la sala de reuniones—. Sí, bueno, les enseñaré a esos gilipollas qué es estar de mal humor.

—¿Qué ha pasado?

—Corren rumores —dice en voz baja, enfadado—. Sobre ti.

—¿Dónde? —Detesta esos rumores y casi nunca les hace caso.

—Dicen que piensas volver aquí y que por eso has venido. —La mira con expresión acusadora mientras sorbe el café de un dulzor venenoso—. Qué coño me ocultas, ¿eh?

—No se me ocurriría volver aquí —replica ella—. Me sorprende que hagas caso de esos rumores infundados.

—No pienso volver aquí —dice él, como si hablara de sí mismo y no de ella—. De ninguna manera, ni hablar.

—No se me pasaría por la cabeza. Olvidémoslo por ahora.

Se dirige hacia la sala de reuniones y abre la puerta de madera oscura.

Marino puede seguirla si quiere o quedarse junto a la máquina de café, tomando azúcar todo el día. Scarpetta no le engatusará ni camelará. Ella tendrá que averiguar qué le preocupa, pero no ahora. Ahora tiene una reunión con el doctor Marcus, el FBI y Jack Fielding, que anoche le dio plantón y hoy tiene la piel más irritada que la anterior vez. Nadie dirige la palabra a Scarpetta mientras se sienta. Nadie dirige la palabra a Marino mientras la sigue y toma asiento al lado de ella. «Vaya, parece la Inquisición», piensa.

—Comencemos —dice Marcus—. Supongo que ya conoce a la agente especial Weber, de la Unidad de Perfiles del FBI —le dice a Scarpetta, equivocándose. Es la Unidad de Ciencias del Comportamiento, no la de Perfiles—. Tenemos un problema entre manos, como si no tuviéramos ya bastantes. —Tiene expresión adusta y los pequeños ojos le brillan con frialdad tras las gafas—. Doctora Scarpetta, usted le practicó una nueva autopsia a Gilly Paulsson, pero también examinó al señor Whitby, el tractorista, ¿no?

Fielding clava la mirada en la carpeta sin decir nada, con el rostro enrojecido y descarnado.

—No diría que le examiné —replica ella mientras mira a Fielding—. Ni tampoco sé de qué va todo esto.

—¿Le tocó? —pregunta Karen Weber.

—Lo siento, pero ¿el FBI también investiga la muerte del tractorista? —replica Scarpetta.

—Seguramente. Esperamos que no, pero es bastante posible —responde la agente especial, que parece disfrutar interrogando a Scarpetta, la antigua jefa del departamento.

—¿Le tocó? —pregunta Marcus.

—Sí —replica Scarpetta—. Le toqué.

—Y usted también, por supuesto —dice Marcus a Fielding—.

Realizó el examen externo y comenzó la autopsia y, en un momento dado, fue a la sala de descomposición para ayudarla a examinar de nuevo el cadáver de Paulsson.

—Sí, claro —farfulla Fielding, alzando la vista pero sin mirar a nadie en concreto—. Vaya sarta de gilipolleces.

—¿Qué ha dicho? —pregunta Marcus.

—Ya me ha oído. Son gilipolleces —repite Fielding—. Ya se lo dije ayer cuando hablamos del asunto. Esta mañana le he dicho lo mismo, joder. Son gilipolleces. No pienso dejar que me crucifiquen delante del FBI ni de nadie.

—Mucho me temo que no son gilipolleces, doctor Fielding. Tenemos un gran problema con las pruebas. Las pruebas residuales recogidas del cadáver de Gilly Paulsson parecen idénticas a las pruebas residuales recogidas del cadáver del tractorista, el señor Whitby. Eso es imposible a no ser que se haya producido una especie de contaminación cruzada. Por cierto, no acabo de entender por qué buscaba pruebas residuales en el caso Whitby. Se trata de un accidente, no de un homicidio. Corríjame si me equivoco.

—No estoy preparado para asegurar nada —replica Fielding, cuyo rostro y manos están tan descarnados que resulta doloroso mirarlos—. Murió atropellado, pero todavía no se sabe cómo ni por qué. No presencié su muerte. Le limpié una herida de la cara para ver si había restos de grasa, por si acaso alguien asegura que le agredieron, y lo que le encontré en la cara no concuerda con un atropello.

—¿De qué se trata? ¿Qué restos encontró? —pregunta Marino con una calma sorprendente tratándose de alguien que acaba de ingerir una peligrosa dosis de azúcar refinado.

—Sinceramente, no creo que sea asunto suyo —le dice Marcus—, pero dado que su compañera insiste en que usted le vaya a la zaga a todas partes, debo aceptar que esté aquí. Sin embargo, les pido que nada de lo que aquí se diga salga de esta sala.

—Por pedir que no quede —dice Marino sonriendo a la agente especial Weber—. ¿Y a qué debemos el placer? —le pregunta—. Conocía al jefe de una unidad de marines. Resulta curioso que todo el mundo olvida que Quantico tiene más que ver con los marines que con el FBI. ¿Le suena un tal Benton Wesley?

—Por supuesto.

—¿Ha leído todas las tonterías que ha escrito sobre los perfiles?

—Conozco bien su obra —responde la agente con los dedos extendidos sobre el cuaderno de notas, las largas uñas arregladas a la perfección y pintadas de un rojo intenso.

—Bien. Entonces sabrá que cree que los perfiles son tan de fiar como las galletas de la suerte.

—No he venido aquí a que me insulten —dice la agente especial a Marcus.

—Vaya, lo siento de veras —dice Marino a Marcus—. No pretendía ahuyentarla. Estoy seguro de que podríamos recurrir a un experto de la Unidad de Perfiles del FBI para que nos explique lo de las pruebas residuales.

—Ya basta —exige enojado el doctor Marcus—. Si no sabe comportarse como un profesional, le ruego que se marche.

—No, no me haga caso —suplica Marino—. Me quedaré aquí bien sentado y callado. Siga.

Jack Fielding niega con la cabeza lentamente, sin apartar la mirada de la carpeta.

—Yo seguiré —interviene Scarpetta, y ya ha dejado de importarle mostrarse cortés o diplomática—. Doctor Marcus, es la primera vez que menciona la existencia de pruebas residuales en el cadáver de Gilly Paulsson. ¿Me llama para que venga a Richmond y ayude en su caso y no me cuenta lo de las pruebas residuales? —Le mira y luego a Fielding.

—A mí no me preguntes —le dice éste—. Yo sólo hice los frotis. No recibí el informe del laboratorio y tampoco me llamaron. Ahora ya no me entero de las cosas de manera directa. Lo supe ayer por la tarde cuando el doctor Marcus me lo mencionó antes de marcharme.

—No lo supe hasta última hora de la tarde —replica con brusquedad Marcus—. A través de una de esas notitas que Ice o Eisie, o como se llame, siempre me envía sobre cómo hacemos las cosas, como si él pudiera hacerlas mejor. Lo que los laboratorios han averiguado hasta el momento no es precisamente útil. Varios pelos y otros restos, incluyendo algunos de pintura que podrían proceder de cualquier lugar, supongo que de un coche o de la casa de Paulsson. Quizá de una bicicleta o un juguete.

—Deberían saber si la pintura es de coche —replica Scarpetta—.

Y, desde luego, deberían ser capaces de averiguar si coincide con la de algún elemento de la casa.

—Lo que trato de decir es que no hay ADN. Los resultados de los frotis fueron negativos. Por supuesto, si pensamos en un homicidio, el ADN de un frotis vaginal u oral habría sido altamente significativo. Hasta ayer por la tarde me preocupaba más la existencia de ADN que los supuestos restos de pintura, pero entonces recibí un mensaje de correo electrónico de la sección de Pruebas Residuales. Sorprendentemente, se me informaba de que las muestras del tractorista parecían tener los mismos restos. —Marcus mira a Fielding de hito en hito.

—¿Cómo explica que se produjera eso que llama contaminación cruzada? —pregunta Scarpetta.

Marcus alza las manos de manera lenta y exagerada.

—Estoy esperando que me lo diga usted.

—Pues no tengo ni idea —replica ella—. Nos cambiamos los guantes, aunque eso da igual porque no volvimos a tomar muestras del cuerpo de Gilly Paulsson. Habría sido inútil después de que la hubieran lavado, realizado la autopsia, repasado, lavado de nuevo y vuelto a realizar la autopsia tras haber pasado dos semanas en una bolsa.

—Por supuesto que usted no iba a volver a hacerle un frotis —afirma Marcus como si él fuera muy grande y ella muy pequeña—. Pero supongo que no habría terminado la autopsia del señor Whitby y quizás hubiera vuelto para hacerlo después de examinar de nuevo a Paulsson.

—Limpié y tomé muestras del señor Whitby y luego me ocupé de Paulsson —tercia Fielding—. No le hice ningún frotis. Eso es obvio. Y era imposible que le quedaran restos que pudieran transmitirse al señor Whitby ni a nadie.

—No soy yo quien deba explicar eso —afirma Marcus—. No sé qué coño ocurrió, pero pasó algo. Debemos tener en cuenta cualquier posibilidad porque les aseguro que, si los casos van a los tribunales, los abogados lo harán.

—La muerte de Gilly irá a los tribunales —declara la agente especial Weber como si lo diera por sentado y conociera bien a la difunta de catorce años—. Quizá se haya producido alguna confusión en el laboratorio —añade—. Una muestra mal etiquetada o una que contaminase otra. ¿Los análisis los realizó el mismo forense?

—Eise, creo que se llama, fue quien los hizo —responde Marcus—. Analizó las pruebas residuales, o las está analizando, pero no el pelo.

—Ha mencionado el pelo en dos ocasiones. ¿Qué pelo? —pregunta Scarpetta—. Ahora me dice que se ha recuperado pelo.

—Varios pelos en el dormitorio de Gilly Paulsson —replica—. Creo que de la ropa de cama.

—Confiemos en que no sean del tractorista —comenta Marino—. O tal vez deberíamos esperar que así fuera. Mata a la joven, el sentimiento de culpabilidad puede más que él y se lanza bajo el tractor. Caso cerrado.

A nadie le parece divertido.

—Pedí que examinaran la ropa de cama en busca de restos de epitelio respiratorio ciliado —dice Scarpetta a Fielding.

—La funda de la almohada —dice—. La respuesta es sí.

Debería sentirse aliviada. La presencia de esa prueba biológica sugiere que asfixiaron a Gilly, pero la verdad le duele.

—Una muerte terrible —dice—. Realmente terrible.

—Lo siento —interrumpe la agente especial Weber—. ¿Me he perdido algo?

—Asesinaron a la chica —replica Marino—. Aparte de eso, no sé qué coño se habrá perdido.

—No tengo por qué aguantar esto —le dice ella al doctor Marcus.

—Sí, sí que tiene que aguantarlo —contesta Marino—. A no ser que quiera arrastrarme fuera de la sala. De lo contrario, me quedaré aquí bien sentadito y diré lo que me dé la gana.

—Ya que tenemos esta conversación tan franca y honesta —le dice Scarpetta a la agente especial—, me gustaría que me dijera por qué el FBI investiga el caso de Gilly Paulsson.

—Muy sencillo, la policía de Richmond nos pidió ayuda —responde Weber.

—¿Por qué?

—Supongo que tendrá que preguntárselo a ellos.

—Se lo estoy preguntando a usted —replica Scarpetta—. O alguien me dice las cosas claras o me marcho de aquí y no vuelvo.

—No es tan sencillo. —Marcus la mira significativamente con sus ojos de lagarto—. Ya forma parte de la escena. Ha examinado al tractorista y existe la posibilidad de que se haya producido una contaminación cruzada. Me temo que no es tan sencillo como marcharse de la sala y no volver. La decisión ya no es suya.

—Vaya sarta de gilipolleces —farfulla Fielding, de nuevo con la mirada clavada en sus manos descarnadas y escamosas.

—Le diré por qué participa el FBI —ofrece Marino—. Al menos le diré lo que sabe la policía de Richmond, si es que le interesa. Tal vez le duela —le dice a la agente especial—. Por cierto, ¿le he dicho lo mucho que me gusta su traje? Y los zapatos rojos. Me encantan, pero ¿qué pasaría si tuviera que perseguir a alguien corriendo?

—Ya me he hartado —dice la agente especial, irritada.

—¡No! ¡El que se ha hartado soy yo! —De repente, Fielding propina un puñetazo a la mesa y se levanta. Se aparta y mira alrededor enfurecido—. A la mierda. Me largo. ¿Me oyes, pedazo de gilipollas inútil? —le espeta a Marcus—. Me largo. Y que te den. —Señala con el dedo a la agente especial Weber—. Pandilla de estúpidos federales de mierda, venís como si fuerais Dios y no os enteráis de nada. ¡No sabrías investigar un puto homicidio aunque ocurriera en tu propia cama, joder! —Se encamina hacia la puerta—. Adelante, Pete. Sé que lo sabes —dice mirando a Marino de hito en hito—. Cuéntale la verdad a la doctora Scarpetta. Adelante. Alguien tiene que hacerlo.

Abandona la sala dando zancadas y cierra de un portazo.

Tras un silencio de estupefacción, el doctor Marcus prosigue.

—Vaya, todo un espectáculo. Pido disculpas —le dice a la agente especial Weber.

—¿Ha tenido una crisis nerviosa? —pregunta ella.

—¿Tienes algo que contarnos? —Scarpetta mira a Marino; le irrita que disponga de información y no se haya molestado en comunicársela. Se pregunta si se habrá pasado toda la noche bebiendo y le habrá dado igual no facilitarle información valiosa.

—Por lo que sé —replica—, a los federales les interesa la pequeña Gilly porque su padre es un soplón, por así decirlo, para la Agencia de Seguridad Nacional. Al parecer está en Charleston e informa sobre los pilotos que puedan tener tendencias terroristas, y allí eso les preocupa mucho porque cuentan con la mayor flota de aviones de carga C-17 de todo el país, y cada uno vale la friolera de ciento ochenta y cinco millones. ¿No sería maravilloso que, de repente, un piloto terrorista estrellara un avión en esa flota?

—Lo maravilloso sería que cerrase el pico ahora mismo —le dice la agente especial Weber, todavía con los dedos extendidos sobre el cuaderno, pero con los nudillos blancos—. Será mejor que no se meta en eso.

—Oh, ya estoy metido —replica él mientras se quita la gorra de béisbol y se frota los escasos pelos rubios diseminados por la cabeza prácticamente calva—. Lo siento, me he levantado tarde y no he tenido tiempo de afeitarme. —Se frota la barba de varios días, que parece papel de lija—. El forense Eise, el agente Browning y yo tuvimos un momento de comunión en el bar de la policía y luego charlamos de otras cosas que no mencionaré por motivos de confidencialidad.

—Cállese ahora mismo —le advierte Weber como si estuviera a punto de arrestarle por hablar, como si hablar fuese un nuevo delito federal. Quizá piense que Marino esté a punto de cometer una traición.

—Preferiría que no se callara —le dice Scarpetta.

—El FBI y la Agencia de Seguridad Nacional no se caen bien —dice Marino—. Gran parte del presupuesto de Justicia ha ido a parar a la Agencia de Seguridad Nacional, y todos sabemos lo mucho que le gusta al FBI un presupuesto generoso. ¿Qué fue lo último que me contaron? —Observa con frialdad a la agente especial—. ¿Que unos setenta miembros de un grupo de presión están en el Congreso mendigando dinero uno por uno mientras vosotros intentáis dominar a los demás, tener autoridad en el resto del mundo?

—¿Por qué tenemos que escuchar esto? —le pregunta Weber a Marcus.

—Lo cierto es que el FBI ha estado espiando a Frank Paulsson —le dice Marino a Scarpetta—. Y tienes razón, corren rumores sobre él. Al parecer abusa de sus privilegios como médico de aviación, lo cual resulta bastante aterrador si se tiene en cuenta que trabaja de soplón para la Agencia de Seguridad Nacional. Seguramente detestaría dar de baja a un piloto, sobre todo a uno militar, porque quizá reciba favores. Y el FBI se muere por trincar a la Agencia de Seguridad Nacional para que parezca que está formada por una panda de idiotas, así que cuando la gobernadora comenzó a preocuparse por cómo estaban las cosas y llamó al FBI, eso abrió la puerta, ¿no es así? —Mira a la agente especial—. Dudo mucho que la gobernadora sepa qué clase de ayuda ha pedido. No tenía ni idea de que ayudar, para el FBI, significa dejar en ridículo a otra agencia federal. Dicho de otro modo, es una cuestión de dinero y poder. Aunque, claro, ¿no es eso lo que mueve el mundo?

—No, no todo —replica Scarpetta con dureza, que no piensa seguir escuchándole—. Estamos hablando de una joven de catorce años que sufrió una muerte dolorosa y terrible. Estamos hablando del asesinato de Gilly Paulsson. —Se levanta de la silla, cierra el maletín con brusquedad, lo coge y mira al doctor Marcus y luego a la agente especial Weber—. Se supone que de eso se trata.

27

Cuando llegan a Broad Street, Scarpetta está preparada para sonsacarle la verdad. No importa lo que él quiera, se la contará.

—Anoche hiciste algo —le dice—, y no me refiero a que estuvieras en el bar de la policía bebiendo con quienquiera que fuera.

—No sé a qué te refieres. —Marino va en el asiento del pasajero, con la gorra calada en el rostro huraño y lúgubre.

—Oh, claro que lo sabes. Fuiste a verla.

—Joder, ahora sí que no tengo ni idea de qué estás hablando. —Mira por la ventanilla lateral.

—Oh, claro que lo sabes. —Corta por Broad a una velocidad considerable; conduce porque ha insistido en hacerlo, porque no permitiría que Marino ni nadie condujera en ese momento—. Te conozco. Maldita sea, Marino. Ya lo has hecho antes. Sólo dime si has vuelto a hacerlo. Vi cómo te miraba cuando estábamos en su casa. Te diste cuenta, vaya que sí, y te alegraste. No soy imbécil.

Marino sigue mirando por la ventanilla con la cara oculta bajo la gorra.

—Dímelo, Marino, ¿fuiste a ver a la señora Paulsson? ¿Te reuniste con ella en alguna parte? Dime la verdad. Acabaré sonsacándotelo. Sabes que lo conseguiré —dice Scarpetta deteniéndose con brusquedad en un semáforo en ámbar. —Le mira—. De acuerdo. El que calla otorga. Por eso te has comportado de manera tan rara al verla esta mañana en la oficina, ¿no? Estuviste con ella anoche y tal vez las cosas no salieron como deseabas, y por eso te has sorprendido al verla esta mañana.

—No es eso.

—Entonces dime qué es.

—Suz necesitaba hablar con alguien y yo necesitaba información. Así que nos ayudamos el uno al otro —le dice a la ventanilla.

—¿Suz?

—Nos fue útil, ¿no? —prosigue—. Obtuve información sobre la Agencia de Seguridad Nacional, supe lo muy capullo que es su ex marido, lo bajo que ha caído y por qué es posible que el FBI le siga la pista.

—¿Es posible? —Vira a la izquierda por Franklin Street y se dirige hacia su primera oficina de Richmond, el antiguo edificio que ahora están demoliendo—. Parecías muy seguro en la reunión, si es que puede llamársele reunión. ¿Son conjeturas tuyas? ¿«Es posible»? ¿Qué quieres decir exactamente?

—Me llamó al móvil anoche —replica Marino—. Han destruido mucho desde que llegamos. En cierto sentido, se han roto muchas cosas. —Observa la demolición.

El edificio prefabricado es más pequeño y lastimoso que cuando lo vieron por primera vez, o tal vez la destrucción ya no les sorprende y sólo les parece más pequeño y lastimoso. Scarpetta aminora mientras se aproxima a la calle Catorce y busca un lugar para aparcar.

—Tendremos que subir por Cary —decide—. Hay un aparcamiento de pago a un par de manzanas de Cary, al menos antes estaba allí.

—Al carajo, conduce hasta el edificio y aparca de cualquier manera —dice Marino—. Estamos a salvo. —Alarga la mano, abre el maletín negro de piel y extrae una placa de jefe del departamento de Medicina Forense. La coloca entre el parabrisas y el salpicadero.

—Vaya, ¿cómo la has conseguido? —No termina de creérselo—. Joder, ¿de dónde la has sacado?

—Cuando uno se toma su tiempo para charlar con las chicas de la oficina pasa de todo.

—Eres muy malo —replica ella meneando la cabeza—. Echo de menos una de esas placas —añade, porque antes aparcar no era el problema o inconveniente en que se ha convertido. Podía aparecer en cualquier escena del crimen y aparcar donde quisiera o acudir a los tribunales a la hora punta y dejar el coche en algún lugar prohibido porque tenía una pequeña placa roja que rezaba «JEFE DEL DEPARTAMENTO DE MEDICINA FORENSE» en letras grandes y blancas—. ¿Por qué te llamó anoche la señora Paulsson? —Le cuesta llamarla Suz.

—Quería hablar —dice él, y baja—. Vamos, acabemos con esto de una vez. Deberías haberte puesto botas.

28

Marino no ha dejado de pensar en Suz desde anoche. Le gusta que lleve el pelo suelto, justo a la altura de los hombros y que sea rubio. Las prefiere rubias, siempre las ha preferido.

Cuando la vio por primera vez en su casa le gustaron la curva de las mejillas y los labios gruesos. Le gustó cómo le miraba. Le hacía sentir grande e importante y, por su expresión, se dio cuenta de que ella pensaba que él sabía resolver problemas, aunque los problemas de ella no tenían arreglo. Tendría que mirar al mismísimo Dios para arreglar sus problemas, y eso no ocurrirá porque a Dios seguramente las cosas no le afectan del mismo modo que a hombres como Marino.

El modo en que ella le miró fue lo que le conmovió más, y cuando ella se le acercó mientras registraban el dormitorio de Gilly, Marino sintió su proximidad. Sabía que se avecinarían problemas. Sabía que si Scarpetta sospechaba algo le echaría un rapapolvo.

Scarpetta y él caminan por el barro rojizo y denso; a Marino sigue sorprendiéndole que Scarpetta camine por donde sea con los peores zapatos imaginables y que lo haga sin quejarse. El barro se pega a las botas negras de Marino y, aunque avanza con cuidado, resbala, pero Scarpetta ni siquiera parece darse cuenta de que no lleva botas, sino unos zapatos acordonados negros de tacón bajo que le quedan bien con el traje, o le quedaban bien. Ahora es como si caminase sobre terrones de barro que le salpican el dobladillo de los pantalones y el largo abrigo mientras Marino y ella se abren camino hacia su antiguo edificio, ya en ruinas.

Los trabajadores de la demolición se detienen al verlos avanzar como idiotas entre los escombros y el barro, directos al núcleo de toda esa violencia, y un hombre corpulento con un casco les mira de hito en hito. Sostiene una tablilla con sujetapapeles y habla a otro hombre con casco. Luego comienza a acercárseles agitando la mano, como si ahuyentara a unos turistas despistados. Marino le hace señas de que se aproxime para hablar. Cuando el hombre les alcanza se fija en la gorra de béisbol de la policía de Los Ángeles y parece prestarles más atención. Marino piensa que la gorra les está siendo de lo más útil. No tiene que presentarse ni identificarse de manera fraudulenta porque la gorra se ocupa de todas las presentaciones. También se ocupa de otras cosas.

—Soy el investigador Marino —le dice al hombre de la tablilla—. Ésta es la doctora Scarpetta, la forense.

—Oh —dice el hombre—. Han venido por Ted Whitby. —Comienza menear la cabeza—. No podía creérmelo. Seguramente ya sabrán lo de su familia.

—Cuéntenoslo.

—La mujer está embarazada de su primer hijo. Era el segundo matrimonio de Ted. ¿Ven a ese tipo? —Se vuelve hacia el edificio derruido y señala a un hombre vestido de gris que sale de la cabina de una grúa—. Es Sam Stiles, y digamos que Ted y él tenían sus problemas. Ella, la mujer de Ted, dice que Sam balanceó la bola de demolición demasiado cerca del tractor de Ted y que por eso se cayó y fue atropellado.

—¿Qué le hace pensar que se cayó? —pregunta Scarpetta.

Marino piensa que ella se está preguntando sobre lo que vio. Todavía cree que vio a Whitby justo antes de morir atropellado, que cuando lo vio estaba de pie toqueteando el motor. Quizá sea cierto. Conociéndola, seguramente sea cierto.

—No lo pienso necesariamente, señora —replica el hombre, que es de la edad de Marino pero con bastante más pelo y arrugas. Está moreno y curtido como un vaquero y sus ojos son de un azul intenso—. Sólo digo que la esposa, la viuda supongo, va por ahí protestando y quejándose. Quiere dinero, claro. No es que no la compadezca, pero no es justo culpar a los demás de la muerte de su marido.

—¿Estaba aquí cuando ocurrió? —pregunta Scarpetta.

—Allí mismo, a poco más de cincuenta metros de donde pasó. —Señala la esquina derecha del edificio, o lo que queda de la misma.

—¿Lo vio?

—No, señora. Que yo sepa, no lo vio nadie. Estaba en el aparcamiento trasero arreglando el motor porque se calaba. Supongo que se encendió de repente y el resto es historia. Al poco vimos el tractor en marcha sin nadie al volante y después se estrelló contra ese poste amarillo, cerca de la puerta en saliente, y ahí se quedó. Ted estaba en el suelo, malherido. Sangraba mucho. Pintaba muy mal, la verdad.

—¿Estaba consciente cuando se acercó a él? —le pregunta Scarpetta y, como de costumbre, toma notas en su libreta negra.

—No le oí decir nada. —El hombre hace una mueca y aparta la mirada. Traga saliva y carraspea—. Tenía los ojos bien abiertos e intentaba respirar. Eso es lo que recuerdo y, seguramente, lo que recordaré siempre: verle intentar respirar y que la cara se le amorataba. Entonces murió, así de rápido. Luego llegó la policía y una ambulancia, pero ya no había nada que hacer.

Marino decide preguntarle algo porque se siente incómodo cuando lleva demasiado tiempo callado, como si se sintiese estúpido. La agudeza de Scarpetta le hace sentir estúpido.

—El tal Sam Stiles —dice Marino señalando con la cabeza la grúa inmóvil y la bola de demolición, que se balancea levemente por el cable de la pluma—. ¿Dónde estaba cuando Ted fue atropellado? ¿Cerca de él?

—Qué va. Eso es absurdo. Que la bola de demolición derribara a Ted del tractor es tan absurdo que resultaría divertido si algo de esto fuera divertido. ¿Tiene idea de lo que una bola de demolición le haría a un hombre?

—Nada bonito —comenta Marino.

—Le reventaría la cabeza. No haría falta que un tractor le atropellase después.

Scarpetta lo anota todo. De vez en cuando mira alrededor con expresión pensativa y añade algo más. En cierta ocasión Marino vio las notas en su escritorio cuando ella no estaba en el despacho. Picado por la curiosidad, aprovechó para echarles un vistazo. Sólo entendió una palabra, que no era otra que su nombre, Marino. No sólo tiene mala letra sino que también toma notas en un lenguaje secreto que sólo su secretaria Rose sabe descifrar.

Scarpetta le pregunta cómo se llama y el hombre responde que su nombre es Bud Light, fácil de recordar para Marino. Scarpetta le dice que necesita saber dónde encontró exactamente el cuerpo porque tienen que tomar muestras del suelo. A Bud no parece despertarle la curiosidad. Quizá supone que las forenses guapas y los polis con gorras de la policía de Los Ángeles siempre toman muestras del suelo cuando un tractor arrolla a un obrero. Echan a andar por el barro en dirección al edificio, mientras Marino no deja de pensar en Suz.

Anoche había comenzado otra ronda de whisky en el bar de la policía y mantenía una conversación agradable y sincera con Junius Eise. Browning ya se había marchado a casa y Marino estaba hablando cuando le sonó el móvil. Tendría que haber estado apagado, pero no lo había desconectado porque Scarpetta le había llamado antes, cuando Fielding no quería abrir la puerta, y Marino le había dicho que volviera a llamarle si necesitaba ayuda. Ése era el verdadero motivo por el que contestó a la llamada, aunque también es cierto que cuando disfruta de una ronda adicional tiene más probabilidades de abrir la puerta, responder al teléfono o hablar con un desconocido.

—Marino —dijo por encima del barullo del bar.

—Soy Suzanna Paulsson. Siento molestarle. —Y rompió a llorar.

Da igual lo que hubiera dicho a continuación y ahora en parte no lo recuerda. Scarpetta rebusca en el maletín paquetes de depresores linguales esterilizados y bolsitas de plástico. Marino no recuerda la parte más importante de lo sucedido anoche y seguramente nunca lo recordará, porque Suz tenía whisky de malta en casa, y mucho. Llevaba vaqueros y un jersey rosa cuando le condujo hasta el salón y corrió las cortinas de las ventanas. Luego se sentó en el sofá a su lado y le habló del cerdo de su ex marido y sobre la Agencia de Seguridad Nacional y las mujeres piloto y otras parejas que solía invitar a casa. Mencionaba esas parejas como si fueran importantes y Marino le preguntó si a eso se refería cuando había dicho «ellos» en varias ocasiones a Scarpetta y él. Suz no le respondía de manera directa. Decía lo mismo una y otra vez.

—Pregúntaselo a Frank —decía.

—Te lo pregunto a ti —replicaba Marino.

—Pregúntaselo a Frank —repetía—. Venía toda clase de gente. Pregúntaselo.

—¿Venían por algún motivo en especial?

—Ya lo averiguarás —le dijo.

Marino retrocede unos pasos y observa a Scarpetta enfundarse los guantes de látex y abrir un paquete de papel blanco. No queda nada de la escena de la muerte del tractorista salvo el suelo embarrado del aparcamiento, junto a la ancha puerta en saliente. La observa agacharse y recorrer con la mirada el pavimento enlodado, y entonces recuerda la mañana de ayer, cuando paseaban en el coche alquilado y hablaban del pasado; si pudiera, regresaría a esa mañana. Ojalá pudiera regresar. Tiene el estómago revuelto. La cabeza le palpita al mismo ritmo infernal que el corazón. Inhala el aire frío y contempla los restos del edificio que se desmorona a su alrededor.

—Perdone que lo pregunte, pero ¿se puede saber qué busca exactamente? —pregunta Bud.

Scarpetta pasa con cuidado el depresor de madera por una pequeña zona de arena y tierra manchada, quizá de sangre.

—Sólo compruebo lo que hay —explica.

—A veces veo las series de la tele. Al menos a ratos, cuando mi mujer las ve.

—No crea todo lo que ve. —Scarpetta coloca más tierra en la bolsita y luego guarda el depresor dentro de la misma. La precinta y en el exterior garabatea unas palabras que Marino no entiende. Introduce la bolsita en su maletín, que ha dejado en el suelo.

—Así que piensa llevarse la tierra y meterla en una máquina mágica —bromea Bud.

—Nada de magia —replica Scarpetta mientras abre otro paquete de papel blanco y se pone en cuclillas, cerca de la puerta que solía abrir todas las mañanas cuando era jefa.

Marino ha tenido varios fogonazos en la oscuridad palpitante de su alma. Son eléctricos, como la imagen parpadeante de un televisor estropeado, y parpadean tan rápido que no los ve con claridad, aunque percibe impresiones confusas de lo que podrían ser. Labios y lengua. Fragmentos de manos y ojos cerrados. Y su boca sobre ella. Lo que sí sabe a ciencia cierta es que se despertó desnudo en la cama de ella a las 5.07.

Scarpetta trabaja como una arqueóloga, al menos según la idea que Marino tiene del trabajo de un arqueólogo. Raspa con cuidado la superficie de la zona embarrada donde Marino cree ver manchas oscuras de sangre. El abrigo le cuelga alrededor y lo arrastra por el sucio suelo sin que le importe lo más mínimo. Ojalá las mujeres se preocuparan tan poco como ella por las cosas que no importan. Ojalá las mujeres se preocuparan tanto como ella por las cosas que importan. Marino imagina que Scarpetta sabría pasar una mala noche. Prepararía café y se quedaría levantada para hablar de ello. No se encerraría en el baño, ni lloraría y chillaría y le diría que se largara de la casa.

Marino se aleja rápidamente del aparcamiento y las botas le resbalan por el barro rojizo. Resbala y recupera el equilibrio con un gruñido que se convierte en arcadas. Se retuerce al vomitar con fuerza y un líquido amargo y marrón le salpica las botas. Tiembla y siente náuseas y piensa que morirá cuando siente la mano de Scarpetta en el codo. Reconocería esa mano solidaria en cualquier parte.

—Vamos —le dice ella en voz baja, sujetándole del brazo—. Volvamos al coche. No pasa nada. Ponme la mano en el hombro y, por lo que más quieras, mira donde pisas o nos caeremos los dos.

Se limpia la boca en la manga del abrigo. Los ojos se le empañan mientras mueve los pies a duras penas, apoyado en ella, y se mantiene erguido mientras avanza por el campo de batalla enlodado que rodea el edificio en ruinas donde se conocieron.

—¿Y si la violé, doctora? —dice sintiéndose tan mal que podría morir—. ¿Y si lo hice?

29

En la habitación del motel hace calor y Scarpetta ya se ha cansado de ajustar el termostato. Se sienta en una silla junto a la ventana y observa a Marino en la cama. Está tumbado con los pantalones negros y la camisa negra; la gorra de béisbol está en la cómoda y las botas negras en el suelo.

—Tienes que comer algo —le dice.

Cerca, en la alfombra, está el maletín negro, manchado de barro, y colgado de otra silla se encuentra el abrigo, también manchado de barro. Cada vez que ha entrado en la habitación ha dejado un rastro de barro rojizo y, al verlo, le recuerda una escena del crimen, y entonces piensa en el dormitorio de Suzanna Paulsson y el delito que puede que se haya producido, o no, en las últimas doce horas.

—Ahora mismo no puedo comer nada —dice Marino tendido en decúbito supino—. ¿Y si ella acude a la policía?

Scarpetta no puede decirle nada porque no sabe nada.

—¿Puedes incorporarte, Marino? Sería mejor que te incorporaras. Voy a pedir algo de comer.

Se levanta de la silla y deja más restos de barro seco al dirigirse hacia el teléfono situado junto a la cama. Encuentra las gafas de leer en un bolsillo del traje chaqueta, se las coloca en la punta de la nariz y observa el teléfono. Puesto que desconoce el número del servicio de habitaciones, marca el cero para que la operadora le pase con él.

—Tres botellas de agua —pide—. Dos tazas de té Earl Grey caliente, una rosquilla tostada y un cuenco de copos de avena. No, gracias. Con eso basta.

Marino se yergue a duras penas y se coloca varias almohadas detrás de la espalda. Scarpetta se da cuenta de que le mira mientras vuelve a sentarse en la silla, cansada y abrumada, como si tuviera una manada de caballos salvajes en la cabeza galopando en cincuenta direcciones distintas. Piensa en los restos de pintura y las otras pruebas residuales, en las muestras de tierra que hay en el maletín, en Gilly y el tractorista, en lo que Lucy está haciendo, en lo que Benton podría estar haciendo, y al final trata de imaginar a Marino como un violador. Antes era insensato con las mujeres, no idiota. Había mezclado el trabajo con las relaciones personales, es decir, había mantenido relaciones sexuales con testigos y víctimas en más de una ocasión, y por ello había pagado un precio, aunque siempre había podido permitírselo. Pero nunca le han acusado de una violación ni a él le ha preocupado esa posibilidad.

—Tendremos que esforzarnos mucho para salir de ésta —comienza a decir—. Que quede constancia que no creo que hayas violado a Suzanna Paulsson. El problema radica en si ella cree que lo hiciste o quiere creer que lo hiciste. En ese caso tendremos que descubrir el motivo. Empecemos por lo que recuerdas, lo último que recuerdes. ¿Marino? —Le mira—. Y si la violaste nos haremos cargo de ello.

Marino la mira de hito en hito, recostado en la cama. Se ha ruborizado, se le empañan los ojos por el miedo y el dolor y se le hincha una vena en la frente. Se la palpa de vez en cuando.

—Sé que seguramente no te mueres de ganas por contarme los detalles, pero si no lo haces no podré ayudarte. No soy remilgada —añade y, después de todo lo que han pasado juntos, el comentario debería resultar divertido, pero de momento la diversión se ha acabado.

—No sé si puedo. —Marino aparta la mirada.

—Lo que soy capaz de imaginar es mucho peor de lo que hayas podido hacer —le dice ella en voz baja, aparentando objetividad.

—Exacto. Estoy seguro de que no te chupas el dedo.

—Pues no —dice—. Por si te sirve de consuelo, yo también he hecho un poco de todo. —Esboza una sonrisa—. Aunque te cueste creerlo.

30

No le cuesta imaginárselo. Durante todos esos años él ha preferido no imaginar lo que ella ha hecho con otros hombres, especialmente con Benton.

Marino mira por la ventana, justo detrás de ella. La sencilla habitación individual está en la tercera planta; no ve la calle, sólo el cielo plúmbeo detrás de la cabeza de Scarpetta. Se siente minúsculo y le apremia el impulso infantil de esconderse debajo de las mantas, dormir y confiar en que cuando despierte no haya sucedido nada. Quiere despertarse y descubrir que está en Richmond con la doctora, trabajando en un caso, y que no ha pasado nada. Resulta divertida la cantidad de veces que ha abierto los ojos en una habitación de hotel deseando que ella estuviera allí mirándole. Ahora ella está en la habitación del hotel, mirándole. Piensa por dónde empezar, luego el impulso infantil vuelve a apoderarse de él y se queda sin voz. La voz se le ahoga en algún lugar entre el corazón y la boca, como una luciérnaga desapareciendo en la oscuridad.

Ha pensado en ella desde hace años, desde que se conocieron, para ser exactos. En las fantasías eróticas ha experimentado el sexo más increíble, creativo y compenetrado de toda su vida, y no le gustaría que ella lo supiera, nunca permitiría que lo supiera, aunque no ha perdido la esperanza de que surja algo entre ellos, pero si comienza a hablar de lo que recuerda, entonces ella podría hacerse una idea de lo que significa estar con él. Eso echaría a perder cualquier oportunidad. Por muy remota que fuera la oportunidad, la perdería. Si confiesa con lujo de detalles lo poco que recuerda, le mostraría cómo sería estar con él. Lo estropearía todo. Las fantasías dejarían de existir, no volvería a tenerlas nunca más. Se plantea la posibilidad de mentir.

—Volvamos al momento en que llegaste al bar de la policía —le dice Scarpetta sin apartar la mirada—. ¿A qué hora llegaste?

Bien. Puede hablar del bar de la policía.

—A eso de las siete. Me reuní con Eise, luego llegó Browning y comimos algo.

—Detalles —pide ella sin desviar la mirada—. ¿Qué comiste y que habías comido durante el día?

—Creía que empezaríamos por el bar, no por lo que había comido antes.

—¿Ayer desayunaste? —insiste con la misma persistencia y paciencia que muestra cuando habla con quienes sobreviven al ataque de un asesino, por la gracia de Dios o fruto del azar.

—Tomé café —responde.

—¿Tentempiés? ¿Almuerzo?

—No.

—Ya te sermonearé al respecto —dice—. Nada de comida en todo el día, sólo café, y luego fuiste al bar de la policía a las siete. ¿Bebiste con el estómago vacío?

—Primero me tomé un par de cervezas. Luego pedí bistec y ensalada.

—¿Ni patatas ni pan? ¿Nada de hidratos de carbono?

—El único hábito bueno que respeté anoche, eso seguro.

Scarpetta no replica y Marino intuye que está pensando que la dieta baja en hidratos de carbono no es precisamente una buena costumbre, pero no le sermoneará sobre nutrición justo ahora que está con resaca, dolorido y asustado porque quizás haya cometido un delito o estén a punto de acusarle de ello, si es que no le han acusado ya. Observa el cielo por la ventana y se imagina un coche camuflado de la policía de Richmond buscándole por las calles. Joder, podría detenerle el mismísimo agente Browning.

—¿Y luego? —pregunta Scarpetta.

Marino se imagina a sí mismo en el asiento trasero del coche de policía y se pregunta si Browning le esposaría. Por respeto profesional podría dejar que se sentara sin las esposas, o podría olvidarse del respeto y esposarle. Marino llega a la conclusión de que optaría por la segunda opción.

—Bebiste varias cervezas y comiste bistec y ensalada a las siete —le recuerda con amabilidad e insistencia a la vez—. ¿Cuántas cervezas, para ser exactos?

—Cuatro, creo.

—No creas nada. ¿Exactamente cuántas?

—Seis —responde.

—¿Jarras, botellas o latas? ¿Grandes? ¿Normales? Dicho de otro modo, ¿de qué tamaño?

—Seis botellas de Budweiser, tamaño normal. De todos modos, no son muchas para mí. Para mí seis cervezas equivaldrían a media cerveza para ti.

—Lo dudo. Luego hablaremos de tus matemáticas.

—Bueno, no necesito que me sermonees —farfulla Marino mirándola. Luego la sigue mirando de hito en hito en silencio.

—Seis cervezas, un bistec y una ensalada en el bar de la policía con Junius Eise y el agente Browning, ¿y cuándo oíste el rumor de que yo volvería a Richmond? ¿Acaso fue mientras comías con Eise y Browning?

—Ahora sí que comienzas a atar cabos —responde con ceño.

Eise y Browning estaban sentados frente a él en el reservado, iluminados por la vela del globo de cristal rojo, y los tres bebían cerveza. Eise le preguntó a Marino qué opinaba de Scarpetta. «¿Cómo es? ¿Es un pez gordo?» «Es un pez gordo, pero no actúa como tal», respondió Marino. Lo recuerda perfectamente, y también recuerda lo que sintió cuando Eise y Browning comenzaron a hablar sobre ella y comentaron que volvían a nombrarla jefa y que regresaría a Richmond. Ella no le había dicho ni una palabra al respecto, ni siquiera la menor insinuación, y se sintió humillado y furioso. Fue entonces cuando pasó de la cerveza al whisky.

El idiota de Eise tuvo la osadía de decir que siempre le había parecido una tía buena, y luego también comenzó a beber whisky. «Vaya par de melones —añadió al cabo de unos minutos y ahuecó las manos en el pecho sonriendo—. No me importaría meterme dentro de su bata de laboratorio. Bueno, has trabajado con ella toda la vida, ¿no?, tal vez cuando has estado a su lado tanto tiempo ya no te fijas en su aspecto.»

Browning dijo que nunca la había visto, aunque había oído hablar de ella, y también sonreía.

Marino no sabía qué decir, así que se bebió el primer whisky y pidió otro. El mero hecho de imaginarse a Eise mirando el cuerpo de Scarpetta le daba ganas de propinarle un puñetazo. Por supuesto no lo hizo. Siguió bebiendo e intentando no pensar qué aspecto tiene ella cuando se quita la bata de laboratorio y la cuelga en la silla o la percha de la puerta. Se esforzó lo indecible por evitar imaginársela quitándose el traje chaqueta en la morgue, desabotonándose las mangas de la blusa, haciendo y deshaciendo lo que haga falta cuando un cadáver le espera. Siempre se ha mostrado natural, sin alardear, sin ser consciente de lo que tiene o de si alguien está mirándola cuando se desabotona, se quita prendas y se mueve, porque está ocupada con el trabajo y porque a los muertos les da igual. Están muertos. Sólo que Marino no está muerto. Quizá Scarpetta cree que lo está.

—Te lo repetiré: no pienso volver a Richmond —le dice Scarpetta desde la silla con las piernas cruzadas, el dobladillo de los pantalones azul oscuro manchado de barro y los zapatos tan salpicados de barro que parece imposible que por la mañana fueran de un negro reluciente—. Además, no creerás que planearía algo así sin decírtelo, ¿no?

—Nunca se sabe.

—Sí que lo sabes.

—No pienso volver aquí, y menos ahora.

Llaman a la puerta y Marino se sobresalta y piensa en la policía, la cárcel y los tribunales. Cierra los ojos, aliviado al oír que alguien dice: «Servicio de habitaciones.»

—Ya voy —dice Scarpetta.

Marino la sigue con la mirada mientras ella cruza la pequeña habitación y abre la puerta. Si estuviera sola, si él no estuviera en la cama, seguramente preguntaría quién es y lo comprobaría por la mirilla. Pero no está preocupada porque Marino lleva un Colt.280 semiautomático en la pistolera del tobillo, aunque no será necesario matar a nadie. Sin embargo, no le importaría sacudir a alguien de lo lindo. Ahora mismo le encantaría hundir los puños en el plexo solar y la mandíbula de alguien, como solía hacer cuando boxeaba.

—¿Qué tal? —pregunta el joven uniformado y con acné mientras entra empujando el carrito.

—Bien, bien —dice Scarpetta al tiempo que rebusca en un bolsillo del pantalón y extrae un billete de diez dólares perfectamente doblado—. Déjalo ahí. Gracias. —Le entrega el billete doblado.

—Gracias, señora. Que pasen un buen día. —Se marcha y cierra la puerta con cuidado.

Marino está inmóvil, apenas mueve los ojos para mirarla. La observa quitando el envoltorio de plástico del rosco de pan y de los copos de avena. La observa abrir una porción de mantequilla, mezclarla con la avena y luego añadir un poco de sal. Abre otra porción de mantequilla y la extiende en el rosco de pan y luego sirve dos tazas de té. No le añade azúcar. De hecho, en el carrito no hay nada de azúcar.

—Toma —le dice mientras coloca la avena y una taza de té cargado en la mesita de noche—. Come. —Se dirige al carrito y le trae el rosco de pan—. Cuanto más comas, mejor. Quizá cuando comiences a sentirte bien se producirá un milagro y lo recordarás todo.

El mero hecho de ver los copos de avena le revuelve el estómago, pero toma el tazón y hunde la cuchara lentamente, y el acto de hundirla en la avena espesa le recuerda a Scarpetta introduciendo el depresor lingual en el barro, y entonces piensa en algo parecido a la avena que le provoca otra sensación desagradable y de remordimiento. Ojalá hubiera estado demasiado borracho para hacerlo. Pero lo ha hecho. Al ver la avena está seguro de lo que hizo anoche, acabó lo que comenzó.

—No puedo comerme esto —dice.

—Cómetelo —ordena Scarpetta como una jueza, erguida, mirándole de hito en hito.

Prueba la avena y le sorprende que esté tan buena. Le sienta bien. Se acaba el tazón en un santiamén y empieza a comerse el rosco bajo la atenta mirada de Scarpetta. No habla y Marino sabe de sobra por qué no dice nada y sólo le observa. Todavía no le ha contado la verdad. Está ocultando los detalles que sabe que pondrán fin a la fantasía. En cuanto Scarpetta los sepa Marino habrá perdido cualquier oportunidad y, de repente, el rosco se le seca en la garganta y no puede tragarlo.

—¿Te sientes mejor? Bebe un poco de té —le sugiere, y ahora sí parece una jueza ataviada con prendas negras, erguida en la silla, a la luz grisácea de la ventana—. Acábate el rosco y tómate al menos una taza de té. Necesitas comida y estás deshidratado. Tengo Advil.

—Sí, Advil me iría bien —dice masticando.

Scarpetta introduce la mano en el maletín y extrae un pequeño frasco de Advil. Marino mastica y bebe té, de repente tiene mucha hambre, y la observa acercarse de nuevo, recostado en las almohadas. Ella quita la tapa de seguridad para niños con facilidad y extrae dos pastillas. Las coloca sobre la palma de Marino. Sus dedos ágiles y fuertes parecen pequeños comparados con la palma de Marino. Apenas le rozan la piel, pero el roce le hace sentir mejor que casi cualquier cosa que haya sentido en su vida.

—Gracias —dice mientras Scarpetta vuelve a la silla.

Marino piensa que ella se quedaría un mes en esa silla si tuviera que hacerlo. Quizá debería dejar que se quedase sentada un mes. Ella no se marchará hasta que él se lo cuente. Ojalá dejara de mirarle de ese modo.

—¿Cómo van esos recuerdos? —pregunta Scarpetta.

—Hay cosas que he olvidado para siempre. Suele pasar —responde mientras se acaba la taza de té para que las pastillas no se le atraganten.

—Algunas cosas nunca regresan, o nunca se olvidan del todo. De otras cosas cuesta hablar. Estabas bebiendo whisky con Eise y Browning, ¿y luego? ¿A qué hora comenzaste a tomar whisky?

—A eso de las ocho y media o nueve. Sonó el móvil, era Suz. Estaba alterada y dijo que necesitaba hablar conmigo, me pidió que fuera a su casa. —Hace una pausa y espera la reacción de Scarpetta. No necesita decirlo, lo está pensando.

—Continúa, por favor.

—Sé qué estás pensando. Estás pensando que no debería haber ido allí después de haber bebido un poco.

—No tienes ni idea de lo que estoy pensando —responde ella.

—Me sentía a gusto.

—Define «un poco».

—Las cervezas, un par de whiskys.

—¿Un par?

—Tres como máximo.

—Seis cervezas equivalen a unos doscientos mililitros de alcohol. Tres whiskys , a ciento veinte o ciento cincuenta mililitros, dependiendo del camarero —calcula—. Digamos un período de tres horas, lo que nos da un total de unos trescientos mililitros, y eso tirando por lo bajo. Y digamos que metabolizaste unos treinta mililitros por hora, es lo normal. Así pues, cuando te marchaste del bar aún te quedaban unos doscientos mililitros en el cuerpo.

—Mierda —dice Marino—. Podría vivir sin las matemáticas. Me sentía muy bien, te lo aseguro.

—Tienes aguante, pero desde un punto de vista legal estabas borracho, por no decir algo más fuerte —afirma la abogada y médico—. Supongo que llegaste a su casa sano y salvo. ¿Qué hora era entonces?

—Las diez y media, más o menos. Vamos, no estaba mirando el reloj todo el rato, joder. —La mira de hito en hito y se siente indolente y confuso. Lo que sucedió luego se agita en sus tinieblas interiores y no le apetece entrar en esa zona oscura.

—Te escucho —dice Scarpetta—. ¿Cómo estás? ¿Quieres más té? ¿Más comida?

Marino niega con la cabeza y vuelve a pensar en las pastillas, le preocupa que se hayan quedado a medio camino y le perforen la garganta. Se siente arder en tantos sitios que le costaría notar dos puntos más, pero le sobran.

—¿Ha remitido el dolor de cabeza?

—¿Has ido al loquero alguna vez? —pregunta Marino de repente—. Porque me siento así, como si estuviera en una habitación con un loquero. Pero como nunca he ido al loquero no sé si se siente lo mismo. Pensaba que igual lo sabías. —No está seguro de por qué lo ha dicho, pero le ha salido así. La mira, impotente, enfadado y desesperado por hacer lo que sea con tal de mantenerse alejado de esa oscuridad envolvente.

—No hablemos de mí. No soy una loquera y lo sabes mejor que nadie. No se trata de por qué hiciste lo que hiciste o por qué no lo hiciste. Se trata de qué hiciste, ahí radica el problema, si es que lo hay. A los psiquiatras no les importa mucho el qué.

—Lo sé, sé de sobra cuál es el maldito problema. No recuerdo el qué, doctora. Es la verdad —miente.

—Retrocedamos un poco. Llegaste a su casa. ¿Cómo? No tenías un coche alquilado.

—En taxi.

—¿Tienes el recibo?

—Seguramente esté en el bolsillo del abrigo.

—Te iría bien tenerlo —le dice.

—Debería estar en el bolsillo.

—Ya lo comprobaremos luego. ¿Qué ocurrió después?

—Me dirigí hacia la puerta. Llamé al timbre, ella abrió y me dejó entrar. —Tiene la oscuridad envolvente delante de las narices, como una tormenta a punto de estallar sobre su cabeza. Respira hondo y la cabeza le palpita.

—Marino, no pasa nada —le tranquiliza ella—. Cuéntame lo que pasó, confía en mí, cuéntamelo. Es necesario.

—Ella... eh... llevaba botas, botas de paracaidista, botas de cuero negro con puntera de acero. Botas militares. Y una holgada camiseta de camuflaje. Nada más. —La oscuridad le engulle, parece engullirle por completo, le engulle partes que ni siquiera sabía que tenía—. Me quedé un poco desconcertado, no tenía ni idea de por qué se había vestido así. No pensé nada al respecto, no lo que te imaginas. Luego cerró la puerta y me tocó.

—¿Dónde te tocó?

—Dijo que me había deseado desde que me vio por la mañana —dice adornando un poco la historia, aunque no demasiado porque, fueran cuales fuesen las palabras exactas, ésa era la idea básica. Lo deseaba. Lo había deseado desde que lo había visto por primera vez, cuando Scarpetta y él fueron a su casa para preguntarle por Gilly.

—Has dicho que te tocó. ¿Dónde? ¿En qué parte del cuerpo?

—Los bolsillos. En los bolsillos.

—¿Delanteros o traseros?

—Delanteros. —Baja la mirada y parpadea mientras observa los hondos bolsillos delanteros de los pantalones de explorador negros.

—¿Los mismos pantalones que llevas ahora? —pregunta Scarpetta sin dejar de mirarle.

—Sí, los mismos. La verdad es que la cosa no estaba para cambiarse de ropa. No estaba como para volver a mi habitación esta mañana. Cogí un taxi y fui directo al depósito de cadáveres.

—Ya hablaremos de eso —responde Scarpetta—. Te puso las manos en los bolsillos, ¿y luego?

—¿Por qué quieres saber todo esto?

—Ya sabes por qué. Sabes exactamente por qué —dice con el mismo tono tranquilo y firme, sin dejar de mirarle.

Recuerda que Suz le hundió las manos en los bolsillos del pantalón y luego le arrastró hacia el interior de la casa, riéndose, diciendo lo atractivo que era mientras cerraba la puerta con el pie. En su interior se arremolina una niebla como la que se arremolinaba en los faros del taxi que le había llevado a su casa. Él sabía que se dirigía de cabeza a lo desconocido, pero fue, y luego ella le introdujo las manos en los bolsillos y le arrastró hasta el salón, riendo, ataviada apenas con una camiseta de camuflaje y botas de combate. Se apretujó contra él y Marino supo que ella notaba todo su cuerpo y ella supo que Marino notaba su cuerpo tenso y suave.

—Trajo una botella de whisky de la cocina —dice, y escucha su propia voz, pero no ve nada de lo que hay en la habitación del hotel. Está en trance—. Sirvió un par de copas y le dije que no bebiera más. Quizá no lo dije. No lo sé. Me cameló. ¿Qué quieres que te cuente? Me cameló. Le pregunté a qué venía lo del camuflaje y dijo que a Frank le iba ese rollo. Los uniformes. Solía pedirle que se vistiera para él y luego jugaban.

—¿Gilly estaba por ahí cuando Frank le pedía a Suz que se pusiera uniformes y jugara?

—¿Qué?

—Ya hablaremos de Gilly. ¿A qué jugaban Frank y Suz?

—Juegos.

—¿Anoche también quería jugar a eso? —pregunta Scarpetta.

La habitación está oscura y Marino percibe la oscuridad, y no puede ver lo que hizo porque es insoportable, y en lo único que piensa mientras trata de ser honesto es que las fantasías se acabarán para siempre. Scarpetta se lo imaginará y ya no ocurrirá, nunca, y será inútil que albergue esperanza alguna porque ella sabrá cómo es él en realidad.

—Esto es importante, Marino —dice en voz baja—. Cuéntame lo del juego.

Marino traga saliva y se imagina que las pastillas, atascadas al final de la garganta, le queman. Quiere más té pero no puede moverse y no se atreve a pedirlo.

Scarpetta está erguida en la silla, con las manos en los brazos del asiento. Está derecha y relajada con su traje salpicado de barro. Escucha con mirada atenta.

—Me dijo que la persiguiera —comienza a explicar—. Yo estaba bebiendo y le pregunté qué era eso de perseguirla. Me dijo que entrara en el dormitorio, en el suyo, me escondiera detrás de la puerta y esperara cinco minutos, exactamente cinco minutos, y que luego comenzara a buscarla como... como si fuera a matarla. Le dije que no me parecía bien. Bueno, en realidad no se lo dije. —Respira hondo—. Seguramente no se lo dije porque me había camelado.

—¿Qué hora era entonces?

—Habría pasado una hora.

—Te mete las manos en los bolsillos en cuanto te ve, a eso de las diez y media, y luego pasa una hora, ¿no? ¿No ocurrió nada durante esa hora?

—Bebimos. En el sofá del salón. —No mira a Scarpetta. No volverá a mirarla.

—¿Con las luces encendidas? ¿Las cortinas corridas o descorridas?

—Había encendido un fuego en la chimenea. Las luces estaban apagadas. No recuerdo si las cortinas estaban descorridas. —Piensa al respecto—. Estaban corridas.

—¿Qué hicisteis en el sofá?

—Hablamos. Y nos enrollamos, supongo.

—No supongas. ¿Y qué es eso de enrollarse? ¿Besarse, acariciarse? ¿Os desvestisteis? ¿Hicisteis el amor? ¿Sexo oral?

Marino siente que se ruboriza.

—No, bueno, lo primero sí. Nos besamos, nos dimos un atracón. Como todo el mundo. Estábamos en el sofá y hablamos del juego. —La cara le arde. Sabe que Scarpetta se ha percatado de su bochorno y se niega a mirarla.

Las luces estaban apagadas y el resplandor del fuego le recorría el cuerpo. Cuando ella le agarró, le dolió y excitó, pero luego sólo le dolió. Le pidió que tuviera cuidado porque dolía, y ella se rió y replicó que le iba el sexo duro y que si quería morderle, y él dijo que no, que no quería morderle, no con fuerza. Te gustará, le aseguró ella, te gustará morderme con fuerza. No sabes lo que te pierdes si nunca lo has probado así, con brusquedad, y mientras hablaba la luz del fuego le serpenteaba por el cuerpo, y Marino trató de mantener la lengua dentro de la boca de ella y satisfacerla mientras cruzaba las piernas y se movía buscando que ella no le hiciera daño. No seas mariquita, le decía ella mientras intentaba inmovilizarlo en el sofá y bajarle la cremallera, pero él consiguió zafarse. Vio lo blancos que ella tenía los dientes a la luz del fuego y pensó qué sentiría si se los hincaba.

—¿El juego comenzó en el sofá? —pregunta Scarpetta.

—Allí hablamos de eso. Luego me levanté y ella me llevó hasta el dormitorio para que me pusiera detrás de la puerta y esperara cinco minutos, como ya te he dicho.

—¿Seguías bebiendo?

—Me había servido otra copa, supongo.

—No supongas. ¿Copas grandes? ¿Pequeñas? ¿Cuántas llevabas ya?

—Esa mujer no hace nada pequeño. Copas grandes. Cuando dijo que me escondiera detrás de la puerta llevaba tres por lo menos. Ahora todo se vuelve muy confuso. Después de que el juego comenzara todo se desdibuja en mi cabeza. Quizá sea lo mejor, joder.

—No es lo mejor, trata de recordar. Necesitamos averiguar el qué. El qué y no el porqué. El porqué me da igual, Marino. Confía en mí. Todo lo que me cuentes ya lo habré oído o visto. No me sorprendo con facilidad.

—Sí, doctora, estoy seguro de que no te sorprendes con facilidad, pero puede que yo sí, aunque no te lo creas. Recuerdo que miré el reloj y me costó ver la hora. De todos modos, mi vista ya no es la de antes, pero todo se desdibujaba y estaba bastante nervioso. Si te digo la verdad, no sé por qué le seguí el juego.

Sudaba a mares detrás de la puerta, intentando ver la hora, y luego comenzó a contar en silencio hasta sesenta, pero perdió la cuenta y empezó de nuevo hasta que estuvo seguro de que habían pasado cinco minutos. Jamás había sentido tanta excitación con una mujer, al menos que él recordara. Salió de detrás de la puerta y vio que toda la casa estaba a oscuras. Tenía que colocar las manos muy cerca de la cara para vérselas. Tanteó las paredes para guiarse y se dio cuenta de que ella le oía, y fue entonces, a pesar del embotamiento de la borrachera, cuando se percató de que el corazón le palpitaba y respiraba con dificultad, excitado y asustado, y ahora no quiere que Scarpetta sepa que estaba asustado. Se llevó la mano al tobillo para comprobar el arma, perdió el equilibrio y se cayó en el pasillo. No recuerda cuánto tiempo estuvo en el suelo. Es posible que se quedara dormido durante un rato.

Cuando volvió en sí el arma había desaparecido de su funda. El corazón le latía con fuerza y permaneció sentado en el suelo de madera, inmóvil, respirando apenas, sudando profusamente, aguzando el oído, tratando de averiguar dónde estaba aquella mujer desquiciada. La oscuridad era absoluta, asfixiante, y le envolvía como una tela negra. Intentó ponerse en pie sin hacer ruido ni delatar su posición. La muy cabrona estaba en alguna parte y Marino no tenía la pistola. Extendió los brazos como si fueran remos y avanzó tanteando la pared, alerta, preparado para abalanzarse, consciente de que le dispararían si no atrapaba por sorpresa a aquella putona.

Se desplazó lentamente, como un gato, concentrado en el enemigo. Lo único que pensaba era cómo había llegado a la casa, qué casa era, quién era aquella hija de puta y dónde estaban los refuerzos. ¿Dónde coño estaban todos? Oh, mierda, quizá se los habían cargado. Quizá sólo quedara él y ahora se lo cargarían porque no tenía la pistola y había perdido la radio. De pronto algo le golpeó y él luchó contra aquella oscuridad envolvente, una oscuridad ardiente que le asfixiaba, y sintió una quemazón intensa mientras la oscuridad se movía, le sujetaba y hacía unos terribles ruidos húmedos.

—No sé qué pasó —se oye decir, y le sorprende que su voz suene cuerda porque cree haberse vuelto loco—. No lo sé, eso es todo. Me desperté en su cama.

—¿Vestido?

—No.

—¿Dónde estaba la ropa, tus cosas?

—En una silla.

—¿En una silla? ¿Bien colocadas en una silla?

—Sí, muy bien colocadas. La pistola estaba encima de la ropa. Me erguí en la cama y no había nadie en la habitación —dice.

—¿El lado de ella estaba sin hacer, como si hubiera dormido allí?

—Todo estaba revuelto, pero no había nadie. Miré la habitación y no sabía dónde coño estaba y entonces recordé que había ido en taxi hasta su casa y que ella me había abierto la puerta vestida de camuflaje. Miré alrededor y vi un vaso de whisky en la mesita de noche y una toalla. La toalla estaba manchada de sangre y me asusté. Intenté levantarme pero no pude. Me quedé sentado en la cama.

Se da cuenta de que la taza de té está llena y le aterra no recordar a Scarpetta levantándose de la silla y rellenándole la taza. Tiene la impresión de estar en la misma postura en la cama y se fija en el reloj y ve que han pasado más de tres horas desde que comenzaran a hablar en esa habitación

—¿Crees que es posible que te drogara? —pregunta Scarpetta—. Por desgracia, no creo que un análisis nos sirviera. Ha pasado demasiado tiempo. Depende de la droga, claro.

—Oh, eso sería genial. Si dejo que me analicen la sangre, ya puestos llamo a la policía yo mismo, si es que ella no lo ha hecho ya.

—Háblame de la toalla ensangrentada.

—No sé de quién era la sangre, quizá fuera mía. Me dolía la boca. —Se la toca—. Me dolía mucho. Supongo que eso es lo suyo, causar dolor, pero lo único que sé es... Bueno, no sé qué hice porque no la vi. Ella estaba en el baño y cuando la llamé para ver dónde estaba empezó a chillar que me largara de su casa y a decirme... Me dijo de todo.

—Supongo que no se te ocurrió llevarte la toalla.

—Ni siquiera sé cómo logré llamar un taxi para marcharme de allí. De hecho, no recuerdo haberlo hecho, pero es obvio que lo hice. No, no me llevé la toalla, joder.

—Y fuiste directo al departamento de Medicina Forense. —Scarpetta frunce el entrecejo, como si esa parte no tuviera sentido.

—Me detuve para tomar un café en un Seven-Eleven. Luego le dije al taxista que me dejara a varias manzanas para ir a pie, con la esperanza de despejarme un poco. Me vino bien. Volví a sentirme medio humano, luego entré en el edificio y que me parta un rayo si ella no estaba allí.

—Antes de ir allí, ¿escuchaste los mensajes del contestador?

—Oh, tal vez.

—De lo contrario no habrías sabido lo de la reunión.

—No, ya lo sabía —replica Marino—. Eise me dijo en el bar que le había pasado información a Marcus. Un mensaje de correo electrónico, eso fue lo que dijo. —Trata de recordar—. Ah, sí, ahora caigo. Marcus cogió el teléfono en cuanto leyó el mensaje y dijo que convocaría una reunión para la mañana siguiente, y le dijo a Eise que estuviese en el edificio por si le necesitaba.

—O sea que anoche sabías lo de la reunión —dice Scarpetta.

—Sí, me enteré anoche, y Eise dijo algo que me dio a entender que tú también estarías presente, por lo que supe que yo también tendría que asistir.

—¿Sabías que la reunión sería a las nueve y media?

—Seguramente. Lo siento, estoy un tanto desorientado, doctora. Pero sabía lo de la reunión, eso seguro. —La mira y no adivina qué está pensando—. ¿Por qué? ¿Qué pasa con la reunión?

—Él no me lo dijo hasta las ocho y media de esta mañana.

—Te está disparando junto a los pies para que saltes y bailes —lo dice él, aborreciendo al doctor Marcus—. Cojamos un avión y volvamos a Florida. Al infierno con Marcus.

—¿La señora Paulsson te dirigió la palabra cuando la viste por la mañana en la oficina?

—Me miró y se alejó, como si no me conociera. No entiendo nada, doctora. Sé que ocurrió algo terrible y me asusta haber sido yo y que ahora me toque pagar el pato. Después de todas las gilipolleces que he hecho, ésta es la gota que colma el vaso.

Scarpetta se levanta lentamente de la silla y Marino nota su expresión preocupada, se da cuenta de que está pensando, tratando de establecer relaciones que él ni se imagina. Mira por la ventana con expresión reflexiva, se dirige hacia el carrito y se sirve lo que queda de té.

—Te hizo daño, ¿no? —dice mirándole—. Enséñame lo que te hizo.

—¡No, joder! No, no puedo —gime como un niño de diez años—. No puedo hacerlo. Ni hablar.

—¿Quieres que te ayude o no? ¿Crees que te ha pasado algo que no he visto nunca?

Marino se cubre el rostro con las manos.

—No puedo hacerlo.

—Llama a la policía y te llevarán a comisaría y te fotografiarán las heridas. Así habrás empezado un caso. A lo mejor es lo que quieres. No sería un mal plan si ella ya ha llamado, pero lo dudo.

Marino baja las manos y la mira.

—¿Por qué?

—¿Por qué lo dudo? Muy sencillo. Saben que estamos aquí. ¿No sabe el agente Browning que estás aquí? ¿No tiene nuestros números de teléfono? Entonces, ¿por qué no han venido a arrestarte? ¿Crees que no vendrían por ti si la madre de Gilly Paulsson llamara a la policía para denunciar que la has violado? ¿Y por qué no lo hizo cuando te vio en la habitación? ¿Acababas de violarla y ella no llama a la policía de inmediato?

—No pienso llamar a la poli —afirma Marino.

—Entonces sólo me tienes a mí. —Scarpetta se acerca a la silla y recoge el maletín. Lo abre y saca una cámara digital.

—Mierda —masculla Marino mirando la cámara como si fuera un arma apuntándole.

—Parece que aquí la víctima eres tú —dice Scarpetta—. Es como si ella quisiera que pensaras que le hiciste algo. ¿Por qué?

—Joder, ojalá lo supiera. Alto. No puedo hacerlo.

—Tienes resaca pero no eres imbécil, Marino.

La mira y luego a la cámara. Scarpetta está en el centro de la habitación, con el traje salpicado de barro.

—Investigamos la muerte de su hija, Marino. Está claro que mamá quiere notoriedad, dinero o algo así, y pienso averiguarlo. Quítate la camisa, los pantalones o lo que haga falta para enseñarme lo que te hizo anoche durante ese juego perverso.

—¿Qué pensarás de mí? —replica él mientras se saca la camiseta negra por la cabeza, con cuidado, aunque el tejido le causa dolor al pasar por las marcas de las mordidas y chupadas que le cubren el pecho.

—Dios mío. Quédate quieto. Maldita sea, ¿por qué no me lo enseñaste antes? Hay que tratarlo o se te infectará. ¿Y te preocupa que ella haya llamado a la policía? Estás loco. —Mientras habla toma varias instantáneas y primeros planos de las heridas.

—Aún no he visto lo que le hice a ella —dice, un poco más tranquilo al comprobar que no era tan terrible que la doctora le examinase.

—Si le hiciste la mitad de lo que ella a ti ahora te dolerían los dientes.

Marino se concentra en la dentadura y no siente nada especial. Gracias a Dios los dientes no le duelen.

—¿Y la espalda? —le pregunta Scarpetta.

—No me duele.

—Inclínate y déjame echar un vistazo.

Marino lo hace y nota que Scarpetta aparta las almohadas con cuidado. Siente los dedos cálidos entre los omóplatos, las manos rozándole la piel mientras le examina. Trata de recordar si ella le ha tocado la espalda con anterioridad. No. Se acordaría.

—¿Y los genitales? —pregunta con naturalidad, y como Marino no responde, añade—: ¿Te hizo daño en los genitales? ¿Debo fotografiar algo, o incluso curar, o vamos a fingir que no sé que tienes genitales masculinos como la mitad de la humanidad? Bueno, es obvio que te hizo daño o si no me dirías que no. ¿Correcto?

—Correcto —farfulla cubriéndose la entrepierna con las manos—. Sí, me duele, ¿vale? Pero es posible que ya hayas visto lo suficiente para demostrar que me hizo daño, independientemente de lo que yo le hiciera, si es que le hice algo.

Scarpetta se sienta en el borde de la cama, y le mira.

—¿Qué tal una descripción verbal? Entonces decidiremos si es necesario que te quites los pantalones o no.

—Me mordió. Por todas partes. Tengo moretones.

—Soy médico —dice Scarpetta.

—Lo sé, pero no eres mi médico.

—Lo sería si murieras. Si ella te hubiera matado, ¿quién crees que querría verte y saberlo todo sobre ti? Pero no estás muerto, de lo cual me alegro, pero sufriste una agresión y tienes las mismas heridas que tendrías si estuvieras muerto. Sé que parece absurdo e incluso a mí me lo parece. ¿Quieres dejarme echar un vistazo para ver si necesitas tratamiento y si es necesario tomar más fotografías?

—¿Qué clase de tratamiento?

—Seguramente nada que no cure un poco de yodo. Iré a comprarlo a la farmacia.

Trata de imaginarse qué pasará si ella le ve. Nunca le ha visto. No conoce sus atributos, que puede que estén por encima o por debajo de la media, normalmente basta con ser normal, pero no sabe qué esperar porque no tiene ni idea de qué le gusta a Scarpetta o a qué está acostumbrada. Así que seguramente no es sensato quitarse los pantalones. Entonces se imagina yendo en la parte posterior de un coche de policía camuflado, y que le fotografían en comisaría y le envían a los tribunales, y entonces se baja la cremallera.

—Si te ríes te odiaré el resto de tu vida —dice, y se ruboriza tanto que suda y le escuece.

—Pobrecillo —dice Scarpetta—. Menuda hija de puta.

31

Cae una lluvia intensa y fría cuando Scarpetta se aproxima al bordillo y aparca delante de la casa de Suzanna Paulsson. Se queda unos minutos sentada con el motor encendido y el limpiaparabrisas funcionando. Observa la acera irregular de ladrillo que conduce al porche y se imagina el recorrido de Marino anoche. No tiene que imaginarse mucho más.

Lo que le ha contado es más importante de lo que él cree. Lo que Scarpetta ha visto es peor de lo que él se imagina. Tal vez crea que no se lo ha contado todo, pero sí lo suficiente. Apaga el motor y observa la lluvia deslizarse por el cristal. Entonces comienza a llover con tanta fuerza que lo único que oye es el repiqueteo constante. Suzanna Paulsson está en casa. El monovolumen está aparcado en el bordillo y las luces de la casa están encendidas. Con este tiempo nadie saldría a pasear.

En el coche alquilado no hay paraguas y Scarpetta no lleva sombrero. Sale y de repente el chaparrón es más sonoro y le empapa el rostro mientras corre por los ladrillos resbaladizos que llevan a la casa de una joven muerta y una madre de sexualidad enfermiza. Quizá resulte drástico considerar enfermizas sus tendencias sexuales. Scarpetta recapacita, pero está más enfadada de lo que Marino imagina. Es posible que él no se haya dado cuenta de que está enfadada, pero lo cierto es que está furibunda y la señora Paulsson está a punto de saber qué significa que Scarpetta esté furibunda. Hace sonar con ímpetu la aldaba de la puerta y se plantea qué hacer si la mujer se niega a abrir y finge que no está en casa, como hizo Fielding. Insiste con la aldaba, esta vez con más fuerza.

A causa de la tormenta anochece con rapidez, como una nube de tinta negra, y Scarpetta ve su propio aliento mientras permanece en el porche, rodeada de la cortina de agua. Llama una y otra vez. «Me quedaré aquí —piensa—. No te saldrás con la tuya, no pienso marcharme.» Saca el móvil y un trozo de papel del bolsillo del abrigo y mira el número que anotó cuando estuvo ahí ayer, cuando se mostró amable con la mujer, cuando la compadeció. Lo marca y escucha el teléfono sonando dentro de la casa. Vuelve a llamar con todas sus fuerzas. Le da igual si la aldaba se rompe.

Transcurre otro minuto y marca de nuevo y el teléfono suena y suena en el interior de la casa. Cuelga antes de que salte el contestador automático. «Estás en casa —piensa—. No finjas que no estás. Seguramente sabes que soy yo quien llama.» Se aparta de la puerta y observa las ventanas de la pequeña casa de ladrillo. Tienen cortinas blancas y vaporosas corridas, y detrás de las mismas se aprecia una luz cálida y tenue, y entonces ve una sombra pasar por la ventana de la derecha.

Llama a la puerta de nuevo y vuelve a marcar el número. Cuando salta el contestador automático, Scarpetta dice: «Señora Paulsson, soy la doctora Kay Scarpetta. Abra la puerta, por favor. Es muy importante. Estoy delante de la puerta. Sé que está en casa.» Termina la llamada y golpea de nuevo la puerta. La sombra se desplaza otra vez, esta vez por la ventana situada a la izquierda de Scarpetta, y la puerta se abre.

—¡Santo cielo! —exclama la señora Paulsson con sorpresa fingida—. No sabía quién era. Vaya tormenta. Entre, no se moje. No abro la puerta cuando no sé quién es.

Scarpetta entra chapoteando al salón y se quita el largo abrigo, empapado. Del pelo le chorrea agua fría y se lo aparta de la cara, lo tiene tan mojado como si acabara de salir de la ducha.

—Cogerá una pulmonía —dice la señora Paulsson—. Pero quién soy yo para decírselo, usted es médico. Venga a la cocina, le prepararé algo caliente.

Scarpetta observa el pequeño salón, las cenizas frías y los trozos de leña quemada en la chimenea, el sofá a cuadros delante de las ventanas, las puertas a cada lado del salón que conducen a otras zonas de la casa. La señora Paulsson se percata de ello y el rostro se le pone tenso, un rostro que sería hermoso de no ser por sus facciones ásperas.

—¿Por qué ha venido? —pregunta en un tono diferente—. ¿Qué hace aquí? Creía que había venido por Gilly, pero veo que no es así.

—Dudo mucho que alguien viniera aquí por Gilly —replica Scarpetta, de pie en el centro del salón, mojando el suelo de madera, sin ocultar que se está fijando en todo.

—No tiene derecho a decir eso —dice bruscamente la señora Paulsson—. Creo que debería marcharse ahora mismo. No necesito a nadie como usted en mi casa.

—No pienso marcharme. Llame a la policía si quiere. No me iré hasta que hayamos hablado sobre lo que ocurrió anoche.

—Claro que debería llamar a la policía, sobre todo después de lo que hizo ese monstruo. Después de todo lo que he pasado se presenta aquí para aprovecharse de alguien que sufre tanto como yo. Debería habérmelo imaginado. Tiene toda la pinta.

—Adelante —dice Scarpetta—, llame a la policía. Yo también tengo algo que contar, vaya que sí. Si no le molesta, echaré un vistazo a la casa. Sé dónde está la cocina y el dormitorio de Gilly. Creo que si sigo el pasillo y giro a la izquierda en lugar de a la derecha encontraré su dormitorio —dice y echa a andar.

—¡No tiene derecho a inspeccionar mi casa! —exclama la señora Paulsson—. Salga de aquí ahora mismo. No tiene motivos para andar fisgoneando.

El dormitorio es más grande que el de Gilly, aunque no mucho. Hay una cama doble, una mesita de noche de nogal a cada lado, y dos cómodas. Una puerta conduce a un pequeño baño y otra puerta da a un armario, donde hay un par de botas de combate de cuero negro. Scarpetta extrae un par de guantes de algodón de un bolsillo de su traje chaqueta. Se los pone mientras observa las botas. Examina la ropa que cuelga de la barra. De repente se vuelve y se dirige al baño. Colgada del lateral de la bañera hay una camiseta de camuflaje.

—Le contó una historia, ¿no? —dice la señora Paulsson, junto a la cama—. Y se lo cree. Ya veremos qué opina la policía. Dudo mucho que la crean a usted o a él.

—¿Jugaba mucho a los soldados cuando su hija estaba presente? —pregunta Scarpetta mirándola de hito en hito—. Al parecer, a Frank le gustaba jugar a los soldados, ¿no? ¿Él le enseñó el juego? ¿O ha sido usted quien pergeñó esa payasada repugnante? ¿Qué hacía delante de Gilly y quién jugaba con usted cuando Gilly estaba aquí? ¿Sexo en grupo? ¿A eso se refiere con lo de «ellos»? ¿Otras personas que jugaban con Frank y usted?

—¿Cómo se atreve a acusarme de algo así? —exclama con el rostro desencajado por el desprecio y la ira—. No sé nada de esos juegos.

—Oh, hay muchas acusaciones y seguramente habrá más —dice Scarpetta acercándose a la cama y, con la mano enguantada, aparta las mantas—. No parece que haya cambiado las sábanas. Perfecto. ¿Ve las manchas de sangre justo ahí? ¿Quiere apostar a que esa sangre es de Marino y no suya? —La mira fijamente—. Él está herido y usted no. Qué curioso, ¿no? Creo que hay una toalla ensangrentada por alguna parte. —Mira alrededor—. Quizá la ha lavado, pero da igual. Podemos obtener lo que necesitamos de algo que se haya lavado.

—Me ocurre todo esto y encima usted es peor que él —dice la señora Paulsson, pero ha cambiado de expresión—. Pensaba que, al ser mujer, se compadecería de mí.

—¿De alguien que ataca y hiere a otra persona y luego le acusa de agresión sexual? No creo que encuentre una sola mujer decente en todo el planeta que se compadezca de eso, señora Paulsson. —Scarpetta se dispone a retirar la manta de la cama.

—¿Qué hace? No puede hacer eso.

—No será lo único que haga. Observe. —Quita las sábanas y las enrolla junto con las almohadas en la manta.

—No puede hacer eso. No es policía.

—Oh, soy peor que un poli. Créame. —Scarpetta recoge el fardo de ropa de cama y lo coloca encima del colchón descubierto—. ¿Y ahora qué? —Mira alrededor—. Quizá no se diera cuenta cuando se topó con él esta mañana en la oficina del jefe forense, pero llevaba los mismos pantalones que anoche y la misma ropa interior. De hecho, la llevó todo el día. Seguramente sabe que cuando un hombre mantiene relaciones sexuales es probable que deje algún resto en la ropa interior e incluso en los pantalones, pero no fue así en el caso de Marino. No tenía indicios ni restos en la ropa interior ni en los pantalones, salvo sangre. También es posible que no sepa que la gente ve por entre las cortinas, ve si estás con alguien, si te estás peleando o tienes una cita romántica, suponiendo que sigas de pie, claro. Es imposible saber qué ven los vecinos del otro lado de la calle cuando tienes las luces encendidas o has preparado un fuego en la chimenea.

—Se nos escapó de las manos —admite la señora Paulsson, que parece haber tomado una decisión—. Era algo inocente, sólo un hombre y una mujer pasando un buen rato juntos. Quizá me propasé un poco porque él me frustró, nos pusimos manos a la obra pero luego no pudo. Un hombre tan fornido y no pudo hacerlo.

—Supongo que no, teniendo en cuenta que usted no dejó de llenarle el vaso de whisky —dice Scarpetta, segura de que Marino no pudo hacerlo. El problema reside en que a Marino le preocupa haberlo intentado y no haber podido, por lo que resulta difícil hablar del asunto con él.

Scarpetta se pone en cuclillas y recoge las botas del interior del armario. Las coloca en la cama y encima del colchón descubierto presentan un aspecto muy siniestro.

—Son las botas de Frank —dice la señora Paulsson.

—Si usted se las ha puesto habrá muestras de ADN en el interior.

—Me quedan muy grandes.

—Ya ha oído lo que he dicho. El ADN nos revelerá muchas cosas. —Entra en el baño y recoge la camiseta de camuflaje—. Supongo que también es de Frank.

La señora Paulsson no replica.

—Si quiere ya podemos ir a la cocina —dice Scarpetta—. Me iría bien tomar algo caliente. Tal vez un poco de café. ¿Qué whisky bebieron anoche? Usted debería tener resaca, salvo que pasara más tiempo rellenando la copa de Marino que la suya. Él se encuentra bastante mal. Ha necesitado tratamiento médico —añade mientras se dirige hacia la cocina.

—¿A qué se refiere?

—A que necesitaba un médico.

—¿Fue al médico?

—Lo examinaron y fotografiaron. Cada centímetro del cuerpo. Está bastante mal —dice Scarpetta, y al entrar en la cocina observa la cafetera junto al fregadero, muy cerca de donde estaba el frasco del jarabe para la tos el otro día. Se quita los guantes y se los guarda en el bolsillo.

—No me extraña después de lo que hizo.

—Deje de inventarse historias —espeta Scarpetta mientras rellena la cafetera de cristal con agua del grifo—. Será mejor que no siga contando mentiras. Si tiene heridas, muéstremelas.

—Si se las enseño a alguien será a la policía.

—¿Dónde guarda el café?

—No sé lo que está usted pensando, pero se equivoca —insiste la señora Paulsson. De la nevera saca un paquete de café y lo deja junto a la cafetera. Abre un armario y coge una caja de filtros.

—La verdad escasea estos días —replica Scarpetta mientras coloca un filtro en la cafetera y vierte café—. Me pregunto por qué será. Al parecer, resulta imposible averiguar qué le pasó a Gilly. Lo que sucedió anoche también parece un misterio irresoluble. Me gustaría escuchar su versión de la verdad, señora Paulsson. Para eso he venido.

—No pensaba decir nada sobre Pete —dice ella con amargura—. Si hubiera querido, ¿no cree que ya lo habría hecho? La verdad es que creo que se lo pasó bien.

—¿Se lo pasó bien? —Scarpetta se apoya en la encimera y pone los brazos en jarras. El café comienza a gotear y su aroma invade la cocina—. Si usted estuviera como él me pregunto si diría que se lo pasó bien.

—No sabe cómo estoy.

—Por el modo en que se mueve sé que no le hizo daño. De hecho, no hizo casi nada, y menos después de beber tanto whisky. Acaba de decírmelo.

—¿Está celosa? ¿Por eso ha venido? —Mira a Scarpetta con picardía y los ojos se le encienden.

—Estoy celosa, pero no creo que usted lo entienda. ¿No le he dicho que también soy abogada? ¿Quiere saber lo que le pasa a la gente que acusa falsamente a alguien de agresión sexual o violación? ¿Ha estado en la cárcel?

—Ya veo de qué va todo esto. —Sonríe con petulancia.

—Piense lo que quiera, pero no olvide la cárcel, señora Paulsson. Imagine que acusa a alguien de violación y las pruebas indican lo contrario.

—No se preocupe, no acusaré a nadie de violación —dice endureciendo las facciones—. De todos modos, nadie me violará. Que lo intenten. Vaya mariquita. Eso es lo que él me parece. Un mariquita. Creí que sería divertido pero me equivoqué. Puede quedárselo, señorita doctora o abogada o lo que sea.

El café está listo y Scarpetta pide las tazas. La señora Paulsson extrae dos del armario y luego dos cucharillas. Beben la infusión de pie, y entonces la señora Paulsson se echa a llorar. Se muerde el labio inferior, las lágrimas le resbalan por el rostro y menea la cabeza.

—No pienso ir a la cárcel —afirma.

—Eso estaría bien, que no fuera a la cárcel —dice Scarpetta y da un sorbo al café—. ¿Por qué lo hizo?

—Las cosas que las personas se hacen entre sí son íntimas. —No la mira.

—Cuando hieres a alguien y haces que sangre, ya no es íntimo. Es un delito. ¿Le gusta el sexo duro?

—Usted debe de ser una puritana o algo así —dice, y se sienta a la mesa—. Supongo que hay muchas cosas de las que nunca ha oído hablar.

—Es posible. Hábleme del juego.

—Pregúnteselo a él.

—Sé lo que Marino me ha contado, al menos del juego, de anoche. —Bebe otro sorbo de café—. Lleva tiempo jugando a esos juegos, ¿no? ¿Comenzaron con su ex marido?

—No tengo por qué contarle nada —responde ella—. No veo el motivo.

—La rosa que encontramos en el tocador de Gilly. Dijo que era posible que Frank supiera algo al respecto. ¿A qué se refería?

La mujer no responde, parece airada y rezuma odio sentada a la mesa, sosteniendo la taza con las dos manos.

—Señora Paulsson, ¿cree que Frank podría haberle hecho algo a Gilly?

—No sé quién dejó la rosa —dice clavando la mirada en el mismo punto de la pared que la vez anterior—. Sé que yo no fui. Sé que no estaba allí antes, ni tampoco en la habitación ni en ninguna otra parte. Y había mirado bien en los cajones. Los había repasado para recoger la ropa sucia y eso. A Gilly no se le daba bien eso. Yo siempre tenía que recogérselo todo. Nunca había visto nada parecido. Era incapaz de volver a poner algo en su sitio. —Se interrumpe, con la mirada clavada en la pared.

Scarpetta espera que añada algo. Transcurre un minuto y el silencio se torna insoportable.

—Lo peor era la cocina —dice finalmente la señora Paulsson—. Sacaba comida y la dejaba en la encimera, incluso el helado. Ni se imagina la de cosas que tuve que tirar. —Tiene el rostro transido de dolor—. Y la leche. Siempre tenía que tirar la leche por el fregadero porque ella la dejaba fuera la mitad del día. —Alza la voz, la baja, se le quiebra—. ¿Sabe lo que significa andar detrás de alguien ordenando todo lo que desordena?

—Sí —responde Scarpetta—. Es uno de los motivos por los que me divorcié.

—Bueno, él no es mucho mejor. Eso era todo lo que yo hacía con los dos, recoger.

—Si Frank le hizo algo a Gilly, ¿imagina qué? —pregunta Scarpetta para que la respuesta no se limite a un simple «sí» o «no».

La señora Paulsson continúa con la mirada clavada en la pared, sin parpadear.

—A su manera, hizo algo.

—Me refiero a algo físico. Gilly está muerta.

Los ojos se le humedecen y se los seca con la mano, sin dejar de mirar la pared.

—No estaba aquí cuando ocurrió. Que yo sepa no estaba en la casa.

—¿Cuándo sucedió?

—Cuando yo estaba en la tienda. Fuera lo que fuese, ocurrió entonces. —Vuelve a secarse los ojos—. La ventana estaba abierta cuando llegué a casa pero no cuando me marché. No sé si ella la abrió. Tampoco digo que fuera Frank, sólo digo que tuvo algo que ver. Todo lo que se relacionaba con él moría o se echaba a perder. Qué curioso pensar eso de alguien que es médico. Usted debería saberlo.

—He de marcharme, señora Paulsson. Sé que no ha sido una conversación agradable. Tiene mi número de móvil. Quiero que me llame si se acuerda de algo importante.

Ella asiente, llorando y con la mirada ausente.

—Quizás alguien estuvo en la casa, alguien aparte de Frank —insiste Scarpetta—. Tal vez alguien a quien Frank invitó, algún conocido. Alguien al que le gustaran esos juegos.

No se levanta de la silla cuando Scarpetta se encamina hacia la puerta.

—Llámeme si se acuerda de alguien, sea quien sea —dice Scarpetta—. Gilly no murió de la gripe —le recuerda—. Necesitamos saber qué ocurrió, qué le ocurrió exactamente. Lo sabremos, tarde o temprano. Supongo que usted preferiría saberlo lo antes posible, ¿no?

La señora Paulsson se limita a mirar la pared.

—Llámeme a cualquier hora —repite Scarpetta—. Ahora me marcharé. Si necesita algo, llámeme. ¿Tiene bolsas de basura grandes?

—Debajo del fregadero. Si piensa llevarse lo que me imagino, no le hace falta —farfulla.

Scarpetta abre el armario y saca cuatro bolsas grandes.

—Me lo llevaré de todos modos —replica—. Espero que no me haga falta.

Va al dormitorio, recoge las sábanas enrolladas, las botas y la camiseta y las guarda en las bolsas de plástico. De regreso en el salón, se pone el abrigo y sale de nuevo a la lluvia, cargando cuatro bolsas, dos repletas de sábanas y las otras dos con la camiseta y las botas. Los charcos del sendero de ladrillo le empapan los pies y la lluvia, que cae sin piedad, está medio helada.

32

En el Other Way Lounge apenas se ve y las empleadas han dejado de lanzar miradas de reojo a Edgar Allan Pogue, primero curiosas, después desdeñosas y, finalmente, indiferentes. Coge el pedúnculo de una cereza al marrasquino y se entretiene haciendo un nudo con el mismo.

Bebe Bleeding Sunset en el Other Way, una especialidad de la casa que es una mezcla de vodka y lo Otro, que es como lo llama, y lo Otro es naranja y rojo y se desplaza a la deriva por el fondo del vaso. Un Bleeding Sunset parece un crepúsculo hasta que, al remover el vaso, los líquidos, los siropes y lo Otro se mezclan, y entonces la bebida se vuelve naranja. Cuando el hielo se derrite, lo que queda en el vaso se parece a los refrescos de naranja que tomaba de niño. Venían en naranjas de plástico y se bebían con pajitas que imitaban pedúnculos, y el refresco estaba aguado y se hacía insulso, pero su envase, la naranja de plástico, siempre prometía que estaría fresco y delicioso. Le suplicaba a su madre que le comprara una naranja de plástico cada vez que iban al sur de Florida y, sin embargo, siempre le decepcionaban.

La gente es como aquellas naranjas de plástico y su contenido. Parecen una cosa y saben a otra. Alza el vaso y agita el trago que queda en el fondo. Piensa en pedir otro Bleeding Sunset mientras calcula cuánto dinero tiene y cómo se encuentra. No es un alcohólico. Nunca ha estado borracho. Le preocupa emborracharse y es incapaz de beberse un Bleeding Sunset o cualquier otro mejunje sin analizar cada mililitro que ingiere y pensar en las consecuencias. También le preocupa engordar, y el alcohol engorda. Su madre era gorda. Engordó con los años y fue una pena porque había sido muy guapa. «Lo llevamos en la sangre», solía decir. «Sigue comiendo así y sabrás a qué me refiero», solía decir. «Así es como se empieza», solía decir.

—Otro, por favor —pide Edgar Allan Pogue a quienquiera que esté escuchando.

El Other Way es como una pequeña sala de reuniones con mesas de madera cubiertas con manteles negros. En las mesas hay velas, pero nunca las ha visto encendidas. En un rincón hay un billar, pero nunca ha visto a nadie jugando, y la mesa venida a menos con el fieltro verde es como los restos de una encarnación anterior. Seguramente el Other Way fuera un local importante en otro tiempo. Todo ha tenido su importancia en alguna ocasión.

—Creo que tomaré otro —dice.

Las empleadas son anfitrionas, no camareras, y esperan que las traten como tales. Los caballeros entran y salen del Other Way y no chasquean los dedos a las damas, porque ellas son anfitrionas y exigen respeto, tanto respeto que Pogue tiene la sensación de que le hacen un favor al dejarle entrar y gastarse el dinero en los malditos Bleeding Sunset. Escudriña la oscuridad y ve a la pelirroja. Lleva un pichi negro pequeñísimo que debería ir con una blusa debajo, pero no es así. El pichi apenas le tapa lo que hay que tapar pero él nunca la ha visto inclinarse, salvo para limpiar los manteles o colocar una bebida. Se inclina para que los clientes especiales vean algo, esos que dejan propinas generosas y saben cómo desenvolverse. El peto del pichi no es más que un cuadrado de tela negra más pequeño que un folio y sujeto por dos tiras negras. El peto es holgado. Cuando ella se inclina para hablar o para recoger un vaso, los pechos se mueven dentro del peto e incluso se asoman, pero está oscuro, y ella no se ha inclinado sobre la mesa de Pogue y seguramente no lo hará.

Se levanta de la mesa, situada cerca de la puerta, porque no le apetece gritar que quiere otro Bleeding Sunset, y ya no está seguro de quererlo. Sigue pensando en la naranja de plástico brillante y la pajita verde, y cuanto más recuerda la decepción que sentía, más injusto le parece. Se queda de pie junto a la mesa y saca del bolsillo un billete de veinte. El dinero manda en el Other Way, como un hueso para un perro, piensa. La pelirroja se le acerca con los zapatos puntiagudos y de tacón, moviéndose dentro del peto, contorneándose dentro de la falda ceñida. De cerca parece mayor. Tiene unos cincuenta y ocho años, tal vez sesenta.

—¿Te marchas, cariño? —Recoge el billete de veinte sin mirarlo. Tiene un lunar en la mejilla derecha y está resaltado, seguramente, con delineador de ojos. Pogue lo habría hecho mucho mejor.

—Quería otro —dice.

—Como todos, cariño. —La risa le recuerda a un gato dolorido—. Un segundo y te lo traigo.

—Demasiado tarde —dice él.

—Eh, Bessie, ¿dónde está mi whisky? —pregunta un hombre desde una mesa cercana.

Pogue le había visto llegar antes en un Cadillac nuevo, plateado. Es muy mayor, tiene por lo menos ochenta años y lleva un traje de cloqué azul claro y una corbata del mismo color. Bessie se le acerca contorneante y, de repente, Pogue ya no está aunque todavía no se ha ido. Así que se va, es lo mejor que puede hacer teniendo en cuenta que ya no está. Cruza la pesada puerta oscura y sale al aparcamiento, a la oscuridad, a los olivos y palmeras plantados junto a la acera. Se queda bajo los árboles y observa la gasolinera Shell en la avenida 26 Norte, la enorme concha iluminada de amarillo, y siente la brisa cálida y se alegra de estar así unos minutos, mirando.

La concha iluminada le recuerda de nuevo a las naranjas de plástico. No sabe por qué, a no ser que su madre le comprara el refresco en las gasolineras. Puede que así fuera, cuando iban todos los veranos de Virginia a Florida, a Vero Beach, para visitar a su abuela, que era muy rica. Su madre y él siempre se alojaban en un lugar llamado Driftwood Inn del que no recuerda casi nada, salvo que parecía construido con maderas arrojadas por el mar y que por la noche dormía en la misma balsa de plástico hinchada en la que había flotado durante el día.

La balsa no era muy grande y los brazos y piernas le colgaban por los lados del mismo modo que cuando jugaba entre las olas, y dormía en el salón, mientras que su madre lo hacía en el dormitorio con la puerta cerrada con llave, y el único aparato de aire acondicionado estaba en ese dormitorio cerrado con llave. Recuerda el calor que pasaba, cuánto sudaba; la piel quemada por el sol se le pegaba al plástico de la balsa y cuando se movía era como si le arrancaran una tirita, toda la noche, toda la semana. Así eran sus vacaciones. Eran las únicas del año, en verano, siempre en agosto.

Pogue observa los faros que se acercan y las luces traseras que se alejan, ojos rojos y blancos brillantes pasando a toda velocidad. Espera a que cambie el semáforo. Cuando lo hace, el tráfico se detiene y él cruza la carretera rápidamente. En la gasolinera Shell observa la concha amarilla que flota por encima de su cabeza, en la oscuridad, y se fija en un anciano ataviado con unos anchos pantalones cortos poniendo gasolina de un surtidor y en otro anciano con un traje arrugado poniendo gasolina de otro surtidor. Pogue avanza en silencio, envuelto en sombras, hasta la puerta de cristal. Una campanilla tintinea cuando entra y se dirige directamente a la máquina de bebidas. La señora del mostrador está cobrando una bolsa de patatas fritas, un paquete de seis cervezas y gasolina, y no le mira.

La máquina de café está junto a la de refrescos y coge cinco vasos y tapas de plástico grandes y se encamina hacia el mostrador. Los vasos tienen viñetas estampadas y las tapas son blancas con un pitorro para beber. Deposita los vasos y las tapas en el mostrador.

—¿Tienen naranjas de plástico con pajitas? ¿Bebidas de naranja? —pregunta a la señora del mostrador.

—¿Qué? —Frunce el entrecejo y coge un vaso—. Está vacío. ¿Quiere sorbetes grandes?

—No —responde Pogue—, sólo quiero los vasos y las tapas.

—No vendemos los vasos vacíos.

—Sólo quiero eso.

La mujer le observa con recelo y Pogue se pregunta qué es lo que ve al mirarle así.

—Pues no vendemos los vasos vacíos —repite.

—Si tuvieran compraría esos refrescos de naranja —replica Pogue.

—¿Qué refrescos de naranja? —Se le agota la paciencia—. ¿Ve ese refrigerador ahí detrás? Eso es lo que tenemos.

—Vienen en naranjas de plástico que parecen naranjas de verdad, con una pajita verde.

El ceño da paso a una expresión de desconcierto y los labios pintados esbozan una sonrisa que le recuerda a las calabazas huecas de Halloween.

—Vaya, ahora lo recuerdo. Esas malditas naranjadas. Cariño,

hace años que no se venden. Joder, hacía mucho que no pensaba en ellas.

—Entonces sólo me llevaré los vasos y las tapas —insiste Pogue.

—Santo cielo, me doy por vencida. Menos mal que estoy a punto de acabar mi turno.

—Una larga noche —comenta Pogue.

—Que acaba de alargarse. —Se ríe—. Esas malditas naranjas con las pajitas. —Mira hacia la puerta al ver que el anciano de los pantalones cortos viene a pagar la gasolina.

Pogue no se fija en él. Tiene la mirada clavada en el pelo teñido de ella, es de color platino como el del sedal, y la piel maquillada parece una tela suave y arrugada. Si se la tocara sería como las alas de una mariposa. Si le tocara la piel los polvos se desprenderían, como en las alas de las mariposas. En su pechera pone que se llama EDITH.

—Veamos —le dice Edith—, le cobraré cincuenta centavos por cada vaso y le regalaré las tapas. Venga, hay más clientes. —Marca varios números en la caja registradora, que se abre.

Pogue le da un billete de cinco dólares y sus dedos rozan los de ella cuando recoge el cambio; los dedos de Edith están fríos y son rápidos y suaves, y Pogue sabe que la piel no es firme, es la piel floja de las mujeres de su edad. Ya fuera, en la noche húmeda, espera a que se detenga el tráfico y cruza la carretera del mismo modo que había hecho minutos antes. Se coloca bajo los mismos olivos y palmeras y vigila la entrada del Other Way Lounge. Cuando no hay nadie yendo o viniendo, se encamina rápidamente hacia su coche y sube.

33

—Deberías contárselo —dice Marino—. Aunque no salga como esperas, debería saber qué está pasando.

—Así es como la gente sigue el camino equivocado —replica Scarpetta.

—Y también como logran cierta ventaja.

—No esta vez —dice ella.

—Tú mandas, doctora.

Marino está tumbado en su cama del Marriot, en Broad Street,y Scarpetta está sentada en la misma silla en la que se sentó antes, pero la ha acercado a la cama. Marino parece enorme, aunque menos amenazador con el holgado pijama blanco que le ha comprado en unos grandes almacenes. Bajo la tela suave y clara, las heridas tienen un tono naranja oscuro por el yodo. Marino asegura que no le duelen mucho, al menos no tanto. Scarpetta se ha cambiado el traje azul salpicado de barro por unos pantalones de pana habanos, un suéter de cuello alto azul oscuro y mocasines. Están en la habitación de Marino porque Scarpetta no quería que estuviera en la suya; la de él le pareció suficientemente segura. Han comido unos sándwiches cortesía del servicio de habitaciones y ahora están charlando.

—Sigo sin entender por qué no se lo dices, sólo para ver cómo se lo toma —insiste Marino para tantearla. La curiosidad que siente por su relación con Benton es tan persistente como el polvo. Scarpetta se da cuenta y eso la saca de quicio, pero no encuentra la manera de evitarlo.

—Llevaré las muestras de tierra al laboratorio mañana a primera hora —le dice—. Sabremos enseguida si se ha cometido un error o no. Si así fuera, no tiene sentido que se lo cuente a Benton. Un error no guarda relación con el caso. Sería un error, eso es todo. Un gran error.

—Pero no lo crees. —Marino la mira desde la montaña de almohadas que Scarpetta le ha amontonado detrás. Está mejor. Los ojos le brillan más.

—No sé qué creo. No tiene sentido en ninguno de los casos. Si las pruebas residuales encontradas en el tractorista no son un error, ¿cómo lo explicarás entonces? ¿Cómo es posible que las mismas pruebas aparezcan en el caso de Gilly Paulsson? ¿Tienes alguna teoría?

Marino cavila con los ojos clavados en la ventana oscura y las luces del centro de la ciudad.

—Ni idea —responde—. Juro por Dios que no se me ocurre nada, salvo lo que dije en la reunión. Y me estaba haciendo el listillo.

—¿Quién? ¿Tú? —pregunta Scarpetta secamente.

—En serio. ¿Cómo es posible que el tal Whitby tuviera los mismos residuos que ella? En primer lugar, ella murió dos semanas antes que él. Entonces ¿cómo se explica que él tuviera esos restos dos semanas después de haberlos encontrado en ella? La cosa no pinta bien.

Ella experimenta una sensación mareante que reconoce como miedo. De momento, la única explicación lógica es la contaminación cruzada o un error de etiquetado. Ocurre con más facilidad de lo que se cree. Basta colocar una bolsa de pruebas o una probeta en un sobre o estante equivocados o poner la etiqueta equivocada en una muestra. Puede ocurrir en cinco segundos de confusión o distracción y entonces, de repente, las pruebas llegan de una fuente que carece de sentido o, peor, responden a una pregunta que podría poner en libertad a un sospechoso o enviarle a los tribunales, a la cárcel o al corredor de la muerte. Piensa en las dentaduras postizas. Se imagina al soldado de Fort Lee tratando de introducir la dentadura postiza equivocada en la boca de la mujer obesa.

—Deberías decírselo a Benton —persiste Marino mientras alarga la mano para tomar el vaso de agua que hay en la mesilla—. Oye, ¿qué tendría de malo que me tomara unas cervezas para que se me pasase la resaca?

—¿Qué tendría de bueno? —Tiene varias carpetas en el regazo

y hojea las copias de los informes con la esperanza de que lo que ya sabe sobre Gilly y el tractorista le indique algo nuevo—. El alcohol no ayuda a recuperarse —añade—. De todos modos, no te ha ayudado mucho que digamos, ¿no?

—Anoche no.

—Pide lo que quieras. No pienso decirte lo que debes hacer.

Marino titubea y Scarpetta adivina que espera que ella le diga lo que debe hacer, pero no se lo dirá. Lo ha hecho otras veces y es una pérdida de tiempo, y no quiere ser su copiloto mientras vuela como un bombardero desquiciado por la vida. Marino observa el teléfono, con las manos en el regazo.

—¿Cómo estás? —le pregunta Scarpetta mientras pasa una página—. ¿Necesitas más Advil?

—Estoy bien. Aunque unas cervecitas no me irían mal.

—Eso es cosa tuya. —Scarpetta pasa otra página y echa un vistazo a la larga lista de órganos desgarrados y lacerados del señor Whitby.

—¿Estás segura de que ella no llamará a la poli? —pregunta Marino.

Scarpetta nota el temor en sus ojos. No le culpa por sentirse asustado. Lo cierto es que las acusaciones bastarían para acabar con él. Su carrera policial se acabaría y es bastante probable que un jurado de Richmond le declarara culpable sólo porque es hombre, un hombre corpulento, y la señora Paulsson es una experta en el arte de parecer indefensa y dar pena. Esa idea aviva la ira de Scarpetta.

—No llamará —afirma—. La puse en evidencia. Esta noche soñará con todas las pruebas mágicas que me llevé de su casa. Sobre todo soñará con el juego. No quiere que la poli ni nadie sepa nada del jueguecito o jueguecitos. Quiero preguntarte algo. —Aparta la mirada de los documentos—. Si Gilly hubiera estado viva y en casa, ¿crees que Suz, como la llamas, habría hecho lo de anoche? Es una hipótesis, vale. Pero ¿qué te dice el instinto?

—Creo que hace lo que le viene en gana —responde en un tono inexpresivo que oculta el rencor y la ira fruto de la vergüenza contenida.

—¿Recuerdas si estaba borracha?

—Estaba pasada. Estaba pasada de vueltas.

—¿Por el alcohol o quizás algo más?

—No la vi tomar pastillas, ni fumar nada ni chutarse. Pero seguramente no vi muchas cosas.

—Alguien tendrá que hablar con Frank Paulsson —comenta ella mientras lee otro informe—. Dependiendo de lo que averigüemos mañana, ya veremos si Lucy nos servirá o no.

Marino hace una mueca y sonríe por primera vez en horas.

—Vaya idea más buena. Es piloto. Manga ancha con el pervertido.

—Exacto. —Scarpetta pasa una página y respira hondo—. Nada —dice—, no hay nada que me indique algo nuevo sobre Gilly. Murió asfixiada y tenía restos de pintura y metal en la boca. Las heridas del señor Whitby corresponden a las de un atropello. Deberíamos investigar si tenía alguna relación con los Paulsson.

—Ella lo sabría —dice Marino.

—No la llames. —En este caso sí le dice lo que debe hacer. No debe llamar a Suzanna Paulsson—. No tientes a la suerte.

—No he dicho que pensara hacerlo. Quizá conocía al tractorista. Joder, a lo mejor a él le iba el juego. Quizá tengan un club de pervertidos.

—No son vecinos. —Echa un vistazo a los documentos relacionados con Whitby—. Él vivía cerca del aeropuerto, aunque eso no importa. Mañana, mientras yo esté en el laboratorio, tal vez puedas descubrir algo.

Marino no replica. No quiere hablar con los policías de Richmond.

—Tienes que plantarle cara —dice ella mientras cierra la carpeta.

—¿Plantarle cara a qué? —Observa el teléfono y seguramente vuelve a pensar en la cerveza.

—Ya lo sabes.

—Odio cuando hablas así —rezonga—. Es como si tuviera que descifrar algo a partir de una palabra o dos. Supongo que hay tipos que agradecen conocer a mujeres de pocas palabras.

Scarpetta entrelaza las manos sobre la carpeta en el regazo, divertida. Cuando ella tiene razón, Marino se pone de mal humor. Espera a ver qué dirá a continuación.

—De acuerdo —dice él, pues no soporta el silencio—. ¿Plantarle cara a qué? Dime a qué coño tengo que plantarle cara, aparte del loquero, porque ahora mismo me estoy volviendo loco.

—Tienes que plantarle cara a lo que temes. Temes a la policía y te preocupa que esa mujer la haya llamado. No lo ha hecho ni lo hará. Supéralo y entonces el miedo desaparecerá.

—No es una cuestión de miedo, sino de ser estúpido —replica Marino.

—Perfecto. Entonces llama al agente Browning o a alguien porque, si no lo haces, serás un estúpido. Me voy a mi habitación —añade mientras se levanta y coloca la silla junto a la ventana—. Quedamos en el vestíbulo a las ocho.

34

Bebe una copa de vino en la cama; no es muy bueno, sólo un Cabernet con regusto ácido. Sin embargo, apura hasta la última gota sentada en la habitación del hotel, sola. En Aspen hay dos horas menos y tal vez Benton haya salido a cenar o esté reunido, ocupado con su caso, el caso secreto del que no quiere hablar con ella.

Recostada en la cama, Scarpetta recoloca las almohadas y deja la copa vacía en la mesita de noche, junto al teléfono. Lo observa, luego mira el televisor y se pregunta si encenderlo. Decide no hacerlo, vuelve a observar el teléfono y descuelga el auricular. Marca el número del móvil de Benton porque le dijo que no le llamara al de casa, y se lo dijo muy en serio. Fue muy claro al respecto. «No me llames a casa —le dijo—. No responderé a ese teléfono.»

«No tiene sentido —replicó Scarpetta entonces, y ahora le parece que fue hace meses—. ¿Por qué no responderás al teléfono de casa?»

«No quiero distracciones —contestó—. Si de verdad quieres ponerte en contacto conmigo, Kay, llámame al móvil. Te ruego que no te lo tomes como algo personal. Así son las cosas, ya lo sabes.»

El móvil de Benton suena dos veces y él responde.

—¿Qué estás haciendo? —le pregunta Scarpetta con la mirada clavada en la pantalla del televisor.

—Hola —dice Benton con cierta frialdad—. Estoy en el estudio.

Scarpetta se imagina el dormitorio del segundo piso que ha convertido en despacho en la casa de Aspen. Se lo imagina sentado al escritorio, con un documento abierto en la pantalla del ordenador.

Está trabajando en un caso, y Scarpetta se siente mejor al saber que está en casa, trabajando.

—He tenido un día duro —dice ella—. ¿Y tú?

—Cuéntame qué ha pasado.

Scarpetta comienza a contarle lo del doctor Marcus, pero prefiere no profundizar al respecto. Luego empieza a hablarle de Marino, pero las palabras no le salen. Tiene el cerebro abotargado y, por algún motivo, no quiere hablar. Lo echa de menos y, sin embargo, no le apetece contarle nada en profundidad.

—¿Por qué no me cuentas qué tal te va? —pide—. ¿Has esquiado o paseado con las raquetas para la nieve?

—No.

—¿Nieva?

—Ahora mismo sí. ¿Dónde estás?

—¿Dónde estoy? —Scarpetta comienza a enfadarse. No importa lo que Benton le dijo hace varios días ni lo que ella sabe. Está dolida y molesta—. ¿Lo preguntas genéricamente porque no recuerdas dónde estoy? Estoy en Richmond.

—Claro. No me refería a eso.

—¿Hay alguien contigo? ¿Estás en medio de una reunión o algo así? —pregunta Scarpetta.

—Mucho me temo que sí.

Benton no puede hablar y Scarpetta se arrepiente de haber llamado. Sabe cómo se comporta cuando considera que no es seguro hablar y se arrepiente de haberle llamado. Se lo imagina en el despacho y se pregunta qué más estará haciendo. Quizá le preocupa que le estén vigilando con medios electrónicos. No debería haberle llamado. A lo mejor sólo está preocupado, pero prefiere pensar que sólo se muestra cauto y no que está tan preocupado que no puede hablar con ella.

—Vale —dice—. Siento haber llamado. Hace dos días que no hablamos, pero entiendo que estés en medio de lo que sea, y yo estoy cansada.

—¿Has llamado porque estás cansada?

Se burla de ella, le toma el pelo con sutileza, puede que un poco dolido. Scarpetta piensa que Benton sabe que ella no le ha llamado porque está cansada; sonríe y aprieta el auricular contra el oído.

—Ya sabes cómo me pongo cuando estoy cansada —bromea—.

No sé controlarme. —Oye un ruido al fondo, tal vez una voz, una voz femenina—. ¿Estás con alguien? —pregunta de nuevo, esta vez en serio.

Un silencio y vuelve a oír la voz apagada. Tal vez tenga la radio o el televisor encendidos. Luego no se oye nada.

—¿Benton? —dice—. ¿Estás ahí? ¿Benton? Maldita sea —farfulla—. Maldita sea —repite, y cuelga.

35

El Publix del Hollywood Plaza está atestado. Edgar Allan Pogue avanza por el aparcamiento con las bolsas de la compra y escudriña alrededor para ver si alguien se fija en él. Nadie. Aunque si alguien advirtiera su presencia, daría igual. Nadie se acordará de él ni pensará en él. Es lo normal. Además, hace lo que debe. Un favor al mundo, piensa, mientras bordea la luz de las farolas del aparcamiento. Se mantiene en las sombras y avanza con brío, pero sin mostrar inquietud.

Su coche blanco se parece a los otros veinte mil coches blancos del sur de Florida y lo ha estacionado en uno de los extremos más alejados del aparcamiento, entre otros dos coches blancos. Uno de éstos, el Lincoln que estaba aparcado a la izquierda del suyo, ya no está pero, como por obra del destino, otro coche blanco, esta vez un Chrysler, ha ocupado su lugar. En momentos puros y mágicos como ése Pogue sabe que velan por él y le guían. El ojo vela por él. El ojo le guía, el poder supremo, el dios de todos los dioses, el dios que se sienta en lo más alto del Olimpo, el más importante de los dioses, infinitamente más todopoderoso que cualquier estrella de cine o persona que se crea omnipresente. Como ella. Como el pez gordo.

Abre el maletero con el mando a distancia y saca otra bolsa, ésta de All Season Pools. Se sienta en el asiento delantero del coche blanco, envuelto de una oscuridad cálida, y se pregunta si ve lo suficiente para la tarea que le espera. Las luces del aparcamiento apenas iluminan el coche, así que espera a que los ojos se acostumbren a la oscuridad. Introduce la llave en el contacto, la gira para accionar la batería y escuchar música, y aprieta un botón situado en el lateral del asiento para echarlo hacia atrás al máximo. Necesita espacio para trabajar; el corazón se le acelera cuando abre la bolsa de plástico y extrae un par de guantes de goma gruesos, una caja de azúcar granulado, una botella de refresco, rollos de aluminio y cinta para embalar, varios rotuladores indelebles grandes y un paquete de chicles de menta. Desde que saliera del apartamento a las seis de la tarde ha tenido regusto a puros rancios. Ahora no puede fumar. Si fumara otro puro eliminaría ese sabor a tabaco rancio, pero ahora no puede fumar. Desenvuelve un chicle, forma una bola y se lo introduce en la boca, luego abre otros dos chicles y hace lo mismo. Espera un poco antes de hundir los dientes en las tres bolas de chicle y las glándulas salivales estallan de dolor, como si le atravesaran la mandíbula con agujas, y comienza a masticar con firmeza.

Permanece sentado en la oscuridad, mascando. Cansado de la música rap, busca otra emisora hasta que encuentra lo que hoy en día denominan rock adulto. Abre la guantera y saca una bolsa de plástico con cierre de seguridad. Los mechones de pelo negro apretujados parecen un cuero cabelludo humano. Extrae con cuidado la peluca de rizos y la acaricia mientras observa los ingredientes de su alquimia en el asiento del pasajero. Pone el coche en marcha.

Los colores pastel del centro de Hollywood pasan flotando como un sueño y las lucecitas que cuelgan de las palmeras son como galaxias mientras avanza por el espacio y siente la energía de lo que lleva en el asiento del pasajero. Gira al este por Hollywood Boulevard y conduce exactamente tres kilómetros por debajo del límite establecido hacia la autopista A1A. Más adelante se encuentra el Hollywood Beach Resort, monumental, de color rosa pálido y terracota, y al otro lado está el océano.

36

El alba se perfila sobre el océano y el mandarina y el rosa se extienden por el horizonte azul oscuro, como si el sol fuera un huevo roto. Rudy Musil detiene el Hummer verde camuflaje en la entrada de la casa de Lucy y utiliza el mando a distancia para abrir la puerta eléctrica. Instintivamente, mira alrededor y aguza el oído. No sabe por qué, pero esta mañana se sentía tan inquieto que se ha levantado de la cama de un salto y ha decidido ir a echar un vistazo a casa de Lucy.

La puerta metálica de barrotes negros se abre lentamente y vibra a intervalos en la guía curvada y, aunque la puerta también es curva, no parece que le gusten las curvas. Otro fallo de diseño, suele pensar Rudy cuando va a la mansión color salmón de Lucy. «El mayor fallo de diseño fue el que Lucy cometió al comprar la maldita casa —piensa—. Vive como un traficante de drogas podrido de dinero.» Los Ferrari son una cosa. Comprende que quiera tener los mejores coches y el mejor helicóptero. A él también le gusta el Hummer, pero una cosa es querer un cohete o un tanque, y otra muy distinta un ancla, un ancla enorme y hortera.

Lo ha visto al detenerse en la entrada, pero no lo comprueba ni piensa en ello hasta que cruza la puerta abierta y baja del Hummer. Entonces retrocede para recoger el periódico y vuelve a ver que la banderita del buzón está levantada. Lucy no recibe correo en la casa y nunca subiría la banderita, ni siquiera estando en casa. Todos los repartos y el correo saliente se distribuyen en el campamento de instrucción y las oficinas, en el sur de Hollywood, a media hora de allí.

Qué extraño, piensa, y se acerca al buzón y permanece junto al mismo con el periódico en una mano mientras con la otra se arregla los mechones rubios. No se ha afeitado ni duchado, y le vendría bien. Se ha pasado toda la noche dando vueltas en la cama, sudando, incapaz de encontrar una postura cómoda. Mira alrededor, pensando. No hay nadie. No se ve a nadie haciendo *footing* ni paseando al perro. Los habitantes del barrio son muy reservados y no disfrutan de sus casas de ricachones, ni siquiera los de las más modestas. Casi nunca ve a nadie sentado en el patio o bañándose en la piscina, y los que tienen yate o velero rara vez salen a navegar.

«Qué lugar tan raro —piensa—. Desagradable y peculiar. De todos los lugares posibles, ¿por qué trasladarse aquí? ¿Por qué coño aquí? ¿Por qué alguien querría estar rodeado de capullos? Has infringido todas las reglas, Lucy, todas y cada una de ellas, Lucy», concluye mientras abre el buzón, observa el interior y, acto seguido, se aparta de un salto. Retrocede unos tres metros sin pensar y la adrenalina se le dispara antes de siquiera asimilar lo que está viendo.

—¡Mierda! —exclama—. ¡Puta mierda!

37

Para no variar, hay atascos en el centro y Scarpetta conduce porque Marino tiene dificultades. Las heridas en los lugares de los que más vale no hablar parecen la mayor fuente de dolor; camina un tanto patizambo y minutos antes le ha costado subir al todoterreno. Scarpetta sabe lo que ha visto, pero el color púrpura del frágil tejido no era más que un grito silencioso comparado con el estruendo que el dolor debe de estarle causando ahora. Marino tardará en volver a ser el mismo.

—¿Cómo te encuentras? —le pregunta de nuevo—. Confío en que me lo digas.

El significado de sus palabras está implícito. No le volverá a pedir que se desvista. Le examinará si Marino se lo pide, pero confía en que no sea necesario. Además, Marino no se lo pedirá.

—Creo que mejor —responde mirando hacia la vieja comisaría central de la calle Nueve. El edificio lleva años en mal estado, la pintura se desconchaba y faltaban los azulejos del extremo superior. Ahora, al estar vacío y en silencio, parece peor—. No termino de creerme la de años que desperdicié en ese tugurio —añade.

—Oh, venga ya. —Acciona el intermitente y suena como un reloj ruidoso—. Vaya manera de hablar. No comencemos el día así. Espero que me digas si la hinchazón empeora. Es muy importante que seas sincero.

—Está mejor.

—Perfecto.

—Esta mañana me he puesto yodo.

—Perfecto —repite—. Póntelo cada vez que salgas de la ducha.

—Ya no escuece tanto, de verdad. ¿Y si ella tiene alguna enfermedad, por ejemplo el sida? He estado pensando en ello. ¿Y si la tuviera? ¿Cómo sé que no la tiene?

—Por desgracia, es imposible saberlo —responde Scarpetta avanzando lentamente por Clay Street; el enorme Coliseum marrón parece agazaparse a su izquierda entre los aparcamientos vacíos—. Por si te sirve de consuelo, cuando eché un vistazo a la casa no vi ningún medicamento que indicara que tiene sida ni ninguna enfermedad de transmisión sexual ni ninguna infección. Eso no significa que no sea seropositiva. Podría serlo sin saberlo. Lo mismo podría decirse de cualquier persona con la que hayas mantenido relaciones. O sea que si quieres preocuparte, adelante.

—Créeme, no quiero preocuparme —replica—, pero no te vas a poner una goma si alguien te muerde. No puedes protegerte. Es difícil mantener relaciones sexuales seguras si la otra persona te muerde.

—¡El eufemismo del año! —exclama Scarpetta mientras gira hacia la calle Cuatro. Suena su móvil y se preocupa al ver el número de Rudy. Casi nunca la llama y cuando lo hace es para felicitarle por el cumpleaños o comunicarle una mala nueva—. Hola, Rudy —dice, mientras rodea lentamente el aparcamiento trasero del edificio—. ¿Qué pasa?

—No consigo dar con Lucy —le comunica con voz estresada—. O no tiene cobertura o ha desconectado el móvil. Esta mañana salió en helicóptero hacia Charleston.

Scarpetta mira a Marino, que seguramente llamó a Lucy desde su habitación anoche.

—Vaya mierda —dice Rudy—. Vaya mierda.

—Rudy, ¿qué pasa? —pregunta Scarpetta, cada vez más inquieta.

—Alguien le ha colocado una bomba en el buzón —responde deprisa—. Han ocurrido demasiadas cosas como para entrar en detalles. Ella tendrá que explicártelo en parte.

A Scarpetta le falta poco para frenar en seco.

—¿Cuándo y cómo? —inquiere.

—Acabo de encontrarla, apenas hace una hora. Vine a echar un vistazo a la casa y vi que la bandera del buzón estaba subida, lo cual no tenía sentido. Lo abrí y dentro había un vaso de plástico grande, pintado de naranja con un rotulador y la tapa pintada de verde y sujeta con cinta de embalaje, que también cubría la abertura, el pitorro por el que se bebe. Así que saqué uno de esos palos largos del garaje, ¿cómo se llaman?, esos que tienen pinzas en el extremo para cambiar las bombillas muy altas. Cogí el maldito vaso con el palo, lo saqué del buzón y me encargué de todo.

Scarpetta aparca sin prisas.

—¿Cómo lo has hecho? Siento tener que preguntártelo.

—Me lo cargué. No te preocupes. Con una escopeta de perdigones. Era una bomba química, una botella-bomba, ya sabes, con trocitos de papel de aluminio dentro.

—Metal para acelerar la reacción. —Scarpetta comienza a elaborar el diagnóstico diferencial de la bomba—. Típico de las botellas-bomba hechas con productos de limpieza que contienen ácido clorhídrico, como los que usan para el váter y que se consiguen en Wal-Mart, las tiendas de comestibles o las ferreterías. Por desgracia, las fórmulas son fáciles de encontrar en internet.

—Desprendía un aroma ácido, como cloro, pero como me la he cargado al lado de la piscina es posible que el olor procediese de allí.

—Seguramente sería cloro granulado para piscinas y algún refresco con azúcar. También son productos populares. Un análisis químico nos lo indicará.

—No te preocupes, se hará.

—¿Queda algo del vaso? —pregunta Scarpetta.

—Comprobaremos la existencia de huellas dactilares y llevaremos lo que encontremos al IAFIS.

—En teoría es posible obtener el ADN a partir de las huellas si son recientes. Vale la pena intentarlo.

—Tomaremos muestras del vaso y la cinta de embalaje. No te preocupes.

Cuanto más le dice que no se preocupe, más se preocupa.

—No he llamado a la policía —añade Rudy.

—No soy quién para aconsejarte al respecto. —Ha decidido dejar de aconsejarle a él o a cualquiera que se relacione con él. Las reglas de Lucy y los suyos son diferentes, creativas, arriesgadas y, por lo general, ilícitas. Scarpetta ha dejado de exigir el conocimiento de una serie de detalles que no le permitirían conciliar el sueño.

—Tal vez esto esté relacionado con otras cosas —dice Rudy—. Lucy tiene que contártelo. Si hablas con ella antes que yo, que me llame lo antes posible.

—Rudy, haz lo que quieras, pero espero que no haya otros artefactos por ahí, que quienquiera que lo hiciera sólo colocara una bomba —dice—. He visto casos de personas que murieron cuando esos productos químicos les explotaron en la cara o se los arrojaron para que los inhalaran. Los ácidos son tan fuertes que ni siquiera hace falta que la reacción se complete para que el artefacto estalle.

—Lo sé, lo sé.

—Por favor, asegúrate de que no haya otras víctimas potenciales. Eso es lo único que me preocupa si llevas el asunto a tu manera. —Es su manera de decir que si no piensa llamar a la policía, debe ser lo bastante responsable para hacer lo que esté en sus manos para proteger a los demás.

—Sé lo que debo hacer. No te preocupes —replica.

—Por Dios —dice Scarpetta mientras apaga el móvil y mira a Marino—. ¿Qué demonios está pasando? Debiste de llamar a Lucy anoche. ¿Te contó lo que está pasando? No la he visto desde septiembre. No sé qué está pasando.

—¿Una bomba ácida? —Se ha sentado más erguido en el asiento, siempre preparado para saltar si alguien va por Lucy.

—Una bomba de reacción química. La clase de botellas-bomba que nos ocasionaron problemas cerca de Fairfax. ¿Recuerdas todas esas bombas en el norte de Virginia hace unos años? ¿Un puñado de jóvenes aburridos que se divertían haciendo estallar los buzones y una mujer que murió?

—Maldita sea —dice Marino.

—Fáciles de conseguir y muy peligrosas. Un pH de uno o menos, es tan ácida que se sale de la escala. Podría haberle estallado en la cara a Lucy, si la hubiese sacado del buzón ella misma.

—¿En su casa? —pregunta Marino cada vez más enojado—. ¿La bomba estaba en su mansión de Florida?

—¿Qué te dijo anoche?

—Le conté lo de Frank Paulsson, lo que pasaba aquí. Nada más. Dijo que se ocuparía del asunto. ¿En esa casa enorme con un montón de cámaras y demás? ¿La bomba estaba en su casa?

—Vamos —dice Scarpetta mientras baja del coche—. Te lo contaré sobre la marcha.

38

Cerca de la ventana, la luz matutina calienta el escritorio donde Rudy trabaja en el ordenador. Aprieta varias teclas y espera, teclea de nuevo rápidamente y vuelve a esperar, usa el ratón y hace avanzar la página, buscando en internet lo que cree que hay ahí. El psicópata vio algo que le puso en marcha. Ahora Rudy sabe que la bomba no es fortuita.

Ha estado en las oficinas del campamento de instrucción durante dos horas sin hacer nada, salvo navegar por internet mientras uno de los forenses ha escaneado huellas y huellas parciales en el IAFIS del laboratorio cercano, y ya hay noticias. Tiene los nervios como el Ferrari de Lucy con la sexta puesta. Marca el número y sostiene el auricular bajo el mentón mientras teclea y observa la pantalla plana.

—Hola, Phil —dice—. Vaso de plástico grande con estampado de El Gato. Un vaso de los grandes. Tapa originariamente blanca. Sí, sí, la clase de vaso grande que tienen en los supermercados o gasolineras, de esos que llenas tú mismo. Pero con El Gato. ¿Es muy raro? ¿Podemos rastrearlo? No; bromeaba. Está patentado, ¿no? La película no es muy reciente, del año pasado por Navidades, ¿verdad? No, no fui a verla y deja de hacerte el gracioso. En serio, ¿dónde tendrán vasos con El Gato después de tanto tiempo? Cabe que el tipo lo tuviera desde hace tiempo, pero vale la pena intentarlo. Sí, tiene huellas. Al tipo le da absolutamente igual dejar huellas por todas partes. En el dibujo que pegó en la puerta de la jefa. En el dormitorio donde agredieron a Henri. Ahora en una bomba. Y nos ha salido un resultado en IAFIS. Sí, es increíble. No, todavía no tenemos ningún nombre. Quizá no lo obtengamos. Estamos realizando una búsqueda a fondo con el resultado, cotejándolo con huellas parciales de otro caso. Estamos comprobándolo. Eso es todo lo que tenemos de momento.

Cuelga y se concentra de nuevo en el ordenador. Lucy tiene más motores de búsqueda en internet que Pratt & Whitney turbinas a reacción, pero nunca le ha preocupado que en la información disponible en la red también apareciera ella. Hace no mucho no tenía motivos para preocuparse. Los agentes especiales no suelen buscar publicidad salvo que estén inactivos y sedientos de Hollywood, pero Lucy se enganchó de Hollywood, después se enganchó de Henri y luego la vida cambió por completo, para peor. «Maldita seas, Henri —piensa mientras teclea—. Maldita seas, Lucy. Henri, una maldita actriz fracasada que decidió ser poli. Maldita seas, Lucy, por contratarla.»

Realiza otra búsqueda y teclea las palabras «Kay Scarpetta» y «sobrina». Vaya, qué interesante. Coge un lápiz y lo gira entre los dedos mientras lee el artículo aparecido el pasado septiembre en AP. Es una breve nota informativa de que Virginia ha nombrado a un nuevo jefe del departamento de Medicina Forense, el doctor Joel Marcus de San Luis, y menciona que ocupa el puesto de Scarpetta. El nombre de Lucy aparece en ese breve artículo. «Desde que partiera de Virginia —explica el artículo—, la doctora Scarpetta ha trabajado de asesora para la agencia de investigaciones privadas El Último Reducto, fundada por su sobrina Lucy Farinelli, ex agente del FBI.»

«No es del todo cierto», piensa Rudy. Scarpetta no trabaja exactamente para Lucy, pero eso no significa que a veces no coincidan en los mismos casos. Scarpetta nunca trabajaría para Lucy, y con toda la razón. Ni siquiera él está seguro de en qué consiste su propio trabajo para Lucy. Se había olvidado del artículo y ahora recuerda que se enfadó con Lucy por culpa del mismo y le exigió que le explicara cómo coño su nombre y el de El Último Reducto habían aparecido en un maldito artículo sobre el doctor Joel Marcus. A El Último Reducto no le conviene la publicidad y nunca la hubo hasta que Lucy comenzó a relacionarse con la industria del espectáculo, y entonces los periódicos y los magazines televisivos se llenaron de toda clase de rumores.

Realiza otra búsqueda con los ojos entrecerrados, intenta pensar en algo que no se la haya ocurrido y entonces los dedos parecen seguir tecleando por sí solos las palabras «Henrietta Walden». Una pérdida de tiempo, se dice. Cuando era una actriz de segunda categoría en paro se llamaba Jen Thomas o algún otro nombre poco memorable. Alarga la mano para coger la Pepsi y no puede creerse la buena suerte que ha tenido. La búsqueda le devuelve tres resultados.

—Venga, que salga algo —le dice a la oficina vacía mientras selecciona la primera entrada.

Una tal Henrietta Taft Walden fallecida hace cien años, una especie de abolicionista acaudalada de Lynchburg, Virginia. Vaya, eso debió de haber caído muy mal. No se imagina a una abolicionista en Virginia durante la guerra de Secesión. Una mujer con agallas, eso es cierto. Selecciona la segunda entrada. Esta Henrietta Walden está viva, es muy mayor y vive en una granja, también en Virginia, cría caballos para concursos hípicos y hace poco donó un millón de dólares a la NAACP, la asociación que lucha por el progreso y los derechos de los negros. «Seguramente una descendiente de la primera Henrietta Walden», piensa, y se pregunta si Jen Thomas sacó el nombre de Henrietta Walden de esas abolicionistas, una muerta y otra apenas viva. Si así fuera, ¿por qué? Se imagina a Henri, una rubia de lo más llamativa y con aires de superioridad. ¿Por qué se inspiraría en mujeres entregadas a la causa de los negros? Seguramente porque estaba de moda en Hollywood, concluye con cinismo mientras selecciona el tercer resultado.

Es un artículo breve de *The Hollywood Reporter* publicado a mediados de octubre:

ESTE PAPEL VA EN SERIO

Henri Walden, ex actriz y ex agente de la policía de Los Ángeles, ha empezado a trabajar para El Último Reducto, la prestigiosa agencia de protección privada internacional de Lucy Farinelli, una ex agente de operaciones especiales, piloto de helicópteros y amante de los Ferrari, sobrina de la doctora Kay Scarpetta, la afamada Quincy de la vida real. El Último Reducto, cuya sede se halla en el Hollywood de segunda categoría, el de Florida, acaba de inaugurar una oficina en Los Ángeles y ha aumentado sus actividades intrigantes y misteriosas para proteger a las estrellas de cine. Aunque los clientes son secretos, el *Reporter* ha averiguado que algunos figuran entre los más importantes del mundo del cine y de la industria musical e incluyen a lumbreras tales como la actriz Gloria Rustic y el cantante de rap Rat Riddly.

«El papel más apasionante y atrevido de mi carrera —dijo Walden al referirse a su última aventura—. ¿Quién mejor para proteger a las estrellas que alguien que ya ha trabajado en la industria?»

«Trabajar» puede considerarse una exageración, ya que la beldad rubia disfrutó de mucho tiempo libre durante su carrera como actriz. Tampoco puede decirse que necesite el dinero. Es bien sabido que a su familia le sobra. Walden es conocida por interpretar pequeños papeles en películas de gran presupuesto como *Quick Death* o *Don't Be There*. No pierdan de vista a Walden. Es la que empuña la pistola.

Rudy imprime el artículo, permanece sentado en la silla con los dedos ligeramente apoyados en el teclado mientras contempla la pantalla y se pregunta si Lucy está al corriente de la existencia de ese artículo. ¿Cómo no iba a estar furiosa si lo sabía? Y si lo sabe, ¿por qué no despidió a Henri hace meses y por qué Lucy no se lo ha contado a él?

Es difícil imaginarse tal incumplimiento de protocolo. Le sorprende que Lucy lo permitiera, suponiendo que así fuera. No recuerda ni un solo caso en el que alguien que trabaja para El Último Reducto concediese una entrevista para los medios o tan siquiera realizase comentarios indiscretos, salvo que formara parte de una operación bien planificada. Sólo hay una manera de averiguarlo, piensa mientras descuelga el teléfono.

—Hola —dice cuando Lucy responde—, ¿dónde estás?

—En St. Augustine, en una gasolinera —responde con cautela—. Ya sé lo de la puta bomba.

—No te llamo por eso. Supongo que has hablado con tu tía.

—Marino me llamó. No tengo tiempo para hablar de ello —replica—. ¿Algo más?

—¿Sabías que tu amiga dio una entrevista en la que explicaba que trabajaba para nosotros?

—Esto no tiene nada que ver con que sea mi amiga.

—Ya hablaremos de eso —replica Rudy con más calma de la que siente; la furia le corroe—. Contéstame, eso es todo. ¿Lo sabías?

—No sé nada de ese artículo. ¿Qué artículo?

Rudy se lo lee por teléfono y cuando acaba espera su reacción, sabe que reaccionará y eso hace que se sienta un poco mejor. Hasta el momento las cosas no han sido justas. Quizá Lucy se vea forzada a reconocerlo.

—¿Sigues ahí? —le pregunta al ver que no responde.

—Sí —dice con brusquedad, irritada—. No lo sabía.

—Bueno, ahora ya lo sabes. Tendremos que investigar un sistema solar nuevo. Como su familia rica y si ésta tiene algo que ver con los llamados Walden y quién sabe qué más, joder. Resumiendo, ¿el psicópata leyó el artículo? Si así fuera, ¿por qué y de qué coño va todo esto? Por no mencionar que su nombre de actriz es el de una abolicionista de Virginia. En cierta manera tú también eres de Virginia. Tal vez no fuera casualidad que comenzase a trabajar para ti.

—Eso es absurdo. Estás empezando a desvariar —dice Lucy acaloradamente—. Estaba en una lista de agentes de policía de Los Ángeles que trabajaban en seguridad...

—Vaya sarta de gilipolleces —interrumpe Rudy mostrando su enfado—. Al cuerno con la lista. Hablaste con la policía local y allí estaba ella. Sabías de sobra la poca experiencia que tenía en protección privada, pero la contrataste de todos modos.

—No quiero hablar de esto por un móvil, ni siquiera por nuestros móviles.

—Yo tampoco. Habla con el loquero. —Es el nombre en clave de Benton Wesley—. ¿Por qué no le llamas? Te lo digo en serio. Quizá se le ocurra algo. Dile que le mandaré el artículo por correo electrónico. Tenemos algunas huellas. El mismo psicópata que te hizo el dibujito también te dejó un regalo en el buzón.

—Vaya sorpresa. Como ya te he dicho, me basta con una. Ya he hablado con el loquero —añade—. Controlará todos mis movimientos por aquí.

—Buena idea. Oh, se me olvidaba. Encontré un pelo adherido a la cinta de embalaje. La cinta de embalaje de la bomba.

—Descríbelo.

—De unos quince centímetros de largo, rizado, negro. Parece de la cabeza, obviamente. Luego te contaré más detalles, llámame desde una cabina. Tengo mucho trabajo —dice—. Quizá tu amiga sepa algo, si es que consigues que diga la verdad de una vez por todas.

—No la llames mi amiga —replica Lucy—. Dejemos de pelearnos por esto.

39

En cuanto Kay Scarpetta entra en el departamento de Medicina Forense con Marino a la zaga, esforzándose por caminar con normalidad, Bruce, el guarda de seguridad, se yergue y adopta una expresión de pavor.

—Esto... me han dado órdenes —dice sin mirarla a los ojos—. El jefe dice que nada de visitas. Tal vez no se refería a usted. ¿Le espera?

—No —responde Scarpetta con tranquilidad. Ya no le sorprende nada—. Seguramente se refería a mí.

—Vaya, pues lo siento. —Bruce está visiblemente incómodo y se ha sonrojado—. ¿Qué tal, Pete?

Marino se apoya en el mostrador, con los pies separados y los pantalones más caídos de lo normal. Si comenzara una persecución a pie seguramente se le caerían.

—He estado mejor —responde Marino—. Así que Pequeño Jefe Que se Cree Muy Grande no nos deja entrar. ¿Es eso, Bruce?

—Ajá —reconoce Bruce, conteniéndose. Como a la mayoría de la gente, a Bruce le gustaría conservar el trabajo. Viste un elegante uniforme azul prusiano, lleva un arma y trabaja en un edificio bonito. Mejor aferrarse a lo que tiene, aunque no soporte a Marcus.

—Esto... —dice Marino apartándose del mostrador—. Bueno, siento decepcionar al Pequeño Jefe, pero no hemos venido a verle. Tenemos que dejar unas pruebas en el laboratorio, en Pruebas Residuales. Perdona la curiosidad, pero ¿qué te han ordenado exactamente?

—Ese tipo... —empieza Bruce y menea la cabeza, pero se contiene de nuevo.

—No pasa nada —dice Scarpetta—. Recibo el mensaje con absoluta claridad. Gracias por comunicármelo. Me alegro de que alguien lo haya hecho.

—Él debería haberlo hecho. —Bruce vuelve a callarse, y mira alrededor—. Sólo para que lo sepa, todo el mundo se ha alegrado muchísimo de verla, doctora Scarpetta.

—Casi todo el mundo —sonríe—, pero no pasa nada. ¿Puede decirle al señor Eise que estamos aquí? Él sí nos está esperando —añade.

—Sí, señora —dice Bruce animándose un poco. Descuelga el teléfono y marca la extensión.

Scarpetta y Marino esperan uno o dos minutos frente al ascensor. Te puedes pasar el día pulsando el botón y no servirá de nada a menos que la persona tenga una tarjeta magnética mágica o alguien que la tenga envíe el ascensor. La puerta se abre, entran y Scarpetta presiona el botón de la tercera planta, con el maletín negro colgado del hombro.

—Supongo que el muy cabrón te la ha jugado —comenta Marino mientras el ascensor inicia la subida con una sacudida.

—Supongo que sí.

—¿Y? ¿Qué piensas hacer? No puedes dejar que se salga con la suya. Te suplica que vengas a Richmond y luego te trata como a una mierda. Yo lo despediría.

—Ya lo despedirán dentro de poco. Tengo que hacer cosas más importantes —replica mientras las puertas de acero inoxidable se abren y ven a Junius Eise, que les espera en un pasillo blanco.

—Gracias, Junius —dice ella tendiéndole la mano—. Me alegro de verte de nuevo.

—Oh, yo también —dice un tanto aturullado.

Es un hombre raro y de ojos apagados. La mitad del labio superior se funde en una cicatriz que se extiende hasta la nariz, la típica chapuza que ha visto en muchas ocasiones en personas que han nacido con el paladar hendido. Aparte del aspecto, es un tipo curioso, y eso pensaba Scarpetta hace años cuando se lo topaba de vez en cuando en el laboratorio. No solía hablar mucho con él, aunque a veces le consultaba sobre ciertos casos. Como jefa, Scarpetta era simpática y mostraba el respeto que sentía por todos los que trabajaban en el laboratorio, pero nunca se mostraba excesivamente abierta. Mientras acompaña a Eise por el laberinto de pasillos blancos y ventanales que permiten ver a los científicos trabajando en los laboratorios, cae en la cuenta de que cuando estaba aquí la encontraban fría e intimidante. La respetaban pero no le tenían cariño. Era duro, muy duro, pero aprendió a vivir con ello porque formaba parte de su trabajo. Ahora ya no tiene que vivir con ello.

—¿Qué tal estás, Junius? —le pregunta—. Me he enterado de que Marino y tú habéis estado hasta las tantas en el bar de la policía. Espero que todo esto de las pruebas residuales no te esté estresando demasiado. Si hay alguien capaz de discernir qué pasa, eres tú.

Eise la mira de reojo con expresión incrédula.

—Esperemos —dice nervioso—. Bueno, sé que no mezclé nada. Me da igual lo que digan. Sé perfectamente que no mezclé nada de nada.

—Eres la última persona que mezclaría algo —dice Scarpetta.

—Vaya, gracias, eso significa mucho viniendo de ti. —Coge la tarjeta magnética que le cuelga del cuello, la pasa por el sensor que hay en la pared y el cerrojo salta. Abre la puerta—. No soy nadie para decir qué significa todo esto —añade mientras entran en la sección de Pruebas Residuales—, pero sé que no etiqueté erróneamente las muestras. Nunca lo he hecho mal, ni una vez. Al menos desde que le pillé el truco y los tribunales no se enteraban.

—Comprendo.

—¿Te acuerdas de Kit? —le pregunta Eise como si Kit estuviera cerca, aunque no se la ve por ninguna parte—. No está aquí, de hecho está de baja por enfermedad. Parece que todo el mundo está resfriado, pero sé que quería saludarte. Le sabrá mal no haberte visto.

—Dile que también me sabe mal —dice Scarpetta mientras llegan hasta una encimera larga y negra en la zona de trabajo de Eise.

—Por cierto —dice Marino—, ¿no habrá un lugar tranquilo con teléfono?

—Claro. El despacho de la jefa de sección está ahí mismo. Hoy está en los tribunales. Adelante, sé que no le importaría.

—Os dejaré jugar con el barro —dice Marino mientras se aleja lentamente, un tanto patizambo, como un vaquero recién llegado de una cabalgata larga y dura.

Eise cubre una parte de la encimera con papel blanco y limpio y Scarpetta abre el maletín y extrae las muestras de tierra. Eise acerca otra silla para que ella se siente a su lado, junto al microscopio compuesto, y le da un par de guantes. La primera etapa del proceso es la más sencilla. Eise coge una minúscula espátula de acero, la hunde en una de las bolsitas, lleva un diminuto residuo de arcilla roja y tierra arenosa hasta un portaobjetos y lo coloca en la pletina del microscopio. Mientras mira por las lentes ajusta el enfoque y mueve lentamente el portaobjetos; Scarpetta le observa y no ve nada, salvo la muestra de tierra rojiza húmeda. Tras quitar el portaobjetos y colocarlo en unas toallitas de papel blanco, emplea el mismo método para preparar varios más.

Eise no encuentra nada hasta que analizan la bolsa de tierra que Scarpetta recogió en el terreno de la demolición.

—Si no lo estuviera viendo, no me lo creería —dice levantando la vista del ocular—. Adelante, echa un vistazo. —Aparta la silla para que esté cómoda.

Scarpetta se acerca al microscopio, mira por las lentes y ve una especie de vertedero microscópico compuesto de arena y otros minerales, fragmentos de plantas e insectos, pedacitos de tabaco —todo muy típico de un aparcamiento— y varias partículas metálicas que son, parcialmente, de un color plata apagado. Eso ya no es típico. Busca algún instrumento acabado en punta y encuentra varios al alcance de la mano. Manipula con sumo cuidado los fragmentos metálicos, los separa y ve que hay tres en ese portaobjetos, todos apenas más grandes que cualquier resto de sílice o roca. Dos son rojos y el otro blanco. Mueve un poco el extremo de tungsteno y realiza otro hallazgo que le llama la atención. Lo reconoce de inmediato, pero se toma su tiempo para decirlo. Quiere estar bien segura.

Es del tamaño del fragmento de pintura más pequeño, de color amarillo grisáceo, y tiene una forma peculiar, ni mineral ni obra del hombre. De hecho, la partícula parece un pájaro prehistórico con una cabeza en forma de martillo, un ojo, un cuello fino y un cuerpo circular.

—Las capas planas de las laminillas. Parecen círculos concéntricos. Son las capas del hueso, como los anillos de un árbol —dice mientras mueve un poco la partícula—. Y los surcos y los canales de los canalículos. Ésos son los agujeros que vemos, los conductos de Havers o canalículos, por donde pasan vasos sanguíneos diminutos. Si lo colocas debajo de un PolScope deberías ver una extensión ondulante, como un abanico. Creo que cuando lo analices con el difractómetro de rayos X aparecerá como fosfato cálcico. Polvo de huesos. Dado el contexto, no me sorprende. Es de esperar que en ese viejo edificio hubiera mucho polvo de huesos.

—No me jodas —dice Eise alegremente—, me he estado volviendo loco con eso. Lo mismo que encontré en el caso de la Chica Enferma, el caso Paulsson, si es que estamos hablando de lo mismo. ¿Te importa si miro?

Scarpetta aparta la silla, aliviada pero tan desconcertada como antes. Los restos de pintura y el polvo de huesos tendrían sentido en el caso del tractorista, pero no en la muerte de Gilly Paulsson. ¿Cómo es posible que en el interior de la boca le encontraran la misma clase de pruebas residuales microscópicas?

—Es lo mismo, joder —dice Eise con firmeza—. Te enseñaré los portaobjetos del caso de la Chica Enferma. No te lo vas a creer. —Coge un sobre grueso de una pila del escritorio, despega la cinta de la solapa y extrae una carpeta llena de portaobjetos—. Lo he guardado a mano porque lo he mirado infinidad de veces, ni te imaginas cuántas. —Coloca un portaobjetos en la pletina—. Partículas de pintura azules, blancas y rojas, algunas adheridas a fragmentos de metal, otras no. —Desplaza el portaobjetos y lo enfoca—. Es una capa de pintura, al menos el esmalte con base de epoxi, y tal vez haya sido modificado. Es decir, sea cual sea el objeto, es posible que al principio fuera blanco y luego se pintara de rojo, blanco y azul. Echa un vistazo.

Eise ha eliminado a conciencia todas las partículas de lo que le entregaron del caso Paulsson y en el portaobjetos sólo quedan los fragmentos de pintura roja, blanca y azul. Parecen grandes y brillantes, como los cubos y ladrillos de los juegos educativos, pero con formas irregulares. Algunos fragmentos están adheridos al metal color plata apagado y otros parecen pintura a secas. El color y la textura de la pintura parecen idénticos a los que acaba de ver en las muestras de tierra, y el desconcierto la deja paralizada, incapaz de pensar. El cerebro se le ralentiza como un ordenador al que se le agota la memoria. No consigue dar con las relaciones lógicas.

—Aquí están las partículas que llamas polvo de huesos. —Eise aparta el portaobjetos y coloca otro.

—¿Esto estaba en las muestras tomadas a Paulsson? —Quiere asegurarse porque le cuesta creerlo.

—Sin duda. Las estás mirando.

—Joder, es el mismo polvo.

—Imagínate cuánto habrá allí. Si analizaras toda la tierra del terreno encontrarías más polvo de huesos que estrellas en el universo —comenta Eise.

—Algunas partículas parecen antiguas, producto de la descamación o exfoliación a medida que el periostio comienza a resquebrajarse —dice Scarpetta—. ¿Ves que los bordes se han ido redondeando y volviendo más finos? Esta clase de polvo se encuentra en los restos óseos, en los huesos desenterrados o transportados desde un bosque, etcétera. Los huesos no traumatizados tienen polvo no traumatizado. Pero algunas de éstas... —Separa una partícula de polvo irregular, fracturada y con un tono bastante más claro— parecen pulverizadas.

Eise se inclina para verlo y luego se aparta para que Scarpetta siga su análisis.

—De hecho, creo que esta partícula está quemada. ¿Te has fijado que es extrafina? Un extremo es negruzco. Parece carbonizado, quemado. Te apuesto a que si la toco con el dedo se pegará al aceite de la piel. Los huesos descamados normales no se pegarían. Creo que algunas partículas son restos de cremación. —Observa la partícula irregular de color blanco azulado con el extremo carbonizado bajo el círculo de luz brillante—. Parece calcárea y fracturada, pero no necesariamente fracturada por el calor. No lo sé. Nunca he tenido motivos para prestarle atención al polvo de huesos, desde luego no al polvo de huesos quemados. Un análisis elemental te lo indicará. En el caso de huesos quemados habrá diferentes niveles de calcio o niveles más elevados de fósforo —explica sin apartarse de las lentes del microscopio—. Por cierto, es normal encontrar polvo procedente de cremaciones entre los escombros y tierra de ese viejo edificio porque allí había un crematorio. Vete a saber cuántos cadáveres se incineraron en ese sitio durante décadas. Lo que me desconcierta es que las muestras de tierra que traje tuvieran polvo de huesos. Las recogí del pavimento cercano a la puerta trasera. Todavía no han comenzado a demoler la parte posterior del edificio ni a levantar el aparcamiento trasero. El departamento de Anatomía debería estar intacto. ¿Recuerdas la puerta trasera del edificio viejo?

—Claro.

—Allí estaba. ¿Por qué había polvo de las cremaciones en el aparcamiento, justo allí? ¿Es posible que alguien lo arrastrara fuera?

—¿Quieres decir que alguien entró en el departamento de anatomía y luego lo arrastró hasta el aparcamiento?

—No lo sé, es posible, pero al parecer la cara ensangrentada del señor Whitby debió de estar apoyada en el pavimento, el pavimento sucio y cubierto de barro, y esas pruebas residuales se adhirieron a la herida y sangre de la cara.

—Volvamos a la parte en que el polvo de huesos se fractura —dice Eise, perplejo—. Si el hueso está quemado, ¿cómo es posible fracturarlo si no es mediante calor?

—Ya te he dicho que no lo sé a ciencia cierta, pero el polvo de las cremaciones se mezcló con la tierra del suelo y quizá lo pisaron personas y el tractor. ¿No parecería traumatizado el polvo de huesos expuesto a esa clase de pisadas? Desconozco la respuesta.

—Pero ¿por qué coño había polvo de huesos incinerados en el caso de la Chica Enferma? —pregunta Eise.

—Exacto. —Scarpetta trata de aclararse y organizar las ideas—. Exacto. Esto no es del caso Whitby. Este polvo fracturado que parece quemado no es de su caso. Estoy analizando los restos que se encontraron en el cuerpo de ella.

—¿Polvo de las cremaciones dentro de la boca de la Chica Enferma? ¡Por todos los santos! No sabría explicarlo. Desde luego que no. ¿Y tú?

—No tengo ni idea de por qué apareció polvo de huesos en su caso. ¿Qué más has descubierto? Creo que trajeron varias cosas de la casa de Gilly Paulsson.

—Sí, de la cama. Kit y yo nos pasamos diez horas en la sala de raspado y luego me tiré una eternidad analizando fibras de algodón porque Marcus es un maniático de los bastoncillos de algodón. Debe de tener una buena reserva —se queja Eise—. Por supuesto, el equipo de ADN también analizó la ropa de cama.

—Lo sé —dice Scarpetta—. Buscaban epitelio respiratorio y lo encontraron.

—En las sábanas también encontramos pelos, pelos teñidos de negro. Sé que a Kit le han exasperado.

—Humanos, supongo. ¿ADN?

—Sí, humanos. Se los hemos enviado a Bode para el análisis mitocondrial.

—¿Había pelos de mascotas? ¿Tal vez pelos caninos?

—No —responde Eise.

—¿Ni en las sábanas o en el pijama ni en nada de lo que trajeron de la casa?

—No. ¿Y polvo procedente de la sierra para autopsias? —pregunta Eise, obsesionado con el polvo de huesos—. También podría haberlo en ese viejo edificio.

—Lo que veo no se parece en nada. El polvo de una sierra tendría gránulos finos mezclados con trocitos y también habría partículas metálicas de la hoja.

—Vale. ¿Podemos hablar de algo que sepa antes de que la cabeza me estalle?

—Adelante —dice Scarpetta.

—Gracias a Dios. Eres la experta en huesos, de eso no cabe duda. —Guarda varios portaobjetos en la carpeta de Gilly Paulsson—. Pero yo sé algo de pinturas. Tanto en el caso de la Chica Enferma como en el del Hombre del Tractor no hay indicios de un acabado final ni restos de una imprimación, por lo que sabemos que no es pintura de automóvil. Y un imán no atrae los fragmentos metálicos de debajo, por lo que no son ferrosos. Lo intenté el primer día y, para abreviar, te diré que son de aluminio.

—Algo de aluminio pintado con esmalte rojo, blanco y azul —dice Scarpetta pensando en voz alta—, mezclado con polvo de huesos.

—Me rindo —dice Eise.

—De momento, yo también.

—¿Polvo de huesos humanos?

—A no ser que sea reciente, no lo sabremos —dice ella.

—¿Cuán reciente?

—Como mucho años, pero no décadas. Se extraen las huellas y se realizan los análisis de STR y mitocondrial, no es muy complicado, siempre y cuando la muestra no sea muy vieja y no esté en pésimas condiciones. En el caso del ADN es una cuestión de calidad *versus* cantidad, pero si tuviera que apostar algo, creo que no tendremos suerte. En primer lugar, después de una cremación ya te puedes olvidar del ADN. En cuanto al polvo de huesos no quemado que estoy viendo, no sé por qué exactamente, pero diría que tiene muchos años. Parece erosionado y viejo. Puedes enviar este polvo no quemado a los laboratorios Bode para el análisis mitocondrial e incluso el STR, pero dado que la muestra es tan pequeña se consumirá enseguida. ¿Vale la pena consumirla aunque sepamos que es posible que no sirva de nada?

—El departamento de ADN no es el mío. Si lo fuera tendría un presupuesto mayor.

—Bueno, tampoco es decisión mía —dice ella levantándose de la silla—. Supongo que si lo fuera preferiría conservar la integridad de las pruebas por si las necesitáramos en el futuro. Lo que importa es que el polvo de huesos ha aparecido en dos casos que no deberían guardar la menor relación.

—Eso es lo que de veras importa.

—Te permitiré que comuniques las buenas nuevas al doctor Marcus —dice Scarpetta.

—Le encantan mis correos electrónicos. Le enviaré otro —replica Eise—. Ojalá tuviera buenas nuevas para ti, Scarpetta, pero lo cierto es que esas bolsitas de tierra me mantendrán ocupado bastante tiempo. Días. La extenderé en los vidrios de reloj, la secaré bien secada, luego la cribaré para separar las partículas, lo cual es un engorro porque hay que golpear el maldito cedazo contra la encimera cada dos por tres para que caigan en el platillo, y ya me he cansado de pedir separadores de partículas con agitadores automáticos porque cuestan hasta seis de los grandes, así que ni hablar de ello. El secado y cribado me llevará varios días, luego las analizaré yo solito con el microscopio, y después con el microscopio electrónico de exploración o lo que se nos ocurra. Por cierto, ¿te di uno de mis instrumentos hechos a mano? Aquí reciben el nombre cariñoso de «Agujas de Eise».

Encuentra varias en la encimera y escoge una. La gira lentamente en uno y otro sentido para asegurarse de que el tungsteno está en buen estado y no necesita afilarse. La sostiene en alto con orgullo y se la ofrece haciendo una floritura, como si se tratase de una rosa de tallo largo.

—Muy amable, Junius —dice Scarpetta—. Muchas gracias. Y no, no me diste uno de tus instrumentos.

40

Incapaz de analizar el problema desde una perspectiva que arroje luz, Scarpetta deja de pensar en el aluminio pintado y en el polvo de huesos. Acabará agotada si continúa obsesionada con fragmentos de pintura rojos, blancos y azules y partículas de huesos seguramente humanos más pequeñas que las escamas de los gatos.

A primera hora de la tarde el cielo está plúmbeo y el aire es tan pesado que amenaza con desplomarse como un toldo empapado de agua. Marino y Scarpetta bajan del todoterreno y cierran las puertas sin hacer ruido. Scarpetta pierde la esperanza al ver que no hay luces encendidas en la casa de ladrillo visto y tejado de pizarra musgoso situada al otro lado de la cerca del patio trasero de los Paulsson.

—¿Seguro que vendrá? —pregunta Scarpetta.

—Dijo que sí. Sé dónde guarda la llave. Me lo dijo, así que le da igual que entremos los primeros.

—No entraremos a la fuerza, si es lo que sugieres —dice ella observando el sendero agrietado que conduce hasta la contrapuerta de aluminio, la puerta de madera y las ventanas oscuras a ambos lados. La casa es pequeña y vieja y tiene el triste aspecto del abandono. Está repleta de magnolias llamativas, arbustos espinosos que no se han podado en años y pinos tan altos y cargados que las capas de pinaza y piñas obstruyen los canalones y cubren lo que queda de césped.

—No sugería eso —replica Marino mientras mira hacia la calle tranquila—. El tipo me explicó dónde está la llave y que no hay alarma. Ya me contarás por qué me lo dijo.

—No importa —dice Scarpeta, aunque sabe que sí importa. Ya se imagina lo que les espera.

El agente inmobiliario no quiere molestarse en ir a la casa o prefiere no inmiscuirse, por lo que les ha facilitado la posibilidad de que entren e inspeccionen los alrededores solos. Hunde las manos en los bolsillos del abrigo, con el maletín colgado del hombro, que pesa menos sin las bolsitas de tierra que están secándose en el laboratorio de Pruebas Residuales.

—Al menos echaré un vistazo por la ventana. —Marino se desplaza lentamente por el pasillo, con las piernas un tanto separadas, mirando dónde pisa—. ¿Piensas venir o te vas a quedar junto al coche? —pregunta sin volverse.

Lo poco que sabían comenzó con el callejero de la ciudad, lo que bastó para que Marino localizase al agente inmobiliario, quien, al parecer, no ha enseñado la casa desde hace más de un año y no le importa un pimiento. La propietaria se llama Bernice Towle. Vive en Carolina del Sur y se niega a gastarse nada en arreglar la casa o bajar el precio lo suficiente para que la venta sea remotamente posible. Según el agente inmobiliario, la casa se utiliza cuando la señora Towle tiene invitados, y nadie sabe con qué frecuencia ocurre ni si ocurre. La policía de Richmond no comprobó la casa ni su historial porque, a efectos prácticos, está deshabitada y, por lo tanto, no es relevante para el caso de Gilly Paulsson. El FBI no tiene ningún interés en la ruinosa residencia de la señora Towle por el mismo motivo. A Marino y Scarpetta la casa les interesa porque cuando se produce una muerte en circunstancias violentas todo debería ser de interés.

Scarpetta se acerca a la casa. El cemento que pisa tiene una fina capa de limo de la lluvia y resbala; si el camino fuera suyo lo limpiaría con lejía, piensa mientras se acerca a Marino. Él está en el pequeño porche, haciéndose visera con las manos para escudriñar el interior por la ventana.

—Si vamos a convertirnos en merodeadores también podríamos cometer el siguiente delito —dice Scarpetta—. ¿Dónde está la llave?

—En esa maceta debajo del arbusto. —Observa un boj enorme y descuidado y un tiesto cubierto de barro apenas visible bajo el mismo—. La llave está debajo.

Scarpetta baja del porche, introduce las manos entre las ramas y nota que en la maceta hay varios centímetros de agua de lluvia verdosa. Mueve el tiesto y encuentra un envoltorio de papel de aluminio cubierto de tierra y telarañas. Dentro hay una llave de cobre tan deslustrada como una moneda antigua. Hace mucho que nadie toca la llave, puede que meses, quizá más, piensa, y cuando regresa al porche se la da a Marino porque no quiere ser ella quien abra la puerta.

Ésta se abre con un chirrido y les asalta un intenso olor a humedad. Dentro hace frío y a Scarpetta le parece que huele a puros. Marino tantea la pared en busca del interruptor de la luz, pero cuando lo encuentra no se enciende ninguna lámpara.

—Ten. —Scarpetta le da un par de guantes de algodón—. Tenía unos de tu talla.

—Ajá. —Marino introduce sus manos enormes en los guantes mientras Scarpetta se enfunda los suyos.

En una mesa junto a la pared hay una lámpara. Scarpetta la prueba y se enciende.

—Al menos hay electricidad —dice—. Me pregunto si el teléfono funciona. —Descuelga el auricular de un viejo teléfono Princess y lo sostiene contra el oído—. No hay señal —dice—. Noto olor a humo de puros.

—Bueno, hay que mantener la electricidad para que las cañerías no se hielen —dice Marino mientras huele el aire y mira alrededor; el salón es pequeño—. No huelo a puros, sólo a polvo y moho, pero tú siempre has olido cosas de las que no me he enterado.

Scarpetta permanece bajo el resplandor de la lámpara y observa el sofá tapizado con motivos florales que hay bajo la ventana y una silla azul en un rincón del pequeño salón. En la mesa de centro de madera hay revistas apiladas; se encamina hacia allí y coge algunas para identificarlas.

—Vaya, esto sí no me lo esperaba —dice mirando un ejemplar de *Variety*.

—¿El qué? —Marino se acerca y observa el semanario en blanco y negro.

—Una publicación especializada sobre la industria del espectáculo —dice Scarpetta—. Qué raro. De noviembre del año pasado —lee la fecha—. Muy raro, la verdad. Quizá la señora Towle, o quienquiera que sea, tenga algo que ver con el mundo del cine.

—Puede que le atraigan las estrellas de cine, como a casi todo el mundo. —A Marino no parece interesarle.

—Casi todo el mundo lee *People*, *Entertainment Weekly*, cosas así, pero no *Variety*. Es para los fanáticos —afirma mientras coge otras revistas—. *Hollywood Reporter*, *Variety*, *Variety*, *Hollywood Reporter*; de hasta hace dos años. Faltan los últimos seis meses. Quizá no renovó la suscripción. En la etiqueta de envío pone señora Edith Arnette, con esta dirección. ¿Te suena el nombre?

—No.

—¿Te dijo el agente inmobiliario quién vivía aquí? ¿La señora Towle?

—No me lo dijo, pero tuve esa impresión.

—Nos interesa algo más que una impresión. ¿Y si le llamas? —Abre la cremallera del maletín, saca una bolsa de basura, la sacude para abrirla e introduce los ejemplares de *Variety* y *Hollywood Reporter*.

—¿Te las llevas? —Marino está en la puerta, de espaldas a ella—. ¿Por qué?

—No le hará daño a nadie que comprobemos las huellas.

—Eso se llamar robar —dice él mientras desdobla un trozo de papel y lee el número escrito.

—Ya hemos merodeado y entrado sin autorización en una propiedad privada; ya puestos, robemos —dice Scarpetta.

—Si resulta ser algo importante, recuerda que no tenemos una orden de registro. —Marino la pone a prueba.

—¿Quieres que las deje donde estaban?

Él se encoge de hombros.

—Si encontramos algo, volveré y entraré a hurtadillas para dejarlas en la mesa. Después conseguiré una orden de registro. No sería la primera vez que lo hago.

—Yo no lo admitiría en público —comenta Scarpetta mientras deja la bolsa de revistas en el polvoriento suelo de madera y se acerca a una mesita situada a la izquierda del sofá; sigue oliendo a puros.

—Hay muchas cosas que no admito en público —replica Marino al tiempo que marca el número en el móvil.

—Además, no estás en tu jurisdicción. No conseguirías la orden.

—No te preocupes. Browning y yo nos llevamos bien. —Tiene la mirada perdida mientras espera y, a juzgar por el tono, le ha salido el buzón de voz—: Hola, Jim. Marino al habla. Quería saber quién fue la última persona que vivió en la casa, ¿vale? ¿Te suena una tal Edith Arnette? Llámame en cuanto puedas. —Le indica su número—. Vaya —le dice a Scarpetta—, al parecer nuestro querido Jimbo no tenía intención de reunirse con nosotros aquí. ¿Le culparías? Éste es un sitio de mala muerte.

—Y que lo digas. —Scarpetta abre un cajón de la mesita que hay a la izquierda del sofá. Está lleno de monedas—. Pero no estoy segura de que no haya venido por eso. Así que el agente Browning y tú os lleváis bien. El otro día temías que te arrestara.

—Eso fue el otro día. —Marino se adentra en el pasillo oscuro—. Es un buen tipo. No te preocupes. Necesito una orden, pues consigo una orden. Me lo paso en grande leyendo sobre Hollywood. ¿Dónde están las luces, joder?

—Debe de haber unos cincuenta dólares en monedas de veinticinco centavos. —Las monedas tintinean cuando Scarpetta introduce la mano en el cajón y las remueve—. Todas son de veinticinco, no hay ni una de diez, cinco o uno. ¿Qué se compra por aquí con monedas de veinticinco centavos? ¿Periódicos?

—El Basurero cuesta cincuenta centavos —dice con malicia para referirse al *Times-Dispatch*, un periódico local—. Ayer compré uno en el expendedor que hay delante del hotel y me costó cincuenta centavos, el doble que el *Washington Post*.

—No es muy normal dejar dinero donde no se vive —observa Scarpetta al tiempo que cierra el cajón.

La luz del pasillo no funciona, pero sigue a Marino hasta la cocina. Le extraña que el fregadero esté repleto de platos sucios, y el agua le resulta repugnante por la grasa solidificada y el moho. Abre la nevera y cada vez está más convencida de que alguien se ha alojado en la casa, y no hace mucho. En los estantes hay cartones de zumo de naranja y leche de soja que caducan a finales del mes en curso, y la fecha de la carne que hay en el congelador indica que la compraron hace unas tres semanas. Cuanta más comida ve en los armarios y despensa, más se inquieta a medida que su intuición reacciona antes que el cerebro. Se dirige al final del pasillo. Comienza a registrar el dormitorio situado en la parte posterior de la casa y cuando le llega el olor a puros, se convence del todo y la adrenalina se le dispara.

Una colcha azul oscuro barata cubre la cama. Scarpetta la retira y ve que las sábanas están arrugadas, manchadas y llenas de pelos cortos, algunos pelirrojos, seguramente de la cabeza, y otros más oscuros y rizados, probablemente púbicos; se fija en las manchas resecas en las sábanas y sospecha de qué son. La cama da a una ventana y desde ahí se ve la cerca de madera y la casa de Paulsson; Scarpetta ve perfectamente la oscura ventana del cuarto de Gilly. En la mesita de noche hay un cenicero Cohiba de cerámica bastante limpio. Hay más polvo en los muebles que en el cenicero.

Scarpetta sigue investigando y apenas se da cuenta del transcurso del tiempo o de los cambios de las sombras o del sonido de la lluvia en el tejado. Repasa el armario y todos los cajones de la cómoda y encuentra una rosa roja marchita con su envoltorio de plástico; chaquetas, trajes y abrigos de hombre, todos pasados de moda, abotonados y ordenados con remilgo en perchas metálicas; pilas de pantalones y camisas de hombre de colores sombríos dobladas con esmero; ropa interior y calcetines, viejos y baratos, y docenas de pañuelos blancos y sucios perfectamente doblados en forma de cuadrado.

Se sienta en el suelo, extrae varias cajas de cartón de debajo de la cama, las abre y repasa pilas de publicaciones divulgativas para directores de funerarias y un grupo de revistas mensuales con fotografías de ataúdes y artículos funerarios, así como urnas y material para embalsamar. Las revistas tienen al menos ocho años de antigüedad. En todas han arrancado la dirección de envío y, salvo algunas letras y partes del código postal aquí y allá, no queda nada, por lo menos no lo suficiente para indicarle lo que busca.

Repasa una caja tras otra, echa un vistazo a todas las revistas con la esperanza de dar con una dirección de envío completa y, finalmente, encuentra algunas, muy pocas, en el fondo de la caja. Lee la etiqueta y se queda sentada en el suelo, preguntándose si se ha confundido o si existe una explicación lógica. Luego llama a Marino. Se levanta y mira una revista en cuya portada se ve un ataúd con forma de coche de carreras.

—¡Marino! ¿Dónde estás? —Sale al pasillo, mira alrededor y aguza el oído. Le cuesta respirar y el corazón le late con fuerza—. Maldita sea —farfulla mientras recorre rápidamente el pasillo—. ¿Dónde coño te has metido? ¿Marino?

Está en el porche, hablando por el móvil, y cuando sus miradas se cruzan él también sabe algo. Ella sostiene en alto la revista para que la vea bien.

—Sí. Estaremos aquí —dice por el móvil—. Tengo la impresión de que estaremos aquí toda la noche.

Marino cuelga y tiene esa expresión que Scarpetta le ha visto adoptar cuando huele a su presa y tiene que encontrarla sea como sea. Le quita la revista y la observa en silencio.

—Browning está en camino —informa—. Ahora mismo está en el juzgado solicitando una orden de registro. —Vuelve la revista y se fija en la dirección de envío que figura en la contraportada—. ¡Coño! —exclama—. Joder. Tu antiguo departamento. Joder.

—No sé qué significa —replica ella mientras la lluvia fría cae sobre el viejo tejado de pizarra—, a no ser que se trate de alguien que trabajaba para mí.

—O alguien que conoce a alguien que trabajaba para ti. La dirección es el departamento de Medicina Forense. —La comprueba de nuevo—. Sí, exacto, no los laboratorios. Junio de 1996. Cuando estabas allí, de eso no cabe duda. Tu departamento estaba suscrito a la revista. —Regresa al salón, se acerca a la lámpara y hojea la revista—. Deberías saber quién la recibía.

—Nunca autoricé una suscripción para esa revista ni ninguna parecida. Desde luego no una revista para funerarias. Nunca. Alguien lo hizo sin mi permiso o por su cuenta.

—¿Quién podría ser? —Marino coloca la revista en la mesa, debajo de la lámpara.

Scarpetta recuerda al joven que trabajaba en el departamento de Anatomía, el joven tímido y pelirrojo que se jubiló por invalidez. No había pensado en él desde su marcha. No tenía motivos para ello.

—Se me ocurre alguien —responde con tristeza—. Edgar Allan Pogue.

41

En la mansión color salmón no hay nadie y cae en la cuenta de que, por desgracia, su plan ha fracasado; de lo contrario, habría actividad en la casa o indicios de actividades previas, como una zona acordonada, o lo habría visto en las noticias, pero cuando pasa conduciendo lentamente por donde vive el pez gordo, el buzón parece normal. La banderita metálica está bajada y no hay indicios de que haya alguien en la casa.

Da la vuelta a la manzana hasta la A1A y no puede evitar pasar de nuevo por la casa. La banderita del buzón estaba subida cuando colocó la Gran Naranja, está seguro. De repente se le ocurre que la bomba de cloro sigue dentro del buzón, repleta de gases, a punto de estallar. ¿Y si fuera verdad? Tiene que saberlo. No dormirá ni comerá hasta saberlo, la ira se apodera de él, una ira tan conocida y omnipresente como el aire que respira entrecortadamente. En una salida de la A1A, en Bay Drive, hay una hilera de apartamentos de una planta. Se detiene en el aparcamiento y sale del coche blanco. Echa a andar y los largos mechones de la peluca negra se le meten en los ojos y se los aparta mientras recorre la calle.

A veces le llega el olor de la peluca, normalmente cuando está pensando en otra cosa o está ocupado, entonces percibe el olor y le cuesta describirlo. Tiene la impresión de que huele a plástico, lo cual le desconcierta porque la peluca es de cabellos humanos, no sintéticos, y no debería oler a plástico, a plástico nuevo, a no ser que perciba algún producto químico utilizado para confeccionar la peluca. Las hojas de las palmeras se agitan contra el cielo del atardecer y los jirones de nubes tienen los bordes naranja pálido mientras el sol se hunde en el horizonte. Camina por la acera y se fija en las grietas y en la hierba que crece entre las mismas. Evita mirar hacia las casas porque los habitantes de barrios como ése temen los crímenes y observan con atención a los desconocidos.

Justo antes de llegar a la mansión de color salmón pasa junto a una casa blanca recortada contra el crepúsculo y piensa en la señora que vive allí. La ha visto en tres ocasiones y se merece morir. Una vez, bien entrada la noche, cuando estaba en el malecón situado detrás de la mansión de color salmón, la vio por la ventana del dormitorio de la segunda planta. Tenía la persiana subida y vio la cama, los muebles y un televisor enorme de pantalla plana encendido con imágenes de gente corriendo seguidas de una persecución de motocicletas a toda velocidad. La señora estaba desnuda junto a la ventana, apoyada en la misma, con los pechos aplastados de manera grotesca contra el cristal, y la vio mover la lengua por el cristal de la ventana de forma inmoral y desagradable. Al principio le preocupó que ella le viera en el malecón, pero parecía medio dormida mientras hacía su numerito para los navegantes nocturnos y los guardacostas que estaban en la ensenada. A Pogue le gustaría saber cómo se llama.

Tal vez no cierra con llave la puerta trasera y deja la alarma apagada cuando sale a la piscina, o se olvida cuando entra. Piensa que es probable que nunca vaya a la piscina, nunca la ha visto fuera de la casa, ni en el patio ni en la embarcación, ni una sola vez. Si nunca sale de la casa eso le complicará las cosas. Toquetea el pañuelo blanco que lleva en el bolsillo, lo saca y se seca la cara, mira alrededor y se encamina hacia la entrada de la mansión y el buzón. Camina con naturalidad, como si fuera de la zona, pero sabe que sus mechones oscuros, largos y enredados no son propios del barrio, ese pelo de un negro o un jamaicano no es propio de un barrio de ricachos blancos.

Ya ha estado en esa calle. También llevaba la peluca y le preocupaba llamar la atención, pero mejor llevar la peluca que ir al natural. Al abrir el buzón del pez gordo no le decepciona ni alivia comprobar que está vacío. No percibe ningún olor a producto químico y no ve nada destrozado, ni siquiera la pintura del interior del buzón se ha decolorado, y tiene que aceptar el hecho de que, casi con toda seguridad, la bomba no ha funcionado. Pero le satisface que la bomba haya desaparecido, que alguien la haya encontrado: significa que ella lo sabrá, y eso es mejor que nada, piensa.

Son las seis de la tarde y la casa de la señora desnuda comienza a iluminarse en la creciente oscuridad; Pogue echa un vistazo al pasadizo de cemento, desde la verja de hierro forjado hasta el patio y las enormes puertas de cristal de la entrada. Pogue camina a un ritmo relajado y se la imagina apoyada en la ventana y la aborrece por apoyar su cuerpo de esa manera, la odia por ser fea y desagradable y exhibir su cuerpo feo y desagradable. La gente como ella se creen los amos del mundo y que le hacen un favor al compartir con tacañería su cuerpo y favores, y la señora desnuda es tacaña. Le gustan los numeritos, eso es todo.

Una provocadora, así es cómo la madre de Pogue solía llamar a las mujeres como la señora desnuda. Su madre era una provocadora, una provocadora en toda regla, y por eso su padre se emborrachó tanto que le pareció una idea excelente ahorcarse de una viga del garaje. Pogue conoce bien a las provocadoras, y si un hombre con un cinturón para herramientas y botas de trabajo llamase a la puerta de la señora desnuda y se ofreciese para acabar lo que ella había comenzado en la ventana, ella gritaría obscenidades furibundas y avisaría a la policía. Eso es lo que hace la gente como la señora desnuda. Lo hacen a diario y les da igual.

Han pasado muchos días y Pogue no ha terminado lo que empezó. Se está alargando demasiado. Antes de que fueran días, fueron semanas y, antes, tres meses, eso suponiendo que Pogue cuente el hecho de desenterrar a alguien que ya está muerto. Eso suponiendo que también cuente el transportar todos esos restos en las cajas polvorientas y agujereadas desde el sótano del departamento de Anatomía, su espacio privado allá abajo, y pelearse con multitud de cajas, llevando escaleras arriba dos o tres restos de personas a la vez, mientras los pulmones le ardían y le costaba respirar, y luego llevar las cajas hasta el aparcamiento y colocarlas en el suelo. Regresaba a buscar más y después las introducía todas en el coche y, finalmente, en grandes sacos de basura, y eso fue el pasado septiembre, cuando se enteró de la terrible e indignante noticia de que demolerían su edificio.

Sin embargo, los huesos desenterrados y las cajas polvorientas no son lo mismo, desde luego que no. Esas personas ya están muertas y no es lo mismo que matarlas. Pogue ha experimentado el poder y la gloria y se ha sentido vindicado brevemente; se quita la peluca con olor a plástico de la cabeza pelirroja y sube al coche. Conduce hasta salir del aparcamiento y llega de nuevo a las calles oscuras y los pensamientos le llevan hacia el Other Way Lounge.

42

Los haces de las linternas son como largos lápices amarillos en el patio trasero. Scarpetta está junto a la ventana, mirando, con la esperanza de que la policía tenga suerte a esa hora, aunque también lo duda. Lo que ha sugerido es una posibilidad remota, por no decir paranoica, tal vez producto del agotamiento.

—Entonces, ¿no recuerda que él viviera con la señora Arnette? —le pregunta el agente Browning mientras da golpecitos con un bolígrafo en el bloc y masca chicle sentado en una silla en el dormitorio.

—No le conocía —responde Scarpetta observando los haces de luz que se desplazan en la oscuridad y notando el aire frío que se cuela por la ventana. Lo más probable es que no encuentren nada, pero le preocupa que lo hagan. Recuerda el polvo de huesos en la boca de Gilly y en el tractorista y le preocupa que la policía encuentre algo—. No tenía manera de saber con quién vivía, suponiendo que viviera con alguien. No recuerdo haber mantenido ninguna conversación real con él.

—No me imagino de qué hablaría usted con un topo como ése.

—Ya. Todo el mundo consideraba un poco raros a quienes trabajaban en el departamento de Anatomía. No caían bien al resto del personal. Siempre se les invitaba a las fiestas y comidas al aire libre que se organizaban, pero era imposible saber si vendrían o no —explica Scarpetta.

—¿Asistió a alguna? —Browning sigue mascando chicle.

Scarpetta lo oye mascar mientras ella mira por la ventana.

—No me acuerdo, la verdad. Edgar Allan iba y venía sin que nadie se diera cuenta. Tal vez parezca poco amable por mi parte, pero fue la persona más invisible que ha trabajado para mí. Apenas recuerdo su aspecto de entonces.

—Tampoco sabemos qué aspecto tiene ahora —conjetura Browning mientras pasa una página del bloc—. Dijo que era bajito y pelirrojo. ¿Metro setenta, setenta y cinco? ¿Setenta kilos?

—Más bien metro sesenta y cinco y sesenta kilos —dice—. No recuerdo el color de los ojos.

—Según la Jefatura de Tráfico, castaños. Pero es posible que no lo sean porque mintió sobre su estatura y peso. En el permiso puso que medía metro noventa y pesaba ochenta y dos kilos.

—Entonces, ¿por qué me lo ha preguntado? —Scarpetta se vuelve y le mira.

—Para darle una oportunidad de que lo recordara antes de gafarle con información que seguramente es falsa. —Le guiña el ojo, mascando el chicle—. También puso que tenía pelo castaño. —Da unos golpecitos en el bloc con el bolígrafo—. ¿Cuánto ganaba entonces un tipo como él embalsamando cadáveres y haciendo su trabajo?

—¿Hace ocho, diez años? —Vuelve a mirar por la ventana, hacia la oscuridad, a las luces de la casa de Gilly Paulsson situada al otro lado de la valla. La policía también está en el patio y en el dormitorio. Ve sombras moviéndose detrás de la ventana con cortinas, la misma ventana por la que seguramente Edgar Allan Pogue espiaba cada vez que podía, miraba, fantaseaba y tal vez viera los juegos que tenían lugar en la casa mientras dejaba manchas en las sábanas—. Diría que unos veintidós mil dólares anuales.

—Y de repente lo dejó arguyendo que estaba discapacitado. Ese cuento ya está muy visto.

—Exposición a formaldehído. No fingía. Tuve que examinar sus informes médicos y es probable que hablara con él. Tuve que haberlo hecho. Tenía una enfermedad respiratoria por culpa del formaldehído, sufría fibrosis pulmonar. Así apareció en las radiografías y en la biopsia. Por lo que recuerdo, las pruebas indicaron que las concentraciones séricas de oxígeno en la sangre eran elevadas, demasiado elevadas, y la prueba de espirometría demostró con claridad que padecía una función respiratoria mermada.

—¿Espiro qué?

—Es una máquina, un dispositivo. Inhalas y exhalas y mide la función respiratoria.

—Entendido. Seguramente yo no habría pasado la prueba cuando fumaba.

—Si hubiera seguido fumando es probable que no.

—De acuerdo. Entonces Edgar Allan tenía un problema. ¿Debo suponer que lo sigue teniendo?

—Bueno, en cuanto dejó de estar expuesto al formaldehído o a cualquier otro agente irritante la enfermedad debió de remitir. Pero eso no significa que desapareciese porque deja una cicatriz. Una cicatriz permanente. O sea que sí, todavía tiene un problema. Cuán grave, no lo sé.

—Necesitaría un médico. ¿Cree que encontraremos el nombre del médico en los archivos de personal antiguos?

—Tendrían que estar en los archivos estatales, suponiendo que todavía existan. De hecho, debería pedírselos al doctor Marcus. Carezco de la autoridad necesaria.

—Entiendo. Doctora Scarpetta, lo que quiero saber es, según su opinión médica, si el tipo está muy enfermo. ¿Tan enfermo que es posible que todavía vaya al médico o a una clínica o tome fármacos?

—Es bien posible que los tome, pero también es posible que no. Si se ha cuidado, su mayor preocupación ha sido evitar a los enfermos, mantenerse alejado de personas resfriadas o con la gripe. Debe evitar una infección respiratoria porque no tiene los pulmones muy sanos, al menos no como usted o yo. Podría enfermar de gravedad, contraer una neumonía. Si es propenso al asma tendrá que evitar todo lo que la desencadene. Es posible que tome fármacos, quizás esteroides. Tal vez se ponga inyecciones para las alergias. Quizás use medicamentos sin receta. Puede que haga de todo o puede que no haga nada.

—Vale, vale —dice Browning dando golpecitos con el bolígrafo y mascando chicle—. Entonces es posible que si peleara con alguien se quedara sin aliento.

—Seguramente. —Llevan más de una hora y Scarpetta está rendida. Ha comido muy poco y apenas le quedan fuerzas—. Puede que sea fuerte, pero la actividad física será reducida. No jugará al tenis ni correrá con agilidad. Si ha tomado esteroides de vez en cuando durante todos estos años es probable que haya engordado. Tiene poco aguante. —Los largos haces luminosos de las linternas caen sobre la parte frontal del cobertizo de madera que hay detrás de la casa, iluminan la puerta de entrada, y un policía uniformado dirige un cortador de pernos hacia el cerrojo de la puerta.

—¿Le parecería extraño que le hubiera hecho algo a Gilly Paulsson cuando tenía la gripe? ¿No debería preocuparle el contagio? —inquiere Browning.

—No —responde Scarpetta mientras observa cómo el policía fuerza la puerta, con lo que los haces de luz iluminan el interior del cobertizo.

—¿Y eso? —pregunta él, y en ese momento suena el móvil de Scarpetta.

—Los drogadictos no piensan en la hepatitis ni en el sida cuando tienen el mono. Los violadores y asesinos en serie no piensan en las enfermedades de transmisión sexual cuando les apetece violar o asesinar —responde al tiempo que extrae el móvil del bolsillo—. No, creo que Edgar Allan no pensaría en la gripe si sintiese la imperiosa necesidad de asesinar a una joven. Perdón. —Responde a la llamada.

—Soy yo —dice Rudy—. Hemos dado con algo que deberías saber. El caso de Richmond en el que trabajas, bueno, las latentes coinciden con las latentes de un caso de Florida que estamos investigando. El IAFIS cotejó las latentes. Latentes desconocidas.

—¿«Estamos»?

—Uno de nuestros casos. Uno en el que trabajamos Lucy y yo. No estás al corriente y ahora no tengo tiempo de explicártelo, es demasiado largo. Lucy no quería que estuvieses al corriente.

La incredulidad despierta a Scarpetta del letargo y por la ventana ve a una figura con ropa oscura alejarse del cobertizo de madera, y la linterna se mueve con él. Marino se dirige a la casa.

—¿Qué clase de caso? —le pregunta a Rudy.

—Se supone que no debo hablar de ello. —Respira hondo—. Pero no consigo ponerme en contacto con Lucy. El maldito móvil, no sé qué hace, pero no responde, lleva dos horas sin responder, maldita sea. Intento de asesinato a una de nuestras reclutas. Estaba en casa de Lucy cuando ocurrió.

—Oh, cielos. —Scarpetta cierra los ojos.

—Muy extraño. Al principio pensé que fingía para llamar la

atención o algo, pero las huellas de la botella-bomba son las mismas que las del dormitorio. Las mismas que las de tu caso en Richmond, el caso de la joven por el que te llamaron.

—La mujer de tu caso. ¿Qué le pasó exactamente? —Pregunta Scarpetta mientras los pasos de Marino resuenan en el pasillo y Browning se levanta y se dirige hacia la puerta.

—Estaba en cama, con la gripe. No sabemos muy bien qué ocurrió después, pero el tipo debió de asustarse cuando Lucy regresó a casa. La víctima estaba inconsciente, conmocionada, sufrió una agresión, yo qué sé. No recuerda lo sucedido, pero estaba desnuda en la cama, boca abajo, descubierta.

—¿Heridas? —Oye a Marino y Browning hablando fuera del dormitorio. Oye la palabra «huesos».

—Sólo contusiones. Benton dice que tiene moratones en las manos, el pecho y la espalda.

—O sea, Benton lo sabe. Todo el mundo menos yo —se enfada—. Lucy me lo ha ocultado. ¿Por qué no me lo ha contado?

Rudy vacila, le cuesta responder.

—Motivos personales, creo.

—Entiendo.

—Lo siento. Ni siquiera debería decírtelo, pero tienes que saberlo porque ahora parece que tu caso guarda alguna relación. Por Dios, no me preguntes cuál es la relación, nunca había visto nada tan raro, joder. ¿A quién nos enfrentamos? ¿A un bicho raro?

Marino entra en el dormitorio y mira a Scarpetta de hito en hito.

—Sí, a un bicho raro —le dice a Rudy mientras mira a Marino—. Seguramente se trata de un hombre blanco llamado Edgar Allan Pogue, de unos treinta y cinco años. Las farmacias cuentan con bases de datos, es posible que figure en alguna de ellas, quizás en varias, puede que tome esteroides para una enfermedad respiratoria. No te diré nada más.

—Con eso ya me basta —replica Rudy, animado.

Scarpetta cuelga y sigue mirando a Marino mientras piensa cómo su parecer sobre las normas ha cambiado como la luz cambia con el clima y las estaciones, y las cosas que se veían de una manera en el pasado ahora se ven de otra y se verán diferentes en el futuro. Hay muy pocas bases de datos que TLP no pueda piratear. Al carajo las normas. Al carajo la duda y la culpa que siente mientras se guarda el móvil en el bolsillo.

—Desde la ventana del dormitorio veía la de ella —les dice a Marino y a Browning—. Si los juegos de la señora Paulsson ocurrían en la casa, es posible que él los viera por la ventana. Y Dios no lo quiera, pero si ocurrió algo en el dormitorio de Paulsson también es probable que lo viera.

—¿Doctora? —comienza Marino con expresión de enfado.

—Lo que trato de decir es que la naturaleza humana, la naturaleza humana enferma, es una cosa de lo más rara —añade ella—. El hecho de ver a alguien victimizado puede provocar que alguien quiera victimizar a esa persona de nuevo. Presenciar actos de violencia sexual por una ventana podría resultar muy provocativo para alguien que se siente insignificante...

—¿Qué juego? —le interrumpe Browning.

—¿Doctora? —repite Marino con la expresión férrea propia de una búsqueda—. Parece que en el cobertizo hay una multitud, un montón de gente muerta. Pensé que te apetecería echar un vistazo.

—¿Ha mencionado otro caso? —le pregunta Browning mientras les sigue por el pasillo frío, estrecho y oscuro.

De repente, a Scarpetta el olor a polvo y moho le resulta asfixiante e intenta no pensar en Lucy, en lo que considera personal y prohibido. Scarpetta les cuenta lo que Rudy acaba de comunicarle. Browning se agita y Marino se tranquiliza.

—Entonces es probable que Pogue esté en Florida —dice Browning—. Estoy convencido. —Los ojos se le iluminan por una serie de pensamientos que parecen confundirle, y en la cocina se detiene y añade—: Saldré enseguida. —Coge su móvil.

Un técnico de la policía científica ataviado con un mono azul marino y una gorra de béisbol quita el polvo a la placa de un interruptor de luz de la cocina. Scarpetta oye a otros policías al otro lado de la deprimente casa, en el salón. Junto a la puerta trasera hay varias bolsas de basura negras atadas y etiquetadas como pruebas y Scarpetta piensa en Junius Eise. Se entretendrá bastante clasificando la basura demente de la vida demente de Edgar Allan Pogue.

—¿Este tipo trabajó en una funeraria? —pregunta Marino a Scarpetta. El patio que hay al otro lado de la puerta trasera está descuidado y repleto de hojas mojadas—. El cobertizo está atestado de cajas de cenizas humanas, o eso parece. Llevan tiempo aquí, aunque no mucho. Es como si las hubiera trasladado al cobertizo hace poco.

Scarpetta no replica hasta que llegan al cobertizo. Entonces pide una linterna y enfoca el haz hacia el interior. Ilumina las bolsas de basura que los policías han abierto; de ellas caen cenizas blancas, fragmentos de huesos terrosos y cajas de metal y de puros recubiertas de polvo blanco. Algunas están abolladas. Junto a la puerta abierta, un policía introduce un bastón táctico retráctil en una de las bolsas de cenizas.

—¿Cree que él quemó a estas personas? —le pregunta el policía.

Scarpetta recorre el interior del cobertizo con la linterna y se detiene en unos huesos largos y en un cráneo color pergamino antiguo.

—No —responde Scarpetta—, salvo que tuviera un crematorio en alguna parte. Son restos típicos de las incineraciones. —Ilumina una caja abollada y polvorienta medio hundida en las cenizas de una bolsa de basura—. Cuando se devuelven las cenizas del difunto, suele hacerse en una caja sencilla y barata como ésa. Si se quiere algo mejor, se paga. —Vuelve a iluminar los huesos largos y el cráneo, que parece mirarles con ojos negros y huecos y una mueca desdentada—. Para reducir un cuerpo humano a cenizas se necesitan temperaturas de hasta mil grados.

—¿Y los huesos sin quemar? —Señala los huesos largos y el cráneo con el bastón, y aunque el bastón se mantiene firme en su mano Scarpetta se da cuenta de que está nervioso.

—Habría que comprobar si se han profanado tumbas por aquí últimamente —responde—. Esos huesos me parecen viejos. Desde luego, no son recientes. Y no noto el olor típico de los cadáveres en proceso de descomposición. —Mira el cráneo de hito en hito y éste le devuelve la mirada.

—Necrofilia —comenta Marino mientras ilumina el interior del cobertizo, las cenizas blancas de decenas y decenas de personas acumuladas durante años en alguna parte y trasladadas hace poco al cobertizo.

—No lo sé —replica Scarpetta al tiempo que apaga la linterna y sale del cobertizo—, pero diría que se traía algún chanchullo entre manos, cobraría por arrojar las cenizas, seguramente para satisfacer el deseo de alguna persona de que esparcieran sus cenizas en la montaña, en el mar, en un jardín o en su lugar de pesca favorito. Cobras el dinero y luego arrojas las cenizas en alguna parte. Supongo que al final en este cobertizo. Nadie se entera. Ha pasado otras veces. Es posible que comenzara a hacerlo cuando trabajaba para mí. También comprobaría si ha acudido a los crematorios locales para hacer negocio. Por supuesto, lo más probable es que no lo reconozcan. —Se aleja pisando las hojas caídas y mojadas.

—O sea que todo se reduce a una cuestión de dinero, ¿no? —le pregunta el policía con el bastón en tono incrédulo mientras la sigue.

—Quizá la muerte le atrajera tanto que comenzó a provocarla —responde Scarpetta atravesando el patio.

Ya no llueve. El viento ha amainado y la luna ha salido entre las nubes, pequeña y pálida como un fragmento de cristal muy por encima del tejado de pizarra cubierto de musgo de la casa donde vivió Edgar Allan Pogue.

43

En la calle envuelta en niebla, la luz de la farola más cercana ilumina lo suficiente a Scarpetta como para proyectar su sombra en el asfalto. Observa las ventanas iluminadas a ambos lados de la puerta principal, al otro lado del patio oscuro y empapado.

Quienquiera que viva en el barrio o conduzca por la zona debería haberse fijado en las luces encendidas y en un hombre pelirrojo yendo y viniendo. Tal vez tenga coche, pero Browning acaba de comunicarle que si Pogue posee algún vehículo, éste no consta en ninguna parte. Por supuesto, eso es típico. Significa que si tiene un coche la matrícula no está a su nombre. O el coche no es suyo o ha robado la matrícula. Es posible que no tenga coche, piensa Scarpetta.

El móvil le parece pesado e incómodo, aunque es pequeño y pesa poco, pero pensar en Lucy le preocupa e inquieta e incluso teme llamarla dadas las circunstancias. Sea cual sea la situación personal de Lucy, Scarpetta teme saber los detalles. Las situaciones personales de su sobrina casi nunca son buenas y la parte de Scarpetta que no parece tener nada mejor que hacer que preocuparse y vacilar se pasa gran parte del tiempo culpándose por el fracaso de las relaciones de Lucy. Benton está en Aspen y Lucy debe de saberlo. Debe de saber que Benton y Scarpetta no están en el mejor momento y no lo han estado desde que han vuelto a estar juntos.

Scarpetta marca el número de Lucy mientras Marino sale al porche en sombras. A Scarpetta le sorprende verle salir con las manos vacías de una escena del crimen. Cuando era agente de policía en Richmond nunca abandonaba una escena del crimen sin arrastrar tantas bolsas de pruebas como le cabían en la furgoneta, pero ahora no lleva nada porque Richmond ya no es su jurisdicción. Lo más sensato es dejar que los policías recojan las pruebas, las etiqueten y preparen para enviarlas a los laboratorios. Tal vez los policías hagan bien el trabajo y no se dejen nada importante ni incluyan demasiadas cosas irrelevantes, pero Scarpetta observa a Marino caminar lentamente por el sendero de ladrillos y se siente impotente. Cuelga antes de que le salga el buzón de voz de Lucy.

—¿Qué quieres hacer? —le pregunta a Marino cuando se le acerca.

—Ojalá tuviera un cigarrillo —responde éste mirando hacia la calle iluminada de manera irregular—. Jimbo, el intrépido agente inmobiliario, acaba de llamar. Se puso en contacto con Bernice Towle. Es la hija.

—¿La hija de la señora Arnette?

—Exacto. La señora Towle dice que en la casa no ha vivido nadie, al menos que ella sepa. Asegura que la casa lleva varios años vacía. Hay algo muy extraño sobre un testamento de mierda. No lo sé. No se permite que la familia venda la casa por menos de una cantidad de dinero establecida y Jim dice que no la venderá por ese precio ni en broma. No lo sé. Vaya, me iría bien un cigarrillo. A lo mejor el olor a humo de puros me ha despertado el capricho de fumar.

—¿Qué me dices de los invitados? ¿La señora Towle permitió que alguien se alojara en la casa?

—Nadie parece recordar la última vez que alguien se alojó en este lugar de mala muerte. Supongo que haría como los vagabundos que viven en edificios abandonados. Campar a tus anchas y si viene alguien, te las piras. Y vuelves cuando no hay moros en la costa. Vete a saber. Entonces, ¿qué quieres hacer?

—Supongo que deberíamos regresar al hotel. —Abre el coche y mira de nuevo hacia la casa iluminada—. Creo que esta noche ya no queda mucho por hacer.

—¿A qué hora cerrará el bar del hotel? —pregunta mientras abre la puerta del pasajero y se recoge las perneras de los pantalones para entrar con cuidado en el todoterreno—. Estoy completamente despierto, maldita sea. Creo que un cigarrillo no me sentaría mal, sólo uno, ni tampoco unas cervezas. Eso me ayudará a dormir.

Scarpetta cierra la puerta del conductor y arranca.

—Espero que el bar esté cerrado —replica—. Si bebo sólo servirá para empeorar las cosas porque no puedo ni pensar. ¿Qué ha ocurrido, Marino? —Se aparta del bordillo y las luces de la casa de Edgar Allan Pogue quedan atrás—. Ha estado viviendo en la casa. ¿Es que nadie lo sabía? Tiene un cobertizo de madera lleno de restos humanos y nadie le ha visto nunca entrando en el cobertizo, ¿nadie de nadie? ¿La señora Paulsson tampoco le vio? Tal vez Gilly sí.

—¿Por qué no damos la vuelta, vamos a su casa y se lo preguntamos? —sugiere Marino mirando por la ventanilla con sus manazas en el regazo, como si se protegiera las heridas.

—Es casi medianoche.

Marino se ríe con sarcasmo.

—Vale. Seamos educados.

—De acuerdo. —Scarpetta vira a la izquierda en Grace Street—. Prepárate. No sabemos qué dirá cuando te vea.

—Es ella a la que debería preocuparle lo que yo diga, no al revés.

Scarpetta cambia de sentido y aparca en el bordillo de la casita de ladrillos, detrás del monovolumen azul oscuro. Sólo está encendida la luz del salón, la cual brilla por entre las cortinas vaporosas. Trata de imaginar un modo infalible para que la señora Paulsson acuda a la puerta y decide que lo más sensato es llamarla primero. Repasa la lista de las llamadas más recientes en busca del número de Paulsson, pero no está allí. Rebusca en el bolso hasta encontrar el trozo de papel que ha conservado desde que conociera a Suzanna Paulsson; marca el número, lo envía por las ondas aéreas, o por dondequiera que vayan las llamadas, y se imagina el teléfono sonando en su mesita de noche.

—¿Sí? —La señora Paulsson suena preocupada y grogui.

—Soy Kay Scarpetta. Estoy fuera de su casa y ha ocurrido algo. Necesito hablar con usted. Salga a la puerta, por favor.

—¿Qué hora es? —pregunta, confundida y asustada.

—Salga a la puerta, por favor —repite Scarpetta bajando del coche—. Estoy delante de la puerta.

—Vale, vale. —La señora Paulsson cuelga.

—Quédate en el coche —le dice a Marino—. Espera a que abra la puerta y entonces sales. Si te ve por la ventana no nos dejará entrar.

Cierra la puerta del todoterreno y Marino permanece sentado en la oscuridad mientras ella se encamina hacia el porche. Las luces se encienden a medida que la señora Paulsson recorre la casa en dirección a la puerta. Scarpetta espera mientras una sombra se desliza por detrás de la cortina del salón. Se mueve cuando la señora Paulsson se asoma y luego se agita hasta cerrarse y se ondea al abrirse la puerta. Lleva una bata de franela roja, tiene el pelo aplanado en la parte que apoyaba en la almohada y los ojos hinchados.

—Santo Dios, ¿de qué se trata? —pregunta y deja que Scarpetta entre en la casa—. ¿Por qué ha venido? ¿Qué ha ocurrido?

—El hombre que vivía en la casa detrás de la cerca —dice Scarpetta—, ¿le conocía?

—¿Qué hombre? —Parece desconcertada y asustada—. ¿Qué cerca?

—La casa que hay ahí detrás —señala Scarpetta mientras espera que Marino aparezca por la puerta en cualquier momento—. Ahí ha vivido un hombre. Venga, debe de saber que alguien ha estado viviendo ahí, señora Paulsson.

Marino llama a la puerta y la señora Paulsson da un respingo y se lleva la mano al corazón.

—¡Dios mío! ¿Y ahora qué?

Scarpetta abre la puerta y Marino entra. Tiene el rostro enrojecido, pero no mira a la señora Paulsson. Cierra la puerta tras de sí y se dirige al salón.

—Oh, mierda —dice la señora Paulsson con enfado—. No le quiero aquí —le dice a Scarpetta—. ¡Que se marche!

—Háblenos del hombre que vivía en esa casa —le insta Scarpetta—. Debió de ver las luces encendidas.

—¿Se llamaba Edgar Allan o Al o algo parecido? —le pregunta Marino con expresión firme—. No nos vengas con rollos, Suz. No estamos de humor para tonterías. ¿Cómo se hacía llamar? Apuesto a que erais colegas.

—No sé nada de ese hombre —dice—. ¿Por qué? ¿Hizo...? ¿Crees que...? Dios mío. —Los ojos se le empañan de lágrimas y miedo y parece decir la verdad como un buen mentiroso, pero Scarpetta no se lo cree.

—¿Vino a esta casa alguna vez? —le pregunta Marino.

—¡No! —Niega con la cabeza y pone los brazos en jarras.

—¿De veras? —dice Marino—. ¿Cómo lo sabes si ni siquiera sabes de quién estamos hablando? A lo mejor es el lechero. A lo mejor vino a participar en uno de tus juegos. Si no sabes de quién hablamos, ¿cómo puedes decir que nunca ha estado aquí?

—No pienso permitir que se me hable así —le dice a Scarpetta.

—Responda a la pregunta —replica Scarpetta mirándola.

—Le digo que...

—Y yo te digo que sus putas huellas estaban en el dormitorio de Gilly —replica Marino en tono agresivo mientras se le acerca—. Dejaste que ese pelirrojo bajito entrara a jugar, ¿no es así, Suz?

—¡No! —Tiene el rostro surcado de lágrimas—. ¡No! ¡Ahí detrás no vive nadie! Sólo la anciana y hace años que se fue. Y de vez en cuando ha venido alguien, pero juro que no vive nadie. ¿Sus huellas? ¡Oh, Dios! Mi niñita. Mi niñita —dice sollozando, y se lleva las manos temblorosas a las mejillas—. ¿Qué le hizo a mi pequeña?

—La mató, eso fue lo que le hizo —responde Marino—. Háblanos de él, Suz.

—Oh, no —gime—. Oh, Gilly.

—Siéntate, Suz.

Se queda de pie, llorando.

—¡Siéntate! —repite Marino enfadado; Scarpetta conoce bien el numerito. Le deja hacer lo que tan bien se le da, aunque no resulta agradable presenciarlo—. ¡Siéntate! —Señala el sofá—. Por una vez en tu puta vida di la verdad, joder. Hazlo por Gilly.

La señora Paulsson se desploma en el sofá de tela escocesa, con la cara oculta entre las manos, y las lágrimas se le deslizan por el cuello. Scarpetta se sitúa delante de la chimenea apagada, al otro lado de ella.

—Háblame de Edgar Allan Pogue —insiste Marino—. ¿Me estás oyendo, Suz? ¿Hooola? ¿Estás ahí, Suz? Se cargó a tu niñita. O a lo mejor te da igual. Gilly era un auténtico coñazo. He oído decir que era una dejada. Te pasabas el día recogiéndoselo todo...

—¡Basta! —chilla la señora Paulsson con los ojos enrojecidos, lanzando una mirada iracunda a Marino—. ¡Basta! ¡Basta! Cabronazo... —solloza y se seca la nariz con una mano temblorosa—. Mi Gilly.

Marino se sienta en el sillón de orejas y ninguno de los dos parece darse cuenta de la presencia de Scarpetta, aunque Marino conoce bien el numerito.

—¿Quieres que lo atrapemos, Suz? —le pregunta en voz baja

y más tranquila. Se inclina hacia delante y apoya los antebrazos en las rodillas—. ¿Qué quieres? Dímelo.

—Sí. —Asiente, llorando—. Sí.

—Ayúdanos.

Niega con la cabeza y llora.

—¿No nos ayudarás? —Se reclina en el sillón y mira a Scarpetta, de pie delante de la chimenea—. No nos ayudará, doctora. No quiere atraparlo.

—No —solloza la señora Paulsson—. No... no sé. Sólo le vi, supongo que... Una noche salí... me acerqué a la valla. Fui a buscar a *Sweetie* y había un hombre en el patio trasero.

—El patio que hay detrás de su casa —dice Marino—, al otro lado de tu valla trasera, ¿no?

—Estaba detrás de la cerca, hay huecos entre los tablones, y tenía los dedos metidos para acariciar a *Sweetie*. Le di las buenas noches. Eso es lo que le dije... Oh, mierda. —Apenas puede respirar—. Oh, mierda. Lo hizo. Estaba acariciando a *Sweetie*.

—¿Qué te dijo? —pregunta Marino en voz baja—. ¿Te dijo algo?

—Dijo... —Alza la voz y vuelve a bajarla—. Dijo... dijo: «Me gusta *Sweetie*.»

—¿Cómo sabía el nombre del cachorro?

—«Me gusta *Sweetie*», eso dijo.

—¿Cómo sabía que el cachorro se llamaba *Sweetie*? —repite Marino.

La señora Paulsson respira temblorosa, con la mirada clavada en el suelo.

—Supongo que, dado que le gustaba, también se llevó al cachorro. No has vuelto a verlo, ¿no?

—Se llevó a *Sweetie*. —Aprieta los puños en el regazo y los nudillos se le tornan blancos—. Se lo llevó todo.

—¿Qué pensaste esa noche cuando le viste acariciar a *Sweetie* por la valla? ¿Qué pensaste al ver un hombre ahí detrás?

—Hablaba con voz baja y lentamente, no parecía agradable ni antipático. No lo sé.

—¿No le dijiste nada más?

La señora Paulsson sigue mirando el suelo con los puños apretados en el regazo.

—Creo que le dije: «Soy Suz. ¿Vives en el barrio?» Dijo que estaba de visita. Eso es todo. Recogí a *Sweetie* y él regresó a la casa. Mientras yo entraba en la mía, por la puerta de la cocina, vi a Gilly. Estaba en su dormitorio, mirando por la ventana. Me había visto ir a buscar a *Sweetie*. Nada más entrar, corrió a su encuentro. Quería mucho al perro. —Los labios le tiemblan—. Se habría llevado un buen disgusto.

—¿Las cortinas estaban corridas mientras Gilly miraba por la ventana? —pregunta Marino.

La señora Paulsson sigue con la mirada clavada en el suelo, sin pestañear, con los puños tan apretados que las uñas se le hincan en las palmas.

Marino mira a Scarpetta.

—No pasa nada, señora Paulsson —dice ésta—. Intente calmarse. Trate de relajarse un poco. Cuando el hombre acarició a *Sweetie* por la valla, ¿fue mucho antes de la muerte de Gilly?

La señora Paulsson se seca los ojos y los cierra.

—¿Días? ¿Semanas? ¿Meses?

Alza la vista y la mira.

—No sé por qué ha vuelto usted. Le dije que no lo hiciera.

—Es por Gilly —replica Scarpetta tratando de que se concentre en algo en lo que no quiere pensar—. Tenemos que saber más detalles del hombre que vio por la valla, el hombre que dice que acariciaba a *Sweetie*.

—No tiene derecho a volver aquí después de que yo le dijera que no lo hiciera.

—Siento que no quiera verme —replica Scarpetta en voz baja, de pie delante de la chimenea—. Aunque no se lo parezca, intento ayudarla. Todos queremos saber qué le ocurrió a su hija y qué fue de *Sweetie*.

—No —dice la señora Paulsson mirándola de manera extraña—. Quiero que se marche. —No añade que Marino deba marcharse. Ni siquiera parece darse cuenta de que está sentado en el sillón, a su izquierda, apenas a medio metro de ella—. Si no se marcha, llamaré a alguien. A la policía, llamaré a la policía.

«Quieres estar a solas con Marino —piensa Scarpetta—. Quieres seguir con el juego porque los juegos son más fáciles que la vida real.»

—¿Recuerda que la policía se llevó cosas del dormitorio de Gilly?

—le pregunta—. Recuerde que se llevaron las sábanas de la cama. Se llevaron muchas cosas a los laboratorios.

—Quiero que se marche —repite, mirándola con frialdad.

—Los científicos buscan pruebas. Analizaron todo lo que la policía se llevó de la casa, las sábanas de la cama de Gilly, el pijama, todo. Y yo examiné a Gilly —explica Scarpetta mirándola de hito en hito—. Los científicos no encontraron ni un pelo de perro. Ni siquiera uno.

La señora Paulsson la fulmina con la mirada y una idea recorre sus ojos como un pececillo nadando por aguas poco profundas y sucias.

—Ni un solo pelo de perro. Ni un pelo de basset —insiste Scarpetta, de pie delante de la chimenea, mirando a la señora Paulsson desde las alturas—. *Sweetie* ha desaparecido porque nunca ha existido. No hay ningún cachorro ni nunca lo hubo.

—Dile que se marche —le dice la señora Paulsson a Marino sin mirarle—. Que se vaya de mi casa —añade como si Marino fuera su aliado—. Los médicos como usted hacen lo que les da la gana con la gente —le espeta a Scarpetta—, hacen exactamente lo que les da la gana.

—¿Por qué mentiste sobre el cachorro? —le pregunta Marino.

—*Sweetie* ya no está aquí —responde—. Ya no está.

—No nos costaría nada averiguar si hubo un perro en la casa —dice Marino.

—Gilly se acostumbró a mirar por la ventana. Lo hacía por *Sweetie*, para ver dónde estaba. Abría la ventana y lo llamaba —dice la señora Paulsson mirándose los puños apretados.

—Nunca hubo un cachorro, Suz, ¿verdad que no? —pregunta Marino.

—Abría y cerraba la ventana por *Sweetie*. Cuando *Sweetie* estaba en el patio, Gilly abría la ventana, se reía y lo llamaba. El cerrojo se rompió. —Abre las manos lentamente y se las mira, observa las marcas en forma de media luna dejadas por las uñas—. Debería haberlo arreglado.

44

A las diez en punto de la mañana siguiente Lucy se pasea por la sala, impaciente y aburrida. Espera que el piloto de helicóptero sentado junto al televisor se apresure por acudir a su cita o reciba una llamada urgente y se vaya. Camina por el salón de la casa, cerca del recinto hospitalario, y se detiene delante de una ventana con un viejo cristal ondulado y observa Bare Street y las casas históricas que allí hay. Los turistas no acudirán en manada a Charleston hasta primavera, y no ve a muchas personas en la calle.

Lucy llamó al timbre hará unos quince minutos y una señora regordeta la dejó entrar y la condujo hasta la sala de espera, justo a continuación de la puerta principal, la cual seguramente había sido un pequeño vestíbulo formal en la época más gloriosa de la casa. La mujer le entregó un impreso de la Agencia Federal de Aviación para que lo rellenase, el mismo impreso que Lucy ha rellenado cada dos años durante la última década, y luego la mujer se retiró por un largo tramo de escalera de madera brillante. El impreso de Lucy está en la mesa de centro. Comenzó a rellenarlo y luego lo dejó. Coge una revista de una mesa, la hojea y la coloca de nuevo en la pila mientras el piloto de helicópteros rellena su impreso y, de tanto en tanto, la mira.

—Espero que no le moleste que se lo diga —le dice en tono afable—, pero al doctor Paulsson no le gusta recibir a alguien que no ha rellenado el impreso.

—Veo que está al tanto de todo —replica Lucy mientras se sienta—. Dichosos impresos. Nunca se me han dado bien. En el instituto siempre suspendía.

—Los odio —conviene el piloto de helicópteros. Es joven y se le ve en forma, con pelo oscuro casi al rape y ojos oscuros muy pegados; cuando se presentó hace unos minutos dijo que pilotaba Black Hawk para la Guardia Nacional y Jet Ranger para una empresa de vuelos chárter—. La última vez que lo hice olvidé marcar la casilla de las alergias porque me había estado medicando para la alergia. Mi mujer tiene un gato y tuve que empezar a ponerme inyecciones. Funcionaron tan bien que olvidé que tengo alergia y el ordenador rechazó mi solicitud.

—Lamentable —comenta Lucy—. Basta una anomalía para que el ordenador te fastidie durante meses.

—Esta vez he traído una copia de un impreso viejo —dice sosteniendo un trozo de papel amarillo doblado—. Así pongo las mismas respuestas. Ése es el truco. Yo en su lugar rellenaría ese impreso. Al doctor Paulsson no le gustará nada si entra sin rellenarlo.

—He cometido un error —responde Lucy mientras coge el impreso—. He puesto la ciudad en el espacio equivocado. Tengo que rellenarlo otra vez.

—Vaya.

—Si la señora vuelve le pediré otro impreso.

—Ha trabajado aquí toda la vida —dice el piloto.

—¿Cómo lo sabe? —inquiere Lucy—. Es demasiado joven para saber si alguien ha trabajado aquí toda la vida.

Él sonríe y comienza a coquetear un poco con Lucy.

—Se sorprendería si supiera lo mucho que he estado por aquí. ¿Desde dónde vuela? Nunca la había visto aquí. No me lo ha dicho. Su traje de vuelo no parece militar, al menos no los trajes militares que conozco.

El traje de vuelo de Lucy es negro con una insignia de la bandera estadounidense en un hombro y una insignia poco común en el otro, una insignia azul y dorada de un águila rodeada de estrellas, diseño de Lucy. En el marbete de piel hoy pone «P. W. Winston». Se pega con velcro y puede cambiar el nombre cuando quiera, dependiendo de lo que haga y dónde lo haga. Puesto que su padre biológico era cubano, Lucy puede pasar por hispana, italiana o portuguesa sin necesidad de maquillarse. Hoy está en Charleston, Carolina del Sur, y es una guapa mujer blanca con una inflexión sureña aceptable, una cadencia muy dulce de su acento americano normal.

—Información confidencial —responde—, pero le diré que el tipo para el que vuelo tiene un cuatro-treinta.

—¡Qué suerte! —exclama el piloto impresionado—. Debe de ser un tipo rico, de eso no cabe duda. Ése sí que es un señor helicóptero, el cuatro-treinta. ¿Le gusta la imagen del blanco? ¿Tardó en acostumbrarse?

—Me encanta —replica Lucy, aunque desea que se calle. Podría pasarse el día hablando de helicópteros, pero lo que más le interesa es decidir dónde colocar los micros ocultos en casa de Frank Paulsson y cómo hacerlo.

La señora regordeta que la condujo hasta la sala de espera aparece de nuevo y le dice al piloto que ya puede acompañarla, que el doctor Paulsson le espera, y le pregunta si ha terminado de rellenar el impreso.

—Si alguna vez pasa por Mercury Air, tenemos una oficina en el hangar, la verá junto al aparcamiento. Tengo una Harley Soft-Tail aparcada allí —le dice a Lucy.

—Un hombre con mis gustos —responde desde la silla—. Necesito otro impreso —le dice a la mujer—. He echado a perder éste.

La mujer la mira con recelo.

—Bueno, veamos qué se puede hacer. No tire ése. Desordenará la secuencia de números.

—Sí, señora. Lo tengo en la mesa. —Y al piloto—: Acabo de intercambiar mi Sporster por una V-Rod. Ni siquiera está rota todavía.

—¡Maldita sea! Un cuatro-treinta y una V-Rod. Ya me gustaría tenerlos —repone con admiración.

—Quizá demos una vuelta juntos algún día. Suerte con el gato.

El piloto se ríe. Le oye subir por la escalera mientras le cuenta a la regordeta impertérrita que cuando conoció a su mujer ella no quiso renunciar al gato y dormía en su cama y a él le salía urticaria en los momentos más inoportunos. Lucy tiene la planta de abajo para sí durante al menos un minuto, como mínimo durante lo que tarde la señora en ir a buscar otro impreso y regresar. Lucy se pone un par de guantes de algodón y limpia a toda velocidad las revistas que ha tocado.

El primer micro que coloca es del tamaño de una colilla, un micrófono inalámbrico metido en un tubo de plástico impermeable de color verde que no se parece a nada. La mayoría de los micros ocultos tiene que parecerse a algo, pero de vez en cuando los micros no se parecen a nada. Coloca el tubo verde dentro del tiesto de cerámica brillante de la planta artificial de un verde intenso que hay en la mesa de centro. Se dirige rápidamente hacia la parte posterior del edificio y coloca otro micro verde en otra planta artificial que hay en una mesa de la cocina comedor, y entonces oye los pasos de la mujer en la escalera.

45

Benton se sienta al escritorio del dormitorio de la segunda planta que usa como despacho. Espera frente a la pantalla del portátil a que Lucy active la videocámara oculta en un bolígrafo y conectada a una interfaz celular que parece un busca. Espera a que active el transmisor de audio de alta sensibilidad con aspecto de portaminas. A la derecha del portátil hay un sistema de vigilancia de audio modular incorporado en un maletín. El maletín está abierto y contiene una grabadora y unos receptores en espera.

Son las diez y veintiocho minutos de la mañana en Charleston y dos horas menos en Aspen. Contempla la pantalla negra del portátil, esperando pacientemente con los auriculares puestos. Lleva esperando casi una hora. Lucy le llamó ayer por la tarde después de aterrizar en Charleston y le dijo que tenía una cita con Paulsson. El doctor estaba desbordado de trabajo, pero ella adujo que era algo urgente, que tenía que someterse a un chequeo enseguida porque su certificado médico caducaba al cabo de dos días. ¿Por qué había esperado hasta el último momento?, le había preguntado la secretaria del doctor Paulsson.

Lucy describió enorgullecida sus estratagemas a Benton. Le dijo que titubeó y se hizo la asustada. Tartamudeó un poco y dijo que no había encontrado el momento, que el propietario del helicóptero para quien trabajaba la había llevado a todas partes y nunca encontraba el momento para el chequeo. También había tenido problemas personales, le dijo a la secretaria, y si no se sometía al chequeo no podría pilotar legalmente y podría perder el trabajo y lo que precisamente no quería era perder el trabajo justo entonces. La mujer le dijo que esperara. Al regresar le comunicó que el doctor Paulsson la recibiría a las diez de la mañana del día siguiente, y que le hacía un gran favor porque cancelaría el partido de dobles semanal debido al aprieto de Lucy. Le aconsejó que se presentara puntual porque el ocupado e importante doctor Paulsson le estaba haciendo un gran favor.

De momento todo ha salido según lo planeado. Lucy tiene una cita. Ahora está en la casa del médico de aviación. Benton espera junto al escritorio y mira por la ventana el cielo níveo, más denso y bajo que hace apenas media hora. Se supone que nevará de nuevo al anochecer y durante toda la noche. Se está cansando de la nieve. Se está cansando de esa casa. Se está cansando de Aspen. Desde que Henri invadió su vida se ha empezado a hartar de todo.

Henri Walden es una psicópata, una narcisista, una acosadora. Le hace perder el tiempo. A Walden la terapia para el estrés postraumático le parece ridícula y Benton se compadecería de Lucy si no estuviera enfadada con ella por permitir que Henri haga tanto daño. Henri la atrajo y la utilizó. Henri consiguió lo que quería. Quizá no planeara que la agredieran en la casa de Lucy en Florida, quizá no planeara muchas cosas, pero a fin de cuentas Henri buscó a Lucy, la encontró, consiguió lo que quiso de ella y ahora se burla de Benton. Ha sacrificado sus vacaciones en Aspen con Scarpetta para que una actriz e investigadora fracasada y psicópata llamada Henri se burle de él y le enfurezca. Ha renunciado a estar con Scarpetta y no podía permitírselo. No podía. Las cosas ya estaban mal. Tal vez hayan llegado a su fin. Benton no la culpará. La idea le resulta intolerable, pero no la culpará.

Coge un transmisor que parece una pequeña radio de policía.

—¿Estás lista? —le pregunta a Lucy.

Si no lo está, no recibirá la transmisión por el minúsculo receptor inalámbrico que lleva en el conducto auditivo. El auricular es invisible, pero Lucy deberá tener cuidado. Desde luego, no podrá llevarlo cuando el doctor Paulsson le examine los oídos, por lo que tendrá que ser muy rápida y astuta. Benton le advirtió que el receptor unidireccional sería útil pero arriesgado. «Me gustaría poder hablar contigo —le dijo—. Sería muy útil que pudiera darte indicaciones, pero ya conoces los riesgos. Paulsson se dará cuenta durante el chequeo.» Lucy dijo que prefería evitar las indicaciones. Benton le replicó que lo mejor sería disponer de ellas.

—¿Lucy? ¿Estás lista? —repite—. No te veo ni te oigo, sólo estoy probando.

De repente, el vídeo se activa y la pantalla del portátil cobra vida, y también oye los pasos de Lucy. La imagen de una escalera de madera aparece y desaparece delante de Lucy mientras ella sube, y en los auriculares oye sus pasos. También la oye respirar.

—Te recibo con claridad —dice, sosteniendo el transmisor cerca de los labios. Las luces de grabación, vídeo y voz se han activado.

El puño de Lucy aparece en la imagen y la oye llamar a la puerta con absoluta claridad. La puerta se abre y una bata de laboratorio llena la pantalla. Ve el cuello de un hombre y luego la cara del doctor Paulsson saludando a Lucy con formalidad. El doctor Paulsson retrocede unos pasos, la invita a sentarse y, a medida que Lucy se mueve, la cámara bolígrafo realiza un barrido de la pequeña y sobria sala de chequeos y entonces ve la mesa de reconocimiento cubierta de papel blanco.

—Aquí está el primer impreso. Y el segundo que he rellenado —dice Lucy mientras le entrega los impresos—. Lo siento. Los impresos no son lo mío. En el instituto siempre suspendía. —Suelta una risita nerviosa mientras Paulsson echa un vistazo a los impresos con expresión adusta.

—Te recibo perfectamente —dice Benton.

La mano de Lucy aparece en la pantalla del portátil al pasarla por delante del bolígrafo para darle a entender que le oye por el minúsculo receptor que lleva en el oído.

—¿Fue a la universidad? —le pregunta Paulsson.

—No, señor. Quise ir, pero...

—Qué pena —replica sin sonreír; lleva unas pequeñas gafas de montura ligera y es un hombre atractivo, algunas personas dirían que apuesto. Es más alto que Lucy, aunque no mucho, sólo unos centímetros, alrededor de un metro ochenta, y es delgado y, por lo que Benton ve, parece fuerte. Sólo ve lo que la cámara bolígrafo enfoca desde el bolsillo superior del traje de piloto de Lucy.

—Bueno, no hace falta estudiar en la universidad para pilotar un helicóptero —vacila Lucy. Está interpretando a la perfección el papel de mujer insegura e intimidada por las circunstancias.

—Mi secretaria mencionó que ha tenido problemas personales —comenta Paulsson sin dejar de mirar los impresos.

—Sí, algunos.

—Cuénteme qué ha pasado —dice.

—Oh, las típicas cosas de novios —dice nerviosa, afectando vergüenza—. Se suponía que debía casarme pero no funcionó. En parte por el trabajo. Apuesto a que durante los últimos seis meses me he pasado cinco fuera.

—O sea que su novio no soportaba sus ausencias y huyó —dice el doctor mientras coloca los impresos en una especie de mostrador en el que hay un ordenador. Lucy se mueve de tal modo que el bolígrafo capta los movimientos del doctor.

—Bien —dice Benton al tiempo que echa un vistazo a la puerta del despacho cerrada con llave. Henri ha salido a dar un paseo, pero ha echado la llave para evitar que entre de repente sin previo aviso. Henri no ha aprendido cuáles son los límites porque para ella no existen.

—Nos separamos —replica Lucy—. Ahora estoy mejor. Pero eso y todo lo demás... Ha sido estresante, pero estoy bien.

—¿Por eso ha esperado hasta el último momento para el chequeo? —pregunta Paulsson acercándosele.

—Supongo que sí.

—No ha sido muy sensata. No puede pilotar sin haber pasado el chequeo. Hay médicos de aviación por todo el país, debería haberlo tenido en cuenta. ¿Y si yo no hubiera podido atenderla hoy? Tenía una cita urgente esta mañana con el hijo de un amigo mío, pero he hecho una excepción para atenderla. ¿Y si hubiera dicho que no? Su carnet caduca mañana, suponiendo que la fecha que ha anotado sea correcta.

—Sí, señor. Sé que ha sido una tontería esperar. No se imagina lo mucho que le agradezco...

—No tengo mucho tiempo, así que pongámonos en marcha. —Coge un tensiómetro de la repisa y le pide que se arremangue, tras lo cual le sujeta el manguito en el brazo y comienza a inflarlo—. Está usted en buena forma. ¿Hace mucho ejercicio?

—Lo intento —responde con voz temblorosa mientras Paulsson le roza el pecho con una mano.

Benton nota el acoso a pesar de estar a más de mil quinientos kilómetros en Aspen. Si alguien mirara a Benton no apreciaría ninguna reacción, ni siquiera un brillo en los ojos o un fruncimiento de labios. Sin embargo, Benton siente el acoso tanto como Lucy.

—Te está tocando —le dice para que quede constancia en la grabación—. Ha comenzado a tocarte.

—Sí. —Lucy parece responder al doctor Paulsson, pero está respondiendo a Benton, y mueve la mano por delante de la cámara para confirmar la respuesta afirmativa—. Sí, hago mucho ejercicio —añade.

46

—Trece y ocho —dice el doctor Paulsson tocándola de nuevo mientras despega el velcro y le quita el manguito—. ¿Suele estar tan alta?

—No, en absoluto —dice Lucy fingiendo sorpresa—. ¿Le parece alta? Normalmente tengo once y siete. Por lo general, demasiado baja.

—¿Está nerviosa?

—Nunca me ha gustado ir al médico —responde y, dado que ella está sentada en la camilla y él de pie, se echa un poco hacia atrás. Quiere que Benton vea la cara de Paulsson mientras intenta intimidarla y manipularla—. Quizás estoy un poco nerviosa.

Él le coloca la mano en el cuello, justo debajo de la mandíbula. Le nota la piel cálida y seca mientras le palpa detrás de las orejas, que tiene ocultas por el pelo. Es imposible que vea el receptor oculto. Le dice que trague saliva y le palpa los ganglios linfáticos mientras Lucy permanece erguida y se concentra para mostrarse nerviosa e inquieta, ya que él está palpándole el pulso en el cuello.

—Trague —repite, y le toca la tiroides y comprueba la línea media de la tráquea, y de repente a Lucy se le ocurre que sabe de sobra en qué consisten los chequeos. Cuando le hacían uno de niña solía preguntarle cosas a tía Kay, y no se mostraba satisfecha hasta que sabía el motivo de cada uno de los comentarios y exploraciones del médico que la reconocía.

Vuelve a palparle los ganglios linfáticos y se le acerca. Lucy nota su aliento en la coronilla.

—Sólo le veo la bata —le dice Benton con claridad en el oído izquierdo.

«No puedo hacer nada al respecto», piensa Lucy.

—¿Se ha sentido cansada y desganada últimamente? —pregunta Paulsson con una naturalidad que resulta intimidante.

—No. Bueno, he trabajado duro y viajado mucho. Quizás un poco cansada —balbucea fingiendo sentirse tan asustada como aparenta mientras él se aprieta contra sus rodillas, y Lucy lo nota. Siente su dureza en una rodilla y luego en la otra y, por desgracia, la cámara no registra lo que ella nota.

—Necesito ir al baño —dice—. Lo siento. Vuelvo enseguida.

El doctor Paulsson se aparta y, de repente, Benton vuelve a ver la sala. Es como si hubieran quitado la tapa de un agujero en el suelo y a Lucy se le permitiera salir. Baja de la camilla y se encamina rápidamente hacia la puerta mientras Paulsson se acerca al ordenador y recoge el impreso que ha rellenado correctamente.

—Hay un vaso precintado en el lavamanos —le dice mientras Lucy sale de la sala.

—Sí, señor.

—Déjelo encima del váter cuando acabe.

Sin embargo, Lucy tira de la cadena. Le dice «lo siento» a Benton, se quita el receptor del oído y se lo guarda en un bolsillo. No deja la orina en el vaso encima del váter porque no tiene intención de dejar ningún rastro de su ser biológico. Aunque es improbable que su ADN figure en una base de datos, no es imposible. Con el paso de los años ha tomado medidas estrictas para asegurarse de que su ADN y huellas no aparezcan en ninguna base de datos del país ni extranjera, pero siempre tiene en cuenta el peor escenario posible, así que no deja la orina para el médico, quien dentro de poco tendrá motivos de sobra para ir por P. W. Winston. Desde que ha entrado en la casa ha limpiado las huellas de todo cuanto ha tocado para que no la identifiquen como Lucy Farinelli, ex agente del FBI y del departamento de Alcohol, Tabaco y Armas de Fuego.

Vuelve a la sala de reconocimientos, preparada para lo peor. Su pulso reacciona consecuentemente.

—Tiene los ganglios linfáticos algo dilatados —dice Paulsson, y Lucy sabe que miente—. ¿Cuándo fue la última vez...? Ya ha dicho que no le gusta ir al médico, por lo que seguramente hace tiempo que no se ha hecho un chequeo completo. Ni tampoco análisis de sangre, ¿no?

—¿Dilatados? —repite Lucy fingiéndose asustada.

—¿Se ha sentido bien últimamente? ¿Fatigas acusadas, fiebres? ¿Algo parecido? —Vuelve a acercársele y le introduce el otoscopio en el oído izquierdo, con el rostro muy cerca de la mejilla de Lucy.

—No me he sentido mal —responde, y el médico desplaza el otoscopio al otro oído y observa.

Deja el otoscopio y coge el oftalmoscopio. Le examina los ojos, con la cara muy cerca de la de Lucy, y luego coge el estetoscopio. Lucy finge sentir miedo, aunque realidad está más enfadada que temerosa. De hecho, se da cuenta de que no siente miedo alguno mientras se sienta en el borde de la camilla de reconocimiento, y el papel cruje con suavidad cada vez que se mueve, por poco que sea.

—¿Sería tan amable de bajarse la cremallera hasta la cintura? —le pide con el mismo tono de naturalidad.

Lucy le mira.

—Creo que necesito volver al baño. Lo siento —dice.

—Adelante —replica él, impaciente—, pero se me está haciendo tarde.

Lucy va al lavabo y entra y sale en menos de un minuto, después de haber tirado de la cadena y haberse colocado el receptor en el oído.

—Lo siento —repite—. He bebido una Coca-Cola de las grandes justo antes de venir aquí. Vaya error.

—Bájese el uniforme de piloto —le ordena.

Lucy vacila. Ha llegado el momento del reto. Tras abrir la cremallera, se baja el traje hasta la cintura y mueve el bolígrafo para que quede en el ángulo correcto y de modo que no se vea el cable que lo conecta a la interfaz celular sujeta con cinta en el interior del uniforme.

—No tan vertical —le dice Benton—. Bájalo un ángulo de unos diez grados.

Lucy ajusta con cuidado el traje alrededor de la cintura.

—Quítese también el sujetador de deporte.

—¿Tengo que quitármelo? —pregunta con timidez, asustada.

—Señorita Winston, le aseguro que tengo prisa. Por favor. —Se introduce los extremos del estetoscopio en los oídos, se le acerca con expresión adusta, esperando para auscultarle el corazón y los pulmones.

Lucy se quita el sujetador por la cabeza y se sienta muy erguida, casi paralizada encima de la camilla recubierta de papel blanco.

Paulsson presiona el estetoscopio debajo de uno de los pechos, luego debajo del otro, y la toca mientras Lucy permanece inmóvil. Ella respira rápidamente, con el corazón desbocado fruto de la ira, no del miedo, pero sabe que él cree que tiene miedo, y se pregunta qué estará viendo Benton. Con sumo cuidado, se ajusta el traje en la cintura y mueve la cámara bolígrafo mientras el doctor la toca y finge que lo que ve y palpa no le interesa en absoluto.

—Diez grados abajo y a la derecha —le indica Benton.

Ella ajusta el bolígrafo y Paulsson la inclina hacia delante y se coloca a su espalda con el estetoscopio.

—Respire hondo —le dice, y hace muy bien su trabajo mientras se las ingenia para tocarla y rozarla e incluso ahuecar las manos para ejercer presión bajo un pecho—. ¿Tiene cicatrices o marcas de nacimiento? No veo ninguna. —La toquetea mientras mira.

—No, señor.

—Debe de tener alguna. Tal vez de una apendicectomía. ¿Nada de nada?

—Exacto, nada.

—Ya basta —le dice Benton, y Lucy se percata de que su tono calmo oculta cierta ira.

Sin embargo, no basta.

—Ahora baje al suelo y apóyese en un solo pie.

—¿Puedo vestirme?

—Todavía no.

—Ya basta —repite Benton.

—Póngase de pie —ordena Paulsson.

Lucy se sube el traje de piloto, introduce los brazos en las mangas, cierra la cremallera y no se molesta en ponerse el sujetador porque no tiene tiempo. Mira al médico de hito en hito y, de repente, ya no finge sentirse nerviosa ni asustada. Él se percata del cambio y sus ojos le delatan. Ella baja de la camilla y se le acerca.

—Siéntese —ordena Lucy.

—¿Qué hace? —replica el médico con los ojos bien abiertos.

—¡Siéntese!

El doctor Paulsson no se mueve, se limita a mirarla. Como la mayoría de los bravucones que ha conocido, ahora parece asustado. Se le acerca un poco más para atemorizarlo mientras saca el bolígrafo del bolsillo y lo sostiene en alto para que el médico vea el cable.

—Comprueba las frecuencias —le dice a Benton para que compruebe los micros ocultos que colocó en la sala de espera y en la cocina de la planta baja.

—Despejado —replica Benton.

Perfecto, piensa Lucy. Abajo no hay ruidos.

—Ni te imaginas el problema en que estás metido —le dice al doctor Paulsson—. Más vale que no sepas quién te ha estado viendo y escuchando todo este rato en vivo y en directo. Siéntate. ¡Siéntate! —Se guarda el bolígrafo en el bolsillo, aunque le enfoca con la lente oculta.

Paulsson se mueve de modo vacilante, busca una silla con torpeza y la saca de debajo de la repisa, mirándola con el rostro lívido.

—¿Quién eres? ¿Qué pretendes?

—Soy tu destino, hijoputa —le dice Lucy y trata de contener la ira, pero le resulta más fácil fingir miedo que contener la ira—. ¿Hacías estas cosas con tu hija? ¿Con Gilly? ¿También abusabas de ella, maldito cabronazo?

Paulsson la mira de hito en hito, desconcertado.

—Ya me has oído. Me has oído perfectamente, so gilipollas. La Agencia Federal de Aviación pronto se enterará de todo.

—Sal de mi oficina. —Piensa en abalanzarse sobre ella, Lucy lo nota en los músculos tensados, en la mirada.

—Ni se te ocurra —le advierte—. No te muevas de la silla hasta que te lo diga. ¿Cuándo viste a Gilly por última vez?

—¿De qué va todo esto?

—La rosa —le sopla Benton.

—Yo soy la que hace preguntas —dice Lucy a Paulsson, y una parte de ella desearía decirle lo mismo a Benton—. Tu ex mujer está contando cosas por ahí. ¿Lo sabías, doctor Soplón para la Agencia de Seguridad Nacional?

Él se humedece los labios con los ojos muy abiertos y expresión desesperada.

—Está dando buenos motivos para creer que causaste la muerte de Gilly. ¿Lo sabías?

—La rosa —le repite Benton.

—Dice que fuiste a ver a Gilly poco antes de que muriera de forma repentina. Le llevaste una rosa. Oh, lo sabemos todo. Se ha analizado todo lo que había en la habitación de esa pobrecita, créeme.

—¿Una rosa en su habitación?

—Que te la describa —le dice Benton.

—Tú dirás —le dice Lucy a Paulsson—. ¿De dónde sacaste la rosa?

—No sé de qué estás hablando.

—No me hagas perder el tiempo.

—No irás a la Agencia Federal...

Lucy se ríe y niega con la cabeza.

—Oh, los capullos como tú sois todos iguales. Creías que te saldrías con la tuya, ¿no? Háblame de Gilly. Ya hablaremos de la AFA.

—Apágala. —Le señala la cámara bolígrafo.

—La apagaré si me hablas de Gilly.

Él asiente.

Lucy toca el bolígrafo y finge apagarlo. Paulsson parece no confiar en ella.

—La rosa —repite Lucy.

—Juro por Dios que no sé nada de esa rosa —replica—. Nunca le haría daño a Gilly. ¿Qué dice mi ex mujer? ¿Qué está diciendo esa mala puta?

—Sí, Suzanna. —Lucy le mira—. Tiene muchas cosas que contar. Según ella, Gilly está muerta por tu culpa. Asesinada.

—¡No! ¡Santo cielo, no!

—¿También jugabas a los soldados con Gilly? ¿Le ponías la ropa de camuflaje y las botas, capullo? ¿Dejabas que otros pervertidos vinieran a la casa para participar en esos juegos enfermizos?

—Oh, Dios mío —gime cerrando los ojos—. La muy puta. Era sólo entre nosotros.

—¿Nosotros?

—Suz y yo. Las parejas hacen cosas.

—¿Y quién más? ¿Venían otras personas a participar en los juegos?

—Era mi casa.

—Eres un cerdo —le espeta Lucy en tono amenazador—. Mira que hacer esas guarradas delante de la niña.

—¿Eres del FBI? —Abre los ojos y parecen inexpresivos y cargados de odio, como los de un tiburón—. Eres de los suyos, ¿no? Sabía que pasaría. Debería habérmelo imaginado. Lo sabía. Me han tendido una trampa.

—Entiendo. El FBI te obligó a desvestirme para un chequeo rutinario.

—Una cosa no tiene que ver con la otra. No importa.

—Siento disentir —dice ella con sarcasmo—. Importa, y mucho. Ya sabrás lo mucho que importa. No soy del FBI, no tendrás esa suerte.

—¿Todo esto es por Gilly? Amaba a mi hija. No la he visto desde el día de Acción de Gracias, lo juro por Dios.

—El cachorro —le sopla Benton, y Lucy se plantea quitarse el receptor del oído.

—¿Crees que alguien mató a tu hija porque haces de soplón para la Agencia de Seguridad Nacional? —Lucy sabe qué estratagemas utilizar para atraparlo—. Vamos, Frank. ¡Di la verdad! ¡No empeores tu situación!

—Alguien la mató —repite—. No me lo creo.

—Pues créetelo.

—No puede ser.

—¿Quién iba a la casa para participar en los juegos? ¿Conoces a Edgar Allan Pogue, el tipo que vivía detrás de tu casa, donde había vivido la señora Arnette?

—La conocía —responde—. Fue mi paciente. Hipocondríaca. Un verdadero coñazo.

—Esto es importante —le dice Benton, como si Lucy no lo supiera—. Empieza a confiar en ti. Sé buena con él.

—¿Era tu paciente en Richmond? —le pregunta Lucy y, aunque lo último que desea es ser buena con él, se muestra interesada—. ¿Cuándo?

—¿Cuándo? Oh, hace una eternidad. De hecho, le compré nuestra casa de Richmond. Poseía varias casas en la ciudad. A finales de siglo, su familia poseía toda la maldita manzana, era un patrimonio importante, se dividió entre los miembros de la familia y al final se acabó vendiendo. Le compré la casa a un precio de ganga. Vaya ganga.

—Parece que no te caía muy bien —dice Lucy como si Paulsson y ella se llevaran bien, como si él no hubiera abusado de ella hace apenas unos minutos.

—Venía a casa o a la consulta cuando le daba la gana. Un coñazo. Siempre quejándose.

—¿Qué le pasó?

—Murió. Hace ocho o diez años.

—¿De qué? —pregunta Lucy—. ¿De qué murió?

—Estaba enferma, tenía cáncer. Murió en casa.

—Detalles —pide Benton.

—¿Qué sabes al respecto? —inquiere Lucy—. ¿Estaba sola cuando murió? ¿Tuvo un buen funeral?

—¿Por qué preguntas todo esto? —Paulsson la mira desde la silla; se siente mejor porque ella se muestra agradable. Es obvio.

—Tal vez esté relacionado con Gilly. Sé cosas que tú desconoces. Soy yo quien pregunta.

—Cuidado —le advierte Benton—. Que no se enfade.

—Vale, pregúntame —accede el doctor en tono malicioso.

—¿Fuiste al funeral?

—No recuerdo que se celebrara.

—Debió de tener un funeral —dice Lucy.

—Odiaba a Dios, le culpaba de todos sus dolores y achaques, de que no hubiera nadie a su lado, lo cual era comprensible si la conocías. Vaya vieja más antipática. Insufrible. A los médicos no se les paga bastante para tratar a gente como ella.

—¿Murió en casa? ¿Estaba enferma de cáncer y murió sola en casa? —pregunta Lucy—. ¿Estaba en una residencia para ancianos?

—No.

—Es una mujer rica y muere sola en casa, sin asistencia sanitaria ni nada, ¿nada de nada?

—Más o menos. ¿Acaso importa? —Recorre la habitación con la mirada, más seguro de sí mismo.

—Importa. Estás mejorando las cosas, y mucho. —Lucy le tranquiliza y amenaza a la vez—. Quiero ver el historial médico de la señora Arnette. Enséñamelo en el ordenador.

—Seguramente lo eliminé. Está muerta. —Se burla de Lucy con la mirada—. Lo más gracioso de la querida señora Arnette es que donó su cuerpo a la ciencia porque no quería un funeral, porque odiaba a Dios, eso es todo. Supongo que algún pobre estudiante de medicina tuvo que ocuparse de ella. Solía pensar en eso de vez en cuando y compadecerme del pobre estudiante cuya mala suerte le obligó a analizar ese cuerpo viejo, feo y atrofiado. —Se le ve más tranquilo y seguro, y Lucy se enfurece más.

—El cachorro —le dice Benton por el oído—. Pregúntale.

—¿Qué le pasó al cachorro de Gilly? Su mujer dice que el cachorro desapareció y que tuviste algo que ver.

—Ya no es mi mujer —dice con expresión fría y dura—. Y nunca tuvo un perro.

—*Sweetie*.

Él la mira y los ojos le brillan.

—¿Dónde está *Sweetie*? —insiste Lucy.

—La única Sweetie que conozco es Gilly y yo mismo —responde con una sonrisita de suficiencia.

—No te hagas el gracioso —le advierte Lucy—. Esto no es nada gracioso.

—Suz me llama Sweetie, siempre lo ha hecho. Y yo llamaba Sweetie a Gilly.

—Ésa es la respuesta —dice Benton—. Ya basta. Lárgate.

—No existe ningún cachorro —dice Paulsson—. Vaya gilipollez. —Comienza a animarse y Lucy se imagina lo que se avecina—. ¿Quién eres? —le pregunta—. Dame el bolígrafo. —Se levanta de la silla—. No eres más que una estúpida joven a la que han enviado para demandarme, ¿no? Crees que ganarás pasta. ¿No ves que es una situación de lo más estúpida? Dame el boli.

Lucy tiene los brazos a los costados y las manos preparadas.

—Lárgate —le dice Benton—. Ahora mismo.

—¿Conque un par de chicas piloto se han juntado para ganarse unos pavos, verdad? —Él está frente a ella, que sabe lo que está a punto de ocurrir.

—Lárgate —repite Benton enérgicamente—. Se ha acabado.

—¿Quieres la cámara? —le pregunta Lucy—. ¿Quieres la mini grabadora? —Ella no tiene la grabadora; la tiene Benton—. ¿Las quieres de verdad?

—Podemos fingir que esto no ha ocurrido —dice él sonriendo—. Dámelas. Tienes la información que querías, ¿no? Olvidemos lo demás. Dámelas.

Lucy da unos golpecitos en la interfaz celular sujeta en el cinturón y la desactiva. La pantalla del ordenador de Benton se torna negra. La oye hablar pero ya no ve nada.

—No lo hagas —le dice Benton—. Lárgate ahora mismo.

—Sweetie —dice Lucy burlándose del doctor Paulsson—. Vaya broma. No me imagino a nadie llamándote Sweetie. Qué asco. Si quieres la cámara y la grabadora, ven por ellas.

Paulsson se abalanza sobre ella pero se topa con su puño. Se viene abajo con un gruñido y un grito y Lucy se le coloca sobre la espalda, con una rodilla le inmoviliza el brazo derecho y con la mano izquierda le sujeta el izquierdo. Tiene los brazos inmovilizados en la espalda.

—¡Suéltame! —chilla él—. ¡Me estás haciendo daño!

—¡Lucy! ¡No! —exclama Benton, pero Lucy ya no le escucha.

Sujeta con fuerza la cabeza de Paulsson por el pelo, respira agitadamente y disfruta de la ira que se ha apoderado de ella. Levanta la cabeza de él tirándole del pelo.

—Espero que te lo hayas pasado bien hoy, Sweetie —le dice—. Debería reventarte la puta cabeza. ¿También abusabas de tu propia hija? ¿Dejabas que otros pervertidos lo hicieran cuando venían a tu casa a participar en jueguecitos sexuales? ¿Abusaste de ella en su dormitorio antes de marcharte el verano pasado? —Le aprieta la cabeza contra el suelo, como si tratara de aplastarla contra las baldosas blancas—. ¿Cuántas vidas has echado a perder, hijoputa? —Le golpea la cabeza contra el suelo, lo bastante fuerte para que recuerde que podría reventársela. Paulsson gruñe y grita.

—¡Lucy! ¡Basta! —La voz de Benton le atraviesa el tímpano—. ¡Lárgate!

Ella parpadea y de repente se da cuenta de lo que está haciendo. No puede matarlo. No debe matarlo. Se levanta y siente el impulso de propinarle una patada en la cabeza, pero se contiene. Respira a duras penas, sudando, retrocede unos pasos, desea matarlo a patadas, no le costaría hacerlo.

—No te muevas —le gruñe mientras nota lo acelerado que tiene el corazón por el deseo de matarle—. Quédate ahí tumbado y no te muevas. ¡No te muevas!

Se dirige hacia la repisa y recoge los impresos de la AFA. Retrocede hasta la puerta y la abre. Paulsson sigue sin moverse, con la cara apoyada en el suelo. Sangra por la nariz y el rojo brillante destaca sobre una baldosa blanca.

—Estás acabado —sentencia ella desde la puerta, al tiempo que se pregunta dónde estará la regordeta, la secretaria. Mira hacia la escalera y no ve a nadie. No se oye ningún ruido en la casa, está a solas con el doctor Paulsson, tal como él había planeado—. Estás acabado. Tienes suerte de seguir con vida —le dice, y se marcha dando un portazo.

47

Cinco agentes armados con fusiles Beretta Storm de 9 mm con miras telescópicas Bushnell y luces tácticas se aproximan a una pequeña casa de estuco y tejado de cemento. Avanzan desde distintos puntos por las estrechas calles del campamento de instrucción.

La casa es vieja y está en mal estado y el pequeño patio descuidado está repleto de Papás Noel hinchados, muñecos de nieve y bastones de caramelo. De las palmeras cuelgan luces multicolores colocadas de cualquier manera. Dentro de la casa un perro ladra sin parar. Los agentes llevan los Storm en portafusiles tácticos sujetos al cuerpo. Van de negro y no llevan chalecos antibalas, algo inusual cuando se realiza un asalto.

Rudy Musil aguarda tranquilamente dentro de la casa de estuco, detrás de una barricada elevada compuesta de mesas volcadas y sillas del revés que bloquean la estrecha entrada a la cocina. Lleva pantalones de camuflaje, zapatillas de deporte y un AR-15, que no es un arma de rastreo tan ligera como el Storm pero sí un arma de combate muy potente, con un cañón de cincuenta centímetros que derriba al enemigo incluso a trescientos metros de distancia. No necesita un arma para despejar la casa porque ya está en la casa. Se dirige hacia la ventana rota del fregadero y echa un vistazo. Ve movimiento detrás de un contenedor de basura, a unos cincuenta metros de la casa.

Apoya el cañón del AR-15 en el alféizar podrido. Por la mira ve a su primera presa agazapada detrás del contenedor, apenas tiene parte del cuerpo expuesto. Rudy dispara y el agente grita. Entonces otro agente aparece corriendo y se arroja al suelo detrás de una palmera, y Rudy también le dispara. Ese agente no grita ni emite ningún sonido perceptible para Rudy, que se aparta de la ventana y se dirige a la barricada. Se abre paso a patadas, por lo que las sillas y las mesas salen disparadas. Corre hasta la parte frontal de la casa, destroza la ventana del salón y comienza a disparar. Al cabo de cinco minutos ha derribado a los cinco agentes con balas de goma, pero siguen atacándole hasta que Rudy les ordena por radio que se detengan.

—Sois unos inútiles —dice por la radio, sudando dentro de la casa que se utiliza para simular asaltos—. Estáis muertos. Todos. Formad.

Sale de la casa por la puerta principal mientras los agentes de negro se acercan al patio decorado para Navidades. Al menos no se muestran doloridos; Rudy sabe perfectamente que los impactos de las balas de goma duelen mucho cuando no se va protegido. Si te dan muchas veces te entran ganas de desmoronarte y romper a llorar como un niño, pero al menos este grupo de reclutas soporta bien el dolor. Rudy pulsa un botón del mando a distancia y el CD del perro ladrador se detiene.

Rudy contempla a los agentes. Respiran de manera entrecortada, sudan y están enfadados consigo mismos.

—¿Qué ha pasado? —pregunta Rudy—. La respuesta es fácil.

—La hemos cagado —responde un agente.

—¿Por qué? —pregunta Rudy con el AR-15 a su lado. Tiene el pecho descubierto bañado en sudor y se le marcan las venas de los brazos morenos y musculosos—. Quiero una respuesta. Habéis hecho una cosa y por eso estáis muertos.

—No previmos que tuviera un fusil de combate, quizá supusimos que tendría una pistola —explica el agente mientras se seca la cara con la manga y respira deprisa por los nervios y el esfuerzo físico.

—Nunca hay que dar nada por supuesto —replica Rudy en voz alta al grupo—. Podría haber tenido una ametralladora y disparar balas del calibre cincuenta. Habéis cometido un error garrafal. Vamos. Ya sabéis cuál es. Hemos hablado de ello.

—Nos hemos enfrentado al jefe —dice uno de los agentes y los demás rompen a reír.

—Comunicación —dice Rudy—. Tú, Andrews. —Mira a un

agente con el traje de combate cubierto de tierra—. En cuanto recibiste un impacto en el hombro izquierdo deberías haber alertado a tus compañeros de que estaba disparando desde la ventana de la cocina. ¿Lo hiciste?

—No, señor.

—¿Por qué?

—Supongo que porque nunca antes me habían disparado, señor.

—Duele, ¿no?

—Mucho, señor.

—Vale. Y no te lo esperabas.

—No, señor. Nadie nos dijo que nos dispararían balas de verdad.

—Y por eso lo hacemos aquí, en el Campamento del Dolor y el Sufrimiento —explica Rudy—. Cuando nos ocurre algo malo en la vida no suelen avisarnos primero. Recibiste un impacto, te dolió mucho, te acojonaste y, como consecuencia, no avisaste a tus compañeros por radio. Y todos murieron. ¿Quién oyó al perro?

—Yo —responden varios agentes.

—Había un perro ladrando sin parar, joder —dice Rudy con impaciencia—. ¿Avisasteis por radio? El perro estaba ladrando, así que el tipo de la casa sabía que os estaba acercando. Una pista, ¿no?

—Sí, señor.

—Rompan filas —les ordena—. Largo de aquí. Tengo que arreglarme para acudir a vuestros funerales.

Regresa a la casa y cierra la puerta. El radioteléfono bidireccional que lleva en el cinturón ha vibrado dos veces mientras hablaba con los reclutas. Las dos llamadas son de su informático; le devuelve la llamada.

—¿Qué pasa? —pregunta Rudy.

—Parece que a tu tipo está a punto de acabársele la prednisona. La última receta fue hace veintiséis días en una farmacia. —Le facilita la dirección y el número de teléfono.

—El problema es que creo que no está en Richmond —replica Rudy—, por lo que tendremos que averiguar dónde coño conseguirá el medicamento la próxima vez. Suponiendo que se moleste en hacerlo.

—Todos los meses ha comprado la medicina en la misma farmacia de Richmond, por lo que parece que necesita el medicamento o eso cree.

—¿Su médico?

—Stanley Philpott. —Le da el número de teléfono.

—¿Se sabe si ha comprado con receta en alguna otra parte? ¿Tal vez en el sur de Florida?

—Sólo en Richmond, y he mirado en todo el país. Le quedan cinco días para que se le termine la última receta y también la suerte. A no ser que tenga otra fuente, claro.

—Buen trabajo —le dice Rudy mientras abre la nevera de la cocina y saca una botella de agua—. Estaré al tanto.

48

Los aviones privados parecen juguetes contra las gigantescas montañas blancas que se elevan al fondo, en torno a la pista oscura y mojada. El empleado de pistas, con mono y tapones para los oídos, agita los bastones naranjas e indica el trayecto al *Beachjet* mientras rueda lentamente por la pista de aterrizaje y las turbinas gimen. Benton oye la llegada del avión de Lucy desde el interior de la terminal privada.

Es domingo por la tarde en Aspen y la gente rica con los abrigos de piel y el equipaje propio de los ricos se desplaza detrás de él, bebiendo café y sidra caliente cerca de la enorme chimenea. Vuelven a casa y se quejan de los retrasos porque han olvidado la época de la aviación comercial, si es que la llegaron a vivir. Ostentan relojes de oro y joyas, están bronceados y son atractivos. Algunos viajan con perros, los cuales, al igual que los aviones privados de sus propietarios, son de todos los tamaños y formas, de lo mejor que puede comprarse con dinero. Benton observa abrirse la puerta del *Beachjet* y bajar la escalerilla. Lucy desciende con dos bolsas de viaje. Se mueve con una gracilidad atlética, segura de sí misma, sin titubeos, siempre sabiendo adónde va aunque no tenga derecho a saberlo.

No tiene derecho a estar en Aspen. Él le dijo que no viniera. Se lo dijo cuando llamó. Le dijo: «No, no vengas ahora, no es el mejor momento.»

No discutieron. Podrían haberlo hecho, pero ninguno de los dos está preparado para desacuerdos largos, descabellados y cargados de arrebatos ilógicos y redundancias, ya no lo aguantan, así que tienden a ir al grano para evitarlos. Benton no está seguro de que le guste que, con el paso del tiempo, Lucy y él tengan más rasgos en común, pero al parecer así es. Cada vez resulta más evidente, y la parte analítica de su cerebro, la que ordena, clasifica y toma decisiones sin cesar, ya ha tenido en cuenta, e incluso llegado a la conclusión, que las similitudes entre Lucy y él podrían explicar en cierta medida su relación con Kay. Ella quiere a su sobrina con ardor, incondicionalmente. Nunca ha entendido por qué Kay le quiere a él con ardor, incondicionalmente. Quizás ahora comienza a comprenderlo.

Lucy abre la puerta con un hombro y entra con una bolsa en cada mano. Se sorprende de verle.

—Un momento, deja que te ayude. —Benton le coge una bolsa.

—No esperaba verte aquí —dice Lucy.

—Bueno, aquí estoy. Y tú también. Así que disfrutémoslo.

Los ricos ataviados con sus abrigos de pieles seguramente creen que Benton y Lucy son una pareja de conveniencia, él es el hombre mayor y acaudalado y ella la joven y guapa esposa o novia. Se le ocurre que habrá quien piense que Lucy es su hija, aunque él no se comporta como un padre. Tampoco se comporta como su amante, pero si tuviera que apostar diría que los observadores supondrían que son la típica pareja de ricachos. Benton no lleva prendas de piel ni oro ni parece rico, pero los ricos reconocen a otro rico, y Benton tiene aspecto de rico porque es rico, muy rico. Benton ha pasado muchos años viviendo tranquilamente en la sombra. Durante años no ha acumulado otra cosa que fantasías, planes y dinero.

—Tengo un coche alquilado —dice Lucy mientras recorren la terminal, que se asemeja mucho a un pequeño hotel rústico de madera, piedra, asientos de cuero y obras de arte. En el exterior hay una enorme escultura de bronce de un águila rampante.

—Recoge el coche —le dice Benton y el aliento se condensa en el aire cortante—. Me reuniré contigo en Maroon Bells.

—¿Cómo? —Lucy se detiene en la calle circular delante de la terminal, sin hacer caso de los mozos con sus largos abrigos y sombreros de vaquero.

Benton la mira con su rostro moreno, atractivo y severo. Primero le sonríen los ojos, luego esboza una sonrisa, como si la situación le divirtiera. La mira de arriba abajo. Lleva botas, pantalones de explorador y una chaqueta de esquí.

—Tengo raquetas en el coche —le dice.

El viento le agita el pelo, que le ha crecido desde la última vez que la vio y es de color castaño oscuro con destellos rojos, como de fuego. El frío ha inyectado color a sus mejillas. Benton siempre ha pensado que mirar esos ojos debe de ser como mirar el núcleo de un reactor nuclear o un volcán activo o ver lo que Ícaro vio mientras volaba hacia el sol. Los ojos le cambian con la luz y sus cambios de humor. Ahora mismo son verde brillante. Los azules de Kay también son intensos, pero de otra manera. Los tonos cambiantes son más sutiles y pueden ser suaves como una neblina o duros como el metal. Ahora mismo la echa de menos más de lo que se imaginaba. Ahora mismo Lucy le ha hecho recordar el dolor con una crueldad renovada.

—Creía que pasearíamos y hablaríamos —le dice a Lucy dirigiéndose hacia el aparcamiento y dando a entender que no piensa negociar—. Eso es lo primero que haremos. Me reuniré contigo en Maroon Bells, arriba, donde alquilan motonieves y la carretera está cortada. ¿Soportarás la altitud? El aire está enrarecido.

—Conozco bien el aire —responde ella a la espalda de Benton, que se aleja de ella.

49

A ambos lados del paso hay montañas cubiertas de nieve y las sombras del atardecer son alargadas. Nieva en las crestas situadas a su derecha. No tiene sentido esquiar o caminar por la nieve después de las tres y media porque en las Rocosas anochece temprano y ahora la carretera en que se encuentran está helada y el aire es cortante.

—Tendríamos que haber vuelto antes —dice Benton mientras clava el bastón de esquí por delante de la primera raqueta—. Cuando estamos juntos somos temerarios. Nunca sabemos cuándo hay que dejarlo.

No contentos con volver después del cuarto indicador de aludes, que era donde Benton había sugerido que se detuvieran, continuaron avanzando montaña arriba hacia el lago Maroon, pero se dieron la vuelta un kilómetro antes de verlo. Seguramente no llegarán a los coches antes de que esté demasiado oscuro para ver, y tienen frío y están hambrientos. Hasta Lucy está agotada. No lo reconocerá, pero Benton sabe que la altitud ha hecho mella en ella; ha bajado el ritmo considerablemente y le cuesta hablar.

Durantes varios minutos las raquetas raspan la nieve endurecida de Maroon Creek Road y el único sonido que se oye es el de las raquetas y el de los bastones en la nieve repleta de surcos profundos. El aliento les humea, y de vez en cuando Lucy respira hondo y resopla. Cuanto más hablaban de Henri más avanzaban, y se han alejado demasiado.

—Lo siento —dice Benton mientras la raqueta resuena contra el hielo—. Tendríamos que haber vuelto antes. Ya no me quedan barritas energéticas ni agua.

—Lo conseguiré —replica Lucy, quien en condiciones normales puede aguantarle el ritmo perfectamente, e incluso más—. Esos avioncitos. No he comido nada. Además he estado corriendo y yendo en bicicleta. He hecho muchas cosas. No pensé que esto me supondría tanto esfuerzo.

—Siempre que vengo aquí me olvido —dice Benton mientras observa la tormenta de nieve que desciende desde las cumbres blancas, acercándoseles lentamente en forma de niebla. Está a unos dos kilómetros de distancia y a unos trescientos metros sobre ellos. Confía en llegar a los coches antes de que la nieve campe a sus anchas. Es fácil seguir la carretera y el único camino es de bajada. No morirán.

—No me olvidaré —dice Lucy respirando con dificultad—. La próxima vez comeré. Puede que tampoco me ponga a caminar por la nieve nada más llegar.

—Lo siento —repite Benton—. A veces olvido tus limitaciones. Es fácil olvidarlas.

—Últimamente parece que tengo muchas.

—Si me lo hubieras preguntado, te habría dicho que ocurriría. —Clava el bastón y da un paso—. Pero no me habrías creído.

—Te escucho.

—No he dicho que no me escuches. He dicho que no me crees. En este caso no me habrías creído.

—Tal vez. ¿Falta mucho? ¿En qué indicador estamos?

—Siento decirlo, pero sólo en el tercero. Nos quedan varios kilómetros —responde Benton. Observa la densa tormenta de nieve. En apenas unos minutos ha descendido más, la cima de la mitad de las montañas ha desaparecido y se ha levantado viento—. Desde que llegué aquí siempre es igual —explica—. Nieva casi todos los días, normalmente por la tarde, entre doce y quince centímetros. Cuando te conviertes en el blanco no puedes ser objetivo. Como guerreros tendemos a objetivar a quienes perseguimos, del mismo modo que ellos objetivan a sus víctimas. Es diferente cuando nosotros somos los objetivados, cuando somos las víctimas, y para Henri eres un objeto. Por mucho que deteste la palabra, eres una víctima. Henri te objetivó antes de que la conocieras. La fascinabas y quiso poseerte. De un modo distinto, Pogue también te ha objetivado, aunque por sus propios motivos, muy diferentes de los de Henri.

Pogue no quería acostarse contigo, vivir tu vida o estar contigo. Sólo quiere que sientas dolor.

—¿De veras crees que me persigue a mí y no a Henri?

—Sí. Eres la víctima deseada. Eres el objeto. —Los golpes de los bastones de esquí y el ruido de las raquetas parecen enfatizar sus palabras—. ¿Te importa si descansamos un momento? —No le hace falta, pero está seguro de que a Lucy sí.

Se detienen y se apoyan en los bastones, respirando el aire puro y observando la tormenta de nieve que envuelve las montañas que tienen a la derecha, a poco más de un kilómetro, y casi a la misma altitud.

—Le doy menos de media hora —dice Benton mientras se quita las gafas de sol y se las guarda en un bolsillo de la chaqueta de esquí.

—Se avecinan problemas. Un tanto simbólico, ¿no?

—Es una de las buenas cosas de venir aquí o ir al mar. La naturaleza pone las cosas en su sitio —replica él y contempla la tormenta neblinosa gris que engulle las montañas; sabe que dentro de las nubes nieva con fuerza y que pronto nevará donde están—. Se avecinan problemas. Me temo que estás en lo cierto. Si no le detienen, hará algo más.

—Espero que lo intente conmigo.

—No esperes eso, Lucy.

—Lo espero —repite, y echa a andar—. La mayor ayuda que podría brindarme sería que lo intentase conmigo. Sería lo último que intentaría.

—Henri sabe cuidar de sí misma —le recuerda él al tiempo que da pasos grandes y seguros, colocando una raqueta delante de la otra en la nieve endurecida.

—No tanto como yo, ni hablar. ¿Te contó lo que hizo en el campamento de instrucción?

—No.

—Cuando utilizamos el estilo de combate simulado Gavin de Becker somos muy salvajes —explica—. A los reclutas no se les dice qué pasará porque en la vida real tampoco sabemos qué nos pasará. Así que después de lanzarles tres veces los K-9, se llevan una pequeña sorpresa. Los perros les atacan, pero esa vez lo hacen sin el bozal. Henri llevaba puesta la protección, pero cuando se dio cuenta de que el perro no tenía bozal alucinó. Chilló, echó a correr y se cayó. Lloraba, estaba fuera de sí y decía que lo dejaba.

—Siento que no lo hiciera. Ahí está el segundo indicador. —Con el bastón señala un indicador de aludes con un 2 bien grande.

—Lo superó —dice Lucy mientras pisa en las huellas del trayecto de subida ya que así es más fácil—. También superó lo de las balas de goma, pero esa clase de combate simulado no le gustó mucho.

—Hay que estar loco para que te guste.

—He conocido a varios chiflados a quienes les ha gustado. Quizá yo sea uno de ellos. Duelen mucho, pero son pura adrenalina. ¿Por qué crees que no lo dejara? ¿Te parece que debería haberlo dejado? Bueno, sé que debería despedirla.

—¿Despedirla porque la ataquen en tu casa?

—Lo sé, no puedo despedirla. Me demandaría.

—Sí —dice Benton—. Creo que debería dejarlo. Sí, joder. —La mira mientras avanza—. Cuando la contrataste para que dejara su puesto en la policía de Los Ángeles tenías la visión tan nublada como esas montañas de ahí. —Señala la tormenta—. Quizá fuera una buena agente, pero no está hecha para el nivel de tus operaciones, y espero que lo deje antes de que pase algo terrible.

—Ya —dice Lucy con tono atribulado y soltando una bocanada de vaho—. Algo terrible.

—No murió nadie.

—De momento —replica Lucy—. Por Dios, esto va a acabar conmigo. ¿Lo haces todos los días?

—Casi, si el clima lo permite.

—Correr maratones es más fácil.

—Siempre y cuando haya oxígeno en el aire —dice Benton—. Ahí está el primer indicador. El primero y el segundo están bastante cerca.

—Pogue no tiene antecedentes penales. Es un perdedor, eso es todo —dice Lucy—. Un perdedor que trabajó para mi tía. ¿Por qué? ¿Por qué yo? Quizá la persiga a ella. Quizá culpe a tía Kay de sus problemas de salud y vete a saber qué más.

—No —replica Benton—. Te culpa a ti.

—¿Por qué? Es una locura.

—Sí, es una locura, más o menos. Encajas en sus razonamientos delirantes, Lucy. Te está castigando. Seguramente te estaba castigando cuando fue a por Henri. No podemos saber cómo discurre su cabeza. Su lógica no tiene nada que ver con la nuestra. Es un psicótico, no un psicopático. Se deja llevar por los impulsos, no es calculador. Un planteamiento en el que se mezclan la magia y el delirio. Eso es todo lo que sé. Ya empieza —dice, y de repente comienzan a caer minúsculos copos de nieve.

Lucy se pone las gafas protectoras al tiempo que las ráfagas de viento mecen los álamos finamente perfilados de gris contra las montañas blancas. La nieve cae deprisa, los copos son pequeños y secos y el viento sopla de lado y les empuja mientras colocan una raqueta delante de la otra en el camino helado.

50

En el exterior la nieve se acumula en las ramas de la pícea y en los ángulos curvos de los álamos. Desde la ventana de la segunda planta Lucy oye el crujido de las botas de esquí en la acera helada. El St. Regis es un hotel de ladrillo rojo que le recuerda a un dragón agazapado al pie del monte Ajax. A esa hora las cabinas todavía no se han puesto en marcha, pero la gente sí. Las montañas ocultan el sol y el alba es una muda sombra gris azulada, salvo los pasos fríos y crujientes de los esquiadores que se dirigen a las pistas y los autobuses.

Después de la insensata excursión por Maroon Creek Road de ayer por la tarde, Benton y Lucy subieron a sus respectivos vehículos y siguieron caminos separados. Benton no quería que ella viniese a Aspen, y desde luego tampoco que Henri, a quien apenas conocía, acabara allí arriba, pero así es la vida. La vida conlleva sorpresas, disgustos y novedades. Henri está aquí. Ahora Lucy también. Comprensiblemente, Benton le dijo a Lucy que no podría alojarse en su casa. No quiere echar a perder el progreso que haya podido realizar con Henri, lo poco que haya conseguido, si es que ha progresado algo. Pero hoy Lucy verá a Henri cuando a ésta le venga bien. Han transcurrido dos semanas y Lucy ya no lo soporta más, no soporta la culpa ni las preguntas sin respuesta. Lucy necesita ver a Henri en persona.

A medida que la mañana se ilumina, todo lo que Benton dijo e hizo se torna claro. Primero la llevó a un lugar de aire enrarecido donde costaba hablar o dar rienda suelta a la furia inducida por el miedo. Luego, a efectos prácticos, la mandó a la cama. No es una niña, aunque ayer la trató como a tal, y Lucy sabe que Benton la aprecia. Siempre ha sido así. Siempre ha sido bueno con ella, incluso cuando ella le odiaba.

Rebusca en una bolsa unos pantalones de esquí elásticos, un suéter, ropa interior de seda y calcetines, y lo coloca todo en la cama, junto a la pistola Glock de 9 mm con mira de tritio y cargador de diecisiete balas, un arma que elige cuando quiere protegerse en interiores, cuando necesita un arma de contacto directo y potencia de fuego, no potencia destructora, porque no cree conveniente disparar una bala del calibre cuarenta o cincuenta o una bala de fusil de gran potencia en una habitación de hotel. Todavía no ha pensado qué le dirá a Henri o qué sentirá cuando la vea.

«No esperes nada bueno —piensa—. No esperes que se alegre de verte o que se muestre cortés o amable.» Lucy se sienta en la cama, se quita el chándal y se saca la camiseta por encima de la cabeza. Se detiene delante del espejo de cuerpo entero, se observa y se asegura de que ni la edad ni la gravedad la privan de lo mejor de sí misma. Todavía no ha ocurrido, y no debería, porque apenas tiene treinta años.

Su cuerpo es musculoso y esbelto, pero no masculino, y no tiene queja alguna de su físico, aunque experimenta una sensación curiosa cuando se estudia en un espejo. Su cuerpo le parece más extraño, como si lo que ve por fuera difiriera de lo que hay por dentro. Ni más ni menos atractiva, sólo diferente. Y se le ocurre pensar que por muchas veces que haga el amor nunca sabrá cómo percibe su cuerpo su amante. Desearía saberlo pero se alegra de no saberlo.

«Estarás bien —piensa mientras se aleja del espejo—. Darás el pego —piensa mientras entra en la ducha—. El aspecto que tengas hoy no importará mucho, por no decir nada. Hoy no tocarás a nadie —piensa mientras abre el grifo del agua—. Ni mañana. Ni pasado.»

—Por Dios, ¿qué voy a hacer? —dice en voz alta mientras el agua salpica el mármol y la mampara de cristal y se le desliza por el cuerpo—. ¿Qué es lo que he hecho, Rudy? ¿Qué es lo que he hecho? No me abandones, por favor. Te prometo que cambiaré.

Durante casi toda la vida ha llorado en secreto en las duchas. Cuando empezó a trabajar en el FBI era una adolescente que conseguía trabajos de verano y prácticas gracias a su influyente tía, y no tenía por qué vivir en una residencia de estudiantes en Quantico, ni disparar ni correr carreras de obstáculos con agentes que no lloraban ni se dejaban llevar por el pánico, o al menos nunca los vio llorar ni dejarse llevar por el pánico. Suponía que nunca lo hacían. Entonces creía en muchos de esos mitos porque era joven, crédula y estaba sobrecogida, y todas esas experiencias distorsionaron tanto su visión del mundo que ya no tiene arreglo. Si llora, y casi nunca lo hace, llora sola. Cuando algo le duele, lo oculta.

Casi ha terminado de vestirse cuando se da cuenta del silencio. Mientras maldice en voz baja, inquieta, rebusca en el bolsillo de la chaqueta de esquí y encuentra el móvil. Se ha quedado sin batería. Anoche estaba demasiado cansada e infeliz para pensar en el móvil y lo olvidó en el bolsillo, y eso no es propio de ella, en absoluto. Rudy no sabe dónde se aloja, y tampoco su tía. Ninguno de los dos sabe qué alias emplea, por lo que no la encontrarían aunque llamaran al St. Regis. Sólo Benton sabe dónde está, e incomunicar a Rudy de esa manera es impensable y nada profesional y sabe que se enfadará. Desde luego ha escogido el peor momento para mantenerlo al margen. Si él lo deja, ¿qué pasará? De las personas con las que trabaja, es en quien más confía. Encuentra el cargador, conecta el móvil, lo enciende y ve que tiene once mensajes, la mayoría de esa misma mañana, la mayoría de Rudy.

—Creía que se te había tragado la tierra —dice Rudy nada más contestar—. Llevo tres horas intentando localizarte. ¿Qué estás haciendo? ¿Desde cuándo no respondes a las llamadas? No me digas que no te funciona. No me lo creo. Ese móvil funciona en todas partes, y también he probado por la radio. Tenías el maldito móvil apagado, ¿no?

—Tranquilízate, Rudy. La batería se agotó. El móvil y la radio no funcionan cuando la batería está descargada. Lo siento.

—¿No has llevado el cargador?

—He dicho que lo siento, Rudy.

—Bueno, tenemos información. Sería aconsejable que vinieras lo antes posible.

—¿Qué ocurre? —Se sienta en el suelo, cerca del enchufe donde ha conectado el móvil.

—Por desgracia, no eres la única que ha recibido un regalito. Una pobre señora también recibió una de las bombas químicas de Pogue, pero no tuvo tanta suerte como tú.

—Joder —dice Lucy cerrando los ojos.

—Una camarera de un bar sórdido de Hollywood situado al otro lado de una gasolinera Shell donde, ¿a qué no lo adivinas?, pues donde venden vasos de plástico con El Gato. La víctima tiene quemaduras muy graves, pero se salvará. Al parecer, Pogue ha estado yendo al bar donde ella trabaja, el Other Way Lounge. ¿Te suena?

—No —murmura mientras piensa en la mujer con quemaduras—. Joder —farfulla.

—Estamos rastreando la zona. Tengo a varios agentes allí, pero no son los más espabilados.

—Joder —repite Lucy—. ¿Va a salir algo bien?

—Las cosas están mejor que antes. Más detalles: tú tía dice que es posible que Pogue lleve peluca. Una peluca de pelo negro, largo y rizado. Una peluca de pelo humano teñida de negro. Supongo que el análisis del ADN mitocondrial sería divertido, ¿no? Seguramente indicaría que era de una puta que vendió el pelo a una empresa de pelucas para comprar un poco de *crack*.

—¿Y ahora me cuentas lo de la peluca?

—Pogue es pelirrojo. Tu tía vio pelos pelirrojos en la cama de su casa, en la casa donde dormía. Una peluca explicaría los pelos largos, negros, rizados y teñidos que se encontraron en las sábanas de la cama de Gilly Paulsson y en tu dormitorio, y también en la cinta de embalar de la bomba química que colocó en tu buzón. Según tu tía, una peluca explicaría muchas cosas. También buscamos un coche. Resulta que la señora que murió en la casa en que se ha estado alojando, la señora Arnette, tenía un Buick blanco de 1991, y nadie sabe qué fue del coche tras su muerte. A la familia no le interesó lo más mínimo. Al parecer, tampoco se interesó por ella. Creemos que Pogue podría conducir ese Buick. Estará a nombre de la señora Arnette. Sería conveniente que vinieras lo antes posible. Aunque no es aconsejable que te quedes en tu casa.

—No te preocupes —replica Lucy—. No volveré a quedarme en esa casa.

51

Edgar Allan Pogue cierra los ojos. Está sentado en el Buick blanco en un aparcamiento situado junto a la A1A, escuchando lo que hoy día denominan «rock adulto». Mantiene los ojos cerrados e intenta no toser. Cuando tose, le arden los pulmones y se marea. No sabe qué ha hecho durante el fin de semana, pero no ha habido problemas. La emisora de rock adulto anuncia que es la hora punta del lunes por la mañana. Pogue tose y los ojos se le empañan de lágrimas. Trata de respirar hondo.

Está resfriado. Seguro que se lo contagió la camarera pelirroja del Other Way Lounge. Se acercó a su mesa cuando se marchaba el viernes por la noche. Se le acercó mientras se secaba la nariz con un pañuelo, y se le acercó mucho porque quería asegurarse de que pagara. Como de costumbre, él tuvo que apartar la silla de la mesa y levantarse antes de que ella se molestara en averiguar si quería algo. Lo cierto es que le habría gustado tomarse otro Bleeding Sunset y lo habría pedido, pero a la pelirroja le daba igual. A todas les da igual. Así que ella recibió una Gran Naranja, que era lo que se merecía.

El sol se cuela por el parabrisas y le calienta el rostro. Tiene el asiento reclinado y los ojos cerrados. Espera que el sol le cure el resfriado. Su madre siempre le decía que la luz del sol tiene vitaminas y cura casi todo, y que por eso la gente se iba a vivir a Florida cuando envejecía. Eso le decía. «Algún día, Edgar Allan, te irás a vivir a Florida. Ahora eres joven, Edgar Allan, pero algún día serás viejo y estarás cansado como yo, como la mayoría de la gente, y querrás irte a vivir a Florida. Ojalá tuvieras un trabajo respetable, Edgar

Allan. Al paso que vas, dudo que puedas permitirte vivir en Florida.»

Su madre le daba la lata con el dinero. Le hacía preocuparse al respecto, pero cuando murió le dejó bastante dinero para que se fuera a vivir a Florida cuando quisiera. Él dejó de trabajar y comenzó a recibir un cheque cada quince días, y el último cheque debe de estar en su apartado de correos porque no está en Richmond para irlo a recoger. Incluso sin los cheques tiene algo de dinero. Por el momento, bastante. Todavía puede permitirse los puros caros, y si su madre le viera le daría la lata con lo de fumar estando resfriado, pero piensa fumar de todos modos. Piensa en la vacuna para la gripe que no se puso, y todo porque se había enterado de que demolerían su viejo edificio y que el pez gordo había inaugurado una oficina en Hollywood. En Florida.

Virginia contrató a un nuevo jefe para el departamento de Medicina Forense e iban a demoler el viejo edificio para construir un aparcamiento de varias plantas, y Lucy estaba en Florida, y si Scarpetta no hubiera abandonado ni a Pogue ni a Richmond, entonces no habrían necesitado un jefe nuevo y no habrían derribado el viejo edificio porque todo hubiera seguido igual y él habría tenido tiempo de ir a ponerse la vacuna. Demoler el viejo edificio no era justo y nadie se molestó en preguntarle qué le parecía. Era su edificio. Todavía recibe el cheque cada quince días y todavía tiene la llave de la puerta trasera y todavía trabaja en el departamento de Anatomía, normalmente de noche.

Trabajaba cuanto quería hasta que supo que demolerían el edificio. Era la única persona que usaba el edificio. A nadie le importaba lo más mínimo, pero de repente se vio obligado a llevarse todas sus cosas de allí. Tendría que llevarse por la noche todos los restos que guardaba en las cajitas abolladas, a esa hora nadie le vería. Vaya agotamiento, subir y bajar por las escaleras, ir y volver del aparcamiento, los pulmones le ardían mientras las cenizas se desparramaban por todas partes. Una caja se le cayó y su contenido se esparció por el suelo del aparcamiento y le costó mucho recoger las cenizas, tan ligeras y difíciles de atrapar. Vaya tortura. No era justo y, cuando se dio cuenta, ya había transcurrido un mes y no se había acordado de ponerse la inyección para la gripe. Tose, el pecho le arde, los ojos se le llenan de lágrimas y permanece sentado a la luz del sol, empapándose de vitaminas. Piensa en el pez gordo.

Se deprime y enfada cuando piensa en ella. No sabe nada de él, ni siquiera llegó a saludarle, y ahora los pulmones le arden por su culpa. Se ha quedado sin nada por su culpa. Ella tiene una mansión y coches que cuestan más que cualquiera de las casas en que él ha vivido, y ni siquiera se molestó en decirle que lo sentía el día que ocurrió. De hecho, se rió. Le pareció divertido verle saltar y dar un gritito como un perro cuando salía de la sala de embalsamamientos y ella pasaba empujando una camilla con un pie en el estribo, empujándola ruidosamente y riendo. Y su tía estaba junto a un tanque abierto hablando con Dave sobre un problema de la Asamblea Legislativa.

Scarpetta nunca bajaba salvo cuando había un problema. Aquel día en concreto, y era la misma época que ahora, Navidades, trajo consigo a la sabelotodo de Lucy. Él ya sabía cosas de la sobrina de Scarpetta. Todo el mundo las sabía. Sabía que era de Florida. Vivía en Florida, en Miami, con la hermana de Scarpetta. Pogue no conoce todos los detalles, pero sabe lo suficiente, y ya entonces supo lo suficiente para darse cuenta de que Lucy podría empaparse de vitaminas sin que nadie le diese la lata con que nunca podría permitirse el lujo de irse a vivir a Florida.

Ella ya vivió allí, nació allí y no hizo nada para merecérselo, y se rió de Pogue. Pasó empujando la camilla y estuvo a punto de golpearle cuando él salía de la sala cargando un bidón de formaldehído vacío en una carretilla. Y por culpa de Lucy se detuvo en seco, la carretilla se inclinó y el bidón se cayó y rodó por el suelo, pero Lucy siguió haciendo ruido montada en la camilla como una mocosa en un carrito de la compra, sólo que no era una niña, sino una adolescente, una jovencita de diecisiete años guapa, consentida y orgullosa. Pogue recuerda perfectamente la edad que tenía. Sabe cuándo es su cumpleaños. Durante años le ha enviado tarjetas de pésame anónimas el día de su cumpleaños, a nombre de Scarpetta al departamento de Medicina Forense, a la vieja dirección de la calle Nueve-Catorce Norte, incluso después de que se abandonase el edificio. Duda mucho que Lucy las recibiera.

Aquel día, aquel fatídico día, Scarpetta estaba junto al tanque abierto y llevaba una bata de laboratorio encima de un traje oscuro y elegante porque tenía una cita con un legislador, le dijo a Dave, y pensaba tratar el problema, fuera cual fuese. Hablaría con el legislador sobre una disparatada proposición de ley. Respira hondo y los pulmones le vibran mientras disfruta del sol. Scarpetta era una mujer muy atractiva cuando se vestía con elegancia como aquella mañana. A Pogue le dolía espiarla cuando ella no le miraba y sentía una punzada indescriptible cuando la veía de lejos. Sentía algo por Lucy, pero era una sensación diferente. Se percataba de las emociones intensas que Scarpetta sentía por Lucy y eso hacía que él también sintiera algo por ella. Pero era diferente.

El bidón vacío causó un gran estrépito al caer y rodar por el suelo y Pogue se apresuró a recogerlo mientras rodaba hacia la camilla que arrastraba Lucy. Aquel bidón metálico de casi doscientos litros había ido salpicando mientras rodaba. Varias gotas de formaldehído le salpicaron en la cara al detenerlo y una le entró en la boca y la inhaló. Al poco comenzó a toser y vomitar en el baño y nadie fue a ver cómo estaba. Ni Scarpetta ni Lucy. Oía a Lucy al otro lado de la puerta cerrada del baño. Estaba jugando de nuevo con la camilla, riendo. Nadie supo que la vida de Pogue cambió en aquel momento, y cambió para siempre.

—¿Te encuentras bien? ¿Te encuentras bien, Edgar Allan? —le preguntó Scarpetta desde el otro lado de la puerta, pero no entró.

Ha recordado tantas veces lo que ella le dijo que ya no está seguro de haber recordado su voz con absoluta precisión.

—¿Te encuentras bien, Edgar Allan?

—Sí, señora. Me estoy limpiando.

Cuando Pogue salió finalmente del baño, la camilla de Lucy estaba abandonada en medio del pasillo y ella y Scarpetta se habían marchado. Dave también. Sólo quedaba él, y se moriría por culpa de una sola gota de formaldehído que sentía estallar y arder en los pulmones como chispas al rojo vivo, y allí no había nadie, sólo él.

—Ya ve, lo sabía todo —le explicaría luego a la señora Arnette mientras alineaba seis frascos de líquido embalsamador en el carrito situado junto a la mesa de acero inoxidable—. A veces hay que sufrir para comprender el sufrimiento de los demás —comentó al tiempo que cortaba trozos de cuerda de un rollo que había en el carrito—. Sé que recuerda todo el tiempo que pasé con usted cuando hablamos de su papeleo y de sus intenciones y de lo que le pasaría si fuera a los hospitales universitarios de Virginia. Dijo que le encantaba Charlottesville y le prometí que me aseguraría de que fuera a la Universidad de Virginia puesto que le encantaba Charlottesville. La escuché durante horas en su casa, ¿no? Iba a verla cada vez que me llamaba, al principio por el papeleo, luego porque necesitaba a alguien que la escuchara y temía que su familia la rechazase.

»No pueden, ya se lo he dicho. Todos estos documentos son legales. Es su última voluntad, señora Arnette. Si desea donar el cuerpo a la ciencia y que luego lo incinere, su familia no puede evitarlo aunque quiera.

Pogue acaricia los seis cartuchos de latón y plomo del calibre 38 que tiene en el bolsillo mientras toma el sol dentro del Buick blanco y recuerda que cuando estaba con la señora Arnette experimentaba una sensación de poderío que nunca había sentido. Cuando estaba con ella era Dios. Cuando estaba con ella era la Ley.

—Soy una anciana desgraciada y ya nada funciona, Edgar Allan —le dijo ella la última vez que estuvieron juntos—. Mi médico vive al otro lado de la valla pero no se molesta en ver cómo estoy, Edgar Allan. Nunca te hagas tan viejo.

—No se preocupe —le prometió Pogue.

—Los que viven al otro lado de la valla son muy raros —le dijo con una sonrisa pícara, una sonrisa que daba a entender algo—. Su mujer es pura escoria. ¿La conoces?

—No, señora, creo que no.

—Pues no la conozcas. —Meneó la cabeza y sus ojos dieron a entender algo—. No la conozcas nunca.

—No lo haré, señora Arnette. Es terrible que su médico no la visite. No debería quedar impune.

—La gente como él recibe lo que se merece —dijo ella desde la cama, en la habitación posterior de la casa—. Te lo aseguro, Edgar Allan, las personas recogen lo que siembran. Lo conozco hace muchos años y le da igual. No firmará.

—¿A qué se refiere? —preguntó Pogue, y la veía pequeña y débil en la cama; se tapaba con muchas sábanas y colchas porque decía que ya no entraba en calor.

—Bueno, supongo que cuando te marchas alguien tiene que firmar, ¿no?

—Sí, el médico firma el certificado de defunción. —Pogue conocía muy bien los entresijos de la muerte.

—Estará muy ocupado, acuérdate de lo que te digo. ¿Y entonces, qué? ¿Dios me devolverá? —Se rió con aspereza, no con alegría—. Lo haría, Dios y yo no nos llevamos bien.

—Lo entiendo perfectamente —le aseguró Pogue—, pero no se preocupe —añadió, sabiendo de sobra que era Dios en ese instante. Dios no era Dios. Pogue era Dios—. Si el médico que vive al otro lado de la valla no quiere firmar el certificado, señora Arnette, confíe en mí, yo me ocuparé.

—¿Cómo?

—Siempre hay formas.

—Eres el joven más maravilloso que he conocido. Oh, qué afortunada fue tu madre.

—Ella no lo creía.

—Entonces era una mujer malvada.

—Yo mismo firmaré el certificado —le prometió Pogue—. Veo esos certificados a diario y la mitad de ellos los firman médicos a los que les da igual.

—A todo el mundo le da igual, Edgar Allan.

—Falsificaré una firma si es necesario. No se preocupe.

—Eres un encanto. ¿Qué quieres? En mi testamento pone que esta casa no puede venderse. Les he dado una lección bien dada. Puedes vivir en la casa, basta que no lo sepan, y quédate el coche, aunque hace tanto tiempo que no lo uso que seguramente la batería se habrá descargado. Se acerca el momento, los dos lo sabemos. ¿Qué quieres? Dímelo. Ojalá tuviese un hijo como tú.

—Las revistas —dijo Pogue—. Esas revistas sobre Hollywood.

—¡Vaya! ¿Las que están en la mesilla de centro? ¿Te he contado la de veces que estuve en el hotel Beverly Hills y a las estrellas de cine que veía en el Polo Lounge y las mansiones de los alrededores?

—Cuéntemelo otra vez. No hay nada que me guste más que Hollywood.

—El sinvergüenza de mi marido al menos me llevó a Beverly Hills, lo reconozco, y nos lo pasamos bien allí. Me encantan las películas, Edgar Allan. Espero que veas películas. No hay nada como una buena película.

—Sí, señora. No hay nada mejor. Algún día iré a Hollywood.

—Deberías ir. Si no estuviera tan vieja y débil, te llevaría a Hollywood. Oh, qué divertido.

—No está vieja y débil, señora Arnette. ¿Quiere conocer a mi madre? La traeré algún día.

—Nos tomaremos un gintónic y esas quiches de salchicha pequeñas que preparo.

—Está en una caja —le dijo.

—Qué cosa más rara.

—Falleció y la guardo en una caja.

—¡Ah! Te refieres a las cenizas.

—Sí, señora. No me separaría de ellas.

—Qué detalle. Mis cenizas no le importarían a nadie, te lo aseguro. ¿Sabes qué quiero que se haga con mis cenizas, Edgar Allan?

—No, señora.

—Que se esparzan al otro lado de la maldita valla —Rió con aspereza de nuevo—. ¡Que el doctor Paulsson las ponga en la pipa y se las fume! A él le da lo mismo y le abonaré el jardín.

—Oh, no, señora. Yo no toleraría esa falta de respeto.

—Si lo haces te lo habrás ganado. Ve al salón y tráeme el bolso.

Le extendió un cheque por valor de quinientos dólares, un adelanto por materializar sus deseos. Después de cobrar el cheque, le compró una rosa, y se mostró tierno con ella, hablándole mientras se limpiaba las manos con un pañuelo.

—¿Por qué te limpias las manos así, Edgar Allan? —le preguntó ella—. Habría que quitarle el plástico a esa rosa tan bonita y ponerla en un florero. Vaya, ¿y ahora por qué la guardas en un cajón?

—Para que la conserve para siempre —respondió—. Y ahora necesito que se dé la vuelta un momento.

—¿Cómo?

—Hágalo —insistió—. Ya verá.

Pogue la ayudó a volverse, pesaba muy poco. Luego se sentó sobre su espalda y le introdujo un pañuelo blanco en la boca para que no hiciera ruido.

—Habla demasiado —le dijo—. Ahora no es el momento de hablar. No debería haber hablado tanto —continuó mientras le sujetaba las manos contra la cama, y todavía recuerda que ella sacudió la cabeza y luchó débilmente por liberarse al tiempo que se asfixiaba.

Cuando se quedó inmóvil, le soltó las manos y le sacó el pañuelo de la boca con delicadeza. Permaneció sentado encima de ella para asegurarse de que no se movía y no respiraba, y mientras, le hablaba tal como haría con la hija del médico, la bonita niña cuyo padre hacía cosas en esa casa. Cosas que Pogue no debería haber visto nunca.

Se sobresalta y da un gritito ahogado al oír unos golpecitos en la ventanilla del coche. Abre los ojos y tose con sequedad, asfixiándose. Al otro lado de la ventanilla hay un negro enorme y sonriente, que golpea el cristal con el anillo y le enseña una caja de M&M's.

—Cinco dólares —dice a través del cristal—. Son para mi iglesia.

Pogue enciende el motor y mete la marcha atrás.

52

La consulta del doctor Stanley Philpott en el Fan se encuentra en una casa adosada de ladrillo visto de Main Street. Es médico de cabecera y se mostró muy amable cuando Scarpetta le llamó ayer por la tarde y le preguntó sobre Edgar Allan Pogue.

—Ya sabe que no puedo revelar nada —dijo al principio.

—La policía puede conseguir una orden —replicó Scarpetta—. ¿Se sentiría más cómodo?

—Pues no.

—Necesito información sobre él. ¿Le parece bien que me pase por su consulta mañana por la mañana a primera hora? Me temo que la policía irá a verle tarde o temprano.

El doctor Philpott no quiere ver a la policía. No quiere ver los coches delante de su consulta y menos a los policías en su sala de espera, asustando a los pacientes. Es un hombre de aspecto delicado con el pelo cano y porte digno y se muestra muy cortés cuando su secretaria permite que Scarpetta entre por la puerta trasera y la conduce hasta la pequeña cocina donde él la espera.

—La he oído disertar en un par de ocasiones —le dice Philpott mientras le sirve café de una cafetera de filtro—. Una vez en la Academia de Medicina de Richmond, otra en el Commonwealth Club. Usted no tiene motivos para recordarme. ¿Cómo lo quiere?

—Solo, por favor —dice ella desde una mesa que hay junto a la ventana con vistas a un callejón de adoquines—. Lo del Commonwealth Club fue hace mucho tiempo.

El doctor Philpott deja el café en la mesa y saca una silla, de espaldas a la ventana. La luz que se cuela resplandece en su pelo cano, bien peinado, grueso y abundante, y en la bata blanca almidonada. El estetoscopio le cuelga del cuello y tiene manos grandes y firmes.

—Contó algunas anécdotas entretenidas —dice pensativamente—. De muy buen gusto, por lo que recuerdo. Me pareció una mujer valiente. En aquel entonces no se invitaba a muchas mujeres al Commonwealth Club. Hoy en día tampoco. De hecho me planteé la posibilidad de estudiar para médico forense. Así de edificantes resultaban sus charlas.

—Todavía está a tiempo —responde ella con una sonrisa—. Hay escasez, se necesitan al menos cien médicos forenses, lo cual es un grave problema porque son los que firman la mayoría de los certificados de defunción y acuden a las escenas del crimen y deciden si un caso necesita autopsia, sobre todo en las zonas rurales. Cuando estuve aquí, unos quinientos médicos de todo el estado se ofrecieron voluntarios como forenses. Los llamaba mis «soldados». No sé qué habría hecho sin ellos.

—Los médicos ya no se ofrecen voluntarios para casi nada —declara Philpott meciendo la taza de café entre las manos—, sobre todo los jóvenes. Me temo que el mundo se ha vuelto muy egoísta.

—Trato de no pensar en eso o me deprimo.

—Una buena filosofía. ¿En qué puedo ayudarla exactamente? —Sus ojos azules transmiten cierta tristeza—. Sé que no ha venido a darme buenas nuevas. ¿Qué ha hecho Edgar Allan?

—Asesinato, al parecer. Intento de asesinato. Fabricación de bombas. Heridas intencionales —responde Scarpetta—. La joven de catorce años que murió hace varias semanas, no muy lejos de aquí. Estoy segura de que ha oído algo en las noticias. —Prefiere no entrar en detalles.

—Dios mío —dice, y menea la cabeza con la mirada clavada en el café—. Dios mío.

—¿Cuándo tiempo ha sido su paciente, doctor Philpott?

—Toda la vida. Desde niño. También conocí a su madre.

—¿Está viva?

—Murió hace unos diez años. Una mujer imperiosa, difícil. Edgar Allan es hijo único.

—¿Y su padre?

—Un alcohólico. Se suicidó hace unos veinte años. Quiero dejarle bien claro que no conozco bien a Edgar Allan. Venía de vez en cuando por problemas habituales, sobre todo para la vacuna antineumocócica y la gripe. Venía como un reloj cada septiembre.

—¿Incluyendo el septiembre pasado?

—Pues no. He repasado su historial antes de que usted viniera. Vino el catorce de octubre para una vacuna antineumocócica. La inyección contra la gripe se me había acabado. Ya sabe que ha habido escasez. Se me acabaron. Así que le puse la antineumocócica y se marchó.

—¿Qué recuerda de ese día?

—Llegó y me saludó. Le pregunté qué tal tenía los pulmones. Padece fibrosis intersticial pulmonar por una exposición prolongada al líquido embalsamador. Al parecer trabajó en una funeraria.

—No exactamente. Trabajó para mí.

—Vaya, que me aspen si lo sabía —dice sorprendido—. Me pregunto por qué... Bueno, me dijo que trabajaba en una funeraria y era ayudante del director o algo así.

—Pues no, trabajaba en el departamento de Anatomía, estaba allí cuando me nombraron jefa de Medicina Forense a finales de los ochenta. Se jubiló por invalidez en el noventa y siete, justo antes de que nos trasladáramos al nuevo edificio en la calle Cuatro Este. ¿Cómo le justificó la enfermedad pulmonar? ¿Por una exposición crónica?

—Dijo que un día inhaló formaldehído. Está en el historial. Me contó una historia de lo más peculiar, ya sabe que Edgar Allan es un poco raro. Según su versión, estaba embalsamando un cadáver y se olvidó de introducirle algo en la boca y el líquido embalsamador comenzó a borbotear, o algo así de grotesco, y una manguera se reventó. Es bastante histriónico. Pero no sé para qué le cuento todo esto. Si trabajaba para usted sabe más que yo. No me apetece repetir historias descabelladas.

—Nunca la había oído —dice Scarpetta—. Sólo recuerdo lo de la exposición crónica y que padecía fibrosis. ¿O aún la padece?

—No cabe duda. Tiene una cicatriz en el tejido intersticial y daños importantes en el tejido pulmonar, y así consta en la biopsia. No lo finge.

—Estamos intentando dar con él —dice Scarpetta—. ¿Se le ocurre dónde podríamos buscarle?

—Se me ocurre lo más obvio: preguntar a las personas que trabajaban con él.

—La policía se está ocupando de ello, pero no soy optimista. Cuando trabajaba para mí era muy solitario. Sé que debe renovar su receta de prednisona dentro de unos días. ¿Suele ser cumplidor al respecto?

—Por lo que he visto, pasa por distintas fases con los medicamentos. Puede ser maniático durante un año y luego los deja durante varios meses porque engordan.

—¿Pesa más de la cuenta?

—La última vez que le vi tenía sobrepeso.

—¿Cuánto mide y cuánto pesaba?

—Mide un metro setenta, más o menos. Cuando le vi en octubre diría que le sobraban casi cincuenta kilos y le dije que ese exceso de peso le dificultaría la respiración, por no mencionar los problemas de corazón. Debido al sobrepeso le he tratado con corticosteroides de tanto en tanto, pero cuando toma medicamentos se vuelve muy paranoico.

—¿Le preocupa la psicosis esteroidea?

—Me preocupa siempre. Cuando ves un caso de psicosis esteroidea te preocupas. Pero nunca he sabido si Edgar Allan se pone así por los medicamentos o es que es así. Si no le importa que se lo pregunte, ¿cómo lo hizo? ¿Cómo mató a la joven Paulsson?

—¿Ha oído hablar de Burke y Hare? A comienzos del siglo XIX en Escocia, esos dos hombres asesinaban y vendían los cadáveres para las disecciones, ¿le suena? Había escasez de cadáveres para disección y, de hecho, algunos estudiantes de medicina sólo podían aprender anatomía si profanaban tumbas recientes u obtenían cadáveres por otras vías ilícitas.

—Profanación de tumbas —dice Philpott—. Sé algo del tal Burke y sus técnicas, aunque no he oído hablar de ningún caso moderno. Los resurreccionistas, creo que entonces los llamaban así, los que profanaban tumbas y conseguían cadáveres para su disección.

—Hoy en día no es común matar a alguien para vender el cadáver para su disección, pero ocurre. No es fácil de detectar y no sabemos con cuánta frecuencia sucede.

—¿Por asfixia, con arsénico, cómo lo hacen?

—De acuerdo con la patología forense, se trata de un homicidio mediante asfixia mecánica. El modus operandi de Burke, según cuenta la leyenda, consistía en elegir a alguien débil, normalmente una persona mayor, un niño o un enfermo, sentársele en el pecho y taparle la nariz y la boca.

—¿Eso fue lo que le ocurrió a esa pobre niña? —inquiere Philpott con expresión afligida—. ¿Eso le hizo?

—Como bien sabe, a veces un diagnóstico se basa en la falta de diagnóstico. Un proceso de eliminación —replica Scarpetta—. No tenía indicios de nada, salvo unas contusiones recientes que concordarían con el hecho de que alguien se le hubiera sentado en el pecho y le hubiera sujetado las manos con fuerza. Sufrió una hemorragia nasal. —No quiere entrar en detalles—. Por supuesto, todo esto es sumamente confidencial.

—No tengo ni idea de dónde podría estar —reconoce Philpott en tono grave—. Si me llama por algún motivo se lo haré saber de inmediato.

—Le daré el número de Pete Marino. —Se lo anota.

—No conozco mucho a Edgar Allan. Lo cierto es que nunca me cayó bien. Es raro, me daba mala espina, y cuando su madre vivía siempre le acompañaba a todas las visitas. Lo hizo incluso de adulto, hasta que murió.

—¿De qué murió?

—Ahora que hablamos de todo esto debo decirle que me preocupa —dice con una mueca—. Era obesa y no se cuidaba nada. Un invierno fue víctima de la gripe y murió en casa. En aquel momento no me pareció sospechoso. Ahora ya no diría lo mismo.

—¿Le importa que eche un vistazo al historial de Edgar Allan? ¿Todavía tiene el de su madre? —pregunta Scarpetta.

—Como murió hace tanto tiempo no creo que sea fácil encontrarlo, pero puedo enseñarle el de Edgar Allan. Puede quedarse aquí y estudiarlo. Lo tengo en el escritorio. —Se levanta de la silla y sale de la cocina; se mueve muy despacio y parece más cansado que antes.

Scarpetta observa por la ventana a un arrendajo dándose un festín en un comedero para pájaros que cuelga de la rama desnuda de un roble. El arrendajo es una mancha de azul intenso y las semillas salen volando mientras saquea el comedero. Da varios saltitos en lo que se asemeja a un torbellino de plumas azules y desaparece. Es posible que Edgar Allan Pogue se salga con la suya. Las huellas no demuestran demasiado y la causa y la forma de la muerte serán objeto de controversia. Es imposible saber a cuántas personas ha asesinado, piensa, y ahora tiene que preocuparse por lo que Edgar Allan hacía cuando trabajaba para ella. ¿Qué hacía allá abajo? Se lo imagina con la camisola. Entonces era delgado y pálido, y recuerda que su rostro pálido le miraba de reojo cuando ella bajaba de aquel terrible montacargas para hablar con Dave, a quien tampoco le caía muy bien Edgar Allan y seguramente no sabrá dónde está.

Scarpetta pasaba el menor tiempo posible en aquel subsuelo. Era un lugar deprimente, la financiación estatal era escasa, las facultades de medicina que necesitaban cadáveres pagaban una miseria, no había dinero suficiente para que los muertos disfrutaran de cierta dignidad. Había bates de béisbol apilados en un rincón porque cuando se sacaban del horno los restos de la incineración había que pulverizar algunos fragmentos de hueso o, de lo contrario, no cabían en las urnas baratas que facilitaba el estado. Una trituradora era demasiado cara y un bate de béisbol servía para pulverizar esos fragmentos. No le agradaba lo que sucedía allá abajo y sólo iba cuando era necesario, y aun así evitaba el crematorio y mirar los bates. Sabía lo que se hacía con esos bates y se mantenía bien lejos de ellos, fingiendo que no existían.

«Debería haber comprado una trituradora —piensa mientras observa el comedero de pájaros vacío—. Incluso con mi dinero. No debería haber permitido los bates de béisbol. Ahora no los permitiría.»

—Aquí tiene —le dice Philpott cuando regresa a la cocina y le entrega una gruesa carpeta con el nombre de Edgar Allan Pogue—. Tengo que ocuparme de mis pacientes, pero volveré para ver si necesita algo.

Lo cierto es que a Scarpetta no le gustaba nada el departamento de Anatomía. Es patóloga forense y abogada, y no la directora de una funeraria ni una embalsamadora. Siempre supuso que aquellos cadáveres no tenían nada que comunicarle porque sus muertes no estaban envueltas en un halo misterioso. Eran personas que morían normalmente. Su misión se centra en las personas que no mueren normalmente. Su misión se centra en personas que mueren de manera violenta, repentina y sospechosa, y no le gustaba hablar con quienes trabajaban en los tanques, así que en aquella época evitaba el subsuelo y todo lo relacionado con él. No quería estar en compañía de Dave ni de Edgar Allan. No, no quería. No quería ver los cadáveres colgados de poleas y cadenas con ganchos, no quería. No, no quería verlo.

«Debería haber prestado más atención —piensa, y nota que el café le ha sentado mal—. No hice cuanto pude. —Examina lentamente el historial médico de Pogue—. Debería haber comprado una trituradora», piensa, y busca la dirección que Pogue le facilitó al doctor Philpott. Según el historial de Pogue, hasta 1996 vivió en Ginter Park, en la zona septentrional de la ciudad, y luego su dirección se convirtió en un apartado de correos. En ninguna parte figura dónde ha vivido desde 1996 y se pregunta si fue entonces cuando se trasladó a la casa vecina a la de los Paulsson, la casa de la señora Arnette. Es posible que también la matara a ella y ocupara la casa.

Un paro se posa en el comedero y Scarpetta lo observa. Nota la luz del sol en el lado izquierdo de la cara y es cálida, aunque no caliente; percibe esa calidez invernal mientras contempla al pequeño pájaro gris picotear las semillas con los ojos brillantes, agitando la cola. Scarpetta sabe lo que dicen de ella. Durante toda su carrera ha huido de los comentarios que los ignorantes hacen sobre los médicos cuyos pacientes son muertos: morbosos, raros y que no se llevan bien con los vivos. A los forenses se les considera antisociales, extraños, personas con mucha sangre fría y carentes de compasión. Que eligen esta subespecialidad porque son médicos fracasados, padres fracasados, madres fracasadas, amantes fracasados, seres humanos fracasados.

Por culpa de lo que dicen los ignorantes, ella ha evitado la cara más oscura de su profesión, y no quiere explorarla, aunque podría. Comprende a Edgar Allan Pogue. No siente lo mismo que él, pero sabe lo que siente. Recuerda su rostro pálido mirándole de reojo y luego recuerda el día que llevó a Lucy al subsuelo, donde él trabajaba, porque su sobrina estaba pasando las vacaciones de Navidad con ella. A Lucy le encantaba acompañarla a la oficina y aquel día Scarpetta tenía que hablar con Dave, así que Lucy fue con ella al departamento de Anatomía y se comportó de manera irreverente y juguetona, armando alboroto. Era Lucy. Aquel día, mientras ellas estaban allá abajo, ocurrió algo. Pero ¿qué?

El paro picotea las semillas y mira a Scarpetta por la ventana. Ella levanta la taza de café y el pájaro desaparece revoloteando. La pálida luz del sol brilla en la taza blanca, una taza blanca con el emblema de la Facultad de Medicina de Virginia. Se levanta y marca el número de Marino.

—Hola —responde él.

—No volverá a Richmond —dice Scarpetta—. Es lo bastante listo para saber que le estamos buscando aquí. Y Florida es un lugar perfecto para la gente que tiene problemas respiratorios.

—Será mejor que vaya allí. ¿Y tú?

—Sólo me falta una cosa, y entonces habré acabado con esta ciudad —responde.

—¿Necesitas ayuda?

—No, gracias —dice Scarpetta.

53

Los trabajadores de la construcción almuerzan sentados sobre bloques de hormigón o en los asientos de las enormes máquinas amarillas. Los cascos y los rostros endurecidos observan a Scarpetta mientras avanza por el barro rojizo y se recoge el largo abrigo negro como si fuera una falda larga.

No ve al capataz con el que habló la otra vez ni a nadie que parezca estar al mando. Los trabajadores la miran y ninguno se le acerca para preguntarle qué busca. Hay varios hombres vestidos de negro alrededor de una máquina excavadora, comiendo sándwiches y bebiendo refrescos, y la observan caminar por el barro.

—Busco al supervisor —dice cuando se acerca al grupo—. Tengo que entrar en el edificio.

Contempla lo que queda de su antigua oficina. Aunque han demolido la mitad de la zona frontal, la posterior sigue intacta.

—Ni hablar —dice uno de los hombres—. Nadie puede entrar ahí. —Sigue masticando y la mira como si estuviera loca.

—La parte de atrás parece que está bien. Ésa era mi oficina cuando era la jefa del departamento de Medicina Forense. Vine aquí hace poco, después de la muerte del señor Whitby.

—No se puede entrar —replica el mismo hombre y dedica una mirada a sus compañeros, que escuchan la conversación. Les mira dando a entender que Scarpetta está loca.

—¿Dónde está el capataz? —pregunta ella—. Quiero hablar con él.

El hombre saca un móvil del cinturón y llama al capataz.

—Eh, Joe —dice—. Soy Bobby. ¿Te acuerdas de la señora que

vino aquí el otro día? ¿La señora y el poli grande de Los Ángeles? Sí, sí, eso es. Ha vuelto y quiere hablar contigo. Vale. —Cuelga y la mira—. Ha ido por cigarrillos y vendrá enseguida. ¿Para qué quiere entrar? Ahí no hay nada.

—Salvo fantasmas —dice otro hombre, y sus compañeros se ríen.

—¿Cuándo comenzaron a demolerlo todo? —les pregunta.

—Hace un mes. Justo antes del día de Acción de Gracias. Luego estuvimos una semana parados por culpa de la tormenta.

Los hombres hablan entre sí y tratan de recordar el día exacto en que la bola de demolición golpeó el edificio por primera vez. Scarpetta ve a un hombre aparecer por el lateral del edificio. Lleva pantalones caqui, una chaqueta verde oscuro y botas, y sostiene el casco bajo el brazo mientras se les acerca fumando.

—Ése es Joe —le dice Bobby—. No le dejará entrar. No es aconsejable. No es seguro por muchos motivos.

—Cuando comenzaron a demoler el edificio, ¿cortaron la electricidad o ya estaba cortada? —pregunta.

—Si no hubiera estado cortada no habríamos comenzado.

—No llevaba mucho tiempo cortada —interviene otro hombre—. Antes de que empezáramos hubo gente que entró. Había luces encendidas, ¿no?

—Ni idea.

—Buenas tardes —saluda el capataz a Scarpetta—. ¿En qué puedo ayudarla?

—Tengo que entrar en el edificio. Por la puerta trasera, junto a la puerta en saliente.

—Imposible —replica él y niega con la cabeza.

—¿Podemos hablar a solas un momento? —le pide Scarpetta y se separa de los trabajadores.

—No, no la dejaré entrar. ¿Para qué quiere entrar? —le pregunta el capataz, Joe, a unos tres metros de los trabajadores—. No es seguro. ¿Para qué quiere entrar?

—Escúcheme bien —le dice ella apoyándose en un pie y luego en el otro, sin aguantar el dobladillo del abrigo—. Ayudé a examinar al señor Whitby. Todo lo que puedo decirle es que encontramos unas pruebas muy extrañas en su cuerpo.

—Me está tomando el pelo.

Scarpetta sabía que así le haría caso.

—Tengo que comprobar una cosa en el interior del edificio. ¿Es inseguro o es que a usted le preocupan los juicios, Joe?

Él observa el edificio, se rasca la cabeza y luego se mesa el pelo.

—Bueno, no se nos caerá encima, al menos no en la parte de atrás. Yo no entraría por delante.

—La parte posterior me parece perfecta. Podemos entrar por la puerta trasera que hay junto a la puerta en saliente. A la derecha, al final del pasillo, están las escaleras que llevan al subsuelo. Necesito ir hasta allí.

—Sé dónde están las escaleras, las he visto. ¿Quiere bajar al sótano? Vaya, ésa sí que es buena.

—¿Cuánto tiempo lleva cortada la electricidad?

—Me aseguré de que estuviera cortada antes de empezar la demolición.

—Entonces, ¿no estaba cortada la primera vez que entró? —pregunta Scarpetta.

—Había luces. La primera vez que entré debió de ser en verano. Ahora estará oscuro como boca de lobo. ¿Qué pruebas? No lo entiendo. ¿Cree que le ocurrió algo aparte de que el tractor le atropellara? Ya sabe que su mujer está armando jaleo y acusando a todo el mundo de esto y lo otro. Un montón de tonterías. Yo estaba aquí. No le pasó nada, salvo que estaba en el lugar equivocado en el momento equivocado y el motor de arranque se la jugó.

—Necesito echar un vistazo —replica Scarpetta—. Puede acompañarme, se lo agradecería. Sólo será un momento. Supongo que la puerta trasera está cerrada con llave. ¿La tiene usted?

—Bueno, eso no nos impedirá entrar. —Observa el edificio y luego mira a sus hombres—. ¡Eh, Bobby! —grita—. ¿Puedes perforar y sacar el cerrojo de la puerta trasera? Hazlo ahora. De acuerdo —le dice a Scarpetta—. De acuerdo. Le acompañaré, pero no nos acercaremos a la parte frontal y saldremos lo antes posible.

54

Las luces danzan por las paredes de bloques de hormigón y los escalones de cemento color beige. Bajan con cautela hasta donde Edgar Allan Pogue trabajaba cuando Scarpetta era la jefa. Allí no hay ventanas. La planta por la que han entrado era el depósito de cadáveres, y en esos lugares normalmente no hay ventanas, y tampoco las hay en el subsuelo. En el hueco de la escalera la oscuridad es absoluta y el aire huele a humedad y polvo.

—Cuando me enseñaron el edificio —dice Joe mientras baja por los escalones delante de Scarpetta y la linterna se mueve bruscamente con cada paso—, no me trajeron aquí abajo. Sólo estuve arriba. Creía que esto era un sótano normal. No me lo enseñaron —dice, molesto.

—Deberían haberlo hecho —replica Scarpetta, y el polvo le escuece en la garganta—. Hay dos tanques, de unos seis metros por seis y tres metros de profundidad. No sería aconsejable que los tractores chocasen o cayesen dentro.

—Eso sí que me cabrea —dice él, y parece cabreado—. Al menos tendrían que haberme enseñado unas fotografías. Seis metros por seis. ¡Joder! Eso sí que me cabrea. Cuidado con el último escalón. —Ilumina alrededor con la linterna.

—Deberíamos estar en el pasillo. Vaya a la izquierda.

—Parece que no hay otra posibilidad. —Echa a andar lentamente—. ¿Por qué coño no nos dijeron lo de los tanques? —No termina de creérselo.

—No lo sé. Depende de quién le enseñara el edificio.

—Un tipo, joder, no me acuerdo cómo se llamaba. Sólo recuerdo que era de Servicios Generales y no le apetecía estar aquí. Creo que no estaba familiarizado con el edificio.

—Seguramente —dice Scarpetta mirando el sucio suelo de baldosas que ilumina la linterna—. Sólo querían demolerlo. El tipo de Servicios Generales probablemente ni siquiera sabía que había tanques. Es posible que nunca hubiera estado en el departamento de Anatomía. Aquí han bajado muy pocas personas. Están justo ahí. —Señala y el haz se abre paso por la oscuridad de la enorme sala vacía e ilumina tenuemente las tapas de hierro de los tanques—. Bueno, las tapas están colocadas. No sé si eso es bueno o malo —dice—, pero aquí abajo hay un gran peligro biológico. Será mejor que sepa lo que hace cuando comience a demoler esta parte del edificio.

—Oh, no se preocupe. No puedo creérmelo, se lo digo en serio —repite, enfadado y nervioso, e ilumina alrededor.

Scarpetta se aparta de los tanques, regresa a la zona del departamento de Anatomía, al otro lado de la enorme sala, pasa junto a la pequeña habitación donde solían realizarse los embalsamamientos e ilumina el interior. Ve una mesa de acero sujeta a unos tubos gruesos en el suelo, un fregadero de acero y unos armarios. Junto a la pared hay una camilla oxidada cubierta con una mortaja de plástico acolchado. A la izquierda hay un nicho y se imagina el crematorio construido con bloques de hormigón antes de verlo. Luego la linterna ilumina una puerta de hierro grande y recuerda haber visto fuego por una rendija de la puerta, recuerda las bandejas de acero polvorientas que entraban con un cadáver encima y salían cuando no quedaba nada, salvo cenizas y fragmentos de huesos terrosos, y piensa en los bates de béisbol que se empleaban para pulverizar los restos. Se avergüenza de los bates.

Ilumina el suelo. Todavía es blanco, está cubierto de polvo y fragmentos de huesos que parecen yeso. Nota la arenilla debajo de los pies mientras camina. Joe no la ha acompañado hasta allí. La espera un poco más allá del nicho y la ayuda desde lejos iluminando el suelo y los rincones. La silueta de Scarpetta con el abrigo y el casco se recorta grande y oscura contra la pared. Entonces la linterna ilumina el ojo. Está dibujado con aerosol negro en la pared de bloques de hormigón gris, un enorme ojo negro con pestañas.

—¿Qué coño es eso? —pregunta Joe. Está mirando el ojo dibujado, aunque Scarpetta no le ve—. Por Dios. ¿Qué es eso?

Scarpetta no responde e ilumina alrededor. Los bates han desaparecido del rincón en el que solían estar apilados, pero hay mucho polvo y fragmentos de hueso. Demasiado, piensa. La linterna ilumina un aerosol negro y dos botes de pintura para retocar, uno de esmalte rojo y el otro de azul, los dos vacíos. Los guarda en una bolsa de plástico y el aerosol negro lo guarda en otra bolsa. Encuentra varias cajas de puros en cuyo interior se aprecian restos de ceniza. Ve colillas y una bolsa de papel marrón arrugada en el suelo. Las manos enguantadas pasan por delante del haz de luz y recogen la bolsa. El papel cruje al abrirlo y deduce que la bolsa no lleva ocho años ahí abajo, ni siquiera un año.

Cuando abre la bolsa huele a puros, puros sin fumar. Ilumina el interior de la bolsa y ve restos de tabaco y un recibo. Joe la observa y enfoca la bolsa que Scarpetta sostiene. Ella lee el recibo y experimenta una sensación de irrealidad al ver que la fecha corresponde al 14 de septiembre pasado, cuando Edgar Allan Pogue, y está segura de que fue Pogue, se gastó más de cien dólares en la tienda de artículos para fumador del James Center, en esa misma calle, en comprar diez puros Romeo y Julieta.

55

El James Center no es el tipo de sitio que Marino frecuentaba cuando era policía en Richmond, y nunca compró sus Marlboro en su lujosa tienda de artículos para fumador ni en ninguna tienda de ese tipo.

Nunca compró habanos, de ninguna marca, porque incluso un habano barato cuesta mucho dinero para fumarse sólo uno, y además no le habría dado caladas sino inhalado. Ahora que ya casi no fuma no le cuesta reconocer la verdad. Habría inhalado el humo de un puro. El atrio es todo cristal, luz, plantas y murmullo de agua procedente de cascadas y fuentes. Marino camina con brío hacia la tienda donde Edgar Allan Pogue compró habanos hace menos de tres meses, antes de asesinar a la pequeña Gilly.

Todavía no son las doce del mediodía y no hay mucha gente en las tiendas. Personas vestidas con elegancia toman café o se desplazan como si tuvieran sitios adonde ir y vidas importantes. Marino no soporta al tipo de gente que se encuentra en el James Center. Sabe cómo son. Creció conociéndolos, no personalmente sino sabiendo cómo son. Es gente que ignora cómo son las personas como Marino y nunca intentan conocerlas. Avanza deprisa, enfadado, y cuando un hombre de traje oscuro de raya diplomática pasa por su lado y ni siquiera le ve, piensa: «No sabes una mierda. La gente como tú no sabe una mierda.»

En la tienda de artículos para fumador el aire es acre y dulce, una sinfonía de aromas de tabaco que le llenan con un anhelo que no comprende y que inmediatamente achaca al fumar. Lo echa mucho de menos. Está triste y alterado porque añora los cigarrillos. Siente un profundo desasosiego porque sabe que nunca más podrá fumar, no como solía, ya no. Se engañó al pensar que podría fumar uno o dos de vez en cuando. Menudo mito pensar que había alguna esperanza. No hay esperanza. Nunca la hubo. Si hay algo desesperanzador es su ansia por el tabaco, su amor desesperado por el tabaco, y de repente se siente embargado por una profunda pena porque nunca más encenderá un pitillo ni inhalará con fuerza ni notará ese torrente, esa verdadera dicha, esa liberación por la que suspira a cada momento de su vida. Se despierta suspirando, se acuesta suspirando, suspira en sueños y suspira cuando está completamente despierto. Consulta la hora y piensa en Scarpetta y se pregunta si su vuelo se habrá retrasado. Hoy día muchos vuelos se retrasan.

El médico le dijo a Marino que si seguía fumando tendría que llevar encima una bombona de oxígeno para cuando cumpliera sesenta años. Al final morirá jadeando igual que la pobre Gilly cuando ese monstruo se sentó encima de ella y le inmovilizó las manos, y ella estaba debajo de él presa del pánico, todas las células de sus pulmones gritaban pidiendo aire mientras su boca intentaba llamar a su padre y su madre, sólo llamar, piensa Marino. Gilly fue incapaz de emitir un solo sonido, y ¿qué hizo para merecer una muerte como ésa? Nada, eso es lo que hizo, piensa mientras observa las cajas de puros expuestas en estantes de madera en esa tienda de artículos de fumador fresca y fragante para ricos. En este momento Scarpetta debería estar embarcando, piensa, al tiempo que se fija en las cajas de puros Romeo y Julieta. Si no va con retraso, quizá ya esté en el avión, viajando hacia el oeste, a Denver. Marino siente un vacío en el corazón y en algún lugar de su alma siente vergüenza y al final se enfada.

—No dude en llamarme si necesita ayuda —dice un hombre con suéter de pico gris y pantalones de pana marrones desde detrás del mostrador.

A Marino el color de su ropa y el pelo canoso le recuerdan al humo. El hombre trabaja en un estanco lleno de humos y se ha vuelto del color del humo. Probablemente se marche a casa al término de la jornada y pueda fumar todo lo que quiera, mientras que Marino se va a casa o regresa a un hotel solo y ni siquiera puede encender un pitillo y mucho menos inhalar humo. Ahora se da cuenta de la verdad. La sabe. No puede. Se engañó al pensar que podía, y ahora le embarga el dolor y la vergüenza.

Del bolsillo interior de la chaqueta extrae el recibo que Scarpetta encontró en el suelo cubierto de polvo de huesos del departamento de Anatomía. El recibo está dentro de una bolsa de plástico transparente y la coloca encima del mostrador.

—¿Cuánto tiempo lleva trabajando aquí? —pregunta Marino al hombre de aspecto grisáceo.

—Pues ya voy para doce años —responde con una sonrisa, aunque con una expresión curiosa en sus ojos gris humo. Marino reconoce el temor y no hace nada por disiparlo.

—Entonces conocerá a Edgar Allan Pogue. Vino aquí el catorce de septiembre de este año y compró estos puros.

El hombre frunce el entrecejo y se inclina para observar el recibo.

—El recibo es nuestro —reconoce.

—Eso está claro, Sherlock. Un tipo gordo, bajito y pelirrojo —dice Marino—. De unos treinta años. Trabajó en el depósito de cadáveres. —Señala hacia la calle Catorce—. Probablemente se comportó de forma extraña cuando estuvo aquí.

El hombre sigue mirando la gorra de béisbol de la policía que lleva Marino. Está pálido e inquieto.

—No vendemos puros cubanos.

—¿Cómo? —Marino arruga la frente.

—Quizá los pidió pero no los vendemos.

—¿Vino aquí pidiendo puros cubanos?

—Estaba muy decidido, sobre todo la última vez que vino —responde el hombre con nerviosismo—. Pero no vendemos puros cubanos ni nada ilegal.

—No le estoy acusando y no soy del departamento de Alcohol, Tabaco y Armas, ni de la FDA ni de la Dirección General de Salud Pública ni el puto conejo de Pascua —dice Marino—. Me importa un cojón si vende mierda cubana bajo mano.

—No la vendo. Le juro que no.

—Busco a Pogue. Cuénteme.

—Lo recuerdo —reconoce el hombre y ahora su rostro es del color del humo—. Sí, me pidió puros cubanos. Cohibas, no los dominicanos que vendemos, sino los cubanos. Le dije que no vendíamos puros cubanos. Son ilegales. Usted no es de aquí, ¿verdad? No suena usted como si fuera de aquí.

—Está más claro que el agua que no soy de aquí —responde Marino—. ¿Qué más dijo Pogue? ¿Y cuándo? ¿Cuándo vino por última vez?

El hombre mira el recibo.

—Quizá viniera aquí por última vez en octubre. Venía más o menos una vez al mes. Un hombre muy raro. Muy raro.

—¿En octubre? Vale. ¿Qué más le dijo?

—Quería puros cubanos, dijo que estaba dispuesto a pagar lo que fuera y le dije que no los vendíamos. Él ya lo sabía. Ya me lo había pedido con anterioridad pero sin tanta insistencia, no como la última vez. Qué hombre tan raro. Me lo había pedido antes y me lo volvía a pedir, pero con más insistencia. Creo que dijo que el tabaco cubano es mejor para los pulmones, alguna tontería por el estilo. Que te podías fumar todos los puros cubanos que quisieras y no te hacían ningún daño, que de hecho eran beneficiosos. Que hacen bien a los pulmones y que tienen propiedades medicinales, esa clase de tontería.

—¿Qué le contestó usted? No me mienta. Me importa un carajo que venda tabaco cubano. Necesito encontrarle. Si cree que esa mierda es buena para sus pulmones, seguro que la compra en otro sitio. Si tiene predilección por ellos, seguro que los consigue en algún sitio.

—Tiene predilección por ellos. La última vez que estuvo aquí fue categórico al respecto. No me pregunte por qué —dice el hombre mirando el recibo—. Hay muchos puros buenos. No entiendo por qué tenían que ser cubanos, pero él los quería. Me recordó a un enfermo desesperado por encontrar una hierba mágica o marihuana, o a la gente con artritis que quieren inyecciones de oro o lo que sea. Está claro que se trata de una especie de superstición. Muy raro. Lo envié a otra tienda, le dije que no volviera a pedirme tabaco cubano.

—¿Qué tienda?

—Bueno, en realidad es un bar donde he oído que venden cosas y saben dónde conseguirlas. En la barra. Lo que quieras, supongo. Eso es lo que he oído decir. Yo no voy. No tengo nada que ver con eso.

—¿Dónde?

—En el Slip. A unas manzanas de aquí.

—¿Conoce algún sitio en el sur de Florida donde vendan puros cubanos? Tal vez le recomendara algún sitio del sur de Florida.

—No —responde el hombre negando con la cabeza—. No tengo nada que ver con eso. Pregunte en el Slip. Probablemente ellos sepan algo.

Marino se guarda la bolsa de plástico en el bolsillo de la chaqueta.

—Así que le habló a Pogue de ese sitio en el Slip donde quizás encontraría tabaco cubano, ¿correcto?

—Le dije que había gente que compraba puros en ese bar —dice el hombre.

—¿Cómo se llama ese sitio del Slip?

—Stripes. El bar se llama Stripes, está en Cary Street. No quería que volviera. Era un hombre muy raro. Siempre pensé que era raro. Hacía años que venía por aquí, cada varios meses. Nunca decía gran cosa —explica—. Pero la última vez que vino aquí, en octubre, estaba más raro de lo normal. Llevaba un bate de béisbol. Le pregunté por qué y no llegó a contestarme. Nunca había insistido tanto con lo del tabaco cubano, pero se comportó de forma extraña. No hacía más que repetir «Cohibas». Es lo que quería.

—¿El bate era rojo, blanco y azul? —pregunta Marino pensando en Scarpetta y las trituradoras y el polvo de huesos y todo lo demás que dijo al salir del despacho del doctor Philpott.

—Es posible —dice el hombre con expresión perpleja—. ¿De qué va todo esto? —pregunta.

56

En el bosque que circunda las casas las sombras son profundas y frías y rodean los irregulares álamos blancos y grises. Los árboles están pelados pero el bosque es muy denso. Para desplazarse, Lucy y Henri tienen que agacharse y apartar del camino las ramas y los brotes aletargados por el invierno. Las raquetas que llevan no evitan que la nieve les llegue hasta las rodillas a cada paso y allá donde miran no se aprecia rastro humano en la lisa superficie blanca.

—Esto es una locura —dice Henri, que respira con dificultad y exhala vaho—. ¿Por qué lo hacemos?

—Porque necesitamos salir y hacer algo —replica Lucy mientras avanza por la nieve que le llega casi hasta la rodilla—. ¡Jo! Mira esto. Increíble. Qué bonito.

—Creo que no deberías haber venido —dice Henri haciendo una pausa y mirándola en la penumbra que tiñe la nieve de azul—. Ya he pasado por esto y he tenido suficiente y ahora vuelvo a Los Ángeles.

—Allá tú con tu vida.

—Sé que no lo dices en serio. Cuando hablas en ese tono te crece la nariz.

—Sigamos un poco más —dice Lucy, abriéndose paso y cuidando de que ninguna rama o arbolillo golpee de rebote a Henri, aunque a lo mejor se lo merezca—. Hay un viejo árbol caído, estoy prácticamente convencida. Lo vi desde el sendero cuando venía a verte. Podemos apartar la nieve y sentarnos.

—Nos congelaremos —dice Henri al tiempo que da un paso profundo y despide una nube de aliento helado.

—Ahora no tienes frío, ¿verdad?

—Tengo calor.

—Pues si nos entra frío, nos levantamos, volvemos a movernos y nos vamos a casa.

Henri no responde. Su resistencia ha disminuido de forma considerable desde antes de que tuviera la gripe y la agredieran. En Los Ángeles, donde Lucy la vio por primera vez, gozaba de una forma física envidiable. Era capaz de levantar pesas que pesaran tanto como ella y alzar su propio peso en una barra diez veces sin ayuda, cuando la mayoría de las mujeres sólo levantan un tercio de su peso o se alzan en la barra una sola vez. Corría un kilómetro y medio en seis minutos. Ahora a duras penas camina un kilómetro y medio. En menos de un mes Henri ha perdido esa capacidad y pierde más con cada día que pasa, porque ha perdido algo más importante que su condición física. Ha perdido su misión. No tiene ninguna misión. A Lucy le preocupa que Henri nunca la tuviera, que sólo hubiera vanidad, y la hoguera de las vanidades siempre es rápida y abrasadora y se extingue con rapidez.

—Ahí arriba —dice Lucy—. Ya lo veo. ¿Ves ese tronco enorme? Hay un pequeño arroyo helado al lado y por ahí se va al gimnasio. —Señala con el bastón de esquí—. El plan perfecto sería acabar en el gimnasio y luego ir a la sauna.

—No puedo respirar —dice Henri—. Desde que tuve la gripe es como si mis pulmones tuvieran la mitad de capacidad.

—Tuviste neumonía —le recuerda Lucy—. A lo mejor es que no te acuerdas. Tomaste antibióticos durante una semana. Cuando ocurrió eso todavía los tomabas.

—Sí. Cuando ocurrió eso. Todo está relacionado con eso. Eso —hace hincapié—. Supongo que ahora hablamos con eufemismos. —Se detiene donde Lucy ha pisado porque camina más despacio y está sudando—. Me duelen los pulmones.

—¿Qué te gustaría que dijéramos? —Lucy llega al tronco caído, que en otro tiempo fue un árbol enorme pero que ahora no es más que un casco, los restos de un gran barco, y empieza a sacudir la nieve—. ¿Cómo llamarías a lo ocurrido?

—Yo diría que casi me muero.

—Aquí. Siéntate. —Lucy se sienta y da una palmada a su lado—. Apetece sentarse. —Su aliento helado se eleva como vapor y tiene la cara tan fría que apenas la nota—. ¿Casi te mueres o casi te matan?

—Es lo mismo. —Henri vacila de pie junto al tronco, mira hacia el bosque nevado y la creciente penumbra. Entre las ramas frías y oscuras las luces de las casas y el gimnasio son amarillentas y sale humo de las chimeneas.

—Yo no diría que es exactamente lo mismo —replica Lucy alzando la vista, dándose cuenta de lo mucho que ha adelgazado y advirtiendo algo distinto en su mirada—. Que casi te mueres es una forma distante de decirlo. Supongo que busco sentimientos, emociones verdaderas.

—Es mejor no buscar nada. —Henri se sienta a regañadientes en el tronco, a cierta distancia de Lucy.

—Tú no le buscaste y él te encontró —declara Lucy mirando al frente, en dirección al bosque, con las manos apoyadas en las rodillas.

—O sea que me acosaba. Acosan a la mitad de Hollywood. Supongo que eso me convierte en socia del club —responde, y parece satisfecha de ser socia del club de los acosados.

—Yo también lo pensaba hasta hace poco. —Las manos enguantadas de Lucy tocan la nieve que tiene entre los pies, coge un puñado y lo examina—. Parece que diste una entrevista para explicar que te había contratado. No me lo dijiste.

—¿Qué entrevista?

—*The Hollywood Reporter*. Cita tus palabras.

—Me han citado muchas veces con frases que nunca he dicho —replica.

—No estamos hablando de lo que no dijiste, sino de que concediste una entrevista. Eso me lo creo. El nombre de mi empresa aparece en el artículo, no es que la existencia de El Último Reducto sea un secreto profundo y oscuro, pero el hecho de que trasladara el cuartel general a Florida es secreto. Eso lo he mantenido muy en secreto, sobre todo por el campamento de instrucción. Pero acabó saliendo en el periódico y, en cuanto algo se publica, aparece una y otra vez.

—Me parece que no entiendes lo que son los rumores y las sandeces que se publican —replica Henri—. Si hubieras trabajado en el mundo del cine lo sabrías. Lo entenderías.

—Me temo que lo entiendo a la perfección. Edgar Allan Pogue descubrió no sé cómo que mi tía trabaja para mí en mi nueva oficina de Hollywood, Florida. ¿Y sabes qué hace? —Se agacha y recoge más nieve—. Pues viene a Hollywood a buscarme.

—No iba a por ti —dice Henri con un tono tan frío como la nieve. Lucy no nota la frialdad de la nieve gracias a los guantes, pero sí siente la de Henri.

—Me temo que sí. Es difícil saber quién va al volante de un Ferrari, ¿sabes? Hay que acercarse mucho para saberlo, y son coches fáciles de seguir. En eso Rudy tiene razón. Muy fáciles. Pogue me localizó no sé cómo. Tal vez formulara las preguntas adecuadas. Encontró el campamento y siguió un Ferrari hasta mi casa. Tal vez el Ferrari negro. No sé. —Deja que la nieve se escurra entre los dedos enguantados y recoge más, sin mirar a Henri—. Sin embargo, encontró mi Ferrari negro. Lo rayó con ganas, así que sabemos que encontró el coche cuando tú lo cogiste sin permiso después de que yo te dijera que no lo tocaras. Quizás esa noche encontró mi casa. No lo sé. Pero no iba a por ti.

—Qué egoísta eres.

—¿Sabes, Henri? —Lucy deja caer la nieve con el guante abierto—. Investigamos tus antecedentes a conciencia antes de contratarte. Probablemente no haya nada escrito sobre ti que no encontráramos. Lamentablemente, es muy poca cosa. Me gustaría que dejaras de ir por la vida como si fueras una estrella. Me gustaría que dejaras de pensar que porque te acosaron debes de ser importante. La verdad es que me aburre.

—Regreso a casa. —Se levanta del tronco y casi pierde el equilibrio—. Estoy muy cansada.

—Él quería matarte para vengarse de mí por algo que pasó cuando yo era pequeña —declara Lucy—. Eso si se le puede encontrar alguna lógica a un chiflado como él. Lo curioso es que yo ni siquiera lo recuerdo. Él probablemente no se acuerde de ti, Henri. A veces no somos más que un medio para conseguir un fin, supongo.

—Ojalá nunca te hubiera conocido —replica Henri—. Me has destrozado la vida.

A Lucy le escuecen los ojos por las lágrimas y permanece sentada en el tronco como si estuviera paralizada. Recoge más nieve y la lanza, y el polvo flota entre las sombras.

—Además, siempre me han gustado los hombres —declara Henri, volviendo al sendero que han dejado al acercarse con las raquetas al tronco—. No sé por qué acepté. Quizá por curiosidad, para ver cómo era. Supongo que hay mucha gente a la que le pareces muy excitante durante una temporada. Tampoco es que experimentar sea raro en el mundo del que vengo. Tampoco es que importe. Nada de todo esto importa.

—¿Cómo te hiciste los morados? —pregunta Lucy. Henri que está de espaldas y da pasos elevados y exagerados hacia el bosque, clavando los bastones y respirando con dificultad—. Sé que lo recuerdas. Lo recuerdas con exactitud.

—Oh. ¿Los morados que fotografiaste, señorita Superpoli? —responde Henri, jadeando al tiempo que clava un bastón en la nieve profunda.

—Sé que te acuerdas. —Lucy la sigue con la mirada desde el tronco, con el rostro anegado en lágrimas, aunque logra que la voz no se le quiebre.

—Se me sentó encima. —Henri clava el otro bastón en la nieve y levanta una raqueta—. El colgado con el pelo largo y crespo. Al comienzo pensé que era la señora de la piscina, pensé que era una mujer. Lo había visto merodeando por la piscina hacía unos días cuando estaba arriba enferma, lo vi, pero pensé que era una mujer gorda y de pelo crespo que limpiaba la piscina.

—¿Estaba limpiando la piscina?

—Sí. Por eso pensé que era otra señora de la piscina, tal vez una sustituta o algo así, una mujer que limpiaba la piscina. Y ahora viene lo gracioso. —Se vuelve hacia Lucy y la cara no parece suya. Está distinta—. La puta vecina borracha estaba haciendo fotos, igual que hace con todo lo que pasa en tu finca.

—Gracias por decírmelo —dice Lucy—. Seguro que no se lo has comentado a Benton después de todo este tiempo que ha dedicado a intentar ayudarte. Muy amable por tu parte el hacernos saber que quizás haya fotos.

—Es todo lo que recuerdo. Se me sentó encima. No quería contarlo. —Apenas puede respirar mientras camina. Se para y se vuelve, y su rostro aparece blanco y cruel en la penumbra—. Me daba vergüenza, ¿sabes? —Respira—. Pensar que un colgado feo y gordo apareció en tu cama. Y que no intentara otra cosa, ¿sabes? Sino que sólo se me sentara encima. —Se vuelve y se aleja caminando con dificultad.

—Gracias por la información, Henri. Estás hecha una gran investigadora.

—Ya no. Lo dejo. Me vuelvo —dice con voz entrecortada—. A Los Ángeles. Abandono.

Lucy sigue sentada en el tronco, recogiendo nieve y dejándola caer entre los guantes.

—No puedes dejarlo —dice—, porque estás despedida.

Henri no la oye.

—Estás despedida —repite Lucy.

Henri se aleja alzando mucho los pies y clavando los bastones en el bosque.

57

En la armería Guns & Pawn Shop, Edgar Allan Pogue recorre los pasillos arriba y abajo y se toma su tiempo para mirar mientras acaricia con los dedos los cartuchos de cobre y plomo que lleva en el bolsillo derecho de los pantalones. Va tomando las fundas del expositor una a una y lee el envoltorio antes de volver a dejarlo en su sitio. Hoy no necesita una funda. ¿Qué es hoy? No está seguro. Han pasado los días sin nada destacable, aparte de recuerdos vagos de luz cambiante mientras sudaba en la tumbona y contemplaba el gran ojo que le observaba desde la pared.

Constantemente tiene una tos seca y profunda que lo deja exhausto y jadeante y más alterado. Le moquea la nariz y le duelen las articulaciones, y sabe qué significa todo eso. Al doctor Philpott se le acabaron las vacunas contra la gripe. No guardó ninguna dosis para Pogue. De todas las personas que deberían haber tenido una dosis reservada para él, el doctor Philpott era el más indicado, pero ni siquiera se le pasó por la cabeza. Philpott dijo que lo sentía pero que no le quedaba ni una sola vacuna, no quedaba ni una en toda la ciudad, que él supiera, y así estaban las cosas.

—Vuelva dentro de una semana, más o menos, pero no le doy muchas esperanzas —le había dicho el doctor.

—¿Y en Florida? —le preguntó Pogue.

—Lo dudo —respondió Philpott, ocupado con sus cosas y sin hacer mucho caso a Pogue—. Dudo que encuentre la vacuna de la gripe en algún sitio a no ser que tenga suerte, y si es tan afortunado, debería jugar a la lotería. Este año hay una gran escasez a escala nacional. No fabricaron suficientes vacunas y hacen falta tres o cuatro meses para producir más, así que este año ya no hay solución. Lo cierto es que uno puede vacunarse de una cepa de la gripe y pillar otra. Lo mejor es evitar el contacto con los enfermos y cuidarse bien. No vaya en avión y evite los gimnasios. En los gimnasios se puede pillar de todo.

—Sí, señor —respondió Pogue, aunque no ha pisado un avión en su vida y no ha estado en un gimnasio desde que estudiaba en el instituto.

Edgar Allan Pogue tose tan fuerte que se le humedecen los ojos. Está de pie ante un estante de accesorios para limpiar armas, fascinado por los cepillitos y botellitas y kits. Pero hoy no va a limpiar ninguna pistola y sigue recorriendo el pasillo, fijándose en todas las personas de la tienda. Al cabo de unos minutos es el único cliente. En el mostrador ve a un hombre fornido vestido de negro que deja una pistola en la vitrina.

—¿En qué puedo ayudarle? —pregunta el hombre, que aparenta unos cincuenta años, lleva la cabeza rapada y podría resultar peligroso.

—Me han dicho que vende puros —responde Pogue, reprimiendo la tos.

—Ja. —El hombre lo mira con expresión desafiante, luego posa la mirada en la peluca de Pogue y después en sus ojos. A Pogue le da malas vibraciones—. ¿Ah, sí? ¿Y dónde se lo han dicho?

—Me lo han dicho —responde Pogue, y empieza a toser y se le empañan los ojos.

—Me parece que fumar no le conviene demasiado —dice el hombre desde el otro lado de la vitrina de cristal. Lleva una gorra de béisbol negra en la parte posterior de la cinturilla de los pantalones de explorador, pero Pogue no ve qué tipo de gorra es.

—Eso es asunto mío —replica intentando recuperar el aliento—. Quiero Cohibas. Le pagaré veinte pavos por puro si me vende seis.

—¿Qué clase de pistola es esa Cohibas? —dice el hombre con expresión seria.

—Entonces veinticinco.

—No tengo ni idea de qué está hablando.

—Treinta —dice Pogue—. Es lo máximo que le doy. Más vale que sean cubanos. Sé distinguirlos. Y me gustaría ver una Smith and Wesson del treinta y ocho. Ese revólver que hay ahí. —Señala la vitrina—. Quiero verlo. Quiero ver los Cohibas y el treinta y ocho.

—Ya le he oído —dice el hombre mirando más allá de él como si viera algo, y cambia de tono y expresión, y hay algo que a Pogue sigue dándole malas vibraciones.

Pogue se gira porque intuye que hay algo detrás de él, pero no hay nada, nada aparte de dos pasillos llenos de armas y accesorios y trajes de camuflaje y cajas de munición. Palpa los seis cartuchos del calibre 38 en el bolsillo y se pregunta cómo será dispararle a ese hombre fornido. Decide que probablemente será agradable y se gira hacia la vitrina de cristal. Y entonces ve que el hombre formido está apuntándole entre los ojos.

—¿Qué tal, Edgar Allan? —dice el hombre—. Soy Marino.

58

Scarpetta ve a Benton bajando por el sendero espalado que discurre de su casa a la carretera recién abierta y se detiene bajo unos árboles fragantes a esperarle. No le ha visto desde que él viniera a Aspen. Dejó de llamarla a menudo en cuanto Henri apareció por allí, algo que Scarpetta desconocía, y él no tenía gran cosa que decir cuando hablaban por teléfono. Ella lo entiende. Ha aprendido a entender y ya no le parece tan difícil, ya no.

Él la besa y los labios le saben a sal.

—¿Qué has comido? —pregunta ella, abrazándolo con fuerza y dándole otro beso bajo las gruesas ramas de los árboles de hoja perenne.

—Cacahuetes. Con ese olfato que tienes tendrías que haber sido sabueso —dice él mirándola a los ojos y rodeándola con un brazo.

—No he dicho nada de olores sino de sabores. —Ella sonríe y echan a andar por el sendero espalado en dirección a la casa, situada en medio del bosque.

—Estaba pensando en puros —replica él, acercándose más a ella mientras los dos intentan caminar juntos como si tuvieran dos piernas en vez de cuatro—. ¿Te acuerdas de cuando fumaba puros?

—Eso no sabía bien —dice ella—. Olía bien pero no sabía bien.

—Mira quién fue a hablar. Por aquel entonces tú fumabas cigarrillos.

—O sea que no sabía bien.

—No he dicho eso. Desde luego que no lo he dicho.

La sujeta con fuerza y le rodea la cintura mientras caminan hacia la casa iluminada.

—Has sido muy lista. Tú y los puros, Kay —dice él mientras introduce la mano en el bolsillo de la chaqueta de esquí para coger las llaves—. Por si no lo he dejado claro, quiero asegurarme de que sabes lo inteligente que fue la jugada.

—No fui yo —responde ella mientras se plantea qué siente Benton después de todo este tiempo y comprueba sus propios sentimientos—. Fue Marino.

—Me habría gustado verle comprando puros cubanos en esa tienda de artículos de fumador tan elegante de Richmond.

—Ahí no venden la mercancía ilegal, los productos cubanos. Por cierto, ¿no te parece una estupidez? En este país se trata el tabaco cubano como si fuera marihuana —dice ella—. Alguien de la tienda elegante le dio una pista. Y una pista fue conduciendo a otra hasta la tienda de armas y casa de empeños de Hollywood. Ya conoces a Marino. Es un fenómeno.

—Como quieras —dice Benton, no especialmente interesado en las minucias.

Ella sabe qué es lo que le interesa y no está muy segura de qué hacer al respecto.

—El mérito es de Marino, no mío. Es lo único que digo. Se lo ha ganado con tesón y esfuerzo. Ahora mismo no le iría mal un poco de reconocimiento. Tengo hambre. ¿Qué has cocinado para mí?

—Tengo una barbacoa. Me gusta hacer una barbacoa en la nieve del patio junto al jacuzzi.

—Tú y el jacuzzi. Con el frío que hace, a oscuras y con nada de ropa aparte de la pistola.

—Lo sé. Es que nunca uso el dichoso jacuzzi. —Se detiene ante la puerta y la abre con la llave.

Se sacuden la nieve de los pies aunque no hay mucha nieve que sacudir porque el sendero está espalado, pero lo hacen por pura costumbre y quizá por afectación. Benton cierra la puerta y la abraza con fuerza y se besan con pasión, y a ella ya no le sabe a sal, sólo nota su lengua cálida y la suavidad de su rostro bien afeitado.

—Te estás dejando el pelo largo —ronronea ella mientras le pasa los dedos por el cabello.

—He estado ocupado. Demasiado ocupado para ir al barbero —responde él y le faltan manos para acariciarla, y a ella otro tanto, aunque la ropa se interponga.

—Ocupado viviendo con otra mujer —dice ella, mientras le ayuda a quitarse el abrigo y él a ella, besándose, tocándose—. Es lo que he oído.

—¿Ah sí?

—Sí. No te cortes el pelo.

Ella se apoya contra la puerta de la entrada y el aire gélido que se filtra por el marco de la puerta no le molesta, apenas lo nota. Lo sujeta por los brazos y lo mira, su pelo canoso alborotado y sus ojos. Él le acaricia la cara mientras la observa, y lo que ella ve en sus ojos se vuelve más profundo y brillante a la vez, y por un instante ella no sabe si está contento o triste.

—Vamos —insta él con esa expresión en su mirada, y la toma de la mano y la aparta de la puerta, y de repente ella siente toda su calidez—. Te prepararé algo de beber. O de comer. Debes de estar hambrienta y cansada.

—No estoy tan cansada —responde ella.